Was, wenn alles immer heile bliebe?
Das Herz, die seelverwandte Liebe …

Was, wenn sich Hoffnung und Geduld
nicht störten am Skandal?
Tumult nicht hörten,
auch kein leises Flüstern?

Die eig'ne Welt, sie hätte ein Gewicht
wie tausend helle Sonnen!
Kein Tag im Schatten wäre je Verzicht
oder in Schuld begonnen.

Im Verlag CW Niemeyer sind bereits
folgende Bücher der Autorin erschienen:

SchattenHaut
SchattenWolf
SchattenGift
SchattenTod
SchattenGrab
SchattenSchwur
SchattenSucht
SchattenGier
SchattenZorn
SchattenQual
FriesenNerz
FriesenGeist
FriesenSpiel
FriesenLust
KurzKrimis und andere SchattenSeiten

Bibliografische Information der Deutschen Nationalbibliothek
Die Deutsche Nationalbibliothek verzeichnet diese Publikation in der Deutschen Nationalbibliografie; detaillierte bibliografische Daten sind im Internet abrufbar über http://dnb.ddb.de

www.niemeyer-buch.de

Umschlaggestaltung: C. Riethmüller
Der Umschlag verwendet Motiv(e) von 123rf.com
Druck und Bindung: Nørhaven, Viborg
Printed in Denmark
ISBN 978-3-8271-9536-4

Nané Lénard

SchattenSchuld

CW Niemeyer

Der Roman spielt hauptsächlich in bekannten Regionen, doch bleiben die Geschehnisse reine Fiktion. Sämtliche Handlungen und Charaktere sind frei erfunden.

Für Carsten

Prolog

Er musste es tun. Sie hatten ihm nicht geglaubt. Wie konnte er ahnen, wer da mit wem unter einer Decke steckte? Jedes Wort, jede Vermutung, ja sogar Andeutungen waren gefährlich. Lebensgefährlich. Vor allem für ihn. Sie hatten ihn schon lange im Visier. Und die Wände hatten Ohren.

Also schwieg er jetzt lieber, weil auch der Arzt ihm nicht helfen konnte. Dabei war er der Einzige, dem er vertraute. Man hatte sie umgebracht. Dessen war er sich sicher. Darum hatte er immer wieder leise Zweifel gestreut, Hinweise gegeben und während der Behandlung nachgefragt, wenn sie alleine waren.

Doch das Unvermeidliche war eingetreten. Es hatte alles nichts genützt. Sie war tot, und er hatte keine Gewissheit, dass es tatsächlich Gift gewesen war. Aber er hatte die Flecken und Verfärbungen gesehen, ihre Haare auf dem Kissen – viele Haare. Wie damals bei ...

Hier war niemand daran interessiert, die Wahrheit zu kennen. Es hatte Vorteile, dass sie weg war.

Inzwischen waren knapp zwei Jahre vergangen. Doch er hatte nichts vergessen. Ein glücklicher Zufall brachte sie ihm zurück. Oder war es das Schicksal?

Nun blieb ihm keine andere Wahl. Er musste ihre sterblichen Überreste stehlen, sie für die Nachwelt erhalten und an einem anderen Ort aufbewahren, als man sie vermuten würde. Für eine Zeit, in der es möglich war herauszufinden, was mit ihr geschehen war.

Unter der Frankenburg

Es war ein eisiger Januarmorgen unter der Frankenburg. Etliche Tage Dauerfrost zauberten bei Sonnenschein eine herrliche Winterlandschaft ins Weserbergland. Die nächtliche Feuchtigkeit hatte Puderzucker über Wiesen, Äste und Büsche gestreut. Aber es gab einfach keinen Schnee. Zum einen war das gut, denn so blieben die Straßen trocken. Doch ein paar Tage mit dichter Schneedecke hätte Hauptkommissar Wolf Hetzer gerne in dieser Jahreszeit gehabt. Vor allem wegen Leo, der die weiße Pracht überhaupt noch nicht kannte. Er stellte sich vor, wie der junge Rüde durch die Landschaft tollen würde. In Bayern und Österreich konnten sie sich derzeit vor Schnee nicht retten, aber jetzt sollten in den nächsten Tagen tatsächlich auch hier ein paar Flocken fallen. Viel würde es wahrscheinlich nicht werden.

Es war Sonnabend. Seine Nachbarin und Verlobte Moni Kahlert hatte ihn ausgelacht, als er ihr nach dem Aufstehen erzählte, er wolle sie zum Frühstück in die „Große Klus“ nach Röcke einladen. Auf so eine Idee sei er ja noch nie gekommen, meinte sie und schmunzelte, denn sie wusste genau, dass da was im Busche sein musste. Okay, sein Vorhaben war nicht ganz uneigennützig, denn er war besorgt und vielleicht auch ein bisschen neugierig. Also erzählte er ihr, was er vorhatte und tippte auf den Artikel in der Zeitung. Gespannt las sie, was ihn am frühen Morgen so beschäftigte.

Hetzer war in seiner Freizeit viel in den Wäldern des Weserberglandes unterwegs. Das lag nicht nur an seinem Junghund Leo, der Energie für drei hatte und beschäftigt werden musste. Als alteingesessener Bückeburger kannte er auch diese besonderen Fleckchen, die den Touristen oft verborgen blieben. Von denen befanden sich im Schaumburger Wald gleich drei, die ihn selbst faszinierten. Im Sommer hatte er bei einem Fahrradausflug gesehen, dass sie das Gelände rund um die Grabpyramide des Grafen Wilhelm zu Schaumburg-Lippe ganz neu angelegt hatten. Man fand das Bauwerk sonst fast gar nicht am Wegrand. Nur wer aufmerksam hinsah, entdeckte es im dunklen Dickicht. Obwohl jetzt, so dachte er bei sich, durch die weite, ebene Fläche etwas von dem morbiden Charme verschwunden war. Der unheimliche Schauer, den er immer gefühlt hatte, stellte sich nicht mehr ein. Ein bisschen hoffte er, dass das Mausoleum von Juliane zu Schaumburg-Lippe von solchen Neuerungen verschont bleiben würde. Dort gab es außerdem noch einen ganz besonderen Kitzel. Wenn man durch das hintere Fenster leuchtete, konnte man die zwei Steinsarkophage von ihr und ihrer Mutter Ulrike sehen.

Hetzer war an diesem Morgen also alarmiert gewesen, als er in der Schaumburg-Lippischen Landes-Zeitung las, dass die Bauarbeiten im Park gegenüber der „Großen Klus“ wegen des Frostes ruhten und man Spaziergänger bat, den Bereich zu meiden. Die Fotos zeigten Erdarbeiten: große Löcher, Steinhaufen, nur mit einem Flatterband gesichert. Wolf musste zugeben, dass das nicht ungefährlich war, vor allem im Dunklen.

Das Ganze als Park zu bezeichnen war grob übertrieben. Es gab keinen Park dort. Zumindest keinen, den man noch als solchen bezeichnen konnte. Am Ende der knapp 300 Meter langen Lindenallee befand sich ein See in der Form einer Acht mit zwei kleinen Inselchen in der Mitte. Auf ihnen drängelten sich verwilderte Eichen, Buchen und Zitterpappeln. Wolf erinnerte sich an einen verwunschenen Ort bedeckt von Entengrütze und knorrigen Zweigen, die aus dem Wasser ragten wie die Hände eines Riesen. An einigen Stellen im Gelände konnte man Erhebungen und Gräben ausmachen. Ein geheimnisvoller Ort, den kaum jemand kannte, obwohl er genau an der Straße nach Minden lag, kurz vor der Landesgrenze zu Nordrhein-Westfalen, und die „Große Klus" als Hotel und Restaurant bekannt war. Trotzdem kam kaum jemand auf die Idee, auf der anderen Straßenseite in den Wald zu gehen.

Für Wolf Hetzer war dieses vergessene Stückchen Erde ein Wohlfühlort, den er gelegentlich in der Mittagspause aufgesucht hatte, wenn er Ruhe brauchte. Gemeinsam mit seiner altdeutschen Schäferhündin Lady Gaga hatte er sich dort ausgeruht, falls sie mit auf der Dienststelle in Bückeburg gewesen war. Aber alles ging dahin, dachte er wehmütig. Ein treuer Weggefährte auf vier Beinen und eine schöne Landschaft, die jetzt touristisch attraktiver werden sollte. Genau wie die Pyramide im Schaumburger Wald.

Aufgrund der Lage zwischen Bückeburg und Minden hoffte man auf Besucher aus beiden Bundesländern. Der Park sollte so wiederhergestellt werden, wie er einmal gewesen war. Man hatte alte Pläne im Niedersächsischen Staatsarchiv gefunden. Wenn das gelingen sollte, würde im Norden wieder der Eulenturm stehen. Der See bekäme einen Zu- und Ablaufgraben zur Regulierung des Wasserstandes. Die Inseln müssten gerodet werden. Anstelle der Bäume gäbe es Bänke, Blumen und junge Gehölze. Beide Eilande sollten außerdem wieder durch eine Brücke verbunden werden. Man überlegte sogar, zwei weitere jeweils vom Ufer aus auf jede Insel bauen zu lassen, sodass man kein Boot benötigen würde, um das gesamte Gelände durchwandern zu können. An der Südseite waren außerdem ein Parkplatz und ein kleines Café geplant.

Je länger er darüber nachdachte, desto mehr schäumte er innerlich vor Wut. Konnte man nicht manches einfach so lassen, wie es war? Über 200 Jahre hatte sich niemand mehr um das Gebiet gekümmert. Auf einmal witterte man Einnahmen, vermutete er.

„Fahr du mal allein dorthin", sagte Moni und riss Wolf damit aus seinen Gedanken, „ich lege mich gemütlich in die Wanne. Es sind vier Grad minus. Aber lass uns erst frühstücken." Sie gab ihm den Bückeburger Teil der Zeitung wieder.

„Na gut", erwiderte er und fand es ein bisschen schade, dass sie nicht mitkam. Auch Leo machte noch keine Anstalten aufzustehen, sondern streckte sich gemütlich in seinem Korb und gähnte. Daher war ein gemeinsames

Frühstück sowieso die beste Idee. Er hatte ohnehin nicht vorgehabt, das Haus mit leerem Magen zu verlassen.

Als er anderthalb Stunden später bei der „Großen Klus“ parkte, aus seinem Wagen stieg und den Rüden heraushüpfen ließ, überlegte er nur kurz, ob sein Wagen jemanden stören könnte. Bis sich Mittagsgäste einfinden würden, wäre er längst wieder weg.

Leo war aufgeregt und schnüffelte in die Winterluft. Diese Gegend kannte er noch nicht. Fremde Hunde hatten hier ihre Duftmarken als Mitteilung für Artgenossen hinterlassen. Lesestoff für Leo! Und die Gelegenheit, selbst Botschaften zu hinterlassen.

Wolf ging mit ihm über die Straße und erkannte schon an der Struktur des zerfurchten Waldweges, dass hier mit schwerem Gerät gearbeitet worden war. Profile unglaublich großer Räder hatten dafür gesorgt, dass der Untergrund nun ein Muster trug, aber schlecht passierbar war, wenn man nicht zufällig über vier Pfoten verfügte. Der ganze Matsch war gefroren. Man musste gut aufpassen, wohin man seinen Fuß setzte.

Während Leo mühelos um ihn herumsprang, kämpfte sich Wolf die Allee aus alten Linden und Platanen entlang. Schon von Weitem erkannte er, dass alles noch viel schlimmer war als befürchtet. Man hatte eine Pontonbrücke zur kleineren, südlichen Insel gebaut, wahrscheinlich mithilfe der Pioniere aus Minden. Er hatte einmal eine Übung auf der Weser gesehen, bei der Panzer über den Fluss fuhren. Schon beeindruckend, was für ein Gewicht so eine mobile Brücke tragen konnte.

Aber hier war er nur erschrocken und traurig. Mittels des künstlichen Überwegs hatte eine Harvester den Eichenbestand der zehn Meter großen Insel dem Erdboden gleichgemacht. Der Holzvollernter hatte die Bäume einfach samt Wurzel aus der feuchten Seeerde gerissen, sie entästet, entrindet und dann am Ufer gestapelt. Aber der Frost hatte wohl verhindert, dass auch die größere Nordinsel gerodet werden konnte. Wolf hätte sich gerne am Anblick der Zitterpappeln und Buchen erfreut, aber die Harvester störte den Blick. Man hatte sie am Rand des Sees abgestellt, damit sie die Brücke blockierte, die immer noch auf dem Wasser lag.

Mit seinem Smartphone fotografierte er den Landschaftsschaden und überlegte sich, die Presse und den Naturschutzbund einzuschalten. Es war zwar aller Ehren wert, einen 200 Jahre lang brachliegenden Park wieder zum Leben zu erwecken, wenn dies behutsam unter Berücksichtigung der aktuellen Flora und Fauna möglich war. Aber so ein Raubbau an der Natur tat ihm direkt im Herzen weh. Das ganze ökologische Gleichgewicht war dahin.

Natürlich wäre Wolf Hetzer kaum er selbst gewesen, wenn er die Sache nicht näher und aus allen Blickwinkeln betrachtet hätte. Vor allem juckte es ihn, über die Pontonbrücke auf das kleine Inselchen zu kommen, um den Flurschaden genau ins Visier zu nehmen. Der Weg über das Eis war nicht ratsam. Es war noch zu dünn, jedenfalls für ihn. Den Hund würde es eher tragen. Einmal, weil Leo sowieso wesentlich leichter war als er selbst und zum Zweiten, weil er sein Gewicht besser verteilte, da er auf vier Beinen ging. Wolf beschloss also, über die großen Reifen des Fahrzeugs zu klettern und den Rüden nebenher zu lotsen. Kein leichtes Unterfangen, da sein linker Arm aufgrund einer alten Verletzung nahezu unbrauchbar war. Aber irgendwie schaffte er es, sich entlangzuhangeln und die Insel trockenen Fußes zu erreichen. Leo rutschte anfangs ein bisschen, schlidderte dann aber vorsichtig über die eisige Oberfläche und schüttelte sich, als er wieder an Land war.

Hier inmitten des Sees war noch nicht alles so durchgefroren. In den tiefen Löchern, die die Baumwurzeln zurückgelassen hatten, war das Wasser nur hauchdünn gefroren. Was für ein Spaß für den Junghund: Anlauf nehmen und hineinspringen, dass es spritzte. Wolf gelang es kaum, an der Freude teilzuhaben. Die gesamte Insel war zerstört. Ein Trümmerfeld! Es sah aus, als seien hier Minen explodiert. Mit dem Smartphone hielt er den Schaden fest.

Plötzlich bemerkte er, dass Leo an einer Stelle weiter hinten eifrig grub. So ganz recht war Wolf das nicht, denn zu Hause im Garten war das verboten und wie sollte der Hund wissen, wo es erlaubt war und wo nicht? Also rief er ihn – ohne Erfolg. Wolf wunderte sich. Immer hektischer bearbeitete der Rüde den Boden mit seinen Pfoten. Normalerweise hörte Leo gut, von ein paar Pubertätsspinnereien einmal abgesehen, aber heute ignorierte er sein Herrchen völlig. Nicht gut, dachte Hetzer und schlich sich an. Es war immer von Vorteil, einen Hund beim Nichtgehorchen zu erwischen, damit man ihn sofort schimpfen konnte. Doch als er näher kam, hörte er metallisches Kratzen und sah, dass Leo auf etwas gestoßen war, das hier definitiv nicht hingehörte.

„Aus, Leo!", rief er jetzt und zog den Hund am Halsband zurück.

Die Ecke einer ramponierten silbrigen Kiste ragte aus der Erde. An der einen Seite gab es eine Beschädigung. Sie sah scheckig aus. Wolf hätte wetten können, dass sie aus Blei war. Gut, dass er den Rüden weggezogen hatte. Was wohl da drin war?, überlegte er. Vielleicht konnte er reinleuchten.

Zwei Dinge hatte der Hauptkommissar immer dabei: Ein ordentliches Taschenmesser mit zahlreichen Funktionen und eine leuchtstarke Taschenlampe. Letztere kramte er jetzt aus seiner Hosentasche und leuchtete in das Loch, das wahrscheinlich irgendwie von der Harvester stammen musste. Anders konnte Wolf es sich nicht erklären. Es war nicht einfach, gleichzeitig den Strahl ins Innere zu richten und dabei auch noch zu gucken. Mit einem Ast versuchte er, die Öffnung zu vergrößern, aber der brach ab und Leo sprang mit dem Rest davon. Wenn es tatsächlich Blei war, konnte möglicherweise auch das Taschenmesser helfen. Doch auch das gelang nur mühsam und führte zu keiner wesentlichen Verbesserung, denn das Material war dicker, als er angenommen hatte. Immerhin konnte er so sein Auge direkt auf den Spalt in der Kiste legen und die Lichtquelle seitlich danebenhalten.

„Ach, du heilige Sch...", stöhnte er. Das waren definitiv Knochen. Er meinte auch, einen Schädel gesehen zu haben und fragte sich, ob das Suchspielchen zu Hause mit Leo seine allerbeste Idee gewesen war. Aber sei es wie es sei. Das hier war jetzt vielleicht ein Leichenfundort, und damit waren alle Bestrebungen, den Park weiter zu malträtieren auf unbestimmte Zeit verschoben.

Ein herrlicher Samstagmorgen

In Kleinenbremen begann der Tag heute eher lässig. Die Rechtsmedizinerin Doktor Nadja Serafin hatte noch bis spät in den Freitagabend hinein gearbeitet. Das lag zum Teil am Umzug des Institutes von Stadthagen nach Obernkirchen. Dort im Ortsteil Vehlen war das Gesamtklinikum Schaumburg entstanden. Als eine der letzten Abteilungen war nun auch die Rechtsmedizin dorthin übergesiedelt. Kein einfaches Unterfangen, wenn man bedachte, wie viele hochempfindliche Geräte unbeschadet transportiert werden sollten. Von den Leichen ganz zu schweigen, die man möglichst ohne viel Aufsehen in Transportsärgen durch einen Hintereingang trug.

Das alles hatte neben der herkömmlichen Arbeit laufen müssen und jedem Mitarbeiter viel persönliches Engagement abverlangt. Nadja wäre froh gewesen, wenn der Neuzugang – die Rechtsmedizinerin Anke Seiler – schon hätte dabei sein können. Aber die Spezialistin in den Bereichen forensische Osteologie und Thanatochemie würde sich erst heute Nachmittag vorstellen und die Räume der Abteilung zeigen lassen.

Doch bis dahin war es noch lange hin, fand Nadja und drehte sich noch einmal im Bett um. Sie schmiegte sich an ihren Brummbären. Oberkommissar Peter Kruse war fast zwei Meter groß und nicht gerade von schlanker Gestalt.

Er schnarchte fürchterlich und zersägte jede Nacht einen Teil des Bückebergs oder des Schaumburger Waldes. Nichtsdestotrotz liebte Nadja diese Geräusche. Sie hatte sich daran gewöhnt und wachte immer dann auf, wenn er mal ausnahmsweise leise schlief. Sie selbst war nur wenig kleiner als er, aber von schlanker Gestalt mit einer Frisur, die man eigentlich keine nennen durfte. Strohiges, blondes Haar stand wirr nach allen Seiten vom Kopf ab, sodass sie immer aussah, als sei sie gerade aufgestanden. Das stimmte natürlich nicht. Sie besaß sogar eine Bürste, die sie morgens verwendete, nur nützte es leider nichts. Darum hielt sie sie kurz. Vor allem, seitdem Peter einmal gesagt hatte, er befürchtete, Vögel könnten darin nisten wollen.

Trotz der Flachsereien waren die beiden ein Herz und eine Seele, auch wenn Nadja vielleicht ein bisschen zu sehr auf Peters Ernährung achtete und ihm notfalls die Begriffe „Cholesterinspiegel“, „Fettleber“ oder „Gicht“ unter die Nase rieb. Peter blieb wie er war, denn er aß nun mal zu gerne Fleisch und redete sich mit seinem Neandertalererbgut raus. Ab und zu ließ er einige Salatblätter und Gemüsekompositionen über sich ergehen, natürlich nur ihr zuliebe und mit langen Zähnen.

Jetzt schreckte er hoch, weil Nadja ihm in den Bauch gestochen hatte und brummte. „Wieso weckst du mich? Es ist doch noch mitten in der Nacht.“

„Halb elf ist fast schon Mittag“, schimpfte Nadja spielerisch und bohrte weiter in seinem Bauchnabel.

„Ey, lass das! Sonst mache ich das bei dir auch, nur ein Stückchen tiefer“, drohte er.

„Das will ich doch hoffen", sagte Nadja und lachte. Dann tauchte sie ab unter die Decke.

Fast hätten sie das Telefon nicht gehört.

„Wolf!", stöhnte Peter und ärgerte sich. Den konnte er jetzt überhaupt nicht gebrauchen. Schließlich war Wochenende.

Er wusste schon, warum er seinem Kollegen einen eigenen Klingelton zugewiesen hatte.

„Musst du da rangehen?", fragte Nadja.

„Ist dienstlich", erwiderte er mit einem breiten Grinsen, „aber ich könnte es nicht gehört haben und später zurückrufen."

„Super Idee", freute sich Nadja und hörte von Ferne ihr Smartphone bimmeln. Wahrscheinlich auch Wolf. Er versuchte es auf allen Kanälen.

„Wir haben keinen Dienst", beruhigte Peter sie. „Egal, was es ist, es hat Zeit."

Aber jetzt war irgendwie der Wurm drin. So ganz konnte sich keiner von beiden mehr entspannen und auf den anderen konzentrieren.

„Und wenn doch etwas ganz Schlimmes passiert ist und er uns braucht?", überlegte Nadja laut.

Peter seufzte, setzte sich auf und stieg in seine übergroßen Lammfellpuschen. „Bleib du liegen. Ich rufe den Störenfried zurück. Wehe, es ist nichts Wichtiges!"

„Bringst du mir einen Kaffee mit?", bat sie.

„Nicht nur das", antwortete Peter, „wir frühstücken heute im Bett. Aber jetzt lass mich erst mal anrufen. Ich könnte meinen Arsch darauf verwetten, dass es auch bis Montag Zeit gehabt hätte."

„Na endlich“, schimpfte Hauptkommissar Wolf Hetzer, als Peter von der Küche aus zurückrief. „Wart ihr zusammen unter der Dusche, oder warum ging keiner von euch beiden ran? Ihr wisst genau, dass ich mich mit dieser Nummer nur melde, wenn es etwas Dienstliches ist.“

„Möglich“, gab Peter trocken zurück, „aber wir haben keinen Dienst. Und auch, wenn du es dir nicht vorstellen kannst: Wir genießen unser gemütliches Wochenende.“

„Ach ja? Was willst du mir mit deiner frechen Antwort sagen? Ich genieße meine freie Zeit nicht?“, fragte Wolf. „Wer ist denn der Gourmet von uns beiden?“

Peter stöhnte. „Du bist wohl mit dem falschen Fuß aufgestanden oder wie? Sag mir jetzt, was du auf dem Herzen hast. Ansonsten, lass uns in Ruhe. Zumindest bis Montag. Von mir aus kannst du auch zum Frühstücken vorbeikommen, aber nur als Kumpel, nicht als Kollege.“ Das – so wusste Peter – würde er nie im Leben tun.

„Hier frühstückt jetzt keiner“, donnerte Wolf in den Hörer. Leo sah ihn verständnislos an. So kannte er sein Herrchen gar nicht. „Ihr schwingt eure müden Ärsche hierher. Ich bin an der ‚Großen Klus‘ und habe eine Leiche gefunden. Heißt: Ab jetzt seid ihr im Dienst.“

„Da muss ich dich enttäuschen“, erwiderte Peter. „Detlef und Niklas haben Bereitschaft. Und Ennos Nummer für die rechtsmedizinische Expertise hast du sicher auch. Ich geh dann mal wieder ins Bett.“

„’nen Teufel wirst du tun“, schäumte Wolf jetzt und ärgerte sich am meisten über sich selbst. „Ich brauche euch. Kapierst du das nicht?“

„Warum?“, hakte Peter nach.

„Der Fall ist besonders“, gab Wolf zu.

„Inwiefern?“

„Kannst du auch was anderes als Ein-Wort-Sätze?“ Wolf stöhnte. „Ja, ähm, die Leiche ist besonders.“

„Arme, Beine, Kopf und Torso. Alles tot nehme ich an. Oder fehlt was?“, erkundigte sich Peter.

„Keine Ahnung“, erklärte Wolf, „ich habe nur ein paar Knochen gesehen.“ Er überlegte. „Sie sind in einer Kiste. Könnte Blei sein, aber ich komme nicht richtig ran. Der Boden ist gefroren.“

Peter lachte. „Wahrscheinlich hast du einen alten Köter ausgegraben, den einer mal mit viel Liebe bestattet hat.“

„Sehr witzig“, sagte Wolf. „Und wenn nicht? Die machen hier alles platt. Wir müssen unbedingt was unternehmen.“

„Ach, jetzt verstehe ich den feinen Herrn Kommissär. Er will sich nicht zum Affen machen. Sonst könnte er doch gleich die SpuSi und die zuständigen Kollegen anrufen. Aber nein, das ist ihm zu peinlich. Darum stört er lieber seine Freunde bei ihrem köstlichen Frühstücksgezwitscher. Für den Fall, dass es dann doch ein Köter ist.“

„Ja, so in etwa“, beichtete Wolf kleinlaut.

„Und warum fragst du nicht ganz freundlich, ob wir dir bei einem ominösen Skelettfund behilflich sind?“, wollte Peter wissen. „Stattdessen benimmst du dich wie die Axt im Walde und haust um dich. Denkst du, so kriegst du uns eher rum?“

„Okay, ja, vielleicht wäre es anders besser gewesen“, stimmte Wolf zu, „aber ich hatte Bedenken, ihr könntet der Sache zu wenig Bedeutung schenken.“

„Möglich", sagte Peter und lachte versöhnlich. „Wir würden gerne erst frühstücken. So viel Zeit wird doch sein?"

„Schwierig", stöhnte Wolf, „es ist unter null und wir sind hier schon ziemlich lange draußen unterwegs. Wäre es nicht vielleicht doch möglich, dass ihr euch sofort in Bewegung setzt? Ach, und bringt bitte einen Seitenschneider oder eine scharfe Zange mit. Vielleicht auch einen Spaten. Obwohl der Boden wahrscheinlich zu hart ist. Aber weiter unten hier im See könnte es wärmer sein."

„So ganz werde ich aus deinem Gefasel nicht schlau, aber ich werde sehen, was ich tun kann", versprach Peter. „Soll ich dir vielleicht einen heißen Kaffee mit Milch mitbringen?"

„Das wäre zu viel des Guten", sagte Wolf, „aber wenn du schon fragst ..."

„Okay, dann bis gleich." Peter legte auf und öffnete den Kühlschrank. Wenn schon kein Sex, dann wenigstens ein ordentliches Stück Fleisch, überlegte er.

Vor ihm lagen fünf köstliche Scheiben Leberkäse. An die hatte er überhaupt nicht mehr gedacht. Sie waren vom Vorabend übrig geblieben. Zwei Laibe hatte er wirklich nicht geschafft. Das war wohl etwas vermessen gewesen. Aber seine Augen waren oft noch größer als sein Magen. Kaum zu glauben.

Jetzt kamen sie ihm gerade recht. Peter klemmte sie zwischen fünf Aufbackbrötchen, legte zur Zierde und wegen Nadja noch ein Salatblatt hinzu und strich auf seine noch ein bisschen Butter. Sie würde bestimmt nur eine einzige Leberkässemmel essen. Ihm blieben die anderen vier. Ein herrliches Frühstück, ganz nach seinem Geschmack. Alles andere konnten sie auf später verschieben.

Die Neue

Anke Seiler war nicht im eigentlichen Sinne schön. Ihre glatten, dunklen Haare hingen exakt geschnitten auf einer Länge. Keins traute sich, aus der Reihe zu tanzen. Vielleicht konnte man sagen, dass sie wegen ihrer schnurgeraden Nase etwas Ägyptisches an sich hatte, aber möglicherweise kam das auch einfach nur von ihrem strengen Bob. Darunter lagen wache, grüne Augen, die von einem Schatten umgeben waren.

Kein Wunder. Die nahe Vergangenheit hatte sie ziemlich gebeutelt. Schmerz zeichnete ein Gesicht, ob man es wollte oder nicht.

Sie hatte einen Schlussstrich unter die letzte Zeit ziehen wollen. Einfach weg von dort. Von den Erinnerungen, dem Leiden. Irgendwo neu anfangen, wo sie niemand darauf ansprach, was geschehen war.

Verkriechen und in Berlin bleiben, wäre die eine Alternative gewesen, aber sie war kein Mensch, der fürs Alleinsein gemacht war, auch wenn sie lieber im Hintergrund blieb. Das Helfersyndrom lag ihr von Kindesbeinen an im Blut. Zuerst waren es Tiere gewesen, die sie gerettet hatte, später Mitschüler und dann Patienten.

Heute wirkte sie eher indirekt in der Rechtsmedizin, aber das hatte seinen Grund. Sie öffnete sich anderen nach den vielen Schicksalsschlägen nur schwer. Wenn sie jedoch zu jemandem Vertrauen gefasst hatte, schmolz der Eispanzer, den sie gewöhnlich um sich trug, dahin.

Bei ihrer Wohnungssuche war viel Glück im Spiel gewesen. Ganz überraschend konnte sie die Dachwohnung in Vehlen auf dem alten Hof nun doch beziehen. Ein traumhafter Ort! Der andere Interessent war kurzfristig abgesprungen. Von dort aus brauchte sie nur an der Straße auf dem asphaltierten Weg durch die Felder ein Stück zu Fuß zu gehen und erreichte in wenigen Minuten das neue Großklinikum „Agaplesion". Dort war mittlerweile die Rechtsmedizin untergebracht. Im Grunde genommen brauchte sie so überhaupt kein Auto mehr. Aber sie erwog den Gedanken, einen kleinen BMW anzuschaffen, weil sie keine Lust hatte, bei Wind und Wetter mit dem Fahrrad einkaufen zu gehen oder von anderen Menschen abhängig zu sein.

Heute war ihr großer Tag. Sie würde ihre „Chefin", diese Frau Doktor Nadja Serafin, endlich persönlich kennenlernen. Eigentlich arbeitete sie lieber mit Männern zusammen. Frauen untereinander: Das war manchmal keine so leichte Sache. Vor allem, wenn Neid und Ehrgeiz mit im Spiel waren. Aber dem Hörensagen nach war diese Frau mit der komischen blonden Frisur, die sie auf der Internetseite des Schaumburger Klinikums gesehen hatte, ganz nett.

Warum es sie in diese Gegend verschlagen haben mochte, konnte sie sich selbst nicht wirklich erklären. Gut, da waren natürlich die unterschiedlichen Stellenanzeigen gewesen. Doch mit ihren Noten und den Empfehlungsschreiben hätte sie Auswahl gehabt. Es war einfach so ein Gefühl gewesen. Außerdem hatte sie Großstädte und Touristenmagneten satt. Sie sehnte sich nach ein bisschen Ruhe im Alltag und war damit vollkommen auf dem Holzweg.

Warten und Frieren

Wolf beneidete Leo aus tiefstem Herzen. Während er selbst sich den Arsch abfror, hüpfte der Jungrüde am Ufer entlang und fand immer wieder etwas Interessantes, mit dem er spielen wollte. Das konnte ein Stöckchen sein oder ein fliegendes Blatt oder das Eis, in das er jetzt beißen konnte, weil er mit einer Tatze beim Trinken an einer dünneren Stelle eingebrochen war.

Als es im Dickicht raschelte, horchte Leo auf. Wolf hatte auch etwas gehört. Aber wieso sollten sich Nadja und Peter anschleichen?

Plötzlich stürmte ein blondgelocktes Geschoss aus dem Gestrüpp und sprang Leo an. Ihm folgte die Miniaturausgabe eines Zwergpudels in Weiß, und weiter hinten hörte man schimpfend und pfeifend ein Herrchen fluchen. Wolf musste grinsen. Der kleine Kerl kläffte ihn aus Leibeskräften an, während die großen Hunde miteinander herumtollten.

„Ja, ja, große Klappe und nichts dahinter, wie?", fragte Wolf den Winzling.

„Entschuldigung", keuchte ein abgekämpfter Mittfünfziger, „Berti ist noch in der Pubertät und hört nicht die Bohne. Aus, Loui!"

„Kenne ich", sagte Wolf und grinste, „da müssen wir alle durch. Leo ist auch noch kein Jahr."

„Na, dann passt das ja", erwiderte der Mann und atmete tief durch. „Die können einen ganz schön auf Trab halten." Er lächelte. „Schlimm diese Neugestaltung hier, finden Sie nicht auch? Vorher war es so schön verwunschen. Mir hat das gefallen."

Der kleine Loui fegte bellend über die Eisfläche. Er wog keine zwei Kilo, schätzte Wolf und grinste. Aber nur so lange, bis die Halbstarken hinterher wollten. Dann standen beide Männer am Ufer und brüllten nach ihren tauben Rüden.

„Verdammter Mist", schimpfte Wolf, „nicht, dass die noch einbrechen."

Und er hatte es gerade ausgesprochen, als Berti auch schon mit den Hinterläufen im Eis steckte.

„So eine Scheiße", rief der Mann, „bitte helfen Sie mir. Meine Frau bringt mich um."

Vom Ufer aus sahen sie, dass Berti vor lauter Schreck versuchte, aus dem Wasser zu kommen und alles noch schlimmer machte. Leo war unterdessen ans Ufer geschliddert.

„Geben Sie mir Ihre Leine, schnell!", befahl Wolf, der wusste, dass das Wasser nicht wirklich tief war für einen Menschen, aber so ein Hund in Panik konnte auf jeden Fall ersaufen, wenn er unter das Eis geriet. Er band sich Leos lange Schleppleine um und befestigte sie an Bertis. „Hier, Sie halten mich, Herr ...?"

„Michael, aber nennen Sie mich Micha."

„Ich krieche jetzt über die Oberfläche und versuche, Ihren Hund zu retten. Leo: Platz und bleib!"

Der Rüde lag am Ufer und legte den Kopf schief.

Da ging etwas Spannendes vor. Wolf legte sich auf den Boden und kroch aufs Eis. Ruhig, aber in zügigem Tempo näherte er sich dem blonden Junghund, der schon merklich an Kraft verloren hatte und mühsam versuchte, den Kopf oben zu halten.

Bis auf eine Entfernung von 50 Zentimeter kroch Wolf an das Loch heran und streckte dann seinen rechten Arm aus. Zuerst misslang der Versuch, Berti am Geschirr zu packen, aber dann hatte er ihn. Seinen anderen, versehrten Arm hätte er jetzt gut gebrauchen können, denn der Rüde war schwer und der Untergrund glatt, möglicherweise brüchig. Hinterher wusste er nicht mehr, wie er es überhaupt geschafft hatte, aber Berti kam mit den Vorderpfoten auf das Eis, sodass er ihn ganz herausziehen konnte, indem er sich auf der Oberfläche einfach vom Loch wegdrehte. Nass und zitternd sprang der junge Hund an Land. Wolf bewegte sich vorsichtig rückwärts in Richtung Ufer und war froh, dass er die Sache halbwegs trocken überstanden hatte.

„Danke!", sagte Micha erleichtert. „Wie kann ich das nur wieder gutmachen?"

„Ganz einfach", antwortete Wolf und reichte ihm seine Visitenkarte, „indem wir die beiden Jungspunde mal wieder spielen lassen, aber auf sicherem Terrain. Und jetzt schnell ab nach Hause!"

Michael sah sich um. „Wo ist eigentlich Loui? Er wird doch nicht ...?" Sein Gesicht verlor jegliche Farbe. „Loui!", rief er so laut er konnte.

„Mist, den haben wir ganz aus den Augen verloren", gab Wolf zu.

„Ja, aber normalerweise macht er keinen Blödsinn mehr. Er ist schon sechs", erklärte Michael und sah sich um. „Vielleicht ist er auf einer der Inseln. Bei seinem Gewicht bricht er ja nicht ein."

Und da kam das kleine Knäuel auch schon angesaust. Diesmal ohne Bellen, denn er hatte ein Stöckchen im Maul. Michael nahm ihn erleichtert auf den Arm. Die Gaby hätte ihm den Kopf abgerissen, wenn dem Lütten was passiert wäre.

„Ihh, was hast du denn da? Einen Hühnerknochen? Das dürfen Hunde nicht", schimpfte er und nahm ihm das Stück aus dem Maul.

Zum Wegwerfen kam er jedoch nicht, denn Wolf hatte da so seine Zweifel an der Hühnertheorie.

„Ich nehm den schon", sagte er. „Sehen Sie zu, dass Sie mit Ihren Rabauken ins Warme kommen. Sonst führt Ihr nächster Gang zum Tierarzt."

Micha nickte, klopfte Wolf auf die Schulter und trabte im Laufschritt in Richtung „Große Klus".

Wolf betrachtete den vermeintlichen Hühnerknochen in seiner Hand. Er war kein Arzt, hatte aber in seiner Zeit als Kommissar schon viel gesehen. Und wenn ihn nicht alles täuschte, war das ein Schlüsselbein.

Knochen

Es war lausig kalt. Dick eingemummelt gingen Nadja und Peter die Allee zum See hinab. Während sie die Hände trotz der Handschuhe in den Mantel steckte, trug er ihre Tasche und den Seitenschneider. Nebenbei aß er genüsslich eine Leberkässemmel.

Der Mann, der ihnen eben entgegengelaufen war, hatte unglücklich ausgesehen. Einen weißen Minihund trug er auf dem Arm, ein zweiter, nasser, dessen Fell mit Eisklumpen gespickt schien, lief nebenher wie ein Schaf, das zur Schlachtbank geführt werden sollte. Mit einem kurzen Nicken eilte er vorbei.

„Ui, sieht so aus, als wäre der große Hund ins Eis eingebrochen", sagte Nadja.

Peter nickte und brummte. Er konnte nichts sagen, weil er kaute.

„Da seid ihr ja endlich", freute sich Wolf Hetzer kurze Zeit später. „Ist nicht gerade lauschig hier draußen bei den Temperaturen."

Leo wedelte mit dem Schwanz und sprang an Peter hoch. Nur mit Mühe und Not konnte er seine Semmel retten, indem er sie auf einmal in den Mund schob.

„Ich weiß nicht, wer von euch beiden gieriger ist!" Nadja schüttelte lachend den Kopf und sah dann mit besorgtem Blick auf das Loch im Eis. „Ist der Hund da alleine wieder rausgekommen?“

„Nein, ich musste ihn mit einer langen Leine retten und bin auf die brüchige Oberfläche gekrochen. Ist aber alles gut gegangen“, erklärte Wolf grinsend.

„Ganz schön leichtsinnig“, erwiderte Nadja, „aber wieso lässt der seinen Hund überhaupt da drauf? Das verstehe ich nicht.“

„Na ja“, gab Wolf zu, „von Drauflassen kann man eigentlich nicht sprechen. Sie tobten so rum und liefen dem kleinen Furz hinterher. Habt ihr den Minipudel gesehen?“

Die beiden nickten.

„Es sind halt noch Halbstarke. Ich meine die großen Hunde. Dieser Micha sagte, sie wären fast gleich alt“, erklärte Wolf. „Da ist es mit dem Hören nicht immer so ganz weit her, wenn sie im Spielmodus sind.“

„Kann man doch verstehen“, erwiderte Peter mit einem gespielt bösen Blick auf Wolf. „Ich lasse mich auch ungern stören, wenn ich an meiner Frau herumspiele.“

Nadja verdrehte die Augen.

„Ist ja schon gut“, stöhnte Wolf. „Tut mir leid, dass ich euch an eurem freien Wochenende gestört habe, aber guckt mal hier: Für was würdet ihr das halten?“

„Das ist definitiv eine menschliche Clavicula“, sagte Nadja erstaunt. „Ziemlich klein, wahrscheinlich lange Liegezeit.“

„Kannst du mal Deutsch reden?“, bat Peter.

Nadja drehte den Knochen vor seinen Augen hin und her. Er sah schmutzig aus.

„Das hier ist ein Schlüsselbein“, erklärte sie. „Kind oder kleine Frau, schätze ich. Und es sieht so aus, als ob dieser Mensch schon länger tot ist. Spuren von Tierfraß sehe ich auf Anhieb nicht.“

„Lag ja sicherlich auch in dieser Metallkiste“, berichtete Wolf. „Der Minififfi kam mit dem Knochen im Maul angerannt. Ich denke, der war klein genug, um irgendwie mit der Pfote in dem Loch zu angeln. Er war der Einzige, der unbeschadet übers Eis zur Insel gelangen konnte, weil er eben nichts wiegt.“

„Und wie ist der verehrte Herr Kommissar dorthin gekommen?“, bohrte Peter nach.

„Ich bin über die Harvester gekrabbelt, die da hinten steht. Meint ihr, das schafft ihr auch?“ Wolf zwinkerte den beiden zu.

„Was machst du mit dem kleinen Leo?“, fragte Nadja besorgt.

„Nachdem sein neuer Kumpel eingebrochen ist, würde ich ihn lieber nicht mehr mit rübernehmen. Ich mache ihn kurz am Baum fest. So lange wird unsere Aktion doch nicht dauern“, hoffte Wolf.

„Meine Tasche kannst du bei Leo lassen“, bat Nadja ihren Peter. „Die brauche ich nicht. Es reicht auch, wenn du dich mit dem Seitenschneider über das Fahrzeug hangeln musst. Pass auf, dass du nicht abrutschst!“

„Du weißt doch, ich habe Neandertalererbgut. Die konnten bestimmt gut klettern, weil sie evolutionstechnisch noch näher mit den Affen verwandt waren“, sagte Peter und grinste. „Sieh du mal lieber zu, dass du unbeschadet und trocken rüberkommst.“

„Affen halten sich vor allem mit ihrem Schwanz fest", antwortete Nadja süffisant. „Bei dir sehe ich aber ..."

„Können wir dann los?", unterbrach Wolf den Schlagabtausch. „Wenn ich das mit nur einem funktionsfähigen Arm kann, solltet ihr keine Probleme haben, denke ich."

Und so war es auch. Alle drei kamen unbeschadet auf der Insel an. Nur Leo fiepte ein bisschen am Ufer, weil er nicht mitdurfte.

„Komische Kiste", sagte Peter. „Viel zu tief drin in der Erde. Die kriegen wir nie raus. Gut, dass ich nicht auch noch einen Spaten mitgeschleppt habe. Das hatte ich mir nämlich schon gedacht."

„Sieht tatsächlich nach Blei aus", fügte Nadja hinzu, die sich gebückt und den Rand des Loches untersucht hatte. „Peter könnte das Loch sicherlich ganz einfach mit dem Seitenschneider vergrößern. Und dann leuchten wir mal rein!"

Sie hatten extra eine besonders lichtstarke Taschenlampe mitgebracht.

„Wir haben doch schon einen Knochen. Den Rest könnte die SpuSi machen. Oder von mir aus auch die Feuerwehr", schlug Peter vor.

„Und wer sagt dir, dass der von einem Hund angeschleppte Knochen auch tatsächlich hier aus dieser Kiste ist?", wandte Wolf ein.

„Ist doch wohl unwahrscheinlich, dass hier noch mehr Leichen rumliegen", antwortete Peter.

„Weiß man's?", sagte Nadja. „Wolf hat recht. Wir brauchen zum Abgleich ein Knochenfragment direkt aus der Kiste."

„Sollt ihr haben“, kam es von Peter. „Aber auch da könnten verschiedene Tote drinliegen.“

„Stimmt. Sicher ist sicher, aber Nadja wird das sowieso nachprüfen“, wusste Wolf.

„Erst einmal puzzeln wir“, erklärte die Rechtsmedizinerin. „Manchmal kriegt man sogar ein fast vollständiges Skelett zusammen. Wenn in der Kiste nur eine Clavicula fehlt, stehen die Chancen gut, dass es sich um diejenige handelt, die der Hund angeschleppt hat. Nichtsdestotrotz testen wir das natürlich oder machen zumindest Stichproben, selbst wenn das Knochenbild schlüssig zusammenpasst. Aber gucken wir doch erst mal, ob es sich in der Kiste überhaupt um humane Fragmente handelt.“

„Also vielleicht doch ein alter Köter“, sagte Peter und lachte. Dann setzte er das Werkzeug an und schnitt den Teil der Kiste komplett ab, der überirdisch lag. Das Loch hatte jetzt einen Durchmesser von knapp zehn Zentimetern.

„Leuchte mal rein“, bat Nadja. Dann zog sie einen Latexhandschuh an. „Etwas schräger, bitte.“ Vorsichtig griff sie ins Halbdunkel und zog einen mittelgroßen Röhrenknochen heraus. „Darf ich vorstellen? Der Oberarm! Also wird sich da drin aller Voraussicht nach ein Mensch befinden. Ruft Seppi von der SpuSi an. Wir sind hier fertig. Humerus und Clavicula nehme ich gleich mit. Ich bin neugierig. Wer weiß, wie alt diese Knochen schon sind.“

„Wäre das nicht eine schöne Einstandsaufgabe für deinen Neuzugang in der Rechtsmedizin?“, erkundigte sich Peter. „Dann siehst du gleich, ob sie was draufhat.“ Er grinste.

„Mach dir man darüber keine Sorgen. Wir arbeiten immer Hand in Hand. Und ob sie patent ist, kriege ich auch so noch früh genug heraus", erwiderte Nadja.

In diesem Moment klingelte Wolfs Smartphone. Es war Moni.

„Sag mal, wo bleibt ihr denn? Ich mache mir schon Sorgen!"

„Ja, also, wir kommen jetzt", versprach Wolf.

„Ist irgendetwas passiert?", fragte Moni misstrauisch. Sie fand, Wolf druckste herum.

„Nichts Schlimmes. Wir haben nur ein paar alte Knochen gefunden", erklärte er.

„Kaum zu fassen", sagte Moni belustigt. „Solche Orte scheinen dich magisch anzuziehen. Ich weiß nur nicht, ob die Energie von dir oder von ihnen ausgeht. Kann ich damit rechnen, dass das Wochenende gelaufen ist?"

„Keineswegs", lachte Wolf. „Ich bin ja nicht bei der Spurensicherung. Wir kommen jetzt nach Hause und freuen uns auf einen gemütlichen Tag zu dritt. Bis gleich."

„Gute Idee", fand auch Peter.

„Nee, nee, für euch noch nicht", wandte Wolf ein. „Ich friere mir hier schon seit längerer Zeit den Arsch ab. Leo und ich düsen ab, bevor wir uns was wegholen. Ihr beide wartet auf Seppi und sein Team. Danach könnt ihr von mir aus machen, was ihr wollt."

Er zuckte mit den Schultern.

„Nicht so ganz", schaltete sich Nadja mit einem Lächeln ein, „wenigstens nicht lange, denn ich muss nachher noch ins Klinikum. Die Neue stellt sich vor. Das dauert bestimmt auch zwei Stündchen oder so mit Abteilung zeigen und dem ganzen Procedere."

„Wenn ich Zeit habe, bedauere ich euch", konterte Wolf und handelte sich von Peter einen bösen Blick ein, während er Leo losband. „Wir gehen genüsslich zu Heim und Herd. Bestimmt brennt der Kaminofen schon und es duftet aus der Küche. Tschüss, ihr zwei!" Dann ließ er sie einfach stehen.

„Ich wusste gar nicht, dass der sadistische Züge an sich hat", brummte Peter und biss in sein letztes, mit Leberkäse belegtes Brötchen.

„Braucht man die in eurem Beruf nicht bisweilen?" Nadja grinste frech.

Doch Peter tickte sich an die Stirn. „Na ja, falls du welche hast, merken es deine Patienten wenigstens nicht mehr", gab er zurück und wählte kauend Seppis Nummer.

Stallwache

Auf der Bückeburger Dienststelle war an diesem Samstagvormittag alles ruhig gewesen. Zu ruhig! Offiziell hätte es natürlich niemand im Kommissariat zugegeben, aber man langweilte sich bei der Bearbeitung unspektakulärer Fälle und hielt sich mit Kaffee über Wasser. Detlefs Kopf sackte bisweilen etwas nach unten, weswegen Niklas den Verdacht hatte, dass er sekundenweise schlief. Er grinste sich eins und schmiss seine Schublade mit einem lauten Knall zu. Detlef zuckte zusammen.

Als das Telefon klingelte, kam endlich Leben in die Bude. Beide hatten die Nummer der Spurensicherung vor Augen, die dort im Display leuchtete. Niklas nahm als Erster ab.

„Von der Lancken", sagte Seppi, „wer von euch armen Schweinen muss am Wochenende auch schuften, so wie meiner einer?"

„Detlef und ich", antwortete Niklas. „Vaddern und Peter schaukeln sich die Eier."

Seppi lachte. „Ich würd sie mir lieber schaukeln lassen. Aber Spaß beiseite. Holt mal eure warme Jacke raus und kommt zur ‚Großen Klus'. Zwei Uniformierte könnt ihr auch noch mitbringen. Die sollen absperren. Ihr findet uns im Wald gegenüber der Hotelgaststätte."

„Leichenfund?“, erkundigte sich Niklas.

„Yepp!“

„Kann sich der Mörder nicht ’ne wärmere Jahreszeit aussuchen?“, stöhnte Niklas.

„Hat er vielleicht“, gab Seppi zurück, „den Vorwurf musst du deinem Ollen machen, der Kapitalverbrechen augenscheinlich anzieht wie ein Kadaver die Fliegen.“

Niklas verdrehte die Augen. Mittlerweile war Detlef hellwach.

„Nicht zu fassen“, sagte er. „Kann der nicht einfach mal zu Hause bleiben und es sich gemütlich machen? Was hat der in Röcke zu suchen, wenn er in Todenmann Gassi gehen kann?“

„Wie dem auch sei. Er hat ein paar alte Knochen in einer Metallkiste gefunden und mich auf dem Weg nach Hause gebeten, euch zu benachrichtigen. Die Gebeine müssen wir aus dem gefrorenen Boden bergen. Sieht aber wohl nach Nadjas Kurzexpertise so aus, als ob die da schon länger lägen. Insofern kann man gar nicht wissen, zu welcher Jahreszeit das Opfer gemeuchelt worden ist. Also kannst du dem Täter das mit dem Frost nicht vorwerfen.“

„Ist ja schon gut“, grummelte Niklas. „Wir sind gleich da.“

„Wunderprächtig“, freute sich Seppi. „Das muss wohl da sein, wo sie im Moment den Park wieder herrichten. Stand in der Zeitung. Bin schon im Wagen.“

„Aha. Schön. Na also, dann bis gleich“, erwiderte Niklas.

Detlef hatte mitgehört und war schon dabei, sich dick einzumummeln. Er fror leicht.

„Wir fahren also zu einem Fundort nach Röcke? Gib mir mal noch ein paar Infos", bat er.

„Ach, wohl eine alte Geschichte. Sind nur noch Knochen da, aber die stecken im Permafrostboden fest." Niklas grinste, während sich Detlef mit dem Finger an die Stirn tippte.

„Du wirst hoffentlich durch die Kälte noch keinen Schaden genommen haben", sagte er, „so eine Art Dauerfrost im Gehirn."

„Ich frage mich, wie wir die Kiste aus dem Boden kriegen sollen. Ohne Minibagger wird das schlecht gehen", überlegte Niklas.

Detlef zuckte mit den Schultern. „Dann sehe ich da schwarz bis Montag. Oder kennst du jemanden, der so ein Ding privat hat und es spontan verleihen würde?"

„Nee", antwortete Niklas. „Es ist ja auch nicht so, dass Eile geboten ist. Angucken will ich mir die Sache aber schon."

„Eben, wir wissen doch noch nicht mal, wie groß diese Kiste ist", gab Detlef zu bedenken.

„Vielleicht ginge es auch mit einer Spitzhacke", überlegte Niklas.

„Tolle Idee, und die hast du einfach so zu Hause im Wohnzimmer stehen?" Detlef schüttelte den Kopf.

„Natürlich nicht, aber ich meine mich zu erinnern, dass mein Vater eine hat", erwiderte Niklas.

„Kommt überhaupt nicht infrage", meuterte Detlef, bevor Niklas weiter darüber nachdachte. „Damit kann sich die Spurensicherung beschäftigen. Und die sollen von mir aus entweder selbst hacken oder sich am Montag einen

Bagger beim Bauhof bestellen. Wir nehmen nur den Fall auf, sorgen dafür, dass abgesperrt wird und mehr nicht. Klaro?“

Gleichgültig zuckte Niklas mit den Schultern. „Wie du meinst, Kumpel. Du bist der Ältere. Ich meinte ja auch nur, dass man die Knochen gleich nach Obernkirchen in die Rechtsmedizin bringen könnte, bevor jemand anders trotz Flatterband auf die Idee kommt, das Innere der Kiste interessant zu finden. Alternativ können wir auch ein Lagerfeuer machen und dort bis Montag hocken. Die Wärme müsste den Boden eigentlich aufweichen.“ Er grinste frech.

„Du bist ein blöder Hund“, schimpfte Detlef und wusste, dass sein Kollege recht hatte. „Bist du sicher, dass Wolf so ein Ding zu Hause hat?“

Der jüngere Kollege nickte.

„Okay, schicken wir einen Uniformierten zu ihm nach Todenmann“, schlug Detlef vor, „oder willst du selbst hingurken?“

„Nee, nee, mach das mal so“, sagte Niklas und zog sich ebenfalls seine Jacke an.

Dann düsten sie nach Röcke.

„Also, dieses Restaurant kenne ich ja. Mimi und ich waren da zum Essen“, erklärte Detlef. „Im Wald da drum rum sind wir natürlich nicht gewesen.“

„Wozu auch?“, erkundigte sich Niklas. „Beim Vögeln zwicken einen die Ameisen nur.“

Detlef schmunzelte.

„Du hast wohl Notstand“, stellte er fest. „Lange keine Frau mehr gehabt, was?“

Seitdem Detlef aus der Wohngemeinschaft aus- und zu Mimi gezogen war, lebte Niklas allein in den Räumen im Höppenfeld.

„Sex wird eindeutig überbewertet", sagte er lapidar dahin.

„Sex vielleicht schon, aber alles andere ...", wandte Detlef ein.

„Keine Zeit", antwortete Niklas und beendete damit abrupt das Gespräch.

Sie parkten an der „Großen Klus", sahen, dass Seppi mit Team schon vor Ort war, und gingen wie von Wolf beschrieben in den Wald auf der gegenüberliegenden Straßenseite hinein.

Als Detlef Peter Kruse von Weitem mitten im See auf der Insel stehen sah, stöhnte er.

„Wieso beordert man uns hier raus, wenn die, die freihaben, schon längst dort waren?", meckerte er.

„Wahrscheinlich sollen wir übernehmen", sagte Niklas. „Und dass Nadja hier ist, lässt sich wohl nicht verhindern, nachdem unser anderer Rechtsmediziner Enno mit Staatsanwältin Kukla ein Jahr auf Weltreise gegangen ist. Soweit ich weiß, kommt seine Vertretung erst die Tage ins Agaplesion."

„Mir auch egal", erwiderte Detlef und winkte Peter zurück, der ihn von Ferne angrinste. „Kannst du mir mal erklären, wie wir da mitten in den See kommen sollen? Und sag ja nicht, dass wir übers Eis wandern könnten."

„Es wird schon einen Weg geben", vermutete Niklas, „die anderen werden auch nicht hingeflogen sein."

„Vermutlich nicht", lachte Detlef.

Kurze Zeit später waren auch sie auf der Insel.

„Sah etwas ungeschickt aus, deine Kletterei, Detlef", flachste Peter. „Du solltest doch mehr Sport treiben und nicht nur mal eben vor den routinemäßigen Untersuchungen."

„Wenn ich auf irgendetwas heute Morgen noch verzichten kann, dann sind es deine Kommentare", konterte Detlef, „aber glaub mir, dass ich dich gleich genau im Blick habe, wenn du den Rückweg antrittst. Ich verstehe sowieso nicht, warum man uns hierher beordert hat, wenn du schon da bist. Das ist doch völliger Quatsch, und dann auch noch bei dieser Kälte."

„Also ich bin nur privat hier", erklärte Peter verschmitzt, „ich begleite meine Frau."

„Hier, nimm mal an", rief Seppi hinter ihnen und reichte Niklas eine Spitzhacke.

„Schlaues Kerlchen", sagte Peter, „da hättet ihr zwei auch drauf kommen können."

Die Angesprochenen verdrehten die Augen.

„Gut, dass du von uns in jedem Fall der Stärkste bist", erwiderte Niklas, „denn du darfst jetzt hacken."

Aus der Nummer kam Peter nicht heraus. Er konnte sich keine Blöße geben. Immerhin überragte er die anderen um mindestens einen Kopf, von seiner Statur ganz zu schweigen. Die Bezeichnung „Bulle" passte auf ihn in jeder Hinsicht, auch wenn er das nicht gerne hörte.

„Gib mal her", bat er, „wir haben schließlich keinen Bock, bis zum Montag zu warten. Vorher kriegst du niemanden hierher."

„Aber bitte ganz vorsichtig“, mahnte Seppi, der Angst um seine Spuren hatte. Wenn beim Hacken rohe Gewalt im Spiel war, konnte die Kiste leicht zerstört werden, zumal sie – wie er vermutete – tatsächlich aus Blei war. Ein giftiges, eher weiches Metall.

Nach einem genervten Blick in Richtung des Beamten der SpuSi, legte Peter los und hielt einen halben Meter Sicherheitsabstand ein. Er gab wirklich alles. Das scharfe Metallwerkzeug drang zunächst wegen des Frostes nicht allzu tief ein. Als er jedoch die obere Schicht durchdrungen hatte, ging es leichter.

„Soll ich dich ablösen?“, fragte Niklas nach einer Weile. Er war schließlich der Jüngste hier und stand im vollen Saft seiner Manneskraft.

Doch Peter lachte nur. „Klar, jetzt wo ich durch die gefrorene Schicht durch bin. Nee, lass mal.“

Mit Hammer und Meißel bearbeitete Seppi unterdessen die Stellen, die bereits etwas von der Kiste preisgegeben hatten.

„Wie tief steckt die denn noch drin?“, stöhnte Peter einige Zeit später total verschwitzt.

„Scheint mir eher ein Sarg als eine Kiste zu sein“, überlegte Detlef laut.

„Gut möglich“, sagte Seppi, „denn ich habe hier eine Verzierung gefunden. „Guckt mal!“

Alle beugten sich über den Bereich und rätselten.

„Kann man nicht mehr so ganz genau erkennen“, kam es von Detlef.

„Ich finde, es sieht wie ein Blatt aus“, gab Niklas seinen Senf dazu.

Auch Peter beugte sich über die Stelle. „Blatt?", fragte er. „Das ist aber ein merkwürdiges Blatt, wohl eher ein Sägeblatt. Habt ihr die Zacken gesehen?" Er lachte. „Wahrscheinlich ein sehr eigenwilliger Künstler."

„Wo er recht hat, hat er recht", erwiderte Detlef.

„Mir kommt es irgendwie bekannt vor", erklärte Nadja, „aber ich wüsste jetzt echt nicht, woher."

„Es scheint auch noch etwas darum herum gewesen zu sein. Möglicherweise kann man es wegen der Korrosion nicht mehr so genau erkennen", vermutete Seppi.

„Ich mache mal ein Foto", schlug Niklas vor. „Das simse ich meinem Vater. Vielleicht hat der 'ne Ahnung, womit wir es hier zu tun haben."

Peter wedelte mit dem Zeigefinger. „Nee, nee, zumindest nicht am Wochenende. Da wir es hier mit keinem akuten Fall zu tun haben, wollen wir ihn doch lieber nicht stören."

„Er hat das Fass doch aufgemacht", beschwerte sich Niklas. „Seinetwegen stehen wir hier draußen in der Kälte, und da soll ich ihm kein Foto schicken? Das glaubst du doch selbst nicht, dass das richtig ist. Er wird drauf brennen zu erfahren, womit wir es zu tun haben. Außerdem ist er ein Geschichtsfreak. Wenn das Ding da wirklich alt ist, könnte er was dazu sagen."

Peter zuckte mit den Schultern. „Musst du wissen."

„Schick es ihm doch als Sohn", sagte Detlef und lachte, „nicht als Kollege."

„Ihr seid alle echt ein bisschen gaga!", brummte Niklas und zuckte zusammen. Auch alle Umstehenden dachten in diesem Moment an Wolf Hetzers Hündin. Sie hatte mit dazugehört. Ein treuer Weggefährte war sie gewesen, aber leider war ein Hundeleben allzu endlich.

Peter seufzte. „Ja, ja, die gute alte Lady. Ich bin nur froh, dass er den Leo hat. Wolf ohne Hund ist undenkbar." Dann hackte er weiter. Nicht nur Niklas hatte das Gefühl, dass er jetzt kräftiger auf den harten Boden einschlug.

„Reicht! Peter, hör auf!", rief Seppi zehn Minuten später. Vorsichtig ruckelte er an der Kiste. Und tatsächlich löste sie sich aus dem Untergrund. „Ich gucke mir das Ganze erst mal im Labor an. Die Knochen bringen wir dir später rüber, Nadja."

„Fein, dann können wir endlich nach Hause gehen, obwohl mir schön warm geworden ist", sagte Peter.

„Dir vielleicht, aber mich musst du daheim erst mal auftauen", schlotterte Nadja.

„Da hätte ich diverse Ideen", flüsterte ihr Peter anzüglich ins Ohr.

Nadja ignorierte seine Worte mit einem Schmunzeln und wandte sich an Seppi. „Schickt ihr mir die Knochen heute noch nach Vehlen? Ich bin neugierig. Der Ort, die Art und das wahrscheinlich historische Datum der Bestattung – alles sehr mysteriös. Ist ja fast romantisch hier auf der kleinen Insel und die Aufbewahrung im Bleisarg spricht auch nicht unbedingt für eine unwichtige Person. Für gewöhnlich hätte man Holz genommen. Allenfalls mit Blei ausgeschlagen, aber komplett ... na, ich bin gespannt." Sie redete mehr mit sich selbst. „Ich bin nachher sowieso noch im Klinikum. Dann riskiere ich einen Blick. Wäre eventuell auch was Interessantes für meine neue Kollegin, die sich heute die Abteilung ansieht."

„Und wie ist die so?", fragte Detlef.

„Keine Ahnung, aber ich werde es herausfinden", antwortete Nadja mit einem Lächeln. „Dem Foto nach ist sie eine Schönheit."

„Du hast sie selbst noch nie gesehen?", wunderte sich Niklas. „Aber du bist doch ihre Vorgesetzte."

„Na, sagen wir mal, ich bin die Dienstältere", antwortete Nadja bescheiden. „Man kennt das mit den Behörden ja. Da wird eine Stelle ausgeschrieben, auf die Noten und die Quali geguckt, ein bisschen am Gehalt gefeilscht ... Nur selten werden die Kollegen mit einbezogen."

„Du sagst es", erwiderte Seppi.

„Dann arbeiten da gleich zwei heiße Feger im Institut", schwärmte Peter.

„Wie gut, dass dir der Schnabel sauber bleibt", freute sich Niklas.

„Du hast doch eh kein Interesse an Frauen", konterte Peter. „Es stellt sich überhaupt die Frage, ob du hetero bist. Soweit ich mich erinnern kann, hast du noch nie was Festes gehabt. Und was jemals so aus deinem Bett gekrochen kam, weiß nur dein ehemaliger Mitbewohner Detlef."

„Tut mir leid, seit Conchita Wurst muss auch ich passen", gab Detlef grinsend zu. „Frauen sind im Halbdunkel nicht mehr eindeutig von Männern zu unterscheiden, die welche darstellen wollen."

Nadja tippte Peter auf die Schulter. „Ich müsste jetzt wirklich langsam ins Warme, sonst hole ich mir einen weg."

„Sorry", sagte der Angesprochene, „wir düsen dann mal ab."

Gemeinsam kletterten sie über die Harvester und gingen in Richtung „Große Klus" durch die noch kahle Lindenallee davon.

Das Foto

Niklas war es vollkommen egal, was die anderen sagten. Mit seinem Smartphone knipste er die Gravur des Bleisarges von mehreren Seiten und sandte seinem Vater die Bilder zu. Eigentlich hatte er sofort eine Reaktion erwartet, aber es konnte natürlich sein, dass Moni interveniert hatte. Kein Dienst am Wochenende bedeutete normalerweise, dass das „Nervofon", wie Wolfs Verlobte das dienstliche Gerät manchmal nannte, ausbleiben musste. Aber wie er seinen Vater kannte, würde er zwischendurch mal einen kleinen Blick riskieren, damit nichts anbrannte. Wahrscheinlich dachte sein Alter, dass ohne ihn nichts, aber auch gar nichts funktionierte. Ein klarer Fall von Selbstüberschätzung, wobei er dessen Ermittlungsleistung nicht in Abrede stellen wollte. Doch manchmal war Wolf ein bisschen vorsintflutlich. Auch in der Kriminalistik blieb die Zeit nicht stehen. Er selbst hatte gerade eine Fortbildung im Bereich „Forensische Entomologie" absolviert. Sehr spannend, aber reichlich ekelig, was den Gestank und die Maden in ihren verschiedenen Entwicklungsstadien anging.

„Ich hab die Kiste jetzt auf", rief Seppi zu Detlef und ihm herüber. „Wollt ihr mal gucken?"

Sie hatten sich die Insel etwas genauer angesehen. Aber hier waren keine Spuren zu erwarten, wenn die Grablegung schon so lange zurücklag wie vermutet.

„Klar, wenn wir schon hier sind“, sagte Detlef.

„Ziemlich zierlich, wenn ihr mich fragt“, stellte Seppi fest. „Vielleicht ein Jugendlicher oder eine zarte Frau. Aber seht mal hier!“ Er förderte einen winzigen Knochen zutage.

Niklas und Detlef schauten ihn ratlos an.

„Ja und?“, fragte Niklas.

„Ein Röhrenknochen“, sagte Seppi nachdenklich.

„Soll bei Menschen vorkommen“, konterte Detlef.

„Schon, aber nicht in der Größe. Es sei denn ...“ Seppi hielt inne.

„Sag nicht, da ist ein Säugling mit beerdigt“, stöhnte Detlef.

„Ich hoffe nicht“, erwiderte Seppi, „einen Babyschädel habe ich bisher auf jeden Fall nicht gesehen.“

„Da müssten doch wohl auch noch etliche andere Knochen sein“, überlegte Niklas.

„Nicht unbedingt. Wenn die Leiche hier schon lange liegt, werden ohnehin nicht mehr alle Knochen vorhanden sein“, erklärte Seppi, „selbst wenn sie in dieser Bleikiste lagen. Ihr dürft nicht vergessen, dass mit dem Verwesungsprozess Körpersäfte frei werden, die zersetzend wirken. Kleinere Knochen fallen dem dann zum Opfer.“

„Will ich gar nicht so genau wissen“, antwortete Detlef. „Pack uns die Einzelteile in eine Kiste, und wir bringen sie nach Vehlen. Um den Rest soll sich Nadja kümmern.“

„Wenn es heute nicht so kalt wäre, hätte sie das Umbetten bestimmt lieber selbst gemacht“, vermutete Seppi und lachte.

„Ach Quatsch, sie vertraut dir halt", kam es von Detlef, „und nun mach hin. Es ist nicht so, dass mir megamäßig warm ist."

„Tut mir leid, aber das dauert seine Zeit", erwiderte Seppi, der gut eingepackt war und beim Sortieren in der Hocke kauerte. „Habt ihr eigentlich keine richtigen Winterklamotten? Ihr müsst doch immer damit rechnen, zu einem Fall gerufen zu werden."

Niklas zuckte mit den Schultern. „Sag du mir mal, wie oft das prozentual vorkommt, dass wir ausgerechnet an so einem frostigen Tag langwierig ausrücken müssen?"

„Heute ist einmal zu viel, würde ich sagen", feixte Seppi. „Los, haut schon ab! Ich nehme euch die Fahrt nach Vehlen ab, wenn ich hier fertig bin."

„Ja" und „Nö", sagten Detlef und Niklas gleichzeitig.

Der Jüngere grinste. „Düs ruhig ab, Detlef, du Warmduscher. Ich halte hier die Stellung. Dafür schreibst du den Bericht. Deal?"

Mit einer Tasse Kaffee vor Augen, herrlich dampfend und duftend, nickte der Angesprochene zufrieden. Lieber im Warmen sitzen und blöden Schriftkram erledigen, als sich hier die Eier abzufrieren, dachte er bei sich. „So machen wir das", sagte er und klopfte Niklas auf die Schulter. „Du bist noch jung und hast heißes Blut. Echt beneidenswert." Dann stapfte er durch die Kälte davon.

In der Rechtsmedizin

Niemals hätte Niklas zugegeben, dass selbst ihm irgendwann schweinekalt gewesen war. Wer hatte denn ahnen können, dass Seppi jeden Knochen einzeln feinsäuberlich in diese Kiste sortierte, die sie in der Rechtsmedizin abgeben wollten. Dabei führte er eine Strichliste. Die Knochen, die seiner Meinung nach nicht zu der Leiche gehörten, von der auch der Schädel stammte, listete er sogar extra auf und gab sie in einen Klarsichtbeutel. Das kostete Zeit und Niklas einige Zehen, wenn er nicht bald von hier weg kam. Wahrscheinlich hatte Detlef doch die bessere Wahl getroffen. Jetzt war es nicht mehr zu ändern. Er stapfte auf der kleinen Insel herum, bis Seppi ihn endlich zu sich rief.

„So, ich bin hier fertig. Wir können los. Das Wichtigste ist gesichert. Wenn hier abgesperrt ist, kann mein Team ab Montag den Rest erledigen. Ich teile Nadjas Einschätzung, dass diese Knochen hier bereits Jahrzehnte liegen. Insofern ist keine Eile geboten“, erklärte Seppi von der Lancken und sah auf die Uhr. „Herrjeh, schon kurz nach halb zwei. Das hätte ich jetzt nicht gedacht.“

Niklas enthielt sich jeglichen Kommentars. Sein Gesicht brannte, Finger und Zehen waren zu einer gefühllosen Masse geworden, die nicht länger zu ihm gehörte.

„Bist du so weit?“, fragte ausgerechnet Seppi.

„Gerade so eben", antwortete Niklas, aber der Beamte der SpuSi schien seine Antwort gar nicht wahrzunehmen. Er war gedanklich längst wieder in seiner eigenen Welt.

„Gut, dann setze ich dich am Klinikum in Vehlen ab, ja? Aber wie willst du denn von da wieder wegkommen?", überlegte Seppi.

„Ach, das wird sich ergeben", sagte Niklas, der nun endlich loswollte. Er stieg auf die Harvester. „Entweder bringt mich Nadja auf dem Weg nach Kleinenbremen in der Ulmenallee vorbei oder Detlef holt mich oder ich nehme mir eine Taxe." Sein Rückweg zur Dienststelle war für ihn momentan echt das kleinste Problem. „Ich hoffe, du hast Sitzheizung."

„Na klar", erwiderte Seppi und grinste. „Leder ist super gegen den Wind, aber vielleicht denkst du doch mal über eine Funktionsjacke nach, zumindest bei Einsätzen unter null."

Niklas winkte ab. Jede Bewegung seiner Lippen tat weh. An seine Ohren mochte er überhaupt nicht denken. Wortlos übernahm er beim Klettern über die Harvester nach und nach Seppis Ausrüstung und die sichergestellten Knochen. Gemeinsam trugen sie alles zu seinem Wagen.

Eine Viertelstunde später kamen die beiden am Agaplesion in Vehlen an. Seppi parkte hinter dem Gebäude. Dort waren einige Plätze für die Rechtsmedizin reserviert, denn bei den Obduktionen waren immer mehrere Personen anwesend. Die Kukla von der Staatsanwaltschaft wurde derzeit von einem Kollegen vertreten. Auch ein Beamter der Kripo nahm an den Sektionen teil. Im aktuellen Fall hatte ihnen die Natur diese Arbeit bereits abgenommen. Da war kein Fleisch mehr, das man aufschneiden musste. Auf Doktor Nadja Serafin und ihre neue Kollegin würde eher ein Puzzle zukommen, wobei natürlich jeder einzelne Knochen zusätzlich einer genaueren Untersuchung unterzogen werden würde.

Die Fahrt im Auto hatte Niklas nicht nur gutgetan. Zwar bekam die Wärme seinem Körper, aber die plötzliche, verstärkte Durchblutung von Gesicht und Ohren schmerzte gleichzeitig wie die Hölle. Auf seinen Wangen hätte man ein Spiegelei braten können, vermutete Niklas und stieg aus. Seppi reichte ihm die Kisten aus dem Kofferraum. Dann fuhr er davon.

Niklas klingelte an der Tür der Rechtsmedizin und hoffte, dass er nicht zu lange warten musste. Auch hier pfiff der schneidende Wind um das Gebäude. Kurze Zeit später hörte er Schritte. Er war erstaunt, dass Nadja ihm höchstpersönlich die Tür öffnete.

„Ach, du bist es", sagte sie. „Ich dachte, die Neue wäre ein bisschen früher dran."

„Wieso, kommt die gleich?", fragte Niklas neugierig.

Nadja sah auf die Uhr. „Verabredet waren wir um zwei. Sie müsste also gleich hier sein. Komm ruhig rein. Dann kann sie sofort ein bisschen heiß gemacht werden. Die Kisten stellen wir auf einen der Sektionstische." Die Rechtsmedizinerin rieb sich die Hände. „Ich bin schon ganz gespannt."

„Auf die Neue oder auf die Knochen?", wollte Niklas wissen und grinste.

„Ja, auf die Neue auch", gab Nadja zu, „aber nichts ist spannender als alte Gebeine. Sie haben meist eine interessante Geschichte zu erzählen."

„Vielleicht hat das deine zukünftige Kollegin ja auch", mutmaßte Niklas. „Wie heißt sie eigentlich?"

„Anke Seiler."

„Hmm, das ist wenig spektakulär", fand Niklas.

Nadja lachte. „Also wenn die Frau in der Realität nur halb so gut aussieht wie auf ihrem Foto, dann möchte ich bitte nicht, dass du auf den Boden sabberst."

„Komme ich dir etwa vor wie ein räudiger Köter?" Niklas mimte einen bösen Blick.

„Dafür hast du zu wenig Fell", antwortete Nadja, „aber ich habe schon so manchen Kerl im Angesicht eines begehrenswerten Weibchens zum Idioten mutieren sehen. Mir ist das naturgegebenermaßen noch nie passiert. Muss ja auch nicht." Sie wuschelte durch ihre wirren Haare, aber das machte keinen Unterschied. Keiner der blonden, kurzen Strohhalme lag dort, wo er hingesollt hätte. Die Hoffnung auf eine Frisur hatte Nadja vor Jahren aufgegeben. Ihr reichte es schon, dass wenigstens kein Vogel versuchte, darin sein Nest zu bauen.

Es klingelte.

„Warte hier", bat Nadja. „Ich will erst ein, zwei Höflichkeitsfloskeln mit ihr tauschen, bevor ich sie mit unserem Fall konfrontiere."

Wie durch eine Nebelwand hörte Niklas die beiden Frauen miteinander sprechen. Dann waren Schritte zu vernehmen. Die Tür ging auf, und Niklas hielt die Luft an. Cleopatra stand vor ihm. Er war verloren.

Jeden hätte er ausgelacht, der ihm etwas von „Liebe auf den ersten Blick“ erzählen wollte. So einen Mist gab es nicht. Das war nur romantisches Gefasel. Bis zu diesem Augenblick hatte er das wenigstens gedacht, aber diese Frau nahm ihm den Atem. Und jetzt kam sie auch noch auf ihn zu.

„Darf ich vorstellen“, begann Nadja, „meine neue Kollegin Anke Seiler. Ihr Ruf eilt ihr weit voraus. Sie ist eine Koryphäe in etlichen rechtsmedizinischen Bereichen. Und das ist Oberkommissar Niklas Müller, erst kürzlich befördert, und außerdem der Sohn unseres Kriminalhauptkommissars Wolf Hetzer.“

„Interessanter Name“, stellte Anke Seiler fest. „Ein Wolf, der seine Täter hetzt. Passt wie die Faust aufs Auge.“

Niklas schwieg. Er stand da mit seinem heißen Gesicht, das noch immer brannte wie seine roten Ohren, und starrte.

„Den werden Sie bestimmt auch bald mal kennenlernen“, versprach Nadja, weil er nichts sagte.

„Herzlich willkommen“, stammelte Niklas. „Tut mir leid, ich bin noch ganz eingefroren.“ Sie sollte bloß nicht denken, dass er ihretwegen rot geworden war. „Wir haben ein paar alte Knochen von einer Insel geborgen.“

„Wow, das hört sich an wie aus einer Piratengeschichte“, freute sich die Neue, „aber ich nehme mal an, dass es sich um kein Eiland im Pazifik handelt.“

„Stimmt, eher so ein Fleckchen Land in einem Teich, aber das klingt nicht so spannend.“ Niklas hatte sich wieder im Griff, wenigstens vordergründig. Das war ein Rasseweib. Wenn er die aufreißen wollte, durfte er keine

Fehler machen. Dumm war sie auch nicht. Das würde ein harter Brocken werden.

„Hätten Sie denn Lust, die Knochen mit mir zu sortieren?", wollte Nadja wissen. „Dabei können wir uns doch gut unterhalten. Eigentlich habe ich meinen freien Tag, aber dieser Fund ist uns sozusagen heute durch Zufall hereingeschneit." Sie lächelte.

„Aber gerne doch. Ich habe nichts weiter vor als auszupacken, und das kann warten. Bisher kenne ich hier sowieso niemanden. Die Küche funktioniert auch noch nicht. Wo kann man denn hier ganz passabel Essen gehen?"

Niklas witterte seine Chance. „Kommt auf die Preisklasse an."

„Mittel", bestimmte Anke Seiler, „aber vor allem von guter Qualität. Auf so einen chinesischen Fraß mit viel Glutamat habe ich keine Lust."

„Italienisch oder griechisch?", fragte Nadja.

„Ginge beides. Wo kommt man denn von Vehlen aus zu Fuß hin?", erkundigte sich Anke. „Ich habe kein Auto."

„Schwierig", sagte Niklas und holte tief Luft. „Aber wie wär's? Lassen Sie sich doch einfach überraschen. Vorschlag: Ich hole Sie mit dem Wagen ab, fahre zu einem leckeren Restaurant und wir essen zusammen." Schon als die Worte aus seinem Mund kamen, fühlte er sich wie ein Vollidiot. Er wusste überhaupt nicht, was ihn geritten hatte.

„Einverstanden", antwortete sie, „aber ich zahle, wenn Sie mich schon kutschieren müssen. Und bitte, das ist jetzt keine Verabredung. Das sollten Sie auf keinen Fall falsch verstehen. Ich habe einfach mal wieder Hunger auf was Warmes und freue mich, wenn ich mich mit jemandem unterhalten kann. Noch kenne ich ja hier keinen. Also, wenn Sie zu einem netten Abend bereit sind, gerne."

Jetzt war Nadja sprachlos. Zuerst hatte sie gedacht, Anke würde Niklas' Angebot rigoros ablehnen, aber dass sie zustimmte und ihm gleichzeitig den Zahn zog, da würde mehr laufen, hätte sie nie vermutet. Das war eine Ansage. Und egal, was Niklas dachte oder insgeheim vorhatte. Er würde sich zurückhalten müssen. Vom Sabbern war er nicht weit entfernt. Das sah ein Blinder mit 'nem Krückstock.

„Wunderbar", sagte Niklas, der nur das „Ja" gehört hatte. Alles andere interessierte ihn nicht. Diese Schönheit ging mit ihm aus. Nur das zählte. „So, ich will dann mal wieder. Ich bräuchte noch die Adresse und die Handynummer." Er frohlockte innerlich.

Anke Seiler schrieb ihm die Daten auf. „Sagen wir um halb sieben?"

„Gut, dann bestelle ich uns einen Tisch", versprach Niklas. „Punkt halb stehe ich vor Ihrer Tür. Ich freue mich."

„Ich auch", erwiderte sie. „Vielleicht kann ich Ihnen dann sogar schon was zu den Knochen sagen."

„Das wäre toll", antwortete Niklas. Sie hätte sonst was sagen können. Er hätte alles gut gefunden. „Bis später dann. Und dir, Nadja, noch ein schönes Wochenende." Er grinste. „Wenn es denn so weit ist."

Knochen

Nadja war zwiegespalten. Auf der einen Seite waren ihr die Knochen weniger wichtig als ein gemütlicher Nachmittag mit Peter auf dem Sofa. Andererseits war sie neugierig auf diese Anke. Natürlich hätte das Kennenlernen auch Zeit gehabt bis zum Montag, aber zwei Faktoren gleichzeitig hielt Nadja nicht stand. Interessante Knochen und eine geheimnisvolle Frau. Diese Anke umgab ein Nimbus der Unnahbarkeit, gepaart mit einer fast greifbaren Wehmut. Sie selbst war wirklich das Gegenteil von lesbisch, aber diese Frau strahlte etwas aus, dass man sie in den Arm nehmen wollte und sich zugleich nicht traute. Es war wie bei einem paradoxen Magneten, der einen anzog, während er einen abstieß. Physikalisch unmöglich, wusste Nadja, aber augenscheinlich psychisch existent.

Es war auch verwunderlich, warum sich jemand mit solchen Fähigkeiten auf eine Stelle im Agaplesion in Vehlen beworben hatte. Die Stationen in Anke Seilers Lebenslauf sprachen für sich. Unter anderem hatte sie in der Charité und der Universitätsklinik in München gearbeitet. Was wollte so eine Koryphäe bei den Landeiern im Schaumburger Land? Sie war jung für das, was sie bisher erreicht hatte. Möglicherweise war sie so ein Überflieger, der Klassen überspringen konnte. Nadja mutmaßte, dass irgendetwas vorgefallen sein musste, weswegen sie ihr voriges Umfeld verlassen hatte. Dass es ein schlimmes persönliches Schicksal gewesen war, konnte sie nicht ahnen.

Nachdem Niklas gegangen war, zeigte Nadja Anke die rechtsmedizinische Abteilung. Sie selbst war stolz, wie fortschrittlich sie sich inzwischen präsentieren konnten. Alles war seit dem Umzug auf dem neuesten Stand. Besonders die plastische Rekonstruktion von Gesichtern anhand des Schädelknochens faszinierte die Neue.

„Damit habe ich in München schon einmal gearbeitet“, erklärte sie der älteren Kollegin. „Es ist beeindruckend, wie ein lange verstorbener Mensch, von dem praktisch kaum mehr etwas existiert, plötzlich ein Gesicht bekommt. Vielleicht können wir das sogar im aktuellen Fall schon einsetzen. Ist denn der Gesichtsschädel vorhanden?“

„Das weiß ich nicht“, gab Nadja zu, „bisher habe ich nur die Clavicula gesehen. Wollen wir mal in die Kiste schauen?“, fragte sie nicht ohne ein gewisses Kribbeln in der Magengegend.

„Gerne“, erwiderte Anke Seiler und machte eine einladende Geste in Richtung des Transportbehälters. „Aber bitte nach Ihnen.“

„Wollen wir nicht du sagen?“, erkundigte sich Nadja. „Ich finde das Siezen so anstrengend. Außerdem werden wir in der Zukunft nah zusammenarbeiten. Ich halte eine gewisse persönliche Nähe zwischen Mitarbeitern für förderlich. Wir duzen uns hier alle.“

„Na gut“, antwortete die Neue, „Anke ist mein Vorname. Von Abkürzungen halte ich nichts.“

Nadja lachte. „Ich wüsste auch nicht, wie man daraus einen Spitznamen machen könnte. Geht bei mir übrigens auch nicht. Es sei denn, man verlängert das Ganze in Nadeschda oder Nadjaline, aber das wäre dann dem Partner vorbehalten."

„Dann sind wir uns ja einig", sagte Anke ein wenig zu schroff.

Nadja hatte den Eindruck, dass ihre Augen dabei leicht zu schwimmen begannen, aber sie hatte sich sofort wieder im Griff. Es war ein so kurzer Moment, dass sie hinterher dachte, sie hätte sich vielleicht doch getäuscht. Um die Situation zu überspielen, ging sie zu der Plastikkiste und öffnete sie. Anke war ihr gefolgt. Gemeinsam warfen sie einen ersten Blick auf den Inhalt.

„Sehr zierlich", sagte Nadja, die fast zwei Meter groß war, und reichte ihrer Kollegin ein paar Latexhandschuhe.

Anke nahm die Elle in die Hand. „Stimmt, aber kein Kind. Die Epiphysenfuge ist geschlossen. Dieser Mensch war ausgewachsen."

Nadja nickte. „Also wahrscheinlich eher eine kleine Frau."

„Das können wir gleich genauer wissen", erklärte Anke und sah sich unterschiedliche Teile des Beckens an, nachdem sie sie auf den Sektionstisch gelegt hatte. „Leider ist es nicht mehr ganz, aber", sie fügte die Knochenfragmente wieder mit den Händen zusammen, „ich meine, sagen zu können, dass es sich hier tatsächlich um eine Frau handelt, die zumindest ein Kind geboren hat, wahrscheinlich mehrere. Der Winkel zwischen den Schambeinästen ist eindeutig stumpf. Das Foramen opturatum ist horizontal ausgerichtet. Bist du da mit mir einer Meinung?"

„Absolut", freute sich Nadja. Anke schien ihr beweisen zu wollen, dass sie etwas von ihrem Fachgebiet verstand. „Nichtsdestotrotz machen wir zur Sicherheit einen DNA-Abgleich."

Anke nickte. „Selbstverständlich untermauern wir unsere Feststellung auch noch schwarz auf weiß." Sie nahm den Schädel in die Hand. „Was denkst du, wie lange sie schon tot ist?"

„Schwer zu sagen. Lange, denke ich. In den letzten hundert Jahren hat man keine Särge mehr verwendet, die komplett aus Blei waren. Eher noch mit Blei verkleidete Holzsärge, wenn man kontaminierte Leichen hatte. Selbst bei Gruftbestattungen verwendet man seit Langem verlötete Zinksärge", wusste Nadja. „Wir können also vermuten, dass diese Dame hier vielleicht aus dem 19. Jahrhundert stammt."

„Oder jemand will uns das glauben machen", wandte Anke ein.

„Auch möglich", gab Nadja zu, „aber wie willst du an so einen Sarg kommen? Es dürfte schon schwer sein, so viel von dem giftigen Metall zu bekommen. Und dann müsste sich jemand auch noch darauf verstehen, daraus einen Sarg zu formen."

„Vielleicht hatte jemand so ein Ding im Keller rumstehen oder hat es entwendet", überlegte Anke laut. „Wir sollten nichts außer Acht lassen."

Als ob du mir das sagen müsstest, grummelte Nadja innerlich und rief sich anschließend selbst zur Vernunft. Die Neue wollte imponieren, das war verständlich.

„Hättest du Lust, schon mal mit der computeranimierten Gesichtsrekonstruktion zu beginnen? Eigentlich habe ich heute frei, würde mich aber zu einem kleinen Knochenpuzzle hinreißen lassen, bevor ich wieder im Sofa an der Seite meines Mannes versinke. Na, wie wär's?", erkundigte sich Nadja.

Anke machte ein erstauntes Gesicht. „Ich dachte, wir hätten jetzt einen Fall und wären automatisch im Dienst."

Nadja schüttelte lächelnd den Kopf. „Wenn das hier ein halbwegs aktuelles Geschehen wäre, würde ich dir recht geben. Aber wir sind uns doch wohl beide einig, dass wir hier bisher keine Indizien für ein unnatürliches Ableben vorliegen haben."

„Schon", gab Anke Seiler zu.

„Und sollten wir doch welche finden, möchte ich behaupten, aufgrund meiner Erfahrung schon jetzt sagen zu können, dass ihr Mörder längst tot sein müsste", sagte Nadja mit Nachdruck. „Es besteht also kein Grund zur Eile, wenngleich diese Entdeckung dort auf der Insel im See schon einige Aufmerksamkeit auf sich ziehen wird. Ein mysteriöser Leichenfund aus alter Zeit könnte die Bevölkerung interessieren."

Anke nahm den Schädel in die Hand und sah sich den Oberkiefer genauer an. Dann studierte sie den Unterkiefer.

„Könnte was dran sein an deiner Theorie mit der historischen Leiche", fügte sie hinzu. „Keine Füllungen in den Zähnen, dafür Karies und der Verlust einiger Backenzähne, die nicht post mortem verloren gegangen sein dürften, auf den ersten Blick gesagt. Hätte eine Tote heutzutage so ein Gebiss, müsste man davon ausgehen, dass sie niemals beim Zahnarzt gewesen war, und das ist eher unwahrscheinlich. Selbst wenn jemand eine Phobie entwickelt, wird er als Kind schon mal zahnmedizinisch untersucht und versorgt worden sein."

Nadja nickte. „So sehe ich das auch. Aufgrund der geringen degenerativen Veränderungen vermute ich, dass wir es mit einer kleinen Frau mittleren Alters zu tun haben, die einige Kinder geboren hat. Das könnte eventuell den Zahnverlust erklären, und wahrscheinlich finden wir bei genauerer Untersuchung der Knochen auch Anzeichen einer beginnenden Osteoporose. Unmengen von Süßigkeiten wird sie wohl eher nicht gegessen haben. Wer konnte sich so etwas schon leisten?"

„Jemand, der so wichtig gewesen ist, dass man ihn in einen Bleisarg gesteckt hat", behauptete Anke. „Ist das nicht schon ein weiteres Indiz für eine eher gehobene Stellung in der damaligen Gesellschaft?"

„Wir verlieren uns in der Spekulation. Wir sollten Fakten schaffen!", schlug Nadja vor. „Du machst dich an den Schädel, ich setze das Skelett zusammen, soweit vorhanden."

„Einverstanden", stimmte Anke zu.

„Gut, dann muss ich nur eben noch meinem Mann Bescheid sagen, damit er sich keine Sorgen macht."

Anke nickte, aber in ihrem Blick lag etwas Wehmütiges. Vielleicht lag es daran, dachte Nadja, dass niemand zu Hause auf sie wartete.

„Bin gleich wieder da", sagte sie zu ihrer Kollegin und ging in ihr Büro. Von dort aus rief sie Peter an.

„Lass mich raten", kam als Begrüßung durch den Hörer, noch bevor Nadja ein Wort gesagt hatte, „die ollen Knochen sind schon im Institut und du kannst dich nicht losreißen. Stimmt's?“

„So in etwa“, gab Nadja zu. „Tut mir leid, mein Schatz, dass du da jetzt an unserem freien Wochenende alleine sitzt, aber ich beeile mich. Versprochen!“

„Schon gut“, erwiderte er milde, denn er hatte ein ausgesprochen schlechtes Gewissen, „kommt doch gleich Fußball.“

Nadja wurde misstrauisch. Kein Meckern, kein Leiern oder Zetern, dass sie doch die Knochen liegen lassen und sich mit seinen beschäftigen sollte. Das war ungewöhnlich und merkwürdig.

„Hast du aus dem Kühlschrank genascht?“, fragte sie.

Ertappt! Mist, dachte Peter, denn Lügen war nicht sein Ding. „Nur ein ganz klein wenig. Vielleicht könntest du auf dem Rückweg von der Tanke ...“

„Nein“, sagte Nadja rigoros. „Ich brauche keine Wiener und auch keine Frikadellen. Wenn du alles aufgegessen hast, dann wird das für dich ein fleischloser Abend.“

„Drohst du mir?“, erkundigte sich Peter vorsichtig, der seine Felle auch hinsichtlich anderer Aktivitäten davonschwimmen sah.

„Wieso sollte ich?“, fragte Nadja und musste innerlich grinsen. „Wir sind jetzt quitt. Ich bleibe noch ein bisschen hier und schimpfe dafür nicht über deine Fresslust. Das ist doch ein Angebot. Wir sollten deine Cholesterinwerte allerdings mal wieder überprüfen und am besten auch gleich die Harnsäure. Scheint mir ganz schön fleischlastig zu sein, deine Ernährung in der letzten Zeit.“

„Was soll ich denn sonst essen? Ich bin doch kein Kaninchen“, maulte er.

„Aber mein Hasi willst du schon noch sein, oder?“, wollte Nadja wissen.

„Und wie“, antwortete Peter, der an große Ohren dachte.

„Fein, dann mache ich uns heute Abend einen schönen Salat, mit allem was das Hoppelherz begehrt.“ Sie schmunzelte in sich hinein.

„Sehr witzig“, grummelte Peter, lachte dann aber. „Ich freue mich auf dich. Mach nicht zu lange. Bis dann.“

Nadja legte auf und ging wieder zurück in den Sektionssaal.

Anke Seiler hatte den Schädel bereits auf dem Drehteller positioniert, um ihn als 3D-Modell in den Computer zu übertragen. Lückenlose Aufnahmen aus unterschiedlichsten Winkeln und Entfernungen rund um das Objekt waren hierfür notwendig. Stolz sah Nadja von Ferne zu, wie ihre neue Kollegin die Technik beherrschte. Sie selbst hatte dafür gesorgt, dass die Voraussetzungen geschaffen wurden. So eine Rekonstruktion konnte nur mit einem Computer gemacht werden, der über eine besonders starke Rechenleistung verfügte. Spezielle Programme mussten erworben und installiert werden. Aber das alles war Schall und Rauch ohne jemanden, der sich mit der Thematik auskannte und die Technik beherrschte. Zwar hatte sie selbst ein Seminar besucht und war auch sicher in der Lage, sich insoweit durchzuwurschteln, dass sie zu einem Ergebnis gekommen wäre. Anke hatte jedoch bereits in der Vergangenheit damit gearbeitet und schien alles um sich herum vergessen zu haben. Also konzentrierte sich Nadja ganz auf ihre Arbeit, legte Wirbelkörper der Reihe nach, sortierte noch vorhandene Rippen, wobei einige leicht deformiert schienen und platzierte die Röhrenknochen auf dem Tisch. Von den Handwurzel- und Fingerknochen waren nur noch wenige vorhanden. Auch die Füße konnten nicht mehr komplett dargestellt werden. Sie trat einen Meter zurück. Was für eine zierliche Person, aber man durfte eben nicht vergessen, dass die Menschen im Laufe Zeit größer geworden waren. Trotzdem blieb sie selbst immer noch eine Ausnahme mit ihren fast zwei Metern. Anhand der Länge des Oberschenkelknochens ermittelte sie schließlich die Größe der vor ihr liegenden Toten. Sie musste um die 155 Zentimeter gewesen sein. Nach ihren Schätzungen könnte die Schuhgröße höchstens 35 betragen haben. Kein Wunder, dass man sie ohne Betrachtung der Wachstumsfugen für ein Kind halten würde.

„Willst du mal eben gucken?", fragte Anke von ihrem Rechner aus.

Nadja hatte überhaupt nicht bemerkt, wie viel Zeit inzwischen vergangen war. Es dämmerte bereits.

„Sehr gerne", antwortete sie und machte sich auf den Weg zum Computerbildschirm.

„Unsere Unbekannte hatte einen Überbiss. Er hat sie nicht entstellt, ist aber deutlich sichtbar, wenn du vom Schädelknochen auf das vom Rechner ermittelte Gesicht schaltest." Sie tippte auf ihrer Tastatur und plötzlich erschien das Bild einer Frau mit Glatze und blauen Augen.

„Wahnsinn", sagte Nadja, die zum ersten Mal im eigenen Institut so eine Rekonstruktion miterlebte.

„Wähle eine Haar- und Augenfarbe", bat Anke, „dann wird das Ganze noch realistischer. Die Nase habe ich schlicht gewählt. Ihr Augenabstand ist auch eher weit."

„Wie alt schätzen wir sie denn?", erkundigte sich Nadja. „Ich meine, anhand des Bildes könnte man sie besser einordnen."

„Mein Vorschlag wäre so zwischen 30 und 45. Das ist zwar immer noch eine ganz schöne Spanne, aber in Kürze werden wir es genau wissen", versprach Anke. „Mal sehen, was sie uns noch über sich verrät. Also. Haarfarbe? Frisur? Augenfarbe?"

„Mittelblond oder hellbraun, denke ich", schlussfolgerte Nadja. „Und die Haare hat sie mit Sicherheit zusammengebunden getragen. Bei der Augenfarbe bin ich echt überfragt."

Wieder tippte Anke auf der Tastatur und erschuf zwei ähnliche Frauen. Eine Blonde mit blauen Augen und schmalen Nasenflügeln und eine Brünette mit dunklen Augen und einer minimal breiteren Nase. Beide trugen eine Hochsteckfrisur.

„Kaum zu glauben", sagte Nadja fasziniert. „Da starrt uns ein Wesen an, das wir in Teilen hier auf dem Tisch liegen haben. Ich schiebe jetzt noch ein paar Untersuchungen an, damit wir Zeit gewinnen, aber dann sollten wir für heute abbrechen. Sie war übrigens tatsächlich eine kleine Person und maß nicht einmal 160 Zentimeter."

„War zu vermuten", erwiderte Anke und sah auf die Uhr. „Wir sollten tatsächlich Schluss machen, sonst bekomme ich heute auch kein warmes Essen und habe mich gleich unbeliebt gemacht."

Sie speicherte ihre Arbeit und fuhr den Computer herunter.

„Muss erst mal schwierig sein in der neuen Umgebung, wenn man noch so gar keinen kennt", sagte Nadja bedauernd.

Anke zögerte einen Moment. „Schon", antwortete sie, „aber man muss auch erst wieder bereit sein für neue Kontakte. Das braucht manchmal seine Zeit."

„Ah, verstehe", antwortete Nadja, „nach so einer Trennung hat man das Bedürfnis nach Ruhe und Einsamkeit. Es ist ja auch eine Art von Trauer, wenn ein Mensch aus dem eigenen Leben verschwindet."

„Trennung ist vielleicht nicht ganz das richtige Wort, aber mit der Trauerphase hast du recht. Bis Montag dann." Anke nickte noch einmal kurz und ging dann in Richtung Ausgang.

Etwas verstört blieb Nadja zurück. Aber sie hatte nicht ahnen können, was ihrer neuen Kollegin widerfahren war und wusste es auch jetzt nicht genau. Sie nahm sich vor, das Thema nicht wieder anzurühren, wenn Anke nicht von selbst damit anfing.

Im Alten Forsthaus

Schon zwanzig nach sechs stand Niklas mit seinem Wagen vor dem alten Hof in Vehlen. Ein schöner Gebäudekomplex mit Scheune auf einem riesengroßen Eckgrundstück mitten in der Pampa. Hier kam wirklich nur der vorbei, der dorthin wollte. Das Bauernhaus sah allerdings nicht renoviert aus, fand Niklas mit kritischem Blick. Er ging also davon aus, dass sich die Wohnungen im Nebengebäude befanden.

Leider ließ sich sein Verdacht nicht erhärten, denn Anke kam genau zwischen den Gebäuden aus einem schmalen Gang heraus und lächelte ihn an. Ja, sie tat nichts weiter, und er war so verwirrt, dass er nicht einmal ausstieg und ihr die Tür aufhielt. Schon in ihrem Arztkittel war sie umwerfend gewesen. Jetzt in der schwarzen Lederhose raubte sie ihm schlichtweg den Atem und damit die Stimme. Es kam ihm wie eine Ewigkeit vor, die er verdattert auf dem Fahrersitz hockte, aber in Wirklichkeit waren es nur Bruchteile von Sekunden. Sie machte ihm ein Zeichen und ging um den Wagen herum, um die Beifahrertür zu öffnen.

„Guten Abend, Herr Müller“, sagte sie und stieg ein. „Ich finde es sehr lieb von Ihnen, dass Sie sich heute Abend Zeit nehmen. War doch ein bisschen einsam in den letzten Tagen. Ich kam ja kaum raus, weil ich erst mal alle Umzugskartons auspacken musste.“

Niklas nickte nur.

„Wo fahren wir denn hin? Jetzt können Sie es mir doch verraten", fuhr Anke fort.

„Es geht ins ‚Alte Forsthaus', erklärte er, nachdem er seine Sprache wiedergefunden hatte. „Dort ist jetzt ein Grieche drin. Das Ambiente ist ganz schön, dachte ich."

Da sie darauf bestanden hatte zu zahlen, wollte er nicht in eines der bekannten Gourmetrestaurants gehen.

„Griechisch, wunderbar. Genau darauf habe ich jetzt Appetit", freute sich die Rechtsmedizinerin. „Aber das Sie lassen wir mal weg. Ich bin die Anke."

„Und ich heiße Niklas", erwiderte er überglücklich. Das hatte er nicht zu hoffen gewagt. Zumindest zu diesem Zeitpunkt noch nicht.

„Vielleicht erzählst du mir ein bisschen was über dich, Niklas?", bat Anke. „Ich könnte mir vorstellen, dass wir richtig gute Freunde werden. Das ist etwas ganz Besonderes für mich. Ein echter Kumpel ohne andere Interessen."

Niklas sackte in sich zusammen. Wenigstens fühlte es sich so an. Das war das Letzte, was er sein wollte – ihr Busenfreund, ohne denselben berühren zu dürfen. Ankes Worte hatten jedoch einen positiven Nebeneffekt. Sie holten ihn jäh in die Realität zurück.

Das war zwar schmerzhaft, aber wahrscheinlich besser für ihn, wie er fand. Sonst hätte er sich in Kürze zum „Horst" gemacht.

„Über mich gibt es nicht viel Interessantes zu berichten", antwortete Niklas ernüchtert. „Ich bin bei meinen Großeltern aufgewachsen, weil meine Mutter viel gearbeitet hat. Sie war alleinerziehende Juristin. Weder mein

Vater noch ich wussten voneinander, bis meine Mutter im Sterben lag."

„Puh, das war aber keine einfache Situation", sagte Anke.

„Was genau meinst du jetzt?", erkundigte sich Niklas. „Dass meine Mutter im Sterben lag, dass ich endlich erfahren habe, wer mein Erzeuger ist oder dass mein Vater so spät Kenntnis von einem Sohn bekam, von dem er nicht einmal etwas ahnte?"

„Alles irgendwie", erwiderte Anke. „Und, versteht ihr euch denn?"

„Ja, so ganz gut, aber am Anfang eher wie Kumpel. Mittlerweile lässt er auch schon mal den Papa raushängen, wobei ich gar nicht sicher bin, ob ich das mag. Eigentlich fühle ich mich dafür ein bisschen zu alt, aber ich weiß auch, dass er es gut meint." Niklas fuhr auf den Kreisel an der Julianen-Kita zu. „Wir fahren jetzt geradeaus. Wenn du rechts und gleich wieder rechts abbiegen würdest, kämst du zu mir. Das hier auf der linken Seite ist eine bekannte Kneipe, das ‚Minchen'. Hat Kultstatus."

„Können wir doch anschließend mal reingehen oder wann anders", schlug Anke vor.

„Ist eine der Lieblingskneipen vom Mann deiner Kollegin Nadja und meinem Vater, aber die kennst du noch nicht."

„Ich schätze, das wird sich in Kürze ändern", sagte Anke und lachte.

„Davon ist auszugehen." Er bog nach links ab in die Ulmenallee. „Hier rechts ist übrigens unser Kommissariat. Da wird es heute Abend hoffentlich ruhig zugehen.

Ich habe Rufbereitschaft, aber mein Kollege Detlef war so nett, mir ein paar freie Stunden zu gönnen. Er informiert mich nur im Notfall."

„Wäre ja wohl ein Witz, wenn der ausgerechnet in den nächsten zwei Stunden eintreten würde", kam es von Anke.

„So, wir sind jetzt jeden Moment da." Niklas bog von der Lüling- auf die Herminenstraße ein. Es ging bergauf.

„Bist du sicher, dass da noch ein Restaurant kommt?", erkundigte sich Anke. „Sieht so aus, als wäre hier Bückeburg zu Ende. Ist das da vorne Wald?"

„Ja klar", bestätigte Niklas ihre Vermutung, „darum heißt es auch ‚Altes Forsthaus', obwohl es ein Grieche ist."

„Ich bin gespannt, wo du mich da hinführst", sagte Anke und stieg aus. „Ansprechend ist es."

„Vor allem schmeckt es dort besonders gut, wenn man den Gastwirt kennt." Niklas schmunzelte.

„Da lasse ich mich gerne überraschen."

Als sie am Tisch saßen und bestellt hatten, wagte Niklas einen Vorstoß.

„Nun würde ich aber auch gerne etwas mehr über dich erfahren", begann er.

Sie lehnte sich entspannt mit ihrem Weinglas zurück und prostete ihm zu. Dann trank sie einen Schluck.

„Das soll doch ein positiver Abend werden oder nicht?" Sie lachte. „Nein, es war nicht alles schlecht, aber ich hatte schon ziemlich tiefe Täler. Aber du hast recht. Ich habe dich auch gelöchert, also gebe ich dir einen kurzen Überblick und dann reden wir von schönen Dingen."

„Einverstanden“, antwortete Niklas und wusste nicht, was er von ihrer Ansage halten sollte.

„Als Kind war ich oft krank, aber ziemlich ehrgeizig. Da ich meist nicht draußen spielen konnte, habe ich Wissen in mir aufgesogen. Freunde hatte ich nur wenige und die waren solche Forschungsjunkies wie ich. Mit dummen Menschen kann ich nichts anfangen. Ich übersprang zwei Klassen, weil ich mich jenseits der Schule weiterbildete. Der Unterricht war mir sowieso zu trivial. Das soll jetzt nicht überheblich klingen. Ich kann ja nichts für mein Gehirn. Mit 16 hatte ich also mein Abi in der Tasche und begann mein Medizinstudium. Daran schloss sich die rechtsmedizinische Weiterbildung an. Mit Männern hatte ich meist kein Glück. Entweder konnten sie nichts mit mir anfangen oder sie waren wie besessen von mir. Hier bin ich gelandet, weil ich zwei traumatische Erlebnisse hinter mir habe und einen Ortswechsel brauchte. Mehr möchte ich dazu nicht sagen. Bitte akzeptiere das.“

„Natürlich“, sagte Niklas, dessen Neugier damit nur entfacht worden war. „Ich musste den Tod meiner Mutter damals auch erst verkraften, obwohl wir uns gar nicht so nahegestanden hatten.“

Anke nickte. „Vielleicht nur so viel: Schmerz kann einen innerlich lähmen. Da bin ich ganz bei dir. Aber es ist möglich, ihn zeitweise in den Hintergrund zu drängen. Darum wollen wir heute einen gemütlichen Abend genießen.“

„Was ist denn nun mit den Knochen?“, erkundigte sich Niklas, um das Thema zu wechseln.

Anke setzte ein verführerisches Lächeln auf. „Das willst du wohl wissen wie?“

Er war ein Mann und konnte nichts dafür. Das war seine Natur. Diese Frau brachte ihn um den Verstand, wenn sie ihn so ansah. Sein Körper reagierte, ohne dass er einen Einfluss darauf hatte. Die innere Chemie reagierte noch wie vor Tausenden von Jahren. „Na klar", antwortete er so gelassen er konnte.

„Unsere Tote war eine kleine, zierliche Frau, vermutlich mittleren Alters. Willst du sie sehen?" Anke war sich ihrer Wirkung durchaus bewusst. Er hatte sogar den Verdacht, dass sie mit ihm spielte, obwohl das überhaupt nicht zu ihrer Traurigkeit und der Aussage von eben passte.

„Wie sehen? Was meinst du mit sehen? Die Knochen auf dem Sektionstisch?" Wollte sie ihn nachts in die Rechtsmedizin locken und dort vernaschen? Manche Menschen liebten Sex an absurden Orten. So ein Quatsch, schimpfte er mit sich. Reiß dich zusammen! Die Hormone trieben ihn zu abwegigen Gedanken.

„Ihr Gesicht", erwiderte Anke und beugte sich vor.

Er konnte bis zum Bauchnabel gucken. „Träumst du?"

„Ach ja bitte, zeig mir ein Foto von ihr, wenn du eins dabei hast", bat Niklas und zwinkerte ihr zu. Verarschen ließ er sich nicht. „Aber bitte eins, wie sie zu Lebzeiten aussah."

„Natürlich, was denn sonst", konterte Anke und zog ihr Smartphone aus der Handtasche. „Wir haben mal zwei mögliche Modelle entwickelt."

Jetzt war Niklas baff. „Also, äh, das kann ich einfach nicht glauben. Wie kann das sein? Die waren doch im Institut noch nicht so weit mit der Gesichtsrekonstruktion."

„Die nicht, aber ich schon", erklärte Anke. „Habe ich vorhin gemacht, als du weg warst. Ich wollte dir schließlich was zu bieten haben."

„Also, ich kann sicher sagen, dass ich diese Frau nie gesehen habe", kam es von Niklas.

„Das glaube ich dir, denn sie ist mit Sicherheit schon mehr als hundert Jahre tot", erklärte Anke, „aber genauere Untersuchungen laufen noch. Wir sind selbst gespannt."

„Ob ihr noch herausfinden könnt, woran sie gestorben ist", überlegte Niklas.

„Offensichtliche Verletzungen haben wir auf den ersten Blick nicht entdeckt, aber das will gar nichts heißen."

„Ist schon komisch, dass man abbilden kann, wie ihr Gesicht ausgesehen haben könnte, obwohl man nur die Schädelknochen hat. Rein technisch, meine ich."

„Dazu waren lange Untersuchungsreihen an Leichen notwendig." Anke setzte sich wieder gerade hin. „Man hat die Dicke von Haut und Muskeln an den unterschiedlichsten Stellen des Gesichsschädels gemessen und so ungefähre, durchschnittliche Werte ermittelt."

„Echt spannend", gab Niklas zu, der sich überhaupt nicht vom Bild der Unbekannten losreißen konnte. „Das war seinerzeit mit Sicherheit auch eine attraktive Frau."

Schon als er das ausgesprochen hatte, hätte er sich auf die Zunge beißen können, doch glücklicherweise kam in diesem Moment das Essen und rettete ihn aus dieser peinlichen Situation.

Lazaros Kotios, genannt Lazo, servierte mit dem griechischen Charme, der ihm angeboren war. Vor einigen Jahren hatte er das Castell in Bückeburg unten im Obersten Hof geführt. Stammgäste von damals kamen auch heute noch seinetwegen und natürlich wegen Georgios guter Küche.

Während Niklas Gyros und Souflaki gewählt hatte, wagte sich Anke an ein englisch gebratenes Rumpsteak, das kaum die Pfanne von innen gesehen haben konnte. Er fragte sich, wieso jemand, der tagsüber sowieso dauernd in Fleisch grub, so etwas mit Genuss essen wollte. Was sie auf dem Teller hatte, unterschied sich kaum von dem, woran sie normalerweise herumschnippelte, vor allem, wenn es ein Brandopfer war.

„Woran denkst du?", fragte sie in seine Gedanken hinein. „Du wirkst so abwesend."

„Ich frage mich, wieso jemand die Tote dort in Röcke auf einer kleinen Insel im See vergraben hat. Und das auch noch in einem Bleisarg", sagte Niklas nicht ganz wahrheitsgemäß. Ihm fiel so schnell nichts anderes ein. Gelogen war es natürlich auch nicht. Das wollte er wirklich wissen.

Anke überlegte kurz. „Merkwürdig ist das schon, da gebe ich dir recht. Vielleicht wäre es gut, wenn man herausfinden könnte, wem das Gelände seinerzeit gehört hat und ob es frei zugänglich gewesen ist."

„Das hindert nachts auch niemanden, sich dort unbefugt hinzuschleichen und eine Leiche zu verscharren", wandte Niklas ein.

„Wenn es nur um das Beseitigen eines Körpers gegangen wäre, hätte es auch einfachere Wege gegeben", erwiderte Anke.

„Schon, aber das ist doch ein Platz, wo wahrscheinlich niemand gesucht hätte", antwortete er.

Sie nickte. „Ich dachte da ja eher an eine romantische Bestattung im Mondschein. Große Liebe, großes Leid. Zirpende Grillen. Aber du hast möglicherweise eine gute Idee gehabt. Liebe hin oder her. Nichtsdestotrotz könnte es darum gegangen sein, den Leichnam dieser Frau so gut zu verstecken, dass niemand ihn jemals finden würde."

„Hmm", machte Niklas, „aber es ist extra ein Sarg für sie angefertigt worden. Also gab es Mitwisser. Das ist doch unlogisch. Da verstecke ich den Körper dann lieber doch in einem Stoffsack. Zumal ich glaube, dass niemand diesen schweren Bleisarg mit der Toten darin alleine tragen konnte. Zu viele Beteiligte." Er winkte ab.

„Du denkst, die Bestattung auf der Insel könnte offiziell erfolgt sein?", fragte Anke. „Das glaube ich nicht."

„Wieso nicht?", hakte Niklas nach. „Es muss sich doch wohl eher um eine betuchte Dame gehandelt haben, wenn sie keinen Sarg aus Holz bekam. Okay, ich gebe zu, dass ich mich nicht so gut in Geschichte auskenne, aber aufwendiger war der aus Blei bestimmt. Vor allem, wenn man sich noch die Mühe gemacht hat, das Metall zu verzieren. Womit auch immer. Das haben wir noch nicht herausgefunden. Wahrscheinlich hat mein Vater die WhatsApp noch nicht gelesen. Er ist bewandert in so was."

„Hast du ein Foto davon?", erkundigte sich Anke.

„Klar", erwiderte Niklas und zog sein Smartphone aus der Tasche. „Hier, guck mal. Kannst du was damit anfangen?"

Anke betrachtete das Bild. „Sieht wie der Rest von einem Familienwappen aus. Es ist nur noch halb zu erkennen. Tut mir leid, mit Heraldik kenne ich mich nicht aus.

Das würde aber unsere These stützen, dass es sich um einen wohlhabenden Menschen gehandelt haben muss."

Unsere These, hatte sie gesagt, frohlockte Niklas innerlich und nickte ihr zu. Na gut, es war seine gewesen, aber er freute sich tierisch, dass sie es als eine gemeinsame empfand.

„Möchtest du noch einen Nachtisch?", fragte Anke.

„Nee, lieber nicht. So wie ich Lazo kenne, gibt es gleich noch einen Ouzo", erklärte Niklas.

„Kannst du denn dann noch fahren?"

„Aber sicher doch", bestätigte er, „ich hatte doch sonst nur ein Bier."

Anke zwinkerte ihm zu und beugte sich wieder vor. Heiß und kalt wurde ihrem Gegenüber zugleich bei diesem freizügigen Blick auf ihren BH und dessen Inhalt.

„Sie werden dich wohl kaum pusten lassen, oder?", flüsterte sie in sein Ohr und Niklas roch an ihr.

Wäre er ein Hund gewesen, hätte er gehechelt. So aber versuchte er seine Erregung zu verbergen und antwortete vielleicht etwas zu schroff. „Dafür gibt es auch keinen Grund."

Die Rechtsmedizinerin lächelte nur. Und er hatte das Gefühl, dass sie direkt in ihn hineinsehen konnte. Das verwirrte ihn und ließ ihn ratlos zurück. Anke versuchte während der Rückfahrt, die Stille im Wagen durch seichte Konversation zu überbrücken.

„Habe ich dich irgendwie verärgert?", erkundigte sie sich, als sie vor dem alten Bauernhof in Vehlen hielten. „Es war doch so ein schöner Abend. Eigentlich wollte ich dir auch noch von den anderen Knochen erzählen."

„Was für andere Knochen?", wollte Niklas wissen. „Und nein, du hast mich nicht verärgert."

„Ein Glück, ich dachte schon." Anke legte ihre Hand auf sein Bein.

Er zuckte zusammen. Sofort schoss das Blut wieder dahin, wo es sichtbar werden konnte.

„Verzeihung", sagte sie, „ich wollte dir nicht zu nahe treten", und zog ihre Hand zurück.

„Das eben ist genau das Problem", erwiderte er leise, „denn das hätte ich nämlich gerne."

„Wenn das so ist, dann schaffen wir es doch einfach sofort aus der Welt", schlug sie vor, schnallte sich ab und beugte sich zu ihm hinüber, um ihn zu küssen.

Niklas war es, als zöge ihm jemand den Boden unter den Füßen weg. Was für ein unglaublicher Moment. Sein Kopf explodierte, die Hose wurde zu eng. Sekunden vergingen wie eine Ewigkeit.

„Lass uns hochgehen", wisperte sie in sein Ohr und schaltete damit den Rest seines Gehirns aus. Von jetzt an bestand er nur noch aus Gefühl.

Fleisch und Knochen

Doktor Nadja Serafin hatte nicht schlecht gestaunt, als sie beim Sortieren der Knochen feststellen musste, dass die Kiste nicht nur einzelne Fragmente des Skeletts beinhaltete, sondern noch zwei weitere, überaus interessante Details.

Zum einen war der Brustkorb der Leiche in Teilen zusammengedrückt und dort stellenweise mumifiziert, zum anderen fanden sich wesentlich kleinere Knochen in einem separaten Beutel. Anhand des winzigen Schädels erkannte sie sofort, dass diese nur zu einem Hund und definitiv zu keiner Katze gehört haben konnten. Durch Zufall konnte der allerdings nicht in den Bleisarg geraten sein, überlegte sie, was eindeutig dafür sprach, dass man der Frau den Hund bewusst mit dazugegeben hatte. Ob er durch eine Laune des Schicksals zeitgleich mit verstorben oder wie im alten Ägypten parallel als Grabbeigabe getötet worden war, würde sich nicht mehr herausfinden lassen. Nadja seufzte, denn sie hoffte auf Ersteres.

Eigentlich wollte sie auch nach Hause gehen, nachdem Anke aufgebrochen war, aber dieser Thorax ließ ihr keine Ruhe. Was konnte ihr die Tote verraten mit diesem letzten Rest getrockneten Fleisches, das an ihren Rippen noch vorhanden war?

Geh nach Hause, schimpfte sie mit sich selbst. Es ist Sonnabend. Dein Mann wartet auf dich. Du bist neugierig und egoistisch.

In diesem Moment klingelte ihr Smartphone. Als ob er ihre Gedanken gespürt hatte, dachte sie.

Es war Peter.

„Hallo, mein Schatz", sagte sie zur Begrüßung.

„Wo bleibst du?", fragte er. „Ich vermisse dich. Das Spiel ist gleich aus. Die Bayern führen."

Nadja sah auf die Uhr. Kurz nach fünf.

„Entschuldigung, ich habe gar nicht bemerkt, dass es schon so spät ist", gab sie zu.

Peter lachte. „Ja, ja, das ist nichts Neues. Ist denn heute noch mit dir zu rechnen? Oder muss ich allein ins Bett gehen?"

„Ja, also", druckste Nadja herum, „ich könnte jetzt schon kommen, allerdings würde ich dann gerne morgen noch mal hierher ..."

„Dachte ich's mir doch, dass dich wieder irgendwas ganz unglaublich fasziniert", erwiderte Peter. „Wie lange würde es denn jetzt noch dauern? Morgen ist doch auch blöd. Der Sonntag sollte uns gehören, wenn ich schon freihabe. Immerhin waren wir oder besser gesagt du den ganzen Tag mit dieser Teichleiche beschäftigt."

„Höchstens ein Stündchen", versprach Nadja. „Da ist noch Weichteilgewebe am Brustkorb. Das würde ich mir gerne anschauen."

„Verstehe", antwortete Peter mit einem Schmunzeln in der Stimme, „wahrscheinlich schläfst du sonst vor lauter Ungeduld auch schlecht."

„Genau“, stimmte Nadja zu. „Ich beeile mich auch. Vielleicht hast du Lust, schon das Abendessen vorzubereiten, und dann machen wir es uns ganz gemütlich, wenn ich nach Hause komme. Einverstanden?“

„Na klar, wenn du mit gemütlich Sex meinst“, sagte er anzüglich.

„Bevor ich an dein frisches Fleisch denke, will ich mich erst über das alte hermachen“, konterte sie. „Danke für dein Verständnis. Bis gleich.“

Sie legte auf. Er war schon ein Guter. Außerdem kannte er sie in- und auswendig. Die noch nicht untersuchten Weichteile hätten ihr keine Ruhe gelassen.

Nadja fertigte Fotos und Röntgenbilder an, bevor sie das Skalpell ansetzte. Irgendetwas musste eine Kompression des Brustkorbs verursacht haben. Möglicherweise war sie nicht von Anfang an in diesem Sarg gewesen. Gut, das waren alles Spekulationen. Konzentrierte sie sich lieber auf das, was ihr der Körper von sich aus verriet.

Nadja nahm Zellproben und untersuchte sie unter dem Mikroskop. Eine Stelle war ihr im linken Rippenbereich besonders aufgefallen. Es schien, als sei schon lange vor ihr jemand mit einem Messer oder einer Klinge tätig gewesen. Ein sauberer Schnitt an der Aorta verwirrte sie ebenso wie die Tatsache, dass keine Herzmuskelzellen vorhanden waren, wo sie hätten sein sollen. Lungengewebe, Zwerchfell, Bauchspeicheldrüse – alles hatte sie zumindest in Teilen vorgefunden, nur nicht das allerwichtigste Organ. Es sah so aus, als ob ihr jemand das Herz entfernt hatte. Diese Erkenntnis versetzte Nadja in ein leichtes Gruseln, zumal es draußen bereits dunkel wurde. Nichts reimte sich zusammen. Eine Frau im Bleisarg mit Thoraxkompression ohne Herz und einem Hund als Begleiter, der dort vielleicht nicht hätte sein sollen. Ein Geschöpf, das möglicherweise ebenso eines unnatürlichen Todes gestorben sein konnte wie sein bedauernswertes Frauchen. Aber warum hatte man sich dann die Mühe gemacht, sie auf diese aufwendige Weise zu bestatten? Rätsel über Rätsel. Sie schauderte, weil sie an die Inkas denken musste, die ihren Opfern das Herz herausgerissen hatten, um die Götter milde zu stimmen. Hatte man so etwas hier auch versucht? War die Unbekannte Bestandteil eines Rituals gewesen?

Fragen über Fragen, die sie nicht weiterbrachten. Sie sollte nach Hause fahren, die Beobachtungen sacken lassen. Eines war sicher: Sollten die Frau und ihr Vierbeiner ermordet worden sein – aus welchen Gründen auch immer – konnte der Mörder auf keinen Fall mehr leben und war somit auch keine Gefahr in der Gegenwart. Aber möglicherweise war er es in der Vergangenheit gewesen.

Nadja zog sich ihre Handschuhe aus, hängte den Kittel an die Garderobe und atmete einmal tief durch. Das hier konnte spannend werden. Am Montag würden die Neue und sie zahlreiche Untersuchungen anstoßen, die sie der Wahrheit näherbringen würden.

Unter der Frankenburg

Wolf Hetzer streckte sich gemütlich auf seiner Chaiselongue aus, doch das war gar nicht so einfach, denn die beiden Ragdolls Max und Moritz meinten, dass ihnen mindestens die Hälfte der Liegefläche zustand. Gelegentlich ließen sie es zu, dass Wolf und Moni auf dem Rest Platz nahmen, aber nur dann, wenn dabei ein paar Streicheleinheiten für sie heraussprangen. Man musste sie verstehen. Die beiden waren zu bedauern. Mit dem vorigen Köter hatten sie sich arrangiert. Das gemeinsame Leben war in einer Art friedlicher Koexistenz verlaufen, aber seitdem dieser Jungspund-Schnösel von Leo ihren Alltag durcheinandergebracht hatte, mussten sie immer auf der Hut sein. Ihn hatte es wegen seines dichten, wolligen Fells nicht im Geringsten gejuckt, wenn sie ihm mal probeweise eins mit den Krallen übergezogen hatten. Er war ein ausgebuffter Mistkerl und schien ein Katzenkenner zu sein. Nase und Augen hielt er ihnen erst gar nicht hin, sondern blieb immer auf Abstand. Außerdem schien er Ohren wie ein Luchs zu besitzen. Wenn sie es von oben versuchten, ihn zu erwischen und auf der Lehne saßen, drehte er ihnen den Rücken zu. Jetzt mussten die Futter- und Katzenklozeiten gut getimt sein, denn sobald Max oder Moritz die Chaiselongue verließen, jagte dieser Teufel von einem Hund hinter ihnen her. Ihr Glück war nur, dass er auf den Fliesen nicht so richtig Grip hatte, weswegen sie grundsätzlich schneller waren und dem Köter eine lange Nase machten, wenn sie denn erst irgendwo in Sicherheit angekommen waren. Moni, die die Not der Ragdolls sofort erkannt hatte, war dafür eingetreten, dass ein großer Kratzbaum angeschafft wurde und eine Klappe zum Hauswirtschaftsraum. Das Trockenfutter stand nun also immer in unerreichbarer Höhe, für jemanden, der nicht klettern konnte.

Mittlerweile hatten Moni und Wolf jedoch den Eindruck, die drei spielten ein imaginäres Katze-Maus-Spiel. Es ging dabei eigentlich nur darum, den anderen zu triezen. Niemand wollte dem Kumpel wirklich Schaden zufügen.

Und so beobachtete Wolf ziemlich gelassen, wie Moritz auf dem Sofa einen Riesenbuckel machte, dabei miaute, um Leo anzulocken. Dann flitzte er wie ein Wiesel den Kratzbaum hoch, um oben selig zu kauen und dem Doofmann da unten den Stinkefinger zu zeigen. Denn kaum etwas war für einen Hund göttlicher als der Duft von Katzenfutter, an das man nicht herankam.

Max war noch tolldreister. Er schoss mit einem Mal unter dem Bauch von Leo hindurch, blieb noch einen Moment in der Senkrechte der Kratzsäule hängen, bis ihn die Zunge des Hundes fast erreicht hatte. Dann sauste er nach oben. Bedröppelt saß Leo nun davor. Wieder nichts mit Katzen abschlecken. So ein Mist. Dabei schmeckten die doch so gut. Wenn Max und Moritz gekonnt hätten, wäre ein lautes Lachen vom Dach des Kratzbaums die Antwort gewesen und ein Ticken an die Stirn. Köterspucke, pfui

Spinne! Behalt deinen Waschlappen gefälligst im Maul. Wir stehen nicht auf so was. Das ist ja pervers.

„Soll ich uns auch was zu essen machen?“, fragte Wolf, dem beim Anblick der kauenden Katzen einfiel, dass sein Magen ebenfalls leer war.

„Aber nur ein Kleinigkeit“, bat Moni.

„Ich hatte an Tomate Mozzarella und ein paar andere mediterrane Köstlichkeiten gedacht“, sagte Wolf und schmunzelte. „Kannst ja das Baguette weglassen.“

Sie achtete momentan darauf, nicht zu viele Kohlehydrate zu sich zu nehmen.

„Danke“, sagte Moni, „sehr gerne“ und räkelte sich. „Soll ich dir helfen?“ Es war so gemütlich auf der Chaiselongue.

„Nein, lass mal, ich möchte dich überraschen“, versprach Wolf und ging in die Küche.

Dort lag sein Smartphone. Ganz bewusst hatte er es vermieden, es mit ins Wohnzimmer zu nehmen, weil er der Versuchung nicht erliegen wollte, doch gelegentlich nachzugucken, ob ihm jemand was wegen der Inselleiche geschrieben hatte. Moni sollte nicht denken, dass ihm alte Knochen wichtiger waren als sie. Außerdem hatte er ihr versprochen, dass das Wochenende nur ihnen gehören sollte. Gut, für das Finden von Dingen konnte er nichts, und er hatte die Sache in die richtigen Hände gegeben. Damit war er raus aus der Nummer, zumindest Samstag und Sonntag. Aber einen kurzen Blick musste er jetzt doch auf sein Display wagen, wo Moni so schön im Wohnzimmer lag und das Spektakel von Hund und Katzen genoss.

Und tatsächlich: Niklas und Nadja hatten ihm Nachrichten bei WhatsApp geschickt. Besser noch, es waren Bilder. Zuerst öffnete er das Foto, das sein Sohn ihm übermittelt hatte. Es zeigte ein Muster in Metall, das kaum zu erkennen war. Wolf überlegte, ob es Zickzacklinien sein sollten. Womöglich hatte jemand den Sarg verziert. Das machte man noch heute. Aber ob es eine Bedeutung haben konnte, wie Niklas wissen wollte, das konnte er aufgrund dieser Aufnahme nun wirklich nicht sagen. Vielleicht, wenn er den Sarg genauer in Augenschein nehmen konnte. Wahrscheinlich brachte es sie ohnehin nicht weiter. Vielversprechender war da schon das, was er in Nadjas Chat sah. Die Leiche war eine Frau. Potz Blitz!, wie war sie so schnell an eine Gesichtsrekonstruktion gekommen? Noch spannender war jedoch sein Eindruck, er hätte dieses Konterfei schon mal gesehen. Aber das war natürlich Quatsch, denn in Nadjas Nachricht stand außerdem, dass es sich mit großer Wahrscheinlichkeit um eine historische, richtig alte weibliche Leiche handelte, die vermutlich keines natürlichen Todes gestorben war. Das wiederum war eine Information, die ihm keine Ruhe lassen würde. Er seufzte laut. Wie kam sie nur so schnell darauf?

„Alles in Ordnung?", rief Moni aus dem Wohnzimmer.

„Ja, mein Schatz", beeilte sich Wolf zu rufen.

„Und was gibt es Neues wegen der Knochen?", erkundigte sie sich. Sie kannte ihn einfach zu gut.

„Zeige ich dir gleich, sind Bilder", rief er ihr zu. „Lass mich eben noch schnell fertigwerden."

Ruckzuck hatte Wolf zwei Teller mit Oliven, Mozzarella und Salat bestückt, gewürzt und mit Balsamico und Olivenöl verfeinert. Dann noch etwas Parmesan obendrüber und schon konnte serviert werden.

„War doch klar, dass du nachgucken würdest“, sagte Moni und zwinkerte ihm zu, als er servierte, „aber ich schätze es sehr, dass du es den ganzen Tag ohne ausgehalten hast. Alles nur meinetwegen?“

„Ja, sicher, kennst mich doch“, antwortete Wolf. „Die Neugierde ist sozusagen Berufsvoraussetzung und muss aktiv unterbunden werden. Sonst bin ich ihr hemmungslos ausgeliefert. Lass uns mal anstoßen.“ Er hatte noch zwei Gläser Primitivo mitgebracht. „Prost!“

„Nun zeig schon mal her, die Fotos. Es ist ja nicht so, dass du mich nun nicht doch angesteckt hättest mit deiner Neugierde.“ Sie lachte und prostete ihm ebenfalls zu.

Wolf holte sein Smartphone aus der Tasche. „Guck, hier sind sie. Ist das nicht irre, was man mit einem Computerprogramm heute so alles machen kann?“

Moni staunte nicht schlecht. „Soll das bedeuten, dass eure Knochen zu einer Frau gehören?“ Sie verglich die beiden Bilder. „Die sehen trotzdem unterschiedlich aus. Das hier könnte auch von einem sehr jungen oder weiblich wirkenden Mann stammen.“

„Ich schätze, Nadja wird das nicht nur anhand des Gesichtes herausgefunden haben. Sie schrieb mir nämlich was von einer Frau. Möglicherweise hat sie das am Becken der sterblichen Überreste erkannt“, vermutete Wolf.

„Ach so“, antwortete Moni. „Hmm, ehrlich gesagt sehe ich den Sinn des Ganzen nicht so ein. Meinst du denn, jemand erkennt sie anhand dieser Fotos noch, wenn sie schon ewige Zeiten tot ist?“

„Es könnte doch Familienalben geben, in denen sie abgelichtet ist“, wandte Wolf ein.

„Oder Gemälde, falls sie immens reich war“, überlegte Moni. „Siehst du, man weiß nie, wofür so etwas gut ist, dass man sich für die Ewigkeit festhalten lässt.“

Wolf lachte. „Ja, schon klar. Soll ich jemanden engagieren, dem du Modell stehen kannst?“

„Als Akt stelle ich mich nur dir zur Verfügung“, kam es kichernd von Moni, „aber da musst du schon selbst den Pinsel in die Hand nehmen.“

Solche frivolen Andeutungen kannte er überhaupt nicht von ihr. Darum fiel ihm spontan keine Antwort ein, mit der er kontern konnte.

„Ich denke aber kaum, dass mein welkes Fleisch noch dokumentationswürdig ist“, legte sie nach und hob ihr Glas.

„Na, dann will ich mir das aus rein künstlerischer Sicht sofort mal ansehen“, schlug er vor. „Begleiten Sie mich nach oben, Gnädigste? Wir wollen doch unsere drei Mitbewohner nicht erschrecken.“ Er grinste frech.

„Genau, der Gruselfaktor“, erwiderte sie und leerte ihr Glas. Dann ging sie die Treppe hinauf. „Los, ab in die Gruft, Opa!“, rief sie ihm von oben zu. Wolf hatte eben noch Leo zum Pipimachen in den Garten gelassen und fand, dass er ihr unbedingt zeigen sollte, wie viel Manneskraft noch in ihm steckte.

Die hatte sein Sohn gleich mehrfach unter Beweis gestellt. Niklas, der natürlich in der Vergangenheit schon die eine oder andere Freundin gehabt hatte, aber festen Beziehungen gegenüber abgeneigt war, fühlte sich in Ankes Armen wie auf einem anderen Stern. So etwas hatte er noch nie gespürt. Zeitrechnung und Denken waren ausgeschaltet. Er bestand nur noch aus Gefühl. Das was er in den letzten Stunden erlebt hatte, war der Wahnsinn gewesen und absolut unbeschreiblich.

Es gab sie tatsächlich, die Eine, auch wenn er das nie geglaubt hatte. Sein Kumpel und Freund Detlef war ihm diesbezüglich schon des Öfteren auf die Nerven gegangen. Es würde so langsam Zeit, hatte er wiederholt gesagt und dass er endlich mal Verantwortung übernehmen müsse. Daran denken sollte, eine Familie zu gründen. Detlef mochte ja recht haben, aber erst einmal musste die Richtige gefunden werden, und das zeichnete sich in der Vergangenheit einfach niemals ab. Warum sich halbherzig in ein Leben stürzen, von dem man nicht überzeugt war? Außerdem hatte es ihm Spaß gemacht, sich unbeschwert auszuprobieren. Gut, auch das hatte manchmal zu Verdruss geführt, wenn sich eine der Damen mehr mit ihm vorstellen konnte, aber er eben nicht mit ihr. Sie kamen sich dann ausgenutzt vor. Ein Umstand, den er nicht verstehen wollte, denn zu einvernehmlichem Sex gehörten immer zwei. Er hatte niemandem etwas vorgegaukelt oder Versprechungen gemacht. Aber das schien ihm in einer anderen Zeit passiert zu sein. Weit, weit weg in seiner Erinnerung, und auch die verblasste bereits, als ob ihr Licht alles überstrahlte und Vergangenes unwichtig machte. Diese Frau hatte ihn umgehauen.

Jetzt lag sie so ruhig und friedlich da neben ihm und sah aus wie eine Königin aus einem Fantasy-Film. Schön, unnahbar, beinahe unerreichbar. Und doch gehörte sie ihm. Zumindest in diesem Moment. Er konnte überhaupt nicht begreifen, dass er so eine Frau für sich hatte begeistern können. Was war schon an ihm? Okay, er war gut gebaut und nicht unbedingt hässlich anzusehen, aber dennoch ganz normal. Nichts Besonderes halt, dachte Niklas, aber irgendetwas an ihm musste sie anziehend gefunden haben. Er verstand es selbst nicht. Doch das war egal. In jeder Sekunde genoss er es, sie anzusehen, ihren Duft zu riechen, ihre Wärme zu fühlen. Mit einem wohligen Brummen räkelte Anke sich jetzt und blinzelte ihm zu.

„Mir ist kalt. Kannst du mich wärmen?“, bat sie.

Und in der Tat pfiff ein rauer Nord-Ost-Wind durch die Sparren des alten, umgebauten Schuppens, den er bisher überhaupt nicht bemerkt hatte.

„Soll ich Feuer machen?“, fragte er.

Neben einem kleinen Kanonenofen hatte sie Holz gestapelt.

„Später“, hauchte sie. „Jetzt brauche ich nur dich.“

Die Fortsetzung der vergangenen Nacht ließ die beiden jegliches andere Feuer vergessen. Sie dauerte bis zum frühen Montagmorgen an und endete auch dann nur jäh, weil Anke und Niklas zur Arbeit mussten. Aber man versprach sich ein Wiedersehen, sofort nach Feierabend.

Zweifel am Montagmorgen

Auch in Hannover war es kalt. Zwar kündigten die Prognosen wärmere Tage an, im Moment jedoch kroch der lausig kalte Wind in Kragen und Ärmel. Thorsten Büthe, Leiter der Operativen Fallanalyse beim LKA Niedersachsen, fröstelte und drehte die Heizung in seinem Büro auf. Ein bisschen bereute er es, dass er sie aufgrund des ökologischen Gedankens am Freitag heruntergeregelt hatte. Nun rächte es sich. Der gesamte Raum war unangenehm ausgekühlt. Er beschloss, seine Jacke zunächst anzubehalten. Was nutzte es, wenn er sich jetzt einen Infekt aufgrund der Kälte zuzog? Natürlich war Energiesparen sinnvoll, aber mit Überlegung, musste er sich selbst eingestehen. Hier hatte er zu kurz gedacht. Die einfache Lösung des Problems war ein einstellbares Heizkörperthermostat, das er gerne auf eigene Kosten besorgen wollte. Dann konnte er seine Raumtemperatur selbst bestimmen, ja sogar durch Programmierung voreinstellen, und ganz gewiss würde die Heizung montagmorgens so früh in Gang gesetzt, dass sein Büro warm war, wenn er kam. Das war ein guter Plan, fand Hauptkommissar Büthe und legte seine Hände auf die Rippen des Radiators.

Thorsten seufzte. Heute hätte wahrscheinlich auch keine voreingestellte Erwärmung etwas genützt, überlegte er, denn ihn hatten seine eigenen Gedanken aus dem Bett getrieben. Schlaflos in Hannover. Deshalb saß er schon um kurz nach fünf im Büro. Schuld war ein Telefonat vom Wochenende, denn ein Bekannter aus Diepholz hatte ihn angerufen und von der Angehörigen eines Kollegen berichtet, der kürzlich verstorben war. Sie ging ihm kurz gesagt auf den Wecker, weil sie behauptete, ihr Bruder sei kerngesund gewesen und könne daher auch nicht nach kurzem Siechtum verstorben sein.

Nun war das ja immer so eine Sache mit den Verwandten. Wenn man gefühlsmäßig sehr involviert war und nicht fassen konnte, dass ein geliebter Mensch gestorben war, witterte man eventuell ein Verbrechen, wo keines war. Die Verzweiflung war einfach zu groß. Sie fraß einen auf. Was in diesem Fall jedoch merkwürdig schien, war die Tatsache, dass der Verstorbene noch kurz zuvor zu einem Check beim Hausarzt gewesen war, der auch ein Belastungs-EKG veranlasst hatte. Nicht jeder Marathonläufer sicherte sich vorher so ab. Dass es dann ausgerechnet das Herz war, dass in kürzester Zeit schlappgemacht hatte, kam auch Büthe etwas merkwürdig vor. Dummerweise war der Tote verbrannt worden, weswegen es keinen Sinn machte, posthum an dessen Körper noch irgendwelche Nachforschungen anzustellen. Er hatte seinem Kollegen Danner vorgeschlagen, einem Kardiologen die letzten EKGs vorzulegen, vor allem das finale im Vergleich zu dem aus der Vorsorgeuntersuchung. Mehr war ihm spontan nicht eingefallen, aber die Angelegenheit beschäftigte ihn trotz alledem.

Das Telefon klingelte.

Mit einem Blick aufs Display erkannte Thorsten, dass es sich um seinen Freund Wolf aus Bückeburg handelte. Er freute sich. Das war eine willkommene Ablenkung.

„Moin, Wolf, das ist aber schön“, sagte er, „wir haben lange nichts mehr voneinander gehört.“

„Stimmt, aber aneinander gedacht haben wir bestimmt“, erwiderte Wolf.

„Du weißt doch, wie das mit manchen Menschen ist, egal wie selten man die Gelegenheit hat, sich zu treffen, der rote Faden reißt nie ab. Es ist immer so, als sei man gerade auseinandergegangen.“ Thorsten lachte.

„Wir haben eben beide wenig Zeit“, antwortete Wolf wehmütig. „Leider! Ich rufe an, weil ich dir von etwas Kuriosem berichten möchte. Natürlich habe ich im Anschluss daran auch eine Frage, die du mir hoffentlich beantworten kannst.“

„Na, da bin ich aber gespannt“, sagte Thorsten.

„Wir haben bei uns in Röcke ganz alte Knochen und mumifizierte Fragmente ausgegraben“, erzählte Wolf. „Die können gut und gerne schon hundert Jahre oder mehr alt sein. Meine Rechtsmedizinerinnen arbeiten momentan daran. Nadja glaubt an keinen natürlichen Tod.“

„Habe ich da den Plural gehört? Rechtsmedizinerinnen?“, erkundigte sich Thorsten.

„Ach stimmt, das kannst du noch gar nicht wissen. Enno ist mit seiner Verlobten, der Staatsanwältin Kukla auf Reisen. Er hat sich eine Auszeit genommen. Da brauchten wir vorübergehend Ersatz“, erklärte Wolf. „Die Neue sieht ein bisschen wie Cleopatra aus, ist aber ganz nett. Und: Sie beherrscht ihr Fach. Ruckzuck hatte sie mir eine Gesichtsrekonstruktion des alten Schädels präsentiert. Nein, eigentlich zwei, mit verschiedenen Augen und Haaren."

„Und, was veranlasst die Damen der Rechtsmedizin zu der Annahme, dass der oder die Tote einem Unfall oder einem Verbrechen zum Opfer gefallen ist?", fragte Thorsten.

„Unfall wohl kaum", erwiderte Wolf, „es fehlt nämlich das Herz."

Thorsten prustete. „Entschuldige, aber das war jetzt wirklich putzig. Ist es nicht logisch, dass sämtliche Organe bei einem Skelett fehlen?"

„Schon, aber nun halt mich doch nicht für blöd", beschwerte sich Wolf spaßhaft. „Es ist übrigens eine Frau. Der Teil mit dem Torso war eben merkwürdigerweise mumifiziert. Warum auch immer. Und die Arterien sind wohl durchtrennt worden. Ergo: Kein Herz dort, wo eins sein sollte. Man hat es herausgeschnitten."

„Dann schickt die Gute doch in ein Museum. Was beschäftigt ihr euch damit?", wunderte sich Thorsten.

„Mord verjährt nie", witzelte Wolf, „nein, im Ernst. Uns ist schon bewusst, dass auch der mögliche Mörder längst unter der Erde liegt. Hier geht es doch vielmehr darum, der Frau Gerechtigkeit widerfahren zu lassen. Vielleicht leben noch Angehörige."

„Könnte sein, aber auch die werden sich kaum noch an diese Verwandte erinnern, wenn sie sie überhaupt noch gekannt haben. Denk doch mal logisch. Ich glaube eher, du willst es wissen. Es lässt dir keine Ruhe", vermutete Thorsten.

„Auch, und es ist ehrlich gesagt momentan auch nicht viel los", gab Wolf zu. „Kennst du jemanden, der den Lebenszeitraum der Toten mittels C14-Methode datieren könnte?"

„Ich weiß gar nicht, ob es da inzwischen nicht längst andere Verfahrensweisen gibt", überlegte Thorsten, „aber ich könnte mich erkundigen."

„Das wäre toll", freute sich Wolf.

„Ich wette, du hast sie selbst gefunden", bohrte Thorsten weiter.

„Stimmt", gab Wolf zu, „aber nur durch einen kuriosen Zufall."

„Ist das nicht meistens so?", fragte Thorsten.

„Und was beschäftigt dich momentan?", wollte Wolf wissen.

„Dienstlich arbeiten wir an einigen alten Fällen", berichtete Thorsten. „Natürlich nicht so alt wie deiner vermutlich. Ach ja, und eine Sache, von der mir ein Bekannter erzählt hat. Er wird wohl von der Angehörigen eines Toten belästigt, weil die es nicht wahrhaben will, dass ihr Bruder verstorben ist. Sie ist der festen Ansicht, er hatte keinen Grund, um abzutreten."

„Kommt vor, dass so etwas trotzdem geschieht", antwortete Wolf.

„Schon, aber hier sind in der Tat einige Details merkwürdig. Sei's drum. Ich würde mich freuen, wenn wir uns bald mal wieder sehen, Wolf. Und wegen der Altersbestimmung erkundige ich mich."

„Danke, Thorsten. Wir hören uns also und grüß deine Frau bitte ganz lieb von mir."

Herzen, dachte Thorsten, die machten einem oft das Leben schwer, vor allem in jungen Jahren, aber diese beiden, über die er mit Wolf gesprochen hatte, waren nicht aufgrund von Gefühlen aus dem Takt geraten. Oder doch? Vielleicht auf andere Art? Der eine musste ein atypisches Herz gehabt haben, der anderen war ihres genommen worden. Dazwischen lagen Generationen. Kopfschüttelnd nahm er sich eine von den alten Akten über die Görde-Morde.

Knochenpuzzle

Obwohl Nadja bei Temperaturen unter null ein echter Frostköttel war, störten sie die moderat niedrigen Werte im Sektionsraum nicht, denn es gab wohl niemanden im Institut, der über bessere Unterwäsche verfügte. Ihre Unterhemden und Slips bestanden grundsätzlich aus einer feinen Woll-Seiden-Mischung und manchmal streifte sie noch eine Radlerhose derselben Qualität darüber, um für alle Eventualitäten gerüstet zu sein.

Viel zu schnell waren die Wochenenden immer vorüber. An diesem hatte sie gemütlich mit Peter vor dem Kaminofen gesessen und wechselweise die „Vikings“ oder „Doktor House“ geguckt. Während Peter einen Narren an dem morbiden amerikanischen Diagnostiker gefressen hatte, liebte Nadja die Serie mit Ragnar Lothbrock, bei der selbst Peter manchmal wegschauen musste.

„Ein fieser Mord ist nichts dagegen“, schimpfte er dann. „Ich weiß überhaupt nicht, wieso du dir diese Brutalitäten anschauen musst.“

„Ist medizinisch spannend“, gab Nadja zu, „was Menschen so alles ertragen können und geschichtlich natürlich auch, wobei die sich die Realität ganz schön zusammengebogen haben, aber wer weiß schon überhaupt ganz genau, wie es im neunten Jahrhundert war. Überleg mal, wie lange das her ist.“

„Hart auf jeden Fall", sagte Peter.

„Wir leben in einer Epoche des Überflusses, zumindest hier in unseren Breiten." Sie schmunzelte. „Das macht uns auf andere Art und Weise kaputt. Jahrelanges Siechtum aufgrund von Diabetes, Herz-Kreislauf-Erkrankungen oder Krebs. Da kann man darüber streiten, ob so ein sauber ausgeführter Schwerthieb nicht manchmal besser ist."

Peter hatte dazu nur den Kopf geschüttelt, rief sie sich wieder in Erinnerung. So ganz die Ruhe hatte sie in den vergangenen zwei Tagen doch nicht gehabt. Diese alten Knochen beschäftigten sie mehr, als sie zugeben wollte. Es gab so viel Ungeklärtes, so vieles, das es herauszufinden galt. Voller Spannung war sie also an diesem Montagmorgen zum Klinikum gefahren, schnell in ihre Arbeitskleidung gesprungen und hatte die Tür zum Sektionssaal geöffnet ... Aber sie war nicht allein. Über die alte Leiche beugte sich ihre neue Mitarbeiterin und arbeitete am Knochenpuzzle weiter.

Nadja wusste nicht, ob sie grinsen oder meckern sollte. Im ersten Moment fand sie es grässlich, dass jemand ihr zuvorgekommen war. Diese Arbeit hatte sie selbst erledigen wollen. Blödsinn, schimpfte sie innerlich. Das ist doch kein Spielzeug, das dir jemand weggenommen hat. Und doch kam es ihr ein bisschen so vor. Sie dachte darüber nach, ob es ihr genauso gegangen wäre, wenn Enno dort gestanden hätte und musste sich eingestehen, dass das etwas anderes gewesen wäre. Nur warum? Sie mochte die Neue ja.

„Guten Morgen, Anke“, sagte sie und hoffte, dass man ihr ihre Verwunderung nicht anmerkte. „Du bist aber früh dran.“

„Bin ich meistens“, erwiderte Anke. „Dir auch einen guten Morgen. Hattest du am Samstag auch die Knochen gesehen, die mit Sicherheit nicht zu diesem Skelett gehören?“

Nadja lächelte. „Möglicherweise hat die Spurensicherung nicht alle Hundeknochen als solche identifiziert und es sind ein paar mit zu denen der Frau geraten.“

„Hund?“ Anke verstand nur Bahnhof.

„Jemand muss der Toten bei der Bestattung ihren Hund mit ins Grab gelegt haben“, erklärte Nadja. „Du kannst jetzt darüber spekulieren, ob der Vierbeiner zufällig genau gleichzeitig mit ihr gestorben ist, aber es bringt natürlich nichts.“

Anke zuckte mit den Schultern.

„Viel wichtiger ist die Tatsache, dass das Herz entfernt worden ist“, berichtete Nadja. „Die Arterien und Venen sind mit einer Klinge durchtrennt worden.“

Jetzt hatte Nadja Ankes ganze Aufmerksamkeit.

„Ach, das ist ja interessant“, sagte sie. „Posthum?“

„Ich schätze, das werden wir nicht mehr feststellen können. Es ist auch die Frage, ob es letztendlich relevant ist“, erklärte Nadja.

„Und wie, denn das wäre Mord“, erwiderte Anke mit Nachdruck.

„Aber einer, den niemand heute mehr verfolgen wird. Gut, ich gebe zu, es könnte ein Nachfahre existieren, der vielleicht froh wäre, wenn er wüsste, wie seine Verwandte zu Tode gekommen ist. Aber glaubst du das wirklich?" Nadja sah Anke an. „Hast du deine Uroma noch gekannt?"

„Nur eine von beiden", antwortete Anke, „aber sie starb an der Grippe. Ehrlich gesagt ist mir das auch völlig egal. Ich möchte der Verstorbenen gerecht werden. Sie soll einen Namen bekommen und in geweihter Erde begraben werden. Auch wenn ihr Schicksal niemanden mehr juckt. Ich will es wissen."

Nadja klopfte ihrer Mitarbeiterin auf die Schulter. „Ist ja schon gut. Denkst du denn, mir geht es anders? Da wir im Moment keine akuten, dringenden Neuzugänge haben, können wir uns auch die Zeit nehmen. Ich habe am Samstag noch einige Untersuchungen angeschoben. Mal sehen, was davon schon fertig ist."

„Das klingt doch super", freute sich Anke.

„Aber erst mal trinken wir jetzt einen Kaffee", schlug Nadja vor.

Doch dazu kam es nicht, denn Nadjas Smartphone klingelte.

„Wolf?", fragte die Rechtsmedizinerin verwundert. „So früh und schon ein neuer Mord? Wo soll ich hinkommen?"

„Nein, nein", sagte Wolf und lachte. „Ich melde mich nur, weil mich eben mein Kumpel Thorsten Büthe zurückgerufen hat. Ich hatte ihn gebeten, für mich herauszufinden, wie man das Alter der Knochen datieren kann. Du weißt schon, die von der Insel."

„Das machen wir inzwischen selber. Früher mussten wir unsere Exponate dafür nach Holland schicken", erklärte Nadja. „Vielleicht kann ich es dir auch nachher schon sagen. Der Test läuft bereits."

Wolf war verdattert. „Um zu wissen, aus welchem Jahrhundert sie stammt? Ihr wendet in eurem Institut die C14-Methode an?"

„Nein", antwortete Nadja, „das ist ein Missverständnis, wir können nur herausfinden, wie alt sie ungefähr war."

„Aha", erwiderte Wolf, „aber wir wollen doch auch das Rätsel lösen, wann sie gelebt hat."

„Am liebsten ja", gab Nadja zu, „aber wer trägt die Kosten?"

„Nun, das sollte kein Problem darstellen", überlegte Wolf laut. „Auch wenn die Knochen alt aussehen, könnten sie immerhin sehr viel jünger sein, und um das auszuschließen, ist der Einsatz von Steuergeldern zu rechtfertigen. Vor allem, wenn man bedenkt, für was sonst alles Münzen und Scheine zum Fenster rausgeschmissen werden."

„Du musst es wissen. Es wäre natürlich hochspannend, das zu erfahren." Nadja räusperte sich.

„Hast du einen Frosch im Hals?", erkundigte sich Wolf.

„Nee, den habe ich vor Jahren schon ausgespuckt und geküsst. Sitzt wahrscheinlich direkt neben dir", witzelte Nadja. „Grüß ihn mal. Wir gucken hier gleich nach den Ergebnissen. Wenn was Interessantes dabei ist, melde ich mich."

„Wir?", hakte Wolf nach. „Ist der Enno denn nicht schon weg?"

„Schon längst. Aber wie du weißt habe ich inzwischen eine neue, sehr intelligente Kollegin, die du sicher bald kennenlernen willst", antwortete Nadja. „So, wenn ich allerdings jetzt nicht sofort einen Kaffee bekomme, bringt mich das um, und du gerätst dann in den Fokus der Ermittlungen."

„Ups, das will ich auf keinen Fall riskieren", machte Wolf den Spaß mit, „weder, dass dein Blut an meinen Händen klebt, noch dass mir dein Peter im Nacken sitzt. Ich leg lieber auf, bis später."

Im siebten Himmel

Nachdenklich legte Hauptkommissar Wolf Hetzer sein Smartphone zur Seite, denn er hatte schon im Hintergrund ein scheußliches Pfeifen vernommen. Jemand trällerte ein Liebeslied derartig falsch, dass sich einem die Fußnägel hochbogen.

Er hatte zwei Alternativen: Tür zuschlagen oder nachschauen, wer der Übeltäter war und dem Gockel das Krähen verbieten. Wolf entschied sich zu Letzterem und musste zu seinem Leidwesen feststellen, dass es sich bei dem Störenfried um seinen eigenen Sohn Niklas handelte, der ihn auch noch freundlich angrinste, als er ihm einen Rüffel verpasste.

„Ach, Mensch Papa", sagte er, „nun sei doch nicht so. Ein bisschen Musik ist doch schön und macht gute Laune."

„Geht so", grummelte Peter, „wenn einer die Melodie kann oder ein Vogel ist."

„Gute Ansätze sind aber zu erkennen", bohrte Detlef weiter in der Wunde. „Ich glaube, das war dieses Kinderlied mit den Entchen."

„Ihr Banausen", lachte Niklas, „da ist man mal gut drauf und ihr versucht gleich, einem das zu vermiesen."

„Wenn du uns den Tag mit deinem atonalen Geflöte zur Hölle machst", brummte Peter. „Harmonie ist nicht nur etwas zwischen Menschen. Das kommt auch in der Musik vor.“

„Was verstehst du schon davon, du Griesgram?“, fragte Niklas frech.

Peter winkte ab. „Nicht nur blond, sondern auch blöd. Kann man eben nix machen.“

„Wegen postnataler Abtreibung wollen wir uns ja die Finger nicht schmutzig machen“, sagte Detlef. „Außerdem kriegen wir dann Ärger mit Wolf, obwohl sein Sprössling nicht mal auf ihn hört.“

„Pfeift er noch?“, fragte Wolf.

„Nee“, antworteten Detlef und Peter unisono.

„Na also“, kam es erleichtert von Wolf.

„Er summt jetzt“, stöhnte Detlef.

Und tatsächlich, wenn man genau hinhörte, musste man Detlef recht geben. Peter klappte seine Akte zu und ging zur Kaffeemaschine. Aus dem Wasserbehälter kippte er einen Schwung in seine Tasse und stellte sich hinter Niklas. Dann goss er ihm das kühle Nass in den Nacken.

„Ihh“, schrie der Gepeinigte.

„Muss man mit jungen Kötern auch so machen“, sagte Peter im Brustton der Überzeugung. „Wenn die nicht hören, gibt es einen Verweis. Allerdings hätte ich dir das lieber in die Hose gekippt, um den Hitzestau zu beseitigen. Aber ich bin da lieber vorsichtig mit unsittlichen Berührungen.“

Niklas schüttelte sich, tippte sich an die Stirn und verschwand zu seinem Spind. Dabei lachte er. Glaubte der alte Sack wirklich, dass er zu stoppen war? Er war in Hochform. Total verknallt. Niemals hatte er sich so wie heute gefühlt, nach dieser geilen Nacht. Bäume hätte er mit bloßer Hand ausreißen können ...

Während die drei älteren Beamten auf einen verärgerten Niklas warteten, begann der im Personalraum laut „You are the one, that I want" zu singen, während er sich etwas Frisches anzog. Und ganz besonders laut war er beim „U, u, u!"

Seine Kollegen rauften sich die Haare.

„Schick den irgendwie raus, Fahrraddiebstähle aufklären oder so", stöhnte Peter.

„Ja, oder kannst du ihn nicht spontan zu einem Lehrgang nachmelden?", überlegte Detlef, „einen, wo er jetzt sofort noch einsteigen kann."

„Wart ihr nie verliebt?", fragte Wolf schmunzelnd.

„Wenigstens haben wir andere nicht damit genervt", sagte Peter und fing sich einen spöttischen Blick von Wolf ein.

„Wer ist denn die Glückliche? Hat jemand von euch 'ne Ahnung?", hakte Detlef nach.

Niklas, der gerade wieder den Raum betrat, grinste. „Das würdet ihr wohl alle gerne wissen, was? Sag ich euch aber nicht, aus Pietätsgründen. Wer kann schon ahnen, was ihr dann anstellt. Ihr kommt irgendwann schon selber drauf. Auf jeden Fall hatte ich eine rasante Nacht, was man von euch dreien wohl eher nicht behaupten kann, so wie ihr drauf seid. Ich fahr' jetzt nach Röcke und gucke, ob die Bauarbeiten dort wirklich eingestellt sind. Will wer mit?"

„Nee, mach mal alleine", antwortete sein Vater. „Gute Idee. Es ist ja jetzt wieder über null."

„Und saumäßig matschig“, flüsterte Peter, damit nur Detlef es hörte, „da braucht er dann auch gleich noch eine neue Hose.“

Wolf atmete auf, als sein Sohn gegangen war. Natürlich liebte er seinen Niklas wie er war, aber als total verknallten Gockel hatte er ihn noch nie erlebt – und da war er anstrengend.

„Los, raus damit, wer ist sie?“, wollte Detlef wissen.

„Keine Ahnung, ehrlich“, beteuerte Wolf.

Peter grinste breit. „Vielleicht habe ich eine Ahnung. Ich meine mich erinnern zu können, dass mir Nadja was von ihrer neuen Kollegin erzählt hat. Soweit ich weiß, ist er am Samstagabend mit ihr essen gegangen. Aber nagelt mich nicht fest.“

„Krass“, stellte Detlef fest, „und du meinst, die hat ihn gleich rangelassen?“

Peter zuckte mit den Schultern. „Mir doch egal. Und wenn schon. Kein Grund, um gleich auszurasten.“

„Na, dann wollen wir uns die Dame doch mal ansehen, Kumpel“, sagte Wolf und schlug Peter auf die Schulter. „Parallel können wir gleich erfragen, was sie und Nadja inzwischen an Resultaten aus ihren Proben gewonnen haben.“

„Und ich?“, fragte Detlef.

„Du kümmerst dich um das Emblem, das ich dir gerade als Foto per Mail geschickt habe“, bat Wolf. „Eine verwitterte Gravur vom Bleisarg. Vielleicht kannst du über eine Bilderkennung was erreichen.“

„War ja klar, dass ich das wieder machen muss“, murmelte Detlef beleidigt.

„Wie bitte?", fragte Wolf.

„Wird gemacht, Chef", kam es von Detlef, der sich an seinen Rechner verzog, um dort abzutauchen.

„Stellung halten inklusive", ordnete Wolf an. „Falls was sein sollte, sind wir auf dem Smartphone erreichbar."

Wär ich nicht drauf gekommen, dachte Detlef und hielt lieber die Klappe.

Das Telefon klingelte. Es war Seppi von der Spurensicherung.

„Es geht noch mal um den Sarg, den wir gefunden haben, Wolf", kam er sofort zur Sache. „Er ist tatsächlich aus Blei, dem chemischen Element Pb, also Plumbum gefertigt worden. Vom gesundheitlichen Standpunkt aus natürlich eine Katastrophe, aber wenn man schon tot und einem das deswegen egal ist, ist das eine feine Sache."

„Warum?", erkundigte sich Wolf.

„Ganz einfach. Der ist erosionstechnisch beinahe unkaputtbar", erklärte Seppi. „Das Blei bildet relativ schnell eine sogenannte Oxidschicht aus und ist dann ziemlich korrosionsfest. Darum haben sich Särge aus der Römerzeit auch bis heute erhalten."

„Scheint ja auch Auswirkungen auf die Haltbarkeit von Leichen zu haben", mutmaßte Wolf.

„Wie genau möchtest du meine chemische Erklärung haben?", fragte Seppi.

„Eigentlich gar nicht", gab Wolf zu. „Ich will nur wissen, ob sie darin irgendwie konservieren."

„Zwei Beispiele", sagte Seppi. „In Rennes hat man vor vier Jahren die gut erhaltene Leiche einer Adligen aus dem 17. Jahrhundert entdeckt. Und bei der Erforschung der Nordwestpassage hatten sie auf dem Forschungsschiff Konservendosen dabei, die entweder mit hohem Bleianteil hergestellt oder mit Pb verlötet waren. Im Prinzip eine gute Idee. Leider sind etliche Teilnehmer infolgedessen an einer Bleivergiftung gestorben."

„Also gut möglich", stellte Wolf fest. „Wenn ja, würden die Leichen durch das Material kaum oder weniger verwesen. Dann könnte die Frau tatsächlich schon sehr lange tot sein."

„Ich kann dir sogar noch mehr sagen", fuhr Seppi fort. „Wahrscheinlich war dieser Bleisarg nur ein Innensarg aus einem größeren Sarkophag, vielleicht aus Stein."

Wolf überlegte. „So ein Aufwand wurde sicher nicht für jeden betrieben. Gehen wir also auch hier von einer höher gestellten Persönlichkeit aus."

„Ist anzunehmen, denn was mich gewundert hat, war die Verzierung. Sie ist leider durch die Oxidschicht etwas undeutlich geworden. Aber so etwas hat man bei Innensärgen eigentlich nicht gemacht", berichtete Seppi. „Hier habe ich mir erlaubt, das Emblem wieder etwas besser sichtbar zu machen, in der Hoffnung, dass euch das weiterbringt."

„Seppi, du bist ein Ass", lobte Wolf den Beamten der SpuSi.

„Ach, und noch etwas", sagte Seppi, „das Blei stammt laut Isotopenanalyse aus der Eifel. Wahrscheinlich irrelevant. Ich fand aber trotzdem, dass du das wissen solltest."

„Ja, danke, auf jeden Fall. Könntest du mir ein Foto von der Verzierung machen und per Mail oder Whats-

App schicken? Detlef wollte sich nämlich gerade damit beschäftigen."

„Klar, mache ich sofort und leite es parallel an Detlef weiter", versprach Seppi. „So, das wär's dann auch erst mal. Tschüss."

Inaugenscheinnahme

Nach dem Telefonat brachen Peter und Wolf in Richtung Vehlen auf. Beide waren mehr als neugierig auf die junge Dame von der Rechtsmedizin, die Niklas den Kopf verdreht hatte. Wolf schon allein aus väterlichen Gründen und Peter, weil er sich gerne scharfe Bienen ansah, obwohl er treu war wie ein Hund. Gucken konnte man ja mal, war seine Devise. Es war im Grunde wie ein Blick in den Kühlschrank, überlegte er, den man wieder schloss, ohne sich zu bedienen. Gut, das gelang ihm bei leckeren Frikadellen oder Schnitzeln natürlich nicht. Deswegen hinkte der Vergleich auch, fand er und sprach ihn nicht laut aus.

„Was grinst du so?", fragte Wolf, der die Heiterkeit seines Kollegen nicht nachvollziehen konnte.

„Ich hab an Schnitzel gedacht", sagte er und flunkerte dabei nicht einmal.

„Gibt es Momente, in denen du keine fleischlichen Begierden im Kopf hast?", erkundigte sich Wolf schmunzelnd.

„Nö", erwiderte Peter, „und deswegen bin ich auch so gesund. Man braucht eine eiweißhaltige Nahrungsgrundlage und körperliche Bewegung in Form von ..."

„Reicht", rief Wolf, „mehr will ich davon gar nicht wissen. Behalt deine Bettgeschichten für dich."

Peter lachte. „Du Sausack! Was hast du denn für Bilder im Kopf? Ich wollte sagen, ich radel zum Griechen, um Gyros zu holen. Geht immer schön den Berg hoch und runter in Kleinenbremen."

Wolf winkte ab. „Das halte ich für eine Legende. Ich habe dich noch nie auf einem Fahrrad gesehen. Außerdem schmeißt dich bei deinem Gewicht jeder Drahtesel allein schon aus Protest ab."

„So ein echter Freund ist schon was Feines", konterte Peter und machte eine Kunstpause, „wenn man denn einen hat."

„Kauf dir einen Hund und jetzt genug gefrotzelt", sagte Wolf, während er am Hintereingang der Rechtsmedizin parkte, „wir wollen doch auf die Neue nicht gleich einen schlechten Eindruck machen."

Sie klingelten. Ein Summer ertönte, und wie auf Befehl ging der Blick beider Kommissare nach oben.

„Ah, eine Kamera. Die ist aber nagelneu", sagte Peter, „hat mir Nadja noch gar nicht von erzählt."

„Ist wohl besser und auf jeden Fall sicherer", stellte Wolf fest. „Braucht auch niemand mehr zur Tür zu kommen."

„Kann sie sowieso nicht immer, falls sie in einer Leiche steckt", überlegte Peter.

Gemeinsam schlenderten sie den Gang entlang und öffneten die Tür zum Laborbereich. Es war ein großer, gut ausgestatteter Raum mit Schreibtischen, einer hochmodernen Computeranlage, Mikroskopen und Zentrifugen. Teilbereiche waren in Glaskästen untergebracht. Der Sektionsbereich befand sich in einem anderen Trakt. Wenn sich Wolf recht erinnerte, verfügte die Rechtsmedizin hier sogar über ein MRT und weitere spezifische Apparate und Anlagen zur Untersuchung von Todesursachen.

Die Ärztinnen, die sie erwarteten, hätten unterschiedlicher nicht sein können. Während man die blond-strubbelige Nadja durchaus als nordischen Naturmenschen empfand, hatte man bei Anke Seiler das Gefühl, einer ägyptischen Gottheit gegenüberzustehen. Sie hatte etwas Majestätisches an sich, das ihr schwarzer Bob noch unterstrich.

„Holla die Waldfee", flüsterte Peter, „da wär ich auch gerne beigegangen, wenn ich nicht schon ..." und etwas lauter, „hallo Nadja, schön dich zu sehen. Und Sie sind Frau ...?"

„Seiler", erwiderte Anke und schüttelte ihm die Hand.

„Guten Tag", sagte auch Wolf, „freut mich, dass Sie Nadjas Team jetzt verstärken. Herzlich willkommen bei uns im Schaumburger Land. Ich freue mich schon auf unsere Zusammenarbeit. Einen kleinen Einblick in Ihr Können haben Sie uns ja quasi bereits gewährt."

„Ich hoffe, dass ich Ihnen damit weiterhelfen konnte", erwiderte Anke verbindlich. „Es ist von Vorteil, verschiedene Gesichtstypen zu erstellen, die zur Dicke der Weichteilschicht passen. Man ist immer wieder fassungslos, wenn man sieht, wie sehr sich Gesichter durch Haarfarbe, Frisur, Hauttyp und Augenform oder -pigmentierung verändern. Ich entwerfe gerne noch weitere Varianten. Und sollte die Tote aus einer anderen Zeit stammen, würde ich sie der Epoche gemäß anpassen."

„Krass", sagte Peter und staunte.

„Wir hätten uns in diese Technik erst reinfuchsen müssen", gab Nadja zu. „Umso besser ist es, dass Anke damit schon gearbeitet hat. Das macht alles einfacher."

Anke lachte. Es bildeten sich zwei Grübchen in ihrem Gesicht. Sie war von einem umwerfenden Charme, fand Wolf. Kein Wunder, dass sein Sohn Feuer gefangen hatte.

„Ist doch kein Hexenwerk", erklärte sie, „beinahe schon selbsterklärend, das Programm."

Wolf zwang sich, seinen Blick von ihr abzuwenden und woanders hinzuschauen.

Er machte sich ja zum Affen. Dabei hatte er überhaupt kein Interesse an ihr. „Was habt ihr denn nun Neues für uns?", fragte er und sah Nadja an.

„So ganz viel natürlich noch nicht", bedauerte die Rechtsmedizinerin. „Die Untersuchungen brauchen ihre Zeit, aber das wisst ihr ja selbst. Wir könnten euch jetzt erst einmal ein paar offensichtliche Dinge zeigen, wobei ich gar nicht weiß, ob ihr da schon involviert seid."

„Egal", antwortete Wolf, „selbst wenn wir was zweimal hören. Wir werden dich nicht unterbrechen. Schieß einfach los."

„Vielleicht kommst du auch mit dazu, Anke?" Nadja winkte ihre Kollegin zu sich. Dann öffnete sie eine Edelstahltür und zog die dahinter befindliche Trage heraus. Wolf und Peter blickten auf eine bereits sortierte Ansammlung von Knochen – einige lagen separat – und ein unansehnliches Stück lederartigen Torsos, der eingefallen wirkte.

„Eigentlich wollte ich nachher noch was essen", witzelte Peter, „aber von Rippchen nehme ich heute Abstand."

Nadja warf ihm einen tadelnden Blick zu, zwinkerte dann aber.

„Mit den Rippen liegst du gar nicht mal schlecht. Doch dazu später mehr. Wir haben hier eine relativ kleine Frau liegen und können schon mehr zu ihrem Alter sagen. Sie muss so zwischen 30 und 40 gewesen sein. Dass es eine Sie ist, erkennt man an der Form des Beckens. Unsere Dame hier ist höchstwahrscheinlich Mutter gewesen. Das Steißbein ist gebrochen gewesen und nach hinten geneigt wieder angewachsen. So etwas passiert durch keinen Sturz. Dann wäre es nach innen geklappt. Es kann nur dadurch verursacht worden sein, dass etwas sehr Dickes durch das Becken gedrungen ist. Gehen wir also davon aus, dass es ein Säugling war oder mehrere. Ich tippe auf Letzteres, denn wir konnten im Röntgenbild eine für das relativ junge Alter ausgeprägte Osteoporose vermuten. Weitere Untersuchungen werden das bestätigen, schätze ich. Also steht die Vermutung im Raum, dass ihr Körper vielleicht durch viele Geburten ausgezehrt war."

„Mangelernährung in Kriegszeiten könnte auch dazu geführt haben", wandte Anke ein.

„Stimmt, vielleicht sogar beides. Wir behalten alle Möglichkeiten im Auge", bestätigte Nadja die Vermutung ihrer Kollegin. „Was ungewöhnlich ist und uns zum Grübeln bringt, ist die Tatsache, dass ihr Herz fehlt."

Peter lachte. „Es gibt viele herzlose Frauen, aber ehrlich gesagt sehe ich auch keine Leber oder Nieren. Da ist nichts unterhalb des Hautlappens und drüber auch nicht."

„Schon, aber der Torso ist eben noch in Teilen erhalten", erklärte Nadja, „und ich kann mit Sicherheit sagen, dass jemand das Herz chirurgisch entfernt hat. Saubere Schnittkanten an den Gefäßen. Kein Tierfraß oder so etwas."

„Das ist wirklich ein Ding", erinnerte sich Wolf. „Mit der Info kann ich immer noch nicht klarkommen."

„Eine Herz-OP können wir sicher ausschließen", sagte Anke sarkastisch, „da hätte man es nicht ganz entfernt. Wenigstens nicht seinerzeit."

„Schalk im Nacken hat sie auch noch!", flüsterte Peter.

„Was ist mit ihrem Nacken?", erkundigte sich Nadja. „Die Halswirbel sind alle vollzählig. Hast du an eine Enthauptung gedacht, Peter?"

Ertappt nickte der Angesprochene vor Schreck.

„Nein", sagte Nadja und schüttelte den Kopf, „keine Läsionen oder Schnittverletzungen an den Wirbelkörpern."

Peter beschloss, jetzt lieber die Klappe zu halten. Das war gerade noch mal gut gegangen.

„Ein paar Knochen haben wir auch noch zu viel", berichtete Anke.

Verwunderte Blicke lagen auf ihr.

„Hund", erklärte sie. „Man hat ihr einen Hund mit in den Sarg gelegt. Ob der freiwillig mitgestorben ist, können wir wahrscheinlich nicht herausfinden. Es sei denn, es finden sich Messerspuren oder Brüche am Brustkorb oder im Schädelbereich."

Wolf wurde ganz anders. Er schob den Gedanken an einen getöteten Hund beiseite. Für die Ermittlungen war diese Information nur bedingt relevant. Aber Peter fand es interessant.

„Wieso ein Köter?“, fragte er. „Glaubst du wirklich …“, er zögerte. „Wir sagen doch du?“

Anke Seiler nickte.

„Also glaubst du wirklich“, fuhr er fort, „dass jemand darauf besteht, seinen Köter mit im Sarg zu haben?“

„Grabbeigaben in Form von Tieren hat es schon im alten Ägypten gegeben“, wandte Anke ein. „Das ist also nix Neues.“

Peter lachte und fixierte sie. „Bei Pharaonen vielleicht oder hochgestellten Beamten. Cleopatra zum Beispiel. Schätze, die wurden dann abgemurkst.“

„Nun, es gäbe weitere Erklärungen“, schaltete sich Nadja ein, die Wolfs Blick gesehen hatte. „Tatsächlich könnte es ein Zufall sein oder der Hund war schon krank und ist erlöst worden. Möglicherweise hat man ihn auch wieder ausgegraben und nur seine Knochen dazugelegt.“

„Schon klar. Jemand könnte auch auf das Ableben des Schoßhündchens gewartet haben, dann den Sarg der Toten wieder geöffnet und Purzelchen zu seinem Frauchen gebracht haben, damit sie wieder vereint waren. Klingt das nicht idyllisch?“

„Peter, du bist ein Arsch“, sagte Wolf.

„Wieso? Weil ich realistisch bin? Da wusste einer nix mehr mit dem räudigen Vieh anzufangen und hat es gleich mit verschwinden lassen“, behauptete Peter. „Klare Sache.“

„Ich fand eigentlich Ankes Ansatz viel interessanter“, fegte Wolf Peters Aussage vom Tisch. „Wir hatten doch aufgrund des Bleisargs und der Verzierung bereits die Überlegung, dass wir es hier mit einer höhergestellten Persönlichkeit zu tun haben.“

„Kaiserin Sissi werden sie kaum aus Österreich hierher geschleppt haben", frotzelte Peter.

„Nein, nein", stimmte Wolf zu, „da dürfen wir schon eher einen regionalen Bezug vermuten. Aber dafür müssten wir die Zeit einordnen können, in der sie gelebt hat. Habt ihr die Proben zur C14-Bestimmung schon auf den Weg gebracht?"

„Sind per Boten unterwegs nach Hannover. Wird aber ein paar Tage dauern", erklärte Nadja.

„Kein Herz, aber ein Köter", brummelte Peter vor sich hin. „Verrückte Welt."

„Gibt es sonst noch was Relevantes?", fragte Wolf, der Peter komplett ignorierte.

„Ist viel zu früh, mein Lieber", antwortete Nadja mit einem Augenzwinkern. „Du weißt doch, dass diese Untersuchungen lange dauern. Übe dich also in Geduld. Ihr bekommt alle Ergebnisse sofort."

„Danke, Nadja", erwiderte Wolf.

„Wann gibt's denn die Einstandsparty, Anke?", fragte Peter frech. „Man muss sich doch näher kennenlernen."

„Das wirst du schon früh genug", konterte sie mit einem maliziösen Lächeln, „mich kennenlernen, meine ich."

„Uhh, jetzt habe ich Angst, Frau Doktor", stammelte Peter.

„Auf jeden Fall bin ich kein Partytyp, und deshalb wird es auch keine geben." Sie kramte in ihrer Tasche. „Aber hier hast du zwei Euro. Zieh dir einen Kaffee aus dem Automaten und stoß von mir aus auf mich an. Allerdings ohne mich. Mein Privatleben behalte ich sehr gerne für mich."

Peter schüttelte den Kopf, tippte sich an die Stirn und ließ Anke Seiler wortlos stehen. Dann ging er zu Nadja.

„Die tickt doch wohl nicht ganz richtig", flüsterte er, während er ihr einen Kuss auf die Wange gab.

„Bis später, Schatz", antwortete Nadja grinsend und winkte Wolf zum Abschied zu.

„Ich glaube, wir werden keine Freunde, diese Anke und ich. Die spinnt ja wohl komplett. Da wollte ich einfach nur nett sein", ärgerte er sich draußen, als sie ins Auto stiegen. „Und die ..."

„Lass gut sein, Peter", versuchte Wolf ihn zu beruhigen. „Ehrlich gesagt fand ich ihre Ansage auch total bekloppt. Ich hab aber das Gefühl, dass du gar nicht direkt gemeint warst. Es war eher so eine Art dokumentierter Distanz. Wundert mich, dass sie dann aber bei Niklas so zutraulich gewesen sein muss."

„Schon seltsam", bestätigte Peter, „aber mir wie so einem dummen Schuljungen einen Taler in die Hand stecken zu wollen, das war echt der Gipfel."

Nachdenklich fuhren die beiden in Richtung Bückeburg.

„Bist du mit dem Hornochsen zusammen?", erkundigte sich Anke.

„Äh ja, das ist mein Ehemann", erklärte Nadja, „und er ist bestimmt vieles, aber garantiert kein Hornochse."

„Da gehen dann unsere Meinungen wohl auseinander", sagte Anke, „aber das macht nichts. Muss jeder selber wissen. Ich hoffe, du nimmst mir meine Offenheit nicht übel."

Nadja, die nicht wusste, was sie dazu sagen sollte, zuckte mit den Schultern. „Wir haben genug zu tun. Ich werde mal nach unseren Proben sehen.“

Am Abend

Anke Seiler hatte kein schlechtes Gewissen. Sie laberte nicht gerne lange um den heißen Brei herum. Gesellschaftliche Verpflichtungen waren ihr von jeher schon immer ein Dorn im Auge gewesen, also hielt sie sich fern und wäre niemals auf die Idee gekommen, selbst zu irgendetwas einzuladen. Meist war sie mit sich allein oder mit dem jeweiligen Partner zusammen, wobei es auf Dauer noch nie so richtig gepasst hatte. Warum sie den jungen Kommissar mit in ihr Bett genommen hatte, wusste sie selbst nicht. Er war nicht ihr Typ, aber irgendwie niedlich in seiner unsicheren Art. Später hatte er sich von einer ganz andere Seite gezeigt, die sie überrascht hatte. Das konnte eine spannende Zeit werden, dachte sie.

An diesem Abend waren ihre Pläne jedoch andere, als ihn zu treffen. Sie wollte sich ein kleines, privates Labor nebenan in dem alten, halb verfallenen Bauernhaus einrichten, das ihr ihre Vermieterin für einen kleinen Preis zu Verfügung gestellt hatte. Zugegeben, es war eine Ruine, aber einige Bereiche konnte man noch gut nutzen, zumindest in der wärmeren Jahreszeit. An kühleren Tagen blieb nur die Möglichkeit, sich mit einem alten Wamsler zu behelfen. Holzscheite durfte sie sich aus der Scheune nehmen. Die Vermieterin war ähnlich gestrickt wie sie selbst. Klar, strukturiert, mit einer natürlichen Distanz ausgestattet. Kein Smalltalk, kein Kennenlernkaffee, dafür gegenseitiges Achten der Privatsphäre des anderen. Ein kurzer Gruß von Ferne reichte jedem. Weiter interessierte nichts. Damit konnten beide hervorragend klarkommen.

Anke hatte sich für ihren neuen Lebensabschnitt viel vorgenommen. Neben spannenden Laboruntersuchungen wollte sie gerne als Notarzt auf dem Rettungswagen aushelfen. Manch einer hätte gelacht oder ein erschrockenes Gesicht gemacht, wenn er gewusst hätte, dass sie Gerichtsmedizinerin war und gewöhnlich nur mit Leichen arbeitete. Aber die genaue Kenntnis der inneren Abläufe im Extremfall, befähigte sie in besonderem Maße zur Ausübung gerade dieser ehrenamtlichen Tätigkeit. Verdienen wollte sie daran nichts. Was sie nicht wusste war, wie sie Niklas in all ihre Pläne integrieren konnte, denn da blieb wenig freie Zeit.

Doch daran wollte sie jetzt nicht denken, während sie die Umzugskartons in das alte Gebäude trug. Alle Zeichen standen auf Neuanfang. Es ging ihr gut, die Vergangenheit verblasste bereits im Licht einer spannenden Zukunft. Sie musste es sich abgewöhnen, immer alles zu hinterfragen. Einfach nur leben, genießen und gut. Warum auch nicht? Sie hatte genug Mist hinter sich gelassen.

Nun wollte sie sich um sich und ihre Vorlieben kümmern. Die Chemie des Todes hatte es ihr seit der Kindheit angetan. Schon damals sammelte sie kleine Tiere, setzte sie in Glasgefäße und beobachtete den Vorgang ihres Verfalls heimlich im Schuppen. Das machte sie auch heute noch, nur mit wissenschaftlichem Hintergrund. Manch einer mochte ihr Hobby skurril finden, aber Anke war das egal. Sie musste in kein Raster passen. Während sie Apparaturen und Gefäße platzierte, schmachtete Niklas in seiner Wohnung im Höppenfeld vor sich hin. Von ihrer Freizeitbeschäftigung ahnte er zunächst nichts.

Nachts im Vehlener Klinikum

„Das gibt es doch nicht", schimpfte Nachtschwester Angela mit zunehmend schlechter Laune und starrte auf ein leeres Bett. Es war vier Uhr früh und sie hatte bei Gott keine Lust auf Patientenspielchen. Aber ihr blieb keine Wahl. Horst Lauterbach war nicht da, wo er sein sollte. Eigentlich konnte es Angela kaum glauben, dass er sich in seinem Zustand nach irgendwohin auf den Weg gemacht haben konnte. Erst gestern war er von Intensiv auf Station gekommen. Ob er seinen Urinkatheter vergessen und aufs Klo gewollt hatte? Aber dann musste er, selbst wenn er sich im Zimmer geirrt hatte, noch irgendwo auf diesem Gang sein. Möglicherweise in einem anderen Bett, dachte Angela und stöhnte. Und sie musste den Knallkopf jetzt suchen, obwohl da hinten in 213 schon wieder die Alte klingelte, die sich vom Wolf verfolgt fühlte. Also zuerst die Oma von Rotkäppchen, dann der Schlafwandler, bevor sie sich um die Sauerei kümmern konnte, die durch die herausgezogenen Schläuche von dem Penner verursacht worden war. Mäßige dich, schimpfte sie mit sich selbst. Sie war sonst nicht so, eher die Ruhe in Person, aber das hier konnte zu einer Katastrophe werden. Es musste Verstärkung her. Auf der Sechs waren sie zu zweit. Nachtschwester Angela zog das Telefon aus ihrem Kittel und wählte die Nummer.

„Nachtschwester Gudrun", meldete sich ihre Kollegin leicht brummig.

„Hier ist Angela von der Zwei", erklärte sie, „tut mir leid, wenn ich dich geweckt habe. Mir ist ein Patient abhandengekommen. Ich brauche hier Hilfe. Mit wem bist du auf Station?"

„Mit Sabine", erwiderte Gudrun, „aber die ..."

„Mir egal, was sie grade macht, eine von euch muss schleunigst zu mir runterkommen. Wird auch nicht lange dauern", versprach Angela.

„Okay", gab sich Gudrun geschlagen, „ich funke eben Sabine an und komme dann zu dir. Aber wirklich nur mal eben kurz die Zimmer durchsuchen."

„Ja klar. In seinem Zustand kann er nicht weit weg. Irgendwo muss er hier sein." Angela seufzte, als sie auflegte. Man musste ja nun nicht so ein Tamtam machen, wenn man sich gegenseitig mal aushalf. So weit kam es noch, dass die Kollegen erwarteten, dass man sie anbettelte.

Kurze Zeit später kam Gudrun ins Schwesternzimmer.

„Noch nicht wieder aufgetaucht, dein Flüchtiger?", fragte sie.

„Leider nein, und die beiden Zimmer ganz hinten habe ich schon durchsucht. Lass uns mal aufteilen und dann gleich wieder hier treffen. Du nimmst die linke Seite, ich die rechte."

Gudrun nickte und machte sich auf den Weg. Badezimmer, Zimmer, Schrank. Alles kontrollierte sie. Sogar unter den Betten sah sie nach, aber es half nichts. Als beide Schwestern wieder aufeinandertrafen, schüttelte Angela den Kopf und auch Gudrun konnte nichts Besseres berichten.

„Da bleibt dir nun wohl nichts anderes übrig, als die Polizei einzuschalten", seufzte Gudrun.

„Ja, so ein Mist. Wenn ich etwas jetzt nicht gebrauchen kann, dann das", stöhnte Angela. „Die krempeln mir hier alles um, obwohl wir wissen, dass er nicht hier ist."

„Die werden auch das gesamte Krankenhaus auf den Kopf stellen. Im Grunde könnte der vom Keller bis in die oberste Etage in jedem Flügel sein", gab Gudrun zu bedenken.

„Na, dann gute Nacht, Marie", sagte Angela.

„Hauptsache, er ist nicht irgendwie raus und erfriert da draußen in der Kälte", fürchtete Gudrun.

„Du machst mir vielleicht Mut", beschwerte sich Angela.

„Wie auch immer", erwiderte die Kollegin von der Sechs, „mich brauchst du jetzt nicht mehr. Dann will ich mal wieder."

„Auf jeden Fall herzlichen Dank", entgegnete Angela.

Gudrun zuckte mit den Achseln. „Helfen konnte ich dir ja leider nicht."

Was nun folgte, war lästige Routine. Gegen halb sechs traf die Polizei ein. Alle Stationen wurden gebeten, in ihren Räumen nachzusehen. Unbesetzte Bereiche kontrollierten die Beamten selbst. Aber Horst Lauterbach blieb unauffindbar. Das Einzige, was noch von ihm übrig geblieben war, waren sein Schrankinhalt, die Badutensilien und zwei abgerissene Schläuche. Detlef, der die Suche vor Ort koordinierte, wunderte sich und bedauerte die Nachtschwester wegen der Sauerei. Der ganze Boden war nass, obwohl sie die Infusion sofort abgestellt hatte, als sie sein Fehlen bemerkte. Aber hätte ein Patient nicht den Schlauch samt Nadel aus seinem Handrücken oder Arm gezogen? Er konnte sich vorstellen, dass es gar nicht so einfach war, die Zuleitung des Infusionsbestecks durchzureißen. Das würde er später testen. Auch vom Urinbeutel hing das lose Ende des Katheters auf den Boden. Der Rest musste noch im Patienten stecken.

Aber ehrlich gesagt: Wer lief schon weg, wenn ihm noch etwas aus dem Pillermann hing? Gut, vielleicht war das Herausziehen zu schmerzhaft gewesen oder der Mann nicht ganz klar im Kopf. Warum musste er sich mit solchen Sachen beschäftigen? Entweder gab man ihm so ein bescheuertes, abgewetztes Emblem von einem Bleisarg, dessen Herkunft er ergründen sollte oder man jagte ihn – nur weil er ausnahmsweise viel zu früh im Dienst war – zu einem entflohenen Patienten, der partout nicht auffindbar war.

Immerhin war ihm wegen der Verzierung ein schlauer Gedanke gekommen. Er hatte auf ein Wappen getippt, kannte sich aber in Heraldik nicht die Bohne aus. Verglichen mit dem Schaumburger Wappen sah das, was noch zu erkennen war, allerdings ganz anders aus. Da war ihm die Ines eingefallen, die beim Niedersächsischen Staatsarchiv arbeitete. Sie war eine Bekannte seiner Freundin Mimi. Leider hatte er auf seine E-Mail nur eine Abwesenheitsnotiz bekommen. Ines war erst in zwei Wochen wieder erreichbar. Sei's drum, hatte er gedacht. Sie würde sich schon melden, wenn sie wieder im Lande war. Die Sache hatte wahrscheinlich ohnehin keine Priorität, da es sich nicht um einen Fall handelte, bei dem zeitnah ermittelt werden musste.

„In der Klinik haben wir niemanden gefunden", sagte Mats Knickrehm. Er war einer von den Uniformierten, die das Agaplesion durchsucht hatten.

„Ja, wunderbar", erwiderte Detlef sarkastisch, „dann kannst du Holger Pinell von der Hundestaffel anrufen, er soll mit seinen Leuten das Gebiet rund um das Großklinikum überprüfen. Im Schrank befindet sich noch Kleidung von unserem Vermissten. Vielleicht hilft ihm das bei der Suche. Du kümmerst dich um alles, Mats, und hältst mit mir telefonisch Kontakt."

„Alles klar", bestätigte Knickrehm und zog sein Smartphone aus der Tasche.

„Ich fahre auf die Dienststelle zurück", erklärte Detlef.

Aber es sollte ganz anders kommen. Bei Verlassen des Klinikums blieb er ganz in Gedanken mit dem Fuß am Fahrradständer hängen, stolperte und fiel. Sein Kopf schlug hart auf einer der Streben auf. Bewusstlos und blutend blieb er liegen. Aufgrund der frühen Morgenstunde, des allgemeinen Tumults und der schlecht einsehbaren Stelle fand man ihn leider erst geraume Zeit später.

Anderthalb Wochen später

Die große Kälte war vorbei. So langsam konnte man eine Ahnung des Frühlings in der Luft vermuten. Nadine Michels hätte das freuen können, ihre Laune jedoch war schlecht. Vor gut 14 Tagen hatte man sie aus Hannover in dieses verschlafene Nest Bückeburg beordert. Sie, das Großstadtkind, das sich nur in der wogenden Menge voller Einkaufspassagen, im Verkehrslärm und in übervollen Kneipen wohlfühlte. Diese Ruhe in Niedersachsens Diaspora setzte ihr zu. Einziger Lichtblick hätte ihr junger Kollege, das leckere Bürschchen Niklas Müller, sein können, aber der nahm überhaupt keinerlei Notiz von ihr, und mittlerweile wusste sie auch warum. Der grub an der Rechtsmedizinerin rum, die aussah wie aus einem Sandalenfilm. Echt gruselig. Aber Männer fuhren wohl darauf ab. Nadine fand, an der Tussi war überhaupt nichts Reizvolles und freundlich war sie auch nicht. Jedenfalls nicht, als sie das erste Mal mit ihr zusammengetroffen war und die schriftlichen Ergebnisse einer Untersuchung abholte. Sogar ausweisen musste sie sich. Als ob jemand anders als einer von der Bückeburger Dienststelle davon wissen konnte, dass Papiere abgeholt werden sollten. Und obwohl Niklas dabei war, der es hätte bezeugen können. Das war reine Schikane gewesen. Aber über ihren Kollegen hätte sie sich am liebsten beömmelt, wenn es denn nicht so traurig gewesen wäre. Wie ein kleiner Depp stand er da neben ihr und himmelte diese Nofretete an, als ob er noch nie eine Frau gesehen hätte. Worte waren ihm in diesem Moment ganz verloren gegangen. Vollkommen verzückt lauschte er ihren, dieser Vollidiot. Er hatte im Leben noch nichts kapiert. Frauen wie diese Anke spielten mit Männern nur. Sie machten sie zu ihren Liebessklaven und saugten sie aus. Anschließend warfen sie sie weg. Zurück blieb eine leblose Hülle, mit der vorerst nichts mehr anzufangen war, beziehungstechnisch gesehen. Im Grunde versauten solche Weiber bindungswillige Kerle, manchmal für immer. Je länger Nadine darüber nachdachte, desto mehr hasste sie diese Möchtegern-Pharaonenschlampe. Auch das Äußere war nur Masche. Sie wettete, dass die orientalische „Schönheit" ihre Haare blauschwarz färbte, um samt strengem Bob genau diesen Eindruck zu provozieren. Als Mumie wäre sie Nadine lieber gewesen. Die taten keinem mehr was, aber mit ihr musste man auskommen, wenn man Informationen haben wollte.

„Vielleicht sollten wir dann mal wieder los", unterbrach Nadine das Gesäusel ihres Kollegen Niklas, der in ein sicher nicht dienstliches Gespräch mit der Rechtsmedizinerin vertieft war und sie blöd an der Tür ließ.

„Kleinen Moment noch", bat er und folgte dieser Anke an den Computer.

Jetzt konnte Nadine noch weniger von dem mitkriegen, worüber die beiden sprachen. Das war Absicht. Sie tippte mit der Fußspitze ungeduldig auf den Boden und sah auf die Uhr. Gleich Feierabend.

„Wir müssen jetzt los!“, sagte sie in verschärftem Ton, der die beiden Turteltäubchen aufhorchen ließ.

„Ist ja schon gut“, kam es von Niklas, „nun stress dich mal nicht so. Ich brauchte noch ein paar Informationen für meinen Vater aus erster Hand.“

„Ach ja?“, fragte Nadine schnippisch und ging zur Tür.

„Ja, wenn du's genau wissen willst. Es ging um die Altersbestimmung der Knochen und die Isotopenanalyse. Die Ergebnisse sind gerade erst reingekommen. Und sie sind echt spektakulär“, versprach Niklas.

„Dann sag's mir doch“, verlangte Nadine.

„Bevor es mein Vater in den Händen hatte?“, sagte Niklas entrüstet.

„Wieso? Du hast die Befunde doch auch eingesehen. Warum nicht ich?“

„Das machen wir mal gleich schön gemeinsam auf der Dienststelle“, bestimmte Niklas, „wenn alle zusammen sind. Dann muss man nicht alles dreimal erzählen.“

Nadine kochte innerlich, hielt aber die Klappe, auch wenn sie diesem jungen Schnösel gerne mal gesagt hätte, was sie von ihm hielt. Sie konnte sich gar nicht mehr vorstellen, was sie an ihm überhaupt gut gefunden hatte.

Es war sowieso alles blöd gelaufen. Wie sehr hatte sie sich auf die Arbeit bei der Operativen Fallanalyse gefreut. Und dann lieh man sie nach drei Tagen in dieses verschlafene Nest Bückeburg aus. Sie war doch kein Landei. Anstatt sich mit spannenden Mordermittlungen zu befassen, kauten die hier auf alten, spröden Knochen herum, die wirklich niemanden mehr interessierten, wie sich bestimmt bald herausstellen würde.

Wortlos ging die Fahrt weiter bis in den Ulmenallee. Dort parkte Niklas hinter dem Gebäude und grinste Nadine frech an. „Na, wieder beruhigt?"

Das war ein Satz, der genau das Gegenteil von dem bewirkte, was er sollte. Oder er war von vornherein nur als weiterer Stich in ihre Magengrube gedacht. Sie sah ihn finster an.

„Mach dich mal locker", forderte er sie auf. „Wird gleich noch aufregend genug."

Nadine sah wieder auf ihre Uhr. „Ich bin gespannt, was du uns in sieben Minuten noch alles eröffnen willst."

„Also, wir haben hier keine so festen Zeiten", erwiderte Niklas. „Kannst natürlich gehen, wenn es dich nicht interessiert. Ich glaube kaum, dass dich einer festbinden wird."

„Leck mich", zischte Nadine.

„Lieber nicht", lachte Niklas und spuckte aus. „Wer schon solche Haare auf den Zähnen hat, der steht bestimmt auf Ganzkörperbehaarung. Und wer weiß, was da noch so zum Vorschein kommt. Das möchte ich ehrlich gesagt lieber nicht wissen."

Wenn er es sich bisher noch nicht mit Nadine verdorben hatte, jetzt hatte er es geschafft. Ihr fehlten selten die Worte. Sprachlos schlich sie neben ihm her, bis sie im Besprechungsraum waren. Dort warteten bereits Wolf und Peter auf sie.

Neuigkeiten

„Was Neues von Detlef?", fragte Wolf als Erstes, noch bevor sie alle Platz genommen hatten.

„Leider nicht", gab Niklas Auskunft. „Er liegt immer noch im Koma."

„Scheiße!"

Wolf sprach das aus, was alle dachten. „Jetzt zu unserer Seeleiche. Niklas, würdest du uns bitte in den neuesten Kenntnisstand versetzen?"

Endlich konnte er loslegen. „Ihr werdet nicht glauben, was die C14-Analyse von Frau und Hund ergeben hat. Übereinstimmend übrigens, weswegen man davon ausgehen kann, dass es tatsächlich so ist. Wollt ihr raten?"

Peter verdrehte die Augen. „Immer noch ein Kindskopp, auch wenn er jetzt erwachsene Frauen besteigt."

Mit einem Anflug von Ärger überhörte Niklas die Worte und kam zur Sache. „Man hat sie auf Ende des 18. Jahrhunderts datiert."

Schweigen.

„Oha", stöhnte Wolf. „Damit habe ich nicht gerechnet. Ins 20ste hätte ich sie schon gerne gesteckt, gedanklich gesehen."

„Ganz schön alte Tussi, die du da ausgegraben hast", frotzelte Peter. „Damit können wir die Sache wohl zu den Akten legen."

„Nicht so schnell“, wandte Niklas ein. „Ich habe noch mehr. Der Köter war ein Pudel.“

„Klasse Information“, nickte Peter, „ganz großes Kino.“

„Sie war zwischen 35 und 40 Jahre alt und hat einen Teil ihres Lebens in Holland verbracht“, berichtete Niklas weiter.

„Das ist schon interessant, aber ...“, begann Wolf.

„Warte“, bat Niklas. „Jetzt kommt's!“

„Mann, nun schieß schon los“, sagte Peter genervt.

„Sie ist ermordet worden“, ließ Niklas die Katze aus dem Sack. „Man hat sie mit Arsen vergiftet.“

„Krass“, fand Nadine. „Ob das damals schon jemand wusste und sie deshalb auf der Insel verscharrt hat?“

„Möglich“, antwortete Peter, „so 'ne umgebrachte Leiche muss ja irgendwo hin. Ach übrigens, da kam vorhin auf Detlefs Rechner so eine komische Mail von einer Ines vom Niedersächsischen Staatsarchiv an. Keine Ahnung, ob er die persönlich kennt. Dieses verwitterte Bild auf dem Sarg hat wohl Elemente, die es auch im alten Schaumburger Wappen gegeben hat, schrieb sie, aber Genaueres können sie nicht sagen, weil nicht mehr alles zu erkennen ist.“

„Das wird ja immer verrückter“, freute sich Wolf. „Wir haben es tatsächlich mit einem Mord zu tun, der mehr als 200 Jahre zurückliegt. Und überlegt mal, zu dieser Zeit konnte sich doch bestimmt kein einfacher Bürger so einen Sarg aus Metall leisten. Wir sollten uns mit der Schaumburger Geschichte befassen. Wer starb in dieser Zeitspanne alles an höhergestellten Persönlichkeiten?“

„Vergiss es!“, sagte Peter und winkte ab.

„Wieso?“, hakte Wolf ungeduldig nach.

„Weil es ein Weib ist“, erklärte Peter. „Du glaubst doch wohl nicht, dass der Bürgermeister von damals – falls es den überhaupt schon gab – seine Brunhilde so kostspielig bestattet hätte? Den einzigen Sohn vielleicht ... aber seine Alte bestimmt nicht. Und denkst du nicht auch, dass es kaum Damen als Hofrat oder Feldmarschall oder ähnliches gegeben haben wird? Da musst du die Latte schon höher hängen.“

„Ist was Wahres dran“, gab Niklas seinen Senf dazu. „Vielleicht haben wir hier die Ida vom Idaturm. War der nicht nach irgendeiner von den Fürstenfrauen benannt?“

„Ja, Fürst Georg zu Schaumburg-Lippe hatte ihn als Landvermessungspunkt bauen lassen, damit die Bückeburger nicht verhungerten“, stimmte Wolf zu. „Gute Idee, ich weiß aber nicht, ob’s zeitlich passt.“

„Dann war’s eben irgendeine andere von den Fürstens“, schlug Peter vor. „Vielleicht die Hermine vom Herminenhof.“

Niklas lachte. „Du Spinner, das ist ein relativ neues Altersheim.“

„Trotzdem könnte er recht haben“, wandte Wolf ein, „denn die Einrichtung heißt so, weil sie im Palaisgarten steht, und das schlossähnliche Gebäude war tatsächlich der Witwensitz von Hermine zu Schaumburg-Lippe. Man hat sich wohl nicht recht verstanden mit den Nachkommen. Ich hörte mal, sie sei quasi in ein elegantes Quartier ausgelagert worden“, berichtete Wolf.

Jetzt musste Peter lachen. „Ist das so was wie Wegloben?“

„Könnte man schon so sagen“, stimmte Wolf schmunzelnd zu. „Ich schlage vor, dass unsere jüngeren Kollegen die Lebensdaten von Ida und Hermine recherchieren, und wenn die absolut nicht ins Bild passen, nach weiteren Gemahlinnen aus dem Hause Schaumburg-Lippe suchen."

„Aber liegen die nicht alle in Mausoleen?", hakte Peter nach.

„Stimmt wohl", gab Wolf zu, „entweder in Stadthagen und ab Anfang des 20. Jahrhunderts in Bückeburg."

„Aha", sagte Peter, „wusste ich es doch, aber dann ist es ja wohl so, dass wir eine Ende des 18. Jahrhunderts verstorbene Fürstengattin in der Gruft in Stadthagen suchen müssten. Wie soll die also nach Röcke gekommen sein? Denkt ihr, jemand hätte den Sarkophag entwendet? Wozu denn? Völlig hirnrissig, eure romantisierten Überlegungen. In die Gruft kommt nämlich niemand rein. Da liegen dicke Steinplatten drauf. Soweit ich weiß, wird das Gewölbe unter der Sankt Martini Kirche nur alle paar Jahre mal aus statischen Gründen überprüft."

„Woher weißt du den ganzen Mist eigentlich?", wunderte sich Niklas.

„Nadja wollte da neulich mal hin. Wir haben so 'ne Führung mitgemacht", erklärte er. „Sie hat gedacht, man käme auch unten rein, aber selbst auf Anfrage beim Fürstenhaus wollte man ihr keinen Zugang gewähren. Rechtsmedizinerin hin oder her."

„Ist doch bestimmt sowieso nur noch Staub da", mutmaßte Niklas.

Nadine, die sonst nur zugehört hatte, nickte.

„Seid euch da man nicht so sicher", wandte Peter ein. „Nadja war augenscheinlich anderer Ansicht, aber was sie da genau gewollt hat, keine Ahnung."

„Ist für unseren Fall auch nicht relevant", beschloss Wolf. „Ich möchte trotzdem, dass ihr, also Nadine und Niklas, euch hinter die Genealogie des Hauses Schaumburg-Lippe klemmt und mir die weiblichen Personen präsentiert, die – sagen wir mal – zwischen 1770 und 1820 verstorben und nicht älter als 59 Jahre alt geworden sind."

„Uns bleibt auch nichts erspart", flüsterte Nadine Niklas zu, „müssen wir uns auch noch durch die Ahnen dieser Provinz graben."

„Hat hier etwa einer was zu meckern?", fragte Peter spitz.

„Warum sollten wir?", erwiderte Nadine keck. „Vielleicht kommt deine Nadja jetzt in die Gruft rein, wenn man davon ausgehen kann, dass jemand daraus vermisst wird."

„Der Wahnsinn", freute sich Peter, „damit könntest du sogar recht haben. Wenn ich das Nadja erzähle ..."

„Zuerst müssen wir aber wenigstens eine Vermutung haben, wer die Leiche sein könnte. Nicht, dass wir uns noch lächerlich machen", wandte Wolf ein.

Niklas und Nadine verließen den Raum.

„Mit Arsen vergiftet", sagte Peter und schüttelte den Kopf. „Wie fies. Ich wette, wenn du aus den anderen Särgen Proben nähmst, würde auch noch das eine oder andere Geheimnis aufgedeckt."

„Ganz bestimmt", antwortete Wolf. „Da brauchen wir uns nichts vorzumachen. Zu der Zeit konnte man noch einfacher morden, weil vieles noch nicht festzustellen war."

„Trotzdem ist es eigentlich egal, dass jemand die Frau umgebracht hat, weil der Mörder wie gesagt auch schon längst Staub und Asche ist“, erwiderte Peter.

„Einwand: Die Nachfahren interessiert es bestimmt, vor allem, wenn es sich dabei tatsächlich um das Fürstenhaus Schaumburg-Lippe handelt“, sagte Wolf. „Würde es dich nicht jucken, wenn jemand deine Ur-Urgroßmutter vergiftet hätte?“

„Ehrlich gesagt nee“, verneinte Peter, „ich wüsste nicht mal, wer das gewesen sein sollte und ob ich überhaupt eine hatte.“

Wolf gab Peter einen Schlag in den Nacken. „Ist schon ’ne Strafe, mit dir zu arbeiten.“

„Dann lass dich doch versetzen“, grinste er. „Werde ich hier Hauptkommissar. Find ich wesentlich interessanter als den Giftmord an irgendeiner Ticktackoma.“

„Da bleibt dir der Schnabel aber sauber“, konterte Wolf. „Mit mir ist immer zu rechnen. Außerdem gebe ich zu bedenken, dass du ohne mich nur ein Schatten deiner selbst wärst. Und das auch noch ein düsterer. Also pass auf, was du dir wünschst. Manchmal geht was in Erfüllung, ohne dass man es wirklich will.“

„Ist das eine versteckte Drohung?“, machte Peter den Spaß mit.

„Wahrscheinlich, man kann ja nie wissen“, antwortete Wolf. „Ich brauch jetzt erst mal ’nen Kaffee.“

„Gute Idee“, freute sich Peter und goss sich ebenfalls einen ein.

Von Ferne sahen sie Nadine und Niklas schwer beschäftigt am Rechner sitzen und Notizen machen.

„Die würde viel besser zu ihm passen", seufzte Wolf.

„Bist du mit der Wahl deines Sohnes nicht einverstanden?", wunderte sich Peter. „Also, ich find die Neue gar nicht so schlecht."

„Bisschen komisch und unnahbar", überlegte Wolf laut. „Die war noch nicht einmal bei uns."

„Mann", schimpfte Peter jetzt, „du bist wirklich ein Hornochse. Was glaubst du, wo die immer sind, wenn sie beide Feierabend und Zeit haben? Mensch, die vögeln sich die Seele aus dem Leib. Ist doch ganz normal zu Anfang. Nun lass sie mal. Die merken noch früh genug, dass da ein soziales oder familiäres Umfeld existiert."

Wolf zuckte mit den Schultern.

„Du", stutzte Peter plötzlich, „ob der Hund auch vergiftet war?"

„Wie kommst du denn jetzt darauf?", fragte Wolf. „Die Frau interessiert dich wohl weniger als der Pudel."

„Könnte sein, aber darum geht es nicht. Wenn unsere Tote durch Gift gestorben ist, könnte das Tier entweder bewusst oder unabsichtlich Opfer derselben Substanz gewesen sein."

„Aha, warum?"

„Bist du hier der Hundehalter oder ich?", merkte Peter an. „So ein Herrchen oder Frauchen gibt ihrem Vierbeiner doch gerne was von seinem Essen ab, so nach dem Motto: Ein Löffelchen für Mutti, eins für dich. Tja, und dabei könnte der Pudel auch an eine letale Dosis gekommen sein."

Wolf trank einen Schluck von seinem Kaffee. „Eine durchaus wahrscheinliche Möglichkeit."

„Dann hätten wir das mit dem Köter geklärt", sagte Peter und rieb seine Hände an der warmen Tasse.

Mit einem Zettel wedelnd näherten sich Nadine und Niklas der Kaffeemaschine. Es sah so aus, als seien sie fündig geworden.

„Oha", freute sich Wolf, „jetzt wird es interessant."

Unscheinbar

Der Paketbote holte den länglichen, schmalen Karton aus seinem Wagen. Ein komisches Format, fand er. Manchmal gönnte er sich in solchen besonderen Fällen den Spaß sich vorzustellen, was denn wohl in der Verpackung drin sein könnte. Leicht war es nicht. Vielleicht ein Baseballschläger oder eine tote Katze, aber es stank nicht. Möglich wäre auch ein kleiner Sonnenschirm für diese Anke Seiler, die als Adressat angegeben war. Eine Waffe würde es doch wohl nicht sein? Komisch, kein Absender. Aber das konnte ihm egal sein. Das zweite Päckchen für sie war mit Sicherheit ein Buch. Zuletzt tippte er bei dem länglichen auf eine Heckensäge und klingelte gedankenverloren bei Seiler, ohne auf den Zettel zu achten, der an der Tür hing. Als niemand öffnete, seufzte er und wollte gerade einen Benachrichtigungsschein aus seiner Tasche ziehen. Da sah er die Nachricht, dass Pakete für Anke Seiler doch bitte hinter die Dielentür des alten Bauernhauses gelegt werden sollten. Nichts leichter als das und viel besser, als so einen lästigen Schein auszufüllen.

Das Öffnen der alten, morschen Tür gestaltete sich jedoch schwieriger, als er gedacht hatte. Sie klemmte. Mit zwei Paketen unter dem Arm war es unmöglich, sie aufzukriegen. Er legte sie auf der Bank vor dem Haus ab und versuchte sein Glück erneut. Vergebens! Was auch immer die Flügel blockierte, hinderte ihn daran, die Sendung abzustellen. Sollte er sie einfach dort auf der Bank liegen lassen? Lieber nicht, auch wenn hier kaum jemand hinkommen würde. Ein letzter kräftiger Ruck und zack war die Tür auf, als er gar nicht mehr damit rechnete. Durch die Wucht fiel er auf die Knie und fluchte. Gleichzeitig flog eine verschreckte Fledermaus auf und suchte das Weite. Der Bote hatte die Schnauze voll und donnerte die Pakete auf den Dielenboden. Dadurch platzte die eine Ecke des langen Kartons auf. Jetzt hätte er sogar nachgucken können, was sich darin befand, aber er war so sauer wegen seiner aufgeplatzten Knie, dass er nur noch die Tür zuschlug und mit schlechter Laune vom Hof fuhr.

Eine der Ratten, die zwischenzeitlich das marode Bauernhaus bewohnten, fand die Geschenke interessant. Umso mehr, weil es ein Leichtes war, sich durch die aufgerissene Ecke des Kartons zu fressen, um sich an dessen Inhalt zu laben, bevor sie ihre Familienmitglieder zu Tisch bat.

Wer ist die Tote?

„Jetzt sind wir aber neugierig, was ihr herausgefunden habt“, sagte Hauptkommissar Wolf Hetzer zu seinem Sohn und dessen junger Kollegin.

Peter lehnte gelassen an seinem Schreibtisch und dachte darüber nach, ob er sich noch einen Kaffee holen sollte. Aber so ganz ohne Frikadellenbrötchen oder Kuchen verlockte ihn die Sache nicht. Und um deswegen in die Stadt zu fahren, konnte er sich nicht aufraffen. Wer nun genau diese vermutlich adelige Tussi aus dem Bleisarg war, interessierte ihn nur am Rande, aber wenn er schon danebenstand, konnte er auch zuhören.

„Wir hätten da drei mögliche Kandidaten, von denen eine leider wegen des Alters ausscheidet“, platzte Nadine heraus. „Elisabeth Philippine von Friesenhausen starb zwar 1764, war aber da schon 68 Jahre alt. Bleiben also nur Marie Barbara Eleonore zu Lippe-Biesterfeld. Die ist 1776 im Alter von 32 gestorben oder Juliane zu Schaumburg-Lippe, die 1799 gerade mal 38 war, als sie die Augen für immer zumachte.“

„Was haben wir hier mit Lippe zu tun?“, fragte Peter.

„Nix“, erklärte Niklas, „aber diese Marie war mit dem Grafen Wilhelm zu Schaumburg-Lippe verheiratet. Du weißt schon, der, der die Insel im Steinhuder Meer erbaut hat.“

Wolf nickte. „Den Wilhelmstein kennt sogar Peter. Stimmt's?"

Der Angesprochene brummte. „Blödmann! Da bin ich als Kind schon mit meinen Großeltern rübergeschippert. In 'nem Auswanderer!"

„Genau", rief Nadine dazwischen. „Hatte ich schon ganz vergessen, dass diese Ausflugsboote auf dem Steinhuder Meer so heißen."

„Muss man auch nicht wissen", sagte Niklas.

„Gute Idee mit euren beiden Vorschlägen", schaltete sich Wolf ein, um die Sache abzukürzen, „aber Marie kann es unmöglich sein, denn sie liegt in einer Steinpyramide im Schaumburger Wald, zusammen mit Mann und Tochter unweit von Schloss Baum."

„Dann eben Juliane", antwortete Nadine. „Haben wir doch die Möglichkeit wenigstens auf eine einzige Frau reduziert."

Wolf schüttelte bedauernd den Kopf.

„Sie werden es nicht wissen", sagte Peter, „also klär die zwei auf."

„Juliane zu Schaumburg-Lippe liegt ebenfalls in einem Mausoleum im Schaumburger Wald. Zwar an ganz anderer Stelle und mit ihrer Mutter, aber definitiv nicht auf einer Insel in Röcke."

„Na toll", antwortete Niklas, „alles für die Katz, denn eure Ida und Hermine könnt ihr auch vergessen. Die starben nämlich im 19. und 20. Jahrhundert und sind steinalt geworden."

„Stehen wir also wieder ganz am Anfang", stellte Nadine resigniert fest.

„Vielleicht nicht ganz", sagte Wolf geheimnisvoll, „aber da muss ich mich erst noch mal informieren, bevor ich euch mehr sagen kann."

Im Institut der Rechtsmedizin ein paar Stunden später

„Ich hätte so gerne noch mehr über unsere unbekannte Tote gewusst“, sagte Nadja und legte die Knochen von Pudel und Frauchen in einen Karton zur Aufbewahrung.

„Mich hätte vor allem interessiert, wieso sie umgebracht worden ist“, gab Anke zu, „auch wenn niemand mehr dafür verantwortlich gemacht werden kann.“

„Ich denke, wir sind uns gemeinsam mit den Kommissaren einig, dass sie eine Adelige hier aus der Gegend gewesen sein muss“, überlegte Nadja laut. „Da kann es doch mit unseren Befunden und den Bildern aus der Gesichtsrekonstruktion nicht so schwer sein, die entsprechende zu finden. Gleich mache ich mich selber dran.“

Anke lachte. „Du bist doch sonst nicht so ungeduldig. Lass uns erst mal das Unfallopfer für den Transport fertigmachen. Der Bestatter kommt gleich und will ihn mitnehmen. Sind wir da einer Meinung, dass von keiner Fremdeinwirkung auszugehen ist?“

„Ja, ich unterschreibe den Bericht gleich“, versprach Nadja.

„Und dann haben wir da noch die junge Frau mit der unklaren Todesursache“, wandte Anke ein.

„Hast ja recht“, gab Nadja zu, „um den historischen Fall sollen sich die anderen kümmern.“

„Eben", stimmte Anke zu, „wir haben in dieser Sache getan, was wir konnten." Geschickt nähte sie den letzten Teil des Y-Schnittes wieder zu. Bei lebenden Menschen hätte man das noch schöner gemacht, aber hier genügten große Stiche mit dickem Faden. Die Kleidung, liebevoll vom Bestatter drapiert, würde das unschöne Werk verdecken.

Nadja schwieg. Sie dachte nach, denn ihr war eine Idee gekommen, die sie für sich behalten wollte. Rein rechtlich betrachtet war die Sache verwegen, ja sogar illegal, aber wenn das Resultat stimmte, würde man sich darüber vielleicht überhaupt keine Gedanken machen. In ihrer DNA-Datenbank befand sich eine Probe, die sie gerne klammheimlich mit dem Erbgut der Knochen vergleichen wollte. Dass sie da nicht schon eher drauf gekommen war. Der Spender hatte sie dem rechtsmedizinischen Institut aus anderen Gründen zur Verfügung gestellt. Sie wusste es von ihren Vorgängern. Im Grunde tat sie nichts Unrechtes, redete sie sich die Angelegenheit schön. Es müsste letztlich auch in seinem Interesse sein, hier die Wahrheit herauszufinden, wenn tatsächlich eine verwandtschaftliche Beziehung bestand. Und wenn nicht, würde sie kein Wort über ihre Untersuchung verlieren. Nadja fühlte sich auf der sicheren Seite, auf der Seite der Wahrheit.

Historische Internetrecherche

Wolf hingegen ging anders an die Sache heran. Er forschte zunächst in der Vergangenheit von Marie Barbara und fand heraus, dass sie sich meist mit ihrer Familie auf Schloss Baum aufgehalten hatte. Sie war eher eine stille und überaus fromme Person gewesen, die die Abgeschiedenheit des Jagdschlosses dem Bückeburger Hofleben vorgezogen hatte. Wahrscheinlich hatte sich Graf Wilhelm zu Schaumburg-Lippe deswegen entschlossen, eine Pyramide ganz in der Nähe von Schloss Baum zu errichten, die als Grabstätte für die Familie dienen sollte. Wolf überlegte. Der Tod seiner Tochter und die Krankheit seiner Frau mussten der Anlass gewesen sein. Tuberkulose war hochansteckend. Seine Angst vor dem Ende seiner Liebsten allgegenwärtig. Das Bauwerk war 1776 fertig geworden. Wohl nicht früh genug. Marie tat am 16. Juni des Jahres – genau an ihrem 32. Geburtstag – frühmorgens um sieben ihren letzten Atemzug im Alkoven von Schloss Baum. Die Beisetzung erfolgte erst im September desselben Jahres. Sie war Hofprediger Johann Gottfried Herders letzte Amtshandlung in Bückeburg gewesen. Aber wo waren Marie und seine Tochter Emilie zwischenzeitlich beerdigt worden? Die Kleine starb 1774 im Alter von knapp drei Jahren an Tuberkulose. Da gab es das Mausoleum noch gar nicht. Zwei Jahre lagen dazwischen. Und was war mit dem namenlosen Sohn, der 1772 zur Welt kam? Er war überhaupt nicht mit in der Grabstätte untergebracht. Eine Totgeburt? Nicht lebensfähig? So viele Fragen, die zwar nichts mit seinem Fall zu tun hatten, ihn aber trotzdem beschäftigten. Wilhelm folgte seiner Frau ein Jahr später in die Pyramide im Schaumburger Wald nach. Aus Liebeskummer hatte man einerseits vermutet, aber er hatte sich wohl auch bei der Pflege seiner Frau mit derselben tödlichen Krankheit angesteckt.

Drei schwarze Marmorsärge standen in dem kleinen Mausoleum. Es war nicht zu vermuten, dass sich Marie nicht dort befand. Kein Unbefugter hatte das Grabinnere jemals betreten. Auch gab es nicht die geringste Verbindung zu der Fundstätte der Knochen in Röcke. Wilhelm hatte für sich und seine Familie entschieden, nicht in der Gruft in Stadthagen die letzte Ruhe finden zu wollen. Für Wolf eine schlüssige Geschichte. Er verglich noch ein Gemälde von ihr mit der Gesichtsrekonstruktion. Altersmäßig hätte es passen können. Diese Malereien waren ohnehin immer etwas geschönt. Er hätte nicht eindeutig Ja oder Nein sagen können. Tja, damit kam er nicht weiter. Was aber überhaupt nicht passte, war der Arsenbefund. Es machte keinen Sinn, eine todkranke Frau langsam zu vergiften. So hatte es zumindest der rechtsmedizinische Befund ergeben. Hätte man ihr Leiden erleichtern wollen, wäre eine einmalige hohe Dosis eines Giftes angeraten gewesen oder eine andere Mordmethode. In Gedanken hakte er Marie als mögliche Tote der Insel ab und entschloss sich, für heute Schluss zu machen. Die Geschichte rund um Wilhelms ausgelöschte Familie hatte ihn berührt.

Morgen würde er sich Juliane zu Schaumburg-Lippe widmen. Das Schicksal machte vor niemandem Halt. Reich oder arm. Wenn es nicht das geeignete Medikament gab, erlag man den Bakterien oder Viren, die sich in einem einnisteten und ausbreiteten.

Feierabend

Als Anke Seiler an diesem Abend nach Hause kam, wusste sie, dass das von ihr georderte Buch zugestellt worden war. Ein in englischer Sprache geschriebenes Werk aus Amerika über die neuesten rechtsmedizinischen Erkenntnisse. Darauf hatte sie sich schon wochenlang gefreut. Der Versand hatte ewig gedauert.

Sie öffnete die Dielentür des alten Bauernhauses und stellte erstaunt fest, dass das Buch nicht das einzige Paket war, das dort auf dem Boden lag. Dabei hatte sie überhaupt nichts weiter bestellt. Anke hob den länglichen Karton auf und stutzte.

Er war schwer, eine Ecke schien beschädigt zu sein. Kein Absender war zu erkennen. Sie grinste. Vielleicht hatte sie einen heimlichen Verehrer. Oder Niklas wollte ihr eine Freude machen. Egal, gleich würde sie es wissen.

Anke entschloss sich, die Pakete gleich hier unten zu öffnen, dann musste sie die Kartons nicht erst nach oben und später wieder hinuntertragen. Die Pappe des Buches ließ sich aufreißen, für das andere brauchte sie einen Cutter, eine Schere oder ein Skalpell. Ihr fiel ein, dass sie eine von den alten Klingen verwenden konnte, deren Sterilitätsdatum abgelaufen war, auch wenn das bei ihren Forschungen an Tierleichen eigentlich unerheblich war, wie frisch die Dinger waren.

Das Instrument glitt durch den Karton wie Butter. Sie öffnete die Seiten und grinste. Obendrauf lag eine rote Rose, deren Blätter der Verehrer mit Wachs haltbar gemacht hatte. Darunter war nur Plastikfolie zu erkennen. Anke versuchte den Anfang zu finden, um ihr Geschenk weiter auszupacken. Plötzlich stutzte sie, schnupperte, ging mit der Nase näher ran und runzelte die Stirn. Konnte Niklas von ihrem Hobby wissen? War das irgendwie zur Sprache gekommen, was sie hier im Bauernhaus untersuchte? Hatte er ihr einen konservierten Fischreiher oder Raubvogel geschickt? Dass es nach Formalin roch, war nicht zu verkennen. Sie entschloss sich, professionell vorzugehen und nahm den Karton mit in ihr Labor. Wenn sie schon so ein Präsent bekam, wollte sie es auch gleich dort auspacken, wo sie daran forschen konnte.

Nachdem sie den länglichen Gegenstand auf einen fahrbaren Tisch gelegt hatte, begann sie ihn auszupacken. Leider entpuppte sich das Ganze jedoch nicht als totes Tier. Vor ihr lag ein ganzer Arm, sauber an der Schulter abgetrennt, gewaschen und ordentlich manikürt. Die Hand hielt eine weitere rote Rose. Geschockt war sie nicht, aber unangenehm berührt. Sie musste die Kripo verständigen, und die würden in ihr Allerheiligstes vordringen. Das wollte sie keinesfalls. Also legte sie den Arm wieder in die Plastikfolie und beides zurück in den Karton. Niemand konnte wissen, dass sie ihn nicht in der Diele geöffnet hatte. Die Rosen warf sie fort.

Spaziergang am Abend

Es hatte endlich aufgehört zu regnen. Hilde Roggelmann seufzte. Der Köter musste noch raus. Die alte Dame konnte sich weiß Gott etwas Besseres vorstellen. Zum Beispiel gemütlich auf dem Sofa zu sitzen oder die Schlager aus den 60ern zu hören. Aber ihre liebevollen Kinder hatten ja gemeint, dass sie nach dem Tod von Havaneser Olga wieder einen Hund brauchte, damit sie rausging und Kontakte knüpfte. Hilde war jetzt Mitte 70. Wer wusste schon, ob die neue Hündin sie nicht überleben würde? Ihre Maxi war genauso ein Biest, wie es die Russin gewesen war. Von klein an kläffte sie jeden anderen Köter an, egal wie groß der war. Sie sahen sich auch ähnlich, obwohl die Jetzige dunkler war. Ein aufgeblasenes, keifendes Sofakissen, das ihr den letzten Nerv raubte und schon diverse Einrichtungsgegenstände zerstört hatte. Nein, man hatte ihr mit dem Hund keinen Gefallen getan. Aber die Kinder sahen es nicht ein. Im Gegenteil, sie waren sogar beleidigt und hatten wochenlang nicht mit ihr gesprochen. Da musste sie schließlich einlenken und gute Miene zum für sie bösen Spiel machen. Wenigstens hatten sie ihr einen alten Laufstall vorbeigebracht, in den sie die Töle setzen konnte, wenn sie mal zum Arzt musste. Kaninchendraht drum herum verhinderte, dass Maxi ausbüxte. Mittlerweile hatte sie sich mit der Situation arrangiert. Es war ja doch nicht zu ändern. Ausnehmend schwierig fand sie jedoch die Gassigänge. Da gab es so einen wilden, großen Pudel, der außer Rand und Band war, wenn sie aufeinandertrafen. Dieser Berti ging mit seinem Frauchen grundsätzlich dieselbe Route, und wenn es doof lief, auch noch zur selben Zeit. Falls sie ihn rechtzeitig sah, floh sie ins Gebüsch, denn erst vor Kurzem hatte sie erfahren müssen, welche Kräfte in dem Kerl steckten. Wild tobend an der Leine hatte er Maxi und sie selbst vollkommen eingedreht, dass ihr die Luft wegblieb. Keine Chance sich zu befreien, und dann drohte die Frau auch noch damit, ihren großen Rüden demnächst freizulassen. Sie machte innerlich drei Kreuze, denn dann konnte es mit ihnen vorbei sein. Gut, wenn sie ehrlich war, lag das natürlich auch an Maxi mit ihrem blöden Verhalten, die nicht nur diesen Berti, sondern auch noch den Minipudel Loui anfletschte, was das Zeug hielt. Aber es musste doch wenigstens möglich sein, dass man aneinander vorbeiging, ohne sich in die Quere zu kommen. Und genau das versuchte Hilde nun, indem sie die Umgebung vorausschauend im Auge behielt, um notfalls zu flüchten.

Vorsichtig steckte sie die Nase aus der Haustür. Die Luft war rein. Jetzt nur noch bis zur nächsten Kreuzung und zum Eingang ins Feld. Wenn da niemand von rechts kam, konnte sie sich auf einen ruhigen Spaziergang freuen. Okay, freuen war vielleicht zu viel gesagt. Mit dicker Jacke und Gummistiefeln war es in der Dämmerung eher eine Notwendigkeit, weswegen sie sofort umkehren würde, sobald Maxi ihr Würstchen gemacht hatte. Die junge Hundedame dachte nicht im Traum daran, ihren Popo etwas abseits ins feuchte Gras zu hieven. Also lagen etliche Häufchen so ungeschickt am Wegesrand, dass man sie leicht übersehen und dort hineintreten konnte. Vom Aufsammeln der Kacke hielt Hilde nichts. Das wäre ja noch schöner.

Heute Abend war es lausig kalt. Wenigstens war ihr bisher niemand begegnet, aber sie war schon bis zur Brücke gegangen, und Maxi hatte sich immer noch nicht hingehockt. Weiter bis ins Wäldchen wollte sie eigentlich nicht, aber was blieb ihr anderes übrig? Sie schleppte sich voran. Es fing wieder an zu tröpfeln. Oben, direkt beim Mülleimer, setzte sich Maxi endlich hin. Es war schon fast dunkel. Erleichtert wollte Hilde den Rückweg antreten, aber daraus wurde nichts, denn ein schwerer Ast traf sie auf den Kopf und ließ sie zu Boden gehen. Der Hund tat, was er immer tat: Er kläffte sich die Seele aus dem Leib und wurde von niemandem erhört.

Kontakt

Leo hingegen war satt und zufrieden. Er war gerade von einem Spaziergang mit Moni wieder nach Hause gekommen und gefüttert worden. Seine Welt war in Ordnung. Jetzt noch ein paar Streicheleinheiten und dann konnte er gemütlich in sein Körbchen schlendern, um einzuschlafen. Nur eine Sache trübte seinen Abend. Wolf war noch nicht zu Hause. Dann wäre alles perfekt gewesen.

Moni hatte seine WhatsApp-Nachricht „Dauert noch ein bisschen" zur Kenntnis genommen und sich entschieden, einen Teil des Auflaufs jetzt schon warm zu machen. Niemand konnte ahnen, wie lang so ein Bisschen in seiner Zeitrechnung war, und sie hatte Hunger. Den Rest des Moussakas stellte sie wieder für Wolf kalt.

Da klingelte das Telefon. Eine Bückeburger Nummer, die sie nicht kannte.

„Kahlert", meldete sie sich.

„Guten Abend", antwortete eine weibliche Stimme, „mein Name ist Bahl-Berkau. Ich weiß nicht, ob ich bei Ihnen richtig bin. Auf der Visitenkarte steht Hetzer. Haben Sie einen Hund namens Leo?"

„Ja", sagte Moni verwundert. „Und Wolf Hetzer ist mein Verlobter."

„Ah", kam es von Gaby Bahl-Berkau, „jetzt kann ich mir alles zusammenreimen. Mein Lebensgefährte hat

Herrn Hetzer neulich im Park bei der ‚Großen Klus' getroffen, als unser Berti im Eis eingebrochen ist. Vielleicht hat er davon erzählt? Die beiden jungen Rüden hatten sich so gut verstanden. Da wollte ich mal fragen, ob sie sich gelegentlich treffen können. Ich kenne Ihren Verlobten ja schon länger. Vor zwei Jahren hat er mich in einer Mordermittlung befragt. Ach ja, und die Großmutter der Rechtsmedizinerin ist meine Nachbarin."

„Dann sind Sie die Dame mit der Fußpflegepraxis im Höppenfeld?", hakte Moni nach.

„Genau so ist es", bestätigte Gaby. „Nun wollte ich einfach die beiden Jungs mal wieder zusammenbringen. Es sind doch beides Doodles und nahezu ein Alter."

„Dann machen wir doch gleich Nägel mit Köpfen", schlug Moni vor. „Lassen Sie uns morgen früh eine Runde spazieren gehen. Gibt es den Ententeich noch?"

„Ja klar", erwiderte Gaby, „der ist allerdings inzwischen etwas verwildert, aber wunderschön."

„Gut, dann komme ich mit Leo zu Ihnen. Sagen wir halb acht?"

„Perfekt, hinterher können die zwei noch im Garten toben", antwortete Gaby, „aber wenn wir erst gewartet hätten, bis die Männer sich verabreden ..." Sie lachte.

„Schön, dass Sie angerufen haben", freute sich Moni. „Unser Jungspund ist sehr lebhaft und immer ganz aus dem Häuschen, wenn er einen Kumpel trifft."

„Na, dann kann doch nichts schiefgehen", sagte Gaby. „Mit Berti ist es genauso. Bis morgen dann und eine gute Nacht."

Moni legte auf.

„Tja, Sportsfreund", flüsterte sie in Richtung des Hundekörbchens, „könnte sein, dass das für dich ein spannender nächster Tag wird."

Der Arm

Das kleine Bisschen sollte sich leider bis in die späten Abendstunden ausdehnen. Eigentlich hatte sich Wolf nur mit Juliane zu Schaumburg-Lippe befassen wollen, aber er kam nicht dazu. Hetzer dachte zunächst an einen schlechten Scherz, als ihn die neue Rechtsmedizinerin Anke Seiler anrief und den Fund eines abgetrennten Arms meldete.

„Nein, nein, nicht im Institut", erklärte sie am Telefon, „sondern bei mir zu Hause, beziehungsweise in der Diele des alten Bauernhauses, das ich mitgemietet habe. Man hat ihn mir in einem Paket gesandt. Schickst du nun jemanden oder soll ich selbst die Spurensicherung anrufen?"

„Ist Niklas bei dir?", erkundigte sich Wolf, ohne auf ihre Frage einzugehen.

„Nein", erwiderte Anke, „ich habe gleich noch Nachtbereitschaft als Notarzt auf dem Rettungswagen und wollte eigentlich in die Kreuzbreite fahren."

„Das kannst du wohl canceln", sagte Wolf, „denn wir müssen versuchen herauszufinden, zu wem der Arm gehört. Sieh zu, dass du gleich irgendjemanden organisierst, der dich vertreten kann."

„Nadja ist heute fürs Institut zuständig", antwortete Anke. „Mich braucht ihr nicht. Der Arm ist mir nur zugestellt worden. Mehr weiß ich darüber nicht."

„Natürlich muss Nadja den rechtsmedizinischen Part übernehmen. Du bist als Zeugin direkt involviert. Und deswegen bleibst du auch zu Hause, damit wir dich befragen und unser Protokoll aufnehmen können."

Schweigen am anderen Ende. „Erstens könnten wir das auch morgen machen und zweitens habe ich nicht mehr zu sagen als eben", zeterte Anke. „Mensch Wolf, ich habe ein Paket bekommen und aufgemacht. Das war's."

„Schön, dann geht es mit der Befragung ja schnell", sagte Wolf, „vielleicht schaffst du es noch rechtzeitig zum Notdienst. Aber ist das nicht ein bisschen zu viel neben der Arbeit?"

„Hab ich immer schon gemacht", erwiderte Anke schroff, „man schläft viel, wenn nichts los ist."

„Wo ist das da bei dir? Ich meine, wo wohnst du?", fragte Wolf. „Vehlen weiß ich."

„Zum Felde 1", erklärte Anke, „wäre gut, wenn dann jetzt bald einer käme."

„Ich bin schon unterwegs", antwortete Wolf und entschloss sich beim Auflegen, Seppi von der Spurensicherung aus dem Auto heraus anzurufen. Nicht zu fassen. Anke als Notärztin in der Nacht. Es war schon eine Anerkennung wert, wenn sich jemand neben seiner Arbeit so für andere Menschen einsetzte. Obwohl es für ihn kein stimmiges Bild ergab.

Vielleicht hatte sie Schulden. Einer Frau, die so menschenscheu zu sein schien, hätte er das nicht zugetraut. Wahrscheinlich konnte sie am besten mit Toten und Lebenden, wenn sie Opfer von Mord, Krankheit oder Unfall geworden waren. Er fragte sich nur, wie sein Sohn zu dieser Anke passen konnte. Das bereitete ihm Kopfzerbrechen.

Gut, dass er noch in Bückeburg war, dachte Wolf bei sich, als er im Wagen saß. Auf dem Weg nach Vehlen rief er Peter und Nadja an, die beide versprachen, sofort zu kommen. Seppi von der Lancken war zwar wenig begeistert, wieder von seiner Couch aufzustehen, aber ein abgetrennter Arm in einem Paket machte ihn schon neugierig.

Als Wolf auf den Hof fuhr, sah er Licht im alten Bauernhaus brennen. Wenn er sich recht erinnerte, lebte Anke aber in einer Dachgeschosswohnung. Wenigstens hatte ihm das Niklas erzählt. Er bezweifelte beim Näherkommen allerdings, dass in dem baufälligen Haus überhaupt jemand wohnte und wollte schon daran vorbeigehen.

„Wolf?", rief ihn eine weibliche Stimme, „ich bin hier. Das Paket auch."

Er zuckte zusammen und kam näher. „Du wohnst da drin?", fragte er fassungslos.

„Nein, das habe ich nur als Abstellraum mitgemietet, aber der Postbote legt mir die Päckchen hier rein, wenn ich nicht zu Hause bin. Meine Wohnung ist oben im Dach der umgebauten Scheune."

„Ah ja", sagte Wolf, „verstehe."

„Komm rein, dann zeige ich dir das gute Stück."

Wolf fand die Bezeichnung für einen abgetrennten Arm etwas gewagt und folgte ihr in die Diele.

Dort stand ein etwas mehr als ein Meter langer Karton, der an einer der Längsseiten geöffnet worden war. Man roch den Inhalt schon beim Eintreten, allerdings anders, als erwartet.

„Leider hast du wahrscheinlich keine Handschuhe getragen, als du ...?“

„Sehr witzig“, sagte Anke. „Glaubst du, ich trage diese Dinger rund um die Uhr? Es soll sogar Tätigkeiten geben, wobei sie äußerst unpassend wären. Oder hältst du sie für gefühlsecht?“

Das ging Wolf jetzt doch entschieden zu weit. Spielte sie etwa auf den Sex an, den sie mit seinem Sohn hatte?

„Ein klares Ja oder Nein hätte mir genügt“, erwiderte er etwas schroff. „Ich werte deine Aussage als ein Nein. Ab jetzt bitte nur die Kurzfassung. Du willst doch rechtzeitig zum Notdienst erscheinen. Hast du etwas aus dem Paket entnommen?“

„Nein.“

„War es eine normale Postzustellung?“

„Ja, mit DHL.“

„Ist dir schon vor dem Öffnen geruchstechnisch etwas aufgefallen?“

„Nein, erst danach. Hatte jemand gut eingepackt.“

„War noch etwas außergewöhnlich?“

„Ja, nach was es roch.“

„Stimmt, das Formalin sticht einem direkt in die Nase“, gab Wolf zu.

„Aber das heißt doch, dass jemand den Arm konserviert haben muss“, überlegte Anke laut.

„Konserviert?“, fragte es von der Tür aus. Nadja schnupperte. „Ja, richtig, das duftet nach lecker Formaldehyd.“

„Wären wir jetzt dann so weit?“, erkundigte sich Anke.

„Deine Fingerabdrücke liegen uns schon vor?“, wollte Wolf wissen.

„Selbstverständlich“, antwortete Anke, „das habe ich sofort veranlasst.“

„Dann spricht nichts dagegen, dass du jetzt deinen Dienst antreten kannst“, erwiderte Wolf. „Den Schlüssel von der Scheune schmeißen wir dir dann in deinen Briefkasten.“

„Na also, geht doch“, sagte Anke und drängte sich grußlos an Nadja und Peter vorbei, die noch an der Tür standen.

Wolf atmete trotz des beißenden Gestanks tief durch.

„Ein bisschen speziell ist die aber schon“, unterbrach Peter die Stille.

„So, so“, erwiderte Nadja und grinste, „dabei hatte ich am Anfang das Gefühl, sie hätte dir ganz gut gefallen, unsere orientalisch anmutende Schönheit. So ein feuriger Araber ist ja auch was anderes als ein Islandpferd.“

„Du vergleichst dich mit einem Gaul?“, fragte Peter verdattert.

Wolf verbarg seine Emotionen, so gut er konnte. Er konnte sein Prusten gerade eben noch unterdrücken, denn das wäre im Angesicht des Kartoninhaltes unpassend gewesen. Aber Nadjas Haare und die Mähne eines Isländers, tja, die hatten durchaus eine gewissen Ähnlichkeit in der Struppigkeit.

„Ich weiß gar nicht, was du hast. Das sind supertolle Tiere“, erklärte Nadja, „sie haben den Arabern sogar einiges voraus, nämlich zwei weitere Gangarten. Außerdem sind sie robuster. Aber so ein Araber sieht natürlich immer besser aus.“

„Vielleicht einigen wir uns darauf, dass jeder in seinem Bereich durchaus vorteilhafter existieren kann“, mischte sich Wolf ein.

„Ich kann es immer noch nicht fassen“, schüttelte Peter den Kopf, „aber das mit den vielen Gängen kann ich nur wohlwollend bestätigen.“

Nadja verpasste ihm einen Nasenstüber. „Musst halt nicht solche Stielaugen machen. Jetzt aber zu unserem Kartonfund.“

„Moment“, kam es von der Dielentür, „ich bin auch schon hier. Lass mich erst ein paar Fotos machen. Selbst, wenn du schon welche mit dem Smartphone gemacht haben solltest, Wolf“, bat Seppi.

„Ich assistiere dir“, schlug Nadja vor, die bereits Handschuhe trug. „Sag einfach gleich, wie ich den Arm halten soll, wenn du ihn im Karton liegend abgelichtet hast.“

„Danke, das ist nett von dir“, sagte Seppi.

„Komm, wir gehen erst mal hier raus“, schlug Peter vor. „Die sehen sowieso mehr als wir.“

Wolf schüttelte den Kopf. „Nicht jetzt, wo es spannend wird. Da will ich unbedingt dabei sein.“

Peter verdrehte die Augen, blieb aber auch dort und lehnte sich etwas gelangweilt an einen der Holzständerpfosten. Der Arm juckte ihn nicht. Er hatte sich den Abend auch anders vorgestellt.

„Soll ich laut denken?“, fragte Nadja augenzwinkernd.

„Was sonst?“, konterte Wolf.

„Männlicher, nicht mehr junger linker Arm mit einer großen Narbe auf dem Oberarm. Ich tippe auf eine beseitigte Jugendsünde. Guckt mal, hier ist ein Rest blaue Farbe. Wahrscheinlich ist sein Tattoo chirurgisch entfernt worden. Heute macht man es mit einem Laser, aber schön sieht es alles nicht aus. Die Abfallprodukte der Farben sind hochgiftig. Aber weiter im Programm. Weiße Hautfarbe, mäßige Behaarung, Altersflecken auf dem Handrücken und kleine, verschorfte Stichwunde mit leichter Unterblutung. Sieht mir fast so aus, als habe hier jemand entweder etwas gespritzt, Blut abgenommen oder aus anderen Gründen die Vene mit einer Kanüle durchstochen."

„Ein Stümper also", kam es von Peter.

„Wenn du so willst", stimmte Nadja zu, „wobei es bei manchen Menschen wirklich nicht so einfach ist, das Gefäß richtig zu treffen, vor allem auf dem Handrücken. Manchmal rollen die Venen auch weg. Die Stelle ist typisch, falls es im Arm nicht geklappt hat mit dem Blutabnehmen oder natürlich auch beim Anlegen von Infusionen."

Jetzt wurde Wolf hellhörig. „Da fällt mir unser Flüchtiger aus dem Agaplesion ein."

„Denkst du, er taucht in Teilen wieder auf?", fragte Peter. „Na, das kann ja heiter werden!"

„Schaut mal hier hin", bat Seppi und zeigte auf eine kleine graue Stelle, die im Grau des Hautfarbtons nicht aufgefallen war. „Hab ich eben beim Blitzen bemerkt. Andere Lichtbrechung. Könnte ein Rest von einem Pflasterklebstoff sein."

Nadja tippte vorsichtig mit dem Handschuhfinger darauf und blieb leicht kleben. „Könnte zu eurer Theorie passen. Hatte sich der Mann nicht die Infusion herausgerissen?"

Wolf nickte. „Aber ob er das selbst war, steht nun infrage. Ich möchte vermuten, dass es jemand anders war."

„Entführung aus dem Krankenhaus, um einen umzubringen?", fragte Peter. „Hätte man doch einfacher handhaben können. Entweder direkt auf Station ersticken oder warten, bis er wieder raus ist und dann sonstwie abmurksen."

„Wie kommst du auf Ersticken?", erkundigte sich Nadja verwundert.

„Ich hätte auch Erwürgen sagen können. War nur ein Beispiel", erklärte Peter.

„Okay", sagte Nadja mit vorgetäuschter Erleichterung, „denn wenn du von Ferne aufgrund des Arms die Todesursache ermitteln könntest, würde ich dir meinen Arbeitsplatz anbieten. Wie heißt euer Vermisster eigentlich?"

„Horst Lauterbach. Er kommt aus Luhden", berichtete Wolf und wandte sich an Peter. „Ruf du doch mal bitte bei seiner Frau an und frag sie, ob er früher mal ein Tattoo hatte, das chirurgisch entfernt worden ist. Gibt es noch weitere unverwechselbare Merkmale, Nadja?"

„Hier an der Unterarminnenseite ist noch ein zweifarbiger Naevus, äh, also ein Muttermal. Als Ärztin hätte ich ihm geraten, das entfernen zu lassen. Es ist unscharf begrenzt und hat ungefähr die Form des Steinhuder Meeres."

„Echt?", wollte Peter wissen und beugte sich vor. „Das ist ja krass. Okay, ich geh kurz raus und ruf die Frau an."

Wolf hielt ihn am Jackenzipfel fest und wollte gerade loslegen.

„Spar dir deine Predigt. Ich mache den Job schon fast so lange wie du", sagte Peter schmunzelnd und ließ ihn stehen.

Seppi nutzte die Gelegenheit und verabschiedete sich. Den Karton nahm er mit, nachdem er den Arm in eine Kiste gelegt hatte.

„Echt sauber abgetrennt und geradezu ästhetisch präpariert“, freute sich Nadja bei der weiteren Begutachtung.

„Ein Fachmann, der den Arm abgetrennt hat? Also ein Arzt?“, wollte Wolf wissen.

„Möglich“, kam es von Nadja, die über etwas nachdachte. „Sieht fast aus wie der Teil eines Körperspenders, an dem die Medizinstudenten im Fach Anatomie üben. Vielleicht hat sich auch jemand einen Spaß gemacht und ihn in einer Uniklinik entwendet. Möglicherweise wollte derjenige Anke erschrecken oder ihr einfach nur Scherereien bereiten.“

„An ein Erschrecken glaube ich kaum, wenn ich an unsere neue Rechtsmedizinerin denke“, überlegte Wolf laut. „Dich hätte das auch nicht umgehauen. Eher schon Letzteres, denn es ist ja lästig, wenn Polizei und Spurensicherung ins Haus kommen. Dabei ist es egal, ob man mit diesen Institutionen auch sonst viel zu tun hat. Wenn es einen persönlich betrifft, wird die Sache unangenehm.“

Peter kam wieder herein.

„Tja“, seufzte er, „da ist man so lange mit seinem Partner verheiratet und weiß kaum etwas voneinander. Horsts Frau meint, eine vage Erinnerung daran zu haben, dass da mal was gewesen sein könnte mit einem Tattoo. Aber eine Narbe hätte sie jetzt nicht in Erinnerung. Und von einem komischen Muttermal wüsste sie gar nichts. Spontan sind wir also keinen Schritt weiter.“

„Knips mal diese beiden Bereiche mit deinem Smartphone“, bat Wolf. „Wir fahren dann morgen früh gleich zu ihr.“

„Wenn das man nicht einfach nur ein Exponat aus dem Anatomiekurs ist", wiederholte Nadja ihre Theorie. „Dann könnt ihr euch dumm und dusselig wegen der Leiche suchen, an der dieser Arm mal gehangen hat."

„Da fragen wir dann auch noch nach, wenn wir mit unseren anderen Theorien nicht weiterkommen", versprach Wolf, „aber ich habe so ein Gefühl. Ich kann es nicht beschreiben. Diese Zusendung ist doch ungewöhnlich, fast wie ein Präsent."

„Na, dann wollen wir hoffen, dass morgen nicht noch ein Bein oder ein Schädel angeliefert werden", erwiderte Nadja ernst. „Und was unternehmt ihr jetzt?"

„Leichenspürhunde machen eh keinen Sinn", schaltete sich Peter ein. „Das Dingens da", er zeigte auf den Arm, „könnte seinem Besitzer schon länger fehlen, wenn es konserviert worden ist. So oder so wüsste niemand, wo man anfangen sollte zu suchen."

„Ich glaube auch, dass die Hunde nichts aufspüren können, wenn der Rest des Körpers ebenfalls formalindurchtränkt ist", sagte Wolf. „Um ganz sicher zu sein, könnte ich den Hundestaffelführer Holger Pinell fragen, aber kein Verfall, kein Gestank, da bin ich mir ziemlich sicher."

„Wahrscheinlich", pflichtete Nadja Wolf bei, „es gibt tatsächlich keine Verwesung. Die Leiche ist sozusagen steril. Testkörper müssen deswegen am Ende ihrer Zeit im Anatomiesaal auch verbrannt werden."

„Gar nicht so schlecht", sagte Peter, „da bleibt man noch einige Zeit lang relativ frisch, wird von jungen Damen betatscht ..."

„... und zerstückelt", wandte Nadja ein.

„... bevor man dann in Flammen aufgeht." Peter rieb sich die Hände. „Besser, als den Würmern zum Fraß vorgeworfen zu werden. Wenn ich an diese ganzen Fliegenlarven denke ... pfui Spinne."

„Du kannst dich doch auch gleich verbrennen lassen", schlug Wolf vor. „Wäre mir sowieso lieber wegen der Widergänger."

Nadja lachte. „Hast du zu viel ‚Game of Thrones' geguckt, Wolf?"

Der winkte ab. „Das hat es doch zu allen Zeiten gegeben. GoT ist nur die neuere Variante. Denk mal an Dracula und so."

Peter zeigte seine scharfen Eckzähne wie ein Pavian.

„Du bist peinlich", sagte Nadja und hielt sich die Augen zu.

„Ich schlage vor, wir machen für heute Schluss." Wolf stand auf. „Morgen versuchen wir dann herauszufinden, von wem der Arm stammt."

„Gute Idee", kam es erleichtert von Peter, dessen Magen knurrte. „Wir können eben noch bei ‚Calimera' vorbeifahren."

Seitdem es die „Quickteria" nicht mehr gab und „Firat" aufgrund eines Brandes im Nachbarhaus geschlossen hatte, waren Peters Fast-Food-Möglichkeiten auf ein Minimum geschrumpft. Aber an „Calimera" kam man mit einem kleinen Kreiselschlenker beinahe direkt vorbei.

„Wir haben noch selbst gemachten Kartoffelsalat und Putenwiener", erwiderte Nadja und zerstörte Peters Traum von Burger mit Pommes Schranke, aber er hielt lieber den Mund. Gut, dass sie nicht wusste, wie oft er auf dem Nachhauseweg schon mal eine kleine Vorspeise aus der Fritteuse einnahm. Es konnte nämlich sein, dass ihn dort nur Salat oder Gemüse erwarteten.

Niemand freut sich so sehr wie ein Hund

Es war ein allabendliches Ritual, wenn Wolf endlich nach Hause kam: Leo, der sein Auto schon von Ferne erkannte, wartete am Gartentor und sprang herum. Manchmal bellte er sogar vor Freude. Während Moni in der Haustür stand und Wolf schon mal einen Luftkuss zuschmiss, saß Leo jetzt brav da und wartete, bis Herrchen auf dem Grundstück war. Die Ursache des artigen Verhaltens war das Hasenbrot, das Wolf an jedem Tag für ihn in der Edelstahlbrotdose zurückließ. Darauf wartete er geduldig. Ein Hochgenuss – manchmal mit Lachs oder Leberwurst oder Geflügelsülze, aber am liebsten mit Käse. Moni schmierte inzwischen immer eine Scheibe extra, damit sie sicher sein konnte, dass Wolf auch tagsüber genug aß. Denn dass er was für seinen Lieblingshund zurückließ, war Ehrensache und klar wie Kloßbrühe.

Nachdem Leo sein Hasenbrot hinuntergeschlungen hatte (man konnte leider nicht sagen, dass er es langsam und genüsslich kaute), sprang er um Wolf herum und hüpfte mit einem Riesensatz die Stufen hoch an Moni vorbei, um seinen Ball zu suchen.

„Schön, dass du da bist“, sagte sie und nahm ihn in die Arme.

„Ich bin jetzt wirklich spät dran, weil uns noch ein Arm dazwischengekommen ist“, erklärte Wolf.

„Jetzt lass uns erst mal reingehen, ist ganz schön frisch", bat Moni. „Ich mache dir deinen Auflauf warm."

„Danke", sagte Wolf, „und bitte ein Glas Bottichwein."

Bottichwein war die uncharmante Bezeichnung für einen hervorragenden Primitivo aus dem Weinschlauch von „Jacques Weindepot". Wolf hatte ihn immer stehen, da er damit auch kochte. Außerdem fand er es einfacher, nicht immer eine ganze Flasche Rotwein öffnen zu müssen, wenn ihm nach einem Glas war, vor allem wochentags. Heute war so ein Tag. Mit der Verblichenen aus dem 18. Jahrhundert war er nicht weitergekommen, mit dem Arm auch nicht. Wieso wusste eine Ehefrau nichts vom Körper ihres Mannes? Vielleicht hatte sie ihren Horst seit Ewigkeiten nicht mehr nackt gesehen? Oder sah man nach Jahren des Zusammenlebens einfach nicht genau hin? Er machte die Probe aufs Exempel.

„Puh, meine Narbe juckt so", berichtete er, als er sich an den Esstisch setzte.

„Die am Unterarm oder die am Oberschenkel?", erkundigte sich Moni.

„Beide", flunkerte Wolf.

„Wir schmieren nachher etwas Fett drauf."

„Ich glaube, ich muss meine Leberflecke mal vom Arzt untersuchen lassen", sagte Wolf. „Nadja erwähnte heute, wie wichtig das ist."

„Du, ich hab die eigentlich immer im Blick", erklärte Moni, „aber ich bin natürlich kein Arzt. Grobe Veränderungen würde ich erkennen, aber vielleicht bittest du Nadja um eine Körperschau. Ihr würde ich vertrauen, aber nicht jedem Haus- oder Hautarzt."

„Stimmt, ich könnte sie mal fragen, ob sie das macht", lenkte Wolf ein. „Aber jetzt mal was anderes. Könntest du mir bei einer Sache helfen? Ich schaffe es einfach zeitlich nicht."

„Schieß los, wo drückt der Schuh?", erkundigte sich Moni und Leo, der endlich seinen Ball gefunden hatte, kam freudestrahlend und wedelnd damit an. „Nein, Leo macht jetzt Platz, Herrchen muss erst essen!"

Leo legte den Kopf schief. Wolf schmolz dahin. „Später, okay, jetzt leg dich erst mal hin!"

Mit einem Brummen ließ sich Leo auf den Boden plumpsen. Ja, er legte sich nicht wirklich hin, sondern schmiss sich etwas unelegant hin. Kein Vergleich zu Lady Gaga, die sich immer wie eine Feder hatte zu Boden gleiten lassen. Wolf seufzte. Hunde konnte man nicht vergleichen. Jeder war ganz besonders. Auch Hasso, dachte er und sah wieder die vertrocknete Hand aus der Entengrütze ragen.

„Hallo Schatz, wo bist du mit deinen Gedanken?", fragte Moni. „Du wolltest mich um was bitten."

„Ach, ich war am Hexenteich, aber egal, ich bräuchte dich zur Recherche", bat Wolf. „Es geht noch mal um diese alten Knochen, die wir vor einigen Wochen ausgegraben haben. Wir wissen jetzt, dass es sich um eine Adlige gehandelt haben muss. Wahrscheinlich aus dem Bückeburger Fürstenhaus. Einige Damen habe ich schon ausgeschlossen. Mir fehlen aber noch Informationen zu Juliane zu Schaumburg-Lippe. Dürfte ich dich bitten, da mal nachzuforschen? Im Schloss vielleicht oder im Niedersächsischen Staatsarchiv?"

„Ja, klar", versprach Moni, „das ist doch kein Problem für mich. Ich finde das sowieso ganz interessant. Am besten, ich nehme mal an einer Schlossführung teil. Da kann man jede Menge Fragen nebenher stellen, fast ohne aufzufallen." Sie grinste. „Ich mache einen auf ‚Undercover-Agent'."

„Danke", erwiderte Wolf und war erleichtert, dass sie augenscheinlich sogar Freude daran fand.

„Was hat dich denn nun so lange von zu Hause ferngehalten?", fragte Moni.

„Ach, erst so 'ne andere Adelige", antwortete Wolf und winkte ab. „Die Frau von dem Grafen Wilhelm von der Insel im Steinhuder Meer. Die hätte auch ins Knochenprofil passen können, aber dann bekam ich einen merkwürdigen Anruf von unserer neuen Rechtsmedizinerin."

„Von dieser Anke Seiler, nehme ich mal an?", hakte Moni nach.

„Genau", bestätigte Wolf. „Und der hatte man mit der Post einen abgetrennten, in Formalin eingelegten Arm zugesandt. Du kannst dir vorstellen, dass wir da erst mal hin mussten. Zu meinem Leidwesen, wie du dir vorstellen kannst. Darum ist es so spät geworden. Nadja und Peter waren ebenfalls mit am Fundort. Seppi kam auch noch. Den Rest haben wir auf morgen verschoben. Ich konnte auch einfach nicht mehr. Irgendwann ist der Akku leer."

Moni strich Wolf durchs Haar. „Das ist doch verständlich. Und guck, unser Kleiner hat seinen Ball jetzt auch ganz vergessen."

Leo schlummerte selig unter dem Esszimmertisch zwischen den Beinen von Moni und Wolf.

„Ist das nicht niedlich?“, fragte er. „Unsere Knalltüte muss sich immer anlehnen, am besten an uns beide.“

„So ist er eben. Anhänglich und freundlich. Ich finde, das ist wunderbar so, denn da kommt er ganz nach uns“, lachte Moni.

„Das letzte Kind hat Fell oder wie war das?“ Auch Wolf schmunzelte. „Ich schlage vor, dass wir uns am Fuße dieses Weinglases nach oben schleppen. Ich bin kaputt.“

„Geh du doch schon hoch“, schlug Moni vor. „Ich räume eben deinen Teller weg und lasse den Hund noch mal zum Pinkeln raus. Dann komme ich nach. Übrigens trifft Leo morgen den Berti. Erinnerst du dich?“

„Der nasse Lappen, den ich aus dem Eis befreit habe?“, wollte Wolf wissen.

Moni nickte.

„Toll, sie sind ungefähr ein Alter. Da geht bestimmt die Post ab, wenn die beiden spielen. Wo wollt ihr denn spazieren gehen?“

„Ach, ich fahre zu ihr“, erklärte Moni. „Du kennst die Frau übrigens auch.“

„Unmöglich“, sagte Wolf und schüttelte den Kopf. „Ich kenne keine, die so einen Doodle hat.“

„Sagt dir der Name Bahl-Berkau was?“, erkundigte sich Moni.

„Irgendwas läutet dabei in meinem Hirn“, gab Wolf zu, „nur was fällt mir gerade nicht ein. Oder doch“, korrigierte er sich selbst, „das war doch die Geschichte mit dem älteren Herrn, der an der Rodenberger Windmühle erschossen worden war.“

„Du sagst es.“

„Hatte die Frau nicht eine Fußpflegepraxis neben den Großeltern von Nadja?", überlegte Wolf weiter laut. „Lustig, und das ist die Frau von diesem Micha mit den zwei Hunden."

„Die Welt ist klein", sagte Moni, „und jetzt ab mit dir in die Koje. Komm Leo, wir wollen Pipimachen gehen."

Als sie später im Bett lagen, dauerte es gar nicht lange, da kam – tapp-tapp-tapp – Leo die Treppe hinauf und schmiss sich – rums – unters Fenster. Wolf und Moni mussten kichern.

„Ein Runkelbulle", hätte Gaby Bahl-Berkau gesagt, aber da kannte Moni sie ja noch nicht.

„Sag mal", flüsterte Moni und schlang Arm und Bein um Wolf herum, „wieso schickt man einer Rechtsmedizinerin ein konserviertes Körperteil?"

Wolf stöhnte. „Wenn wir das wüssten ..."

„Vielleicht soll sie was aufdecken, was zuvor noch niemandem aufgefallen ist", grübelte Moni.

„Gute Idee", gab Wolf zu, „notiere ich in meinem Hirn, aber weißt du, mir wäre es jetzt lieber, wenn wir fremde Körperteile aus unserem Bett herauslassen könnten. Es reicht schon, wenn ich mich tagsüber damit beschäftigen muss. Wir hätten doch auch eigene, höchst lebendige, um die man sich kümmern kann."

„Na, dann will ich mich mal auf die Suche machen", versprach Moni und war kaum noch zu verstehen, weil sie unter die Decke geschlüpft war.

Der nächste Morgen im Höppenfeld

Es war nicht so, dass Leo das Autofahren per se schlimm fand. Meist fuhren sie irgendwohin, wo es für ihn schön war. Zum Spazieren oder Baden oder zu einem Kumpel, mit dem er spielen konnte. Allein das Springen ins Fahrzeug empfand er als Tortur und eine Zumutung sondergleichen. Darum setzte er auch im Alter von über einem Jahr nur die Vorderpfoten ins Innere des Wagens. Der Rest des knapp 30 Kilo schweren Hundes musste hineingehoben werden. Wir sprechen hier vom Hinterteil eines sturen Esels. Hinausspringen konnte er nämlich super, und auch auf Mauern, die viel höher waren, hüpfte Leo mit Genuss. Die Treppenstufen von der Terrasse in den Garten flog er quasi hinab, nur beim Auto täuschte er einen schweren Hüftschaden vor und sah den Fahrer dabei mit seinem Unschuldsblick an. Herrchen, der Wachs in seinen Pfoten war, hob sogar den ganzen Hund ins Fahrzeug.

Vielleicht lag das aber auch an Wolfs Ungeduld. Er wollte nicht warten, bis das Eselchen sich bequemte, zwei Beine zu heben.

Moni machte in diesen Situationen immer kurzen Prozess. Sie fackelte nicht lange.

Notfalls hievte sie zuerst die vorderen und dann die hinteren Pfoten auf den Rücksitz ihres Kleinwagens. Nicht jeder hatte einen Kombi wie Wolf, wo ein Hund geradezu fürstlich kutschiert werden konnte. Dafür saß Leo direkt hinter ihr. Fast konnte sie seinen Atem im Nacken spüren. Liegen war keine Option, denn dann bekam der Rüde ja nichts mit.

Die Fahrt ins Höppenfeld dauerte nur etwas mehr als zehn Minuten. Moni parkte direkt vor der Tür der Fußpflegepraxis und stieg aus. Sie hatte Leo gerade aus dem Wagen geholt, da kam auch schon Berti um die Ecke gefegt.

Moni staunte. Ein wunderschöner, lockiger Rüde in einem rotgoldenen Farbton, fast so, wie die Golden Retriever früher ausgesehen hatten, bevor man sie in Richtung weiß gezüchtet hatte. Aber der junge Bursche schien unglaublich viel Energie zu haben. Gaby Bahl-Berkau und der kleine Pudel Loui kamen kaum hinterher. Auch Leo war jetzt aus dem Häuschen: Ein Spielgefährte, juhu, und zack – waren die Leinen vertüdelt und deren Menschen darin gefangen.

Gaby lachte. „Entschuldigung, aber Berti ist immer noch so stürmisch, wenn er sich freut. Ich bin die Gaby. Wir sagen doch du?"

„Klar", antwortete Moni und versuchte sich aus dem Gewühl zu befreien. Dabei nutzte Berti die Chance, sie aufs Ohr zu küssen.

„Berti", schimpfte Gaby, „nun sage mal. Das geht so überhaupt nicht! Sitz!"

„Du auch, Leo", befahl Moni. Ihr war jetzt schon warm.

„Das ist ja meist nur im ersten Moment", sagte Gaby. „Berti hat schon ein paar Tage niemanden mehr zum Spielen gehabt, aber da hinten ist eine schöne Wiese. Da können sich die zwei austoben."

„Na, denn mal los“, schlug Moni vor und Gaby ging voran.

„Irgendwann früher war ich hier schon mal“, fiel Moni wieder ein. „Ist wirklich schön hier. So stadtnah und doch ruhig.“

„Ja, wir sind auch froh, dass wir in diesem Gebiet so ein tolles und helles Reihenendhaus ergattert haben“, freute sich Gaby.

„Wie lange geht man zu Fuß bis in die Stadt?“, erkundigte sich Moni.

„Höchstens eine Viertelstunde, aber man kann tolle Wege ohne viel Verkehr gehen, so schön über die ehemalige Kleinbahntrasse und dann durch die Altstadt.“ Gaby hielt an. „Hier ist der Hintereingang zum Friedhof. Auch der ist ein wunderbarer Park mit altem Baumbestand und verwunschenen Ecken. Im Sommer herrlich schattig.“

Sie schlenderten den Grasweg entlang.

„Da rechts ist die Wiese zum Toben“, erklärte Gaby, „aber vielleicht gehen wir nachher doch lieber zu uns. Neulich hat uns der Bauer von hier vertrieben. Wahrscheinlich haben uns irgendwelche Nachbarn angeschwärzt, die hier direkt an der Wiese wohnen. Eine Gemeinheit ist das, aber was will man machen?“

„Tja, schade, aber manchmal versteht man sowieso die Welt nicht mehr. Kinder dürfen sich heutzutage wie die Axt im Walde benehmen, aber wenn mal ein Hund bellt, nervt es schon“, bedauerte Moni. „Ein Glück, dass das bei uns in Todenmann noch nicht so ist.“

„Oh, wir haben solche Nachbarn“, sagte Gaby und rollte mit den Augen. „Drei Kinder, den Garten voller Spielzeug, ein Riesenpool, aber mit denen beschäftigt sich keiner. Die werden nur raus- und sich selbst überlassen. Stell dir mal vor, wenn da einer weint. Weißt du, was die Mutter dann von Ferne ruft?"

„Nee."

„Heul doch, brüllt die Alte dann", ärgerte sich Gaby. „Was soll davon werden?"

„Schlimm so etwas, aber man kann leider nichts machen", bedauerte Moni.

Schweigend setzten sie ihren Weg fort. Jeder hing für einen Moment seinen Gedanken nach.

„Und dann haben wir noch Pilzomma", schmunzelte Gaby. Sie hatte den Schalk im Nacken.

Nun musste auch Moni lachen. „Pilzomma – einfach herrlich!"

„Willst du wissen, wer das ist? Ganz einfach", erklärte Gaby. „Die wollen eine Freundin und ich am liebsten mit einer Pilzpfanne vergiften, weil sie mit ihrem aggressiven Wadenbeißer nur so lange spazieren geht, bis der mitten auf den Feldweg gemacht hat. Dann zieht sie wieder Leine. Der Schiss bleibt liegen. Ekelhaft."

„Scheint mir doch eher eine schlimme Gegend zu sein", sagte Moni und zwinkerte Gaby zu.

„Ach was, es gibt so viele nette Leute und Nachbarn. Das waren die Härtefälle. Nur, damit du Bescheid weißt", erwiderte Gaby.

Nachdem die beiden Frauen mit ihren drei Hunden abgebogen waren, ging es bergauf. Aber mit Berti und Leo schien etwas nicht zu stimmen. Sie zogen plötzlich und sogar Loui bellte. Als sie näher in Richtung Papierkorb kamen, hörten sie es auch: Ein klägliches Winseln aus dem Gebüsch.

„Kannst du mal Leo halten?", bat Moni und ging näher heran.

Im Dickicht saß ein kleiner Hund, schwarz-weiß und zitternd. Zwischendurch knurrte er.

„Hör mal, Sportsfreund, ich will dich da rausholen", sagte Moni, „aber wenn das klappen soll, musst du schon friedlich bleiben."

„Die Leine ist wohl am Papierkorb festgebunden", stellte Gaby fest. „Warte mal. Das ist doch der Köter von Pilzomma, dies gritschige Vieh. Pass auf, dass der dich nicht noch beißt."

Vorsichtig löste Moni den Knoten an der Metallstrebe und zog den kleinen Hund aus dem Dickicht.

„Ich glaube, der heißt Maxi", kam es von Gaby, aber Moni konnte kaum was verstehen, weil das Tier so knurrte und kläffte.

„Und ich glaube, das hier ist Blut", sagte Moni und zeigte neben den Papierkorb. „Wenn die Besitzerin des Hundes nicht dabei ist und man den Kleinen hier angebunden hat, könnte es sein, dass der Frau etwas zugestoßen ist. Vielleicht ein Raub. Ich rufe meinen Verlobten an. Ehrlich gesagt wüsste ich auch nicht, wie wir das keifende Tier von hier wegbringen sollten. Wer weiß, was es erlebt hat, aber dass es unsere Hunde beißt, möchte ich auch nicht riskieren."

Gaby nickte.

Moni zog ihr Smartphone aus der Tasche und rief Wolf an.

„Hallo, mein Schatz", meldete sich der, „hast du etwa schon jetzt etwas wegen Juliane herausgefunden?"

„Wo denkst du hin?", fragte Moni. „Erinnerst du dich nicht, dass ich dir erzählt habe, dass ich heute Morgen mit Berti und Frauchen unterwegs bin?"

„Ach ja", fiel Wolf wieder ein. „Warum rufst du mich an?"

„Wir haben im Höppenfeld bei diesem Teich, weißt du wo?, einen herrenlosen Hund angebunden gefunden", berichtete Moni.

„Ja, und? Bringt ihn ins Tierheim", schlug Wolf vor.

„Das ist nahezu unmöglich", erklärte Moni, „denn der ist völlig durch den Wind, aber darum rufe ich nicht an. Neben der Stelle, an der der Hund angebunden worden war, ist Blut. Und ich glaube nicht, dass es vom Hund stammt, denn der ist langhaarig schwarz-weiß und sieht gepflegt aus. Das Frauchen fehlt aber. Vielleicht ist hier etwas passiert."

„Verstehe", sagte Wolf, „dann rufe ich jetzt als Allererstes beim Tierheim an."

„Sag denen, die sollen eine Box mitbringen", bat Moni. „Ich weiß nicht, ob der Hund beißt. Er soll wohl Maxi heißen."

„Okay", antwortete Wolf. „Ihr bleibt da stehen. Trampelt nicht rum. Peter und ich sind gleich da. Weiß die Gaby, wie die Besitzerin des Hundes heißt?"

„Kennst du den Namen von der Pilzomma?", erkundigte sich Moni zwischendurch.

Gaby schüttelte den Kopf. „Müssen wir rumfragen."

„Pilzomma? Was soll das denn?", wunderte sich Wolf.

„Ein Insider, erkläre ich dir später“, versprach Moni.

„Na gut, wir sind gleich da und Nadja soll auch mit dazukommen. Sie soll einen Uhlenhuth-Test veranlassen, damit wir wissen, ob es sich bei dem Blut um tierisches oder menschliches handelt. Ich hab's jetzt eilig. Tschüss bis gleich“, sagte Wolf und legte auf.

Gaby sah Moni fragend an.

„Mein Verlobter und sein Kollege kommen gleich“, berichtete Moni. „Sie schicken auch die Enkelin von deinen Nachbarn.“

„Ah, die Rechtsmedizinerin“, freute sich Gaby Bahl-Berkau.

„Könntest du denn nicht schon mal versuchen rauszufinden, wie diese Pilzomma richtig heißt?“, erkundigte sich Moni. „Es reicht doch, wenn ich hier die Stellung halte. Damit könnten wir der Kripo helfen.“

Gaby machte ein bedauerndes Gesicht. Eigentlich hatte sie gedacht, dass sie dabeibleiben könnte, wenn die Beamten eintrafen, aber sie verstand auch, dass sie eine größere Hilfe sein könnte, wenn sie herausfand, wie Maxis Frauchen wirklich hieß.

Jetzt hatte sie ein schlechtes Gewissen wegen des Scherzes mit der Pilzpfanne, aber das war wirklich nur ein Spaß gewesen. Sie hoffte, dass der alten Dame nichts passiert war.

„Gut, ich bringe eben Berti nach Hause, dann frage ich in dem Gebiet hinten am Friedhof rum. Ich hörte mal, dass sie dort wohnen soll. Tut mir leid, dass der Morgen so blöd verlaufen ist. Ganz anders, als wir uns das vorgestellt haben.“

„Ist doch nicht so schlimm", beruhigte Moni sie. „Das wird ja wohl hoffentlich nicht das letzte Mal gewesen sein, dass wir zusammen unterwegs gewesen sind."

„Ich würde mich über ein Wiedersehen freuen, allerdings unter anderen Umständen", stimmte Gaby zu. „Also, dann will ich mal. Kommt, Berti, Loui, wir müssen der Polizei helfen."

Kurze Zeit später waren Wolf und Peter vor Ort. Nadja hatte sie am Eingang zum Friedhof aufgelesen und ihnen den Weg gezeigt. Schnell war klar, dass es sich bei dem Fleck im Gras tatsächlich um Menschenblut handelte. Es schien auch nicht so wenig zu sein wie erhofft. Das Meiste war im Boden versickert, fand später Seppi von der Spurensicherung heraus.

Der kleine Hund Maxi war vom Tierheim abgeholt worden. Es war nicht so einfach gewesen, das unterkühlte, verstörte Tier in die Box zu bekommen. Zuletzt hatte der gute, alte Trick mit der Leberwurst geholfen.

Auch Gaby Bahl-Berkau konnte eine hilfreiche Information beisteuern. Nachdem sie an zahlreichen Türen geklingelt hatte, erzählte ihr die Dame aus Nummer 15, dass Hilde Roggelmann immer mit ihrem Hund Maxi am Teich spazieren ging. Die Seniorin war bereits Mitte 70 und überhaupt nicht davon begeistert gewesen, noch einmal einen Welpen aufzuziehen und für einen Hund verantwortlich zu sein. Die Kinder hatten ihr das Tier gegen ihren Willen geschenkt. Zu guter Letzt klingelte Gaby noch bei Hilde Roggelmann – allerdings vergebens. Trotz Fahndung blieb die alte Dame verschollen.

Notgedrungen nahmen sich die Kinder der Havaneserhündin an.

Tatort Grüngürtel

„Keine Chance, eure Vermisste hier in dem Gebiet zu finden“, erklärte Holger Pinell, Leiter der Hundestaffel, „und das aus einem einfachen Grund: Weil sie nicht hier ist, weder tot noch lebendig.“

„So ein Mist“, erwiderte Wolf, „das ist wirklich unfassbar. Jetzt haben wir schon die zweite Person, von der wir nicht wissen, wo sie abgeblieben ist. Aber okay, die Umstände waren völlig andere. Und hier hatten wir wenigstens einen Ausgangspunkt, von dem man vermuten kann, dass ein Verbrechen begangen worden ist. Wenn jemand einfach so aus der Klinik verschwindet, könnte das auch darauf hindeuten, dass sich der Patient selbst entlassen hat, egal ob im Vollbesitz seiner geistigen Kräfte oder nicht. Sei es, wie es sei. Dies ist eine unbefriedigende Situation.“

„Tut mir leid, dass ich dir nicht helfen kann“, bedauerte Holger, „aber sobald ihr neue Anhaltspunkte habt, die den Hunden eine Spur geben könnten, melde dich bitte umgehend bei mir.“

„Ja, danke“, erwiderte Wolf. „Vielleicht hat Seppi neue Erkenntnisse, auf die wir aufbauen können.“

„Gut, du rufst mich an, wenn du mich brauchst“, schlug Holger vor und verabschiedete sich.

Wolf wählte Seppis Nummer.

„Von der Lancken, hallo, Wolf, du hast es wie immer eilig, stimmt's?"

„Na ja, das solltest du verstehen", sagte Wolf. „Da haben wir den Eigentümer des Arms noch nicht gefunden, wobei ich auf diesen Horst aus Luhden tippe. Der DNA-Abgleich läuft noch, denn die Ehefrau konnte uns aufgrund der Fotos auch nicht weiterhelfen. Sie hat sich im Angesicht des blass-grauen Arms direkt gegruselt."

„Wir sind doch schon alle ziemlich abgehärtet", vermutete Seppi. „Aber vielleicht kann ich etwas zur Verbesserung deiner Laune beitragen. Ich habe vom Tatort wegführend nicht nur eine Reifenspur gefunden, sondern ebenfalls in einigen Abständen Blutstropfen, die ich aufgrund der Blutgruppe gerne mit Hilde Roggelmann in Verbindung bringen möchte. Das ist natürlich erst mal nur ein Ansatz. Die hundertprozentige Übereinstimmung müsste noch in der Rechtsmedizin geklärt werden."

Wolf grübelte. „Wie stelle ich mir das also vor? Der Täter hat die ältere Dame aufs Rad gelegt, beispielsweise auf den Gepäckträger oder die obere Stange und hat sie abtransportiert. Dabei hat sie Blut verloren."

„Zwei Dinge", erklärte Seppi. „Ich vermute, dass Hilde Roggelmann eine Kopfwunde hat. In dem Bereich, in dem das Blut in den Boden geflossen ist, habe ich ebenfalls Haare gefunden – unpigmentierte, also weiße, wenn du willst. Das spricht dafür, dass wir es mit den Haaren einer älteren Person zu tun haben, die nicht färbte. Zweitens habe ich von einem Reifen gesprochen. Ein Fahrrad hätte zwei, ebenso ein Tretroller oder Moped, ein Bollerwagen vier. Aber es gibt ein Transportmittel, das mit einem Reifen auskommt."

„Nun mach es nicht so spannend", bat Wolf.

„Ist doch ganz einfach, eine Schubkarre", erklärte Seppi. „Fällt hier draußen auch kaum auf. Ein paar Gartengeräte drüber und eine Plane, schon ahnt niemand, was sich noch darunter befinden könnte, wenn die Person nicht außergewöhnlich groß ist. Interessanterweise führt die Radspur nicht zum Parkplatz des Supermarktes, sondern zurück ins Höppenfeld. Man sollte meinen, dass es einfacher gewesen wäre, sie in der Menge der Masse unbemerkt in den Kofferraum zu hieven."

„Ja, das ist tatsächlich merkwürdig", bestätigte Wolf. „Könnte bedeuten, dass man sie nicht weit wegbringen wollte. Vielleicht sollten wir uns doch Haus und Grundstück von Hilde Roggelmann noch einmal genauer ansehen. Es wäre doch möglich, dass man sie dorthin gebracht hat."

„Aber was sollte das für einen Sinn haben?", überlegte Seppi.

„Einmauern, einbetonieren, vergraben", schlug Wolf vor. „Du ahnst gar nicht, auf was für Ideen die Leute kommen."

„Da hast du definitiv mehr Erfahrung als ich", gab Seppi zu. „Ich bin froh, dass ich mich auf die Fakten konzentrieren kann. Mit- oder Zwischenmenschliches kann ich dabei vollkommen ausklammern."

„Hat was für sich", stimmte Wolf zu.

„Seid ihr bei der Sache mit dem Arm schon weitergekommen?", erkundigte sich Seppi.

„Leider auch nicht", ärgerte sich Wolf.

„Ach, das wird schon", versuchte Seppi ihn zu beruhigen. „Ihr habt doch bisher alles aufgeklärt."

„Wenn du's sagst", antwortete Wolf, „aber ich danke dir erst mal. Wir können jetzt herumfragen, ob einer der Nachbarn jemanden zur fraglichen Zeit mit einer Schubkarre gesehen hat."

Beide verabschiedeten sich.

Wolf, der Peter vor Stunden die unliebsame Aufgabe übertragen hatte, die Kinder von Hilde Roggelmann über deren Verschwinden zu informieren, nahm sich selbst vor, noch ein paar Häuser abzuklappern, die direkt oder nah an dem Weg in den Grüngürtel des Höppenfelds lagen. Er wunderte sich, wieso Peter noch nicht wieder aufgetaucht war und beschloss, bei dieser Gaby Bahl-Berkau zu beginnen, die er schon kannte. Kennen war vielleicht zu viel gesagt, aber man hatte bereits in einem früheren Fall Kontakt gehabt.

Als er auf das Reihenendhaus Nummer 33 zukam, blieb ihm der Mund offen stehen. Am Bürgersteig parkte der Dienstwagen und Wolf hatte einen Verdacht. Peter war bei Nadjas Großmutter untergetaucht und ließ es sich gut gehen. Sie war die Nachbarin von der Dame mit der Fußpflegepraxis und tat nichts lieber, als den armen, unterernährten Ehemann ihrer Enkelin zu füttern. Also entschloss Wolf sich, zunächst dort zu klingeln, um den Fresssack aus dem Schlaraffenland abzuholen. Nichtsahnend und kauend öffnete er gleich selbst die Tür. In der Hand hielt er eine Bulette.

„Ich glaub's jetzt nicht", schimpfte Wolf. „Da stehe ich mir oben am Papierkorb die Beine in den Bauch, friere mir förmlich den Arsch ab und der feine Herr hat nichts Besseres zu tun, als sich bei Oma weitere Speckringe anzufressen. Was sehe ich? Buletten und Kuchenkrümel auf dem Pulli. Ach, da ist noch ein Klecks Marmelade. Wenn du nicht augenblicklich bei Nummer 33 antanzt, verpfeife ich dich bei Nadja."

„Nun hol doch erst mal Luft", schlug Peter vor, „dann kann ich dir erklären ..."

„Nummer 33 in zwei Minuten", befahl Wolf.

„Ich muss noch eben pinkeln", wandte Peter ein.

„Nummer 33 in drei Minuten! Keine Sekunde länger! Ich warte da an der Haustür auf dich. Sieh zu, dass du Land gewinnst und grüß Nadjas Oma von mir." Wolf war sauer. Das war tolle Ermittlungsarbeit mit den Fingern im Kühlschrank. Verarschen konnte er sich auch allein.

Gaby Bahl-Berkau hatte Hauptkommissar Wolf Hetzer durch das Küchenfenster schon gesehen. Sie machte gerade Pause und bot den Beamten Kaffee und Kuchen an. Besonders Peter schüttelte vehement den Kopf. Wolf musste innerlich schmunzeln und kraulte Berti den lockigen Hundeschädel. Er freute sich, den jungen Rüden gesund und munter zu sehen.

„Sie gehen doch sicher oft dort hinten spazieren", begann er. „Ihnen ist gestern Abend niemand mit einer Schubkarre aufgefallen?"

„Gestern Abend?", wiederholte Gaby Bahl-Berkau die Worte des Kommissars. „Nicht, dass ich wüsste. Es ist hier zwar seit Jahren gang und gäbe, dass einige der Leute, die direkt am Spazierweg wohnen, ihre Möglichkeiten nutzen, um den Grünabfall einfach loszuwerden."

„Wie meinen Sie das?", hakte Wolf nach.

Peter schwieg beleidigt.

„Nun, da hinten liegt der Teich", erklärte sie, „da ist es ein Leichtes, den Grünschnitt seiner Hecken, alte Blumen oder auch die Grasmaat einfach an dessen Ufer zu entsorgen. Einfach hinschmeißen – kräht leider kein Hahn danach. Man braucht den Abfall nur am eigenen Grundstück einzusammeln und mit einer Schubkarre die paar Meter wegzubringen. Damit spart man sich teure Sommerbiotonnen oder die Gebühr beim Komposthof."

„Haben Sie das angezeigt?", erkundigte sich Wolf.

„Ach was, inflagranti erwischt habe ich ja keinen", antwortete sie, „aber man kann sich den Mist anschauen, der sich dort auftürmt."

„Gut, ich gebe das mal weiter", versprach Wolf. „Kennen Sie denn die Dame, zu der der Hund gehört?"

„Ich sehe sie manchmal beim Spazierengehen. Sie flüchtet vor mir", erwiderte Gaby Bahl-Berkau. „Wir haben uns mal aus Versehen mit den Leinen eingewickelt. Außerdem nervt die einfach mit ihrem zickigen Köter, der überall mitten auf den Weg scheißt."

„Ich muss mir jetzt aber keine Sorgen machen, dass Sie die Dame auf dem Gewissen haben?", wollte Wolf nicht ganz ernsthaft wissen.

Gaby Bahl-Berkau machte ein erschrockenes Gesicht.

„Ich würde nie ... nicht mal mit einer Pilzpfanne", stotterte sie.

„Schon wieder diese Pilze“, wunderte sich Wolf, „haben Sie die alte Dame nicht ‚Pilzomma‘ genannt? Was hat es damit auf sich?“

Bertis Frauchen wurde rot. „Das war doch nur so ein Witz. Einer Bekannten und mir ging die Alte so richtig auf die Nerven. Wann immer wir mit unseren Hunden unterwegs waren, tauchte sie auf und benahm sich merkwürdig. Wir beschlossen, sie in unserer Fantasie mit einer Pilzpfanne zu vergiften. Würden wir natürlich nie tun. Seitdem heißt sie so.“

„Dann hoffe ich, dass der Seniorin nichts zugestoßen ist, was auf Fremdeinwirkung schließen lässt, denn sonst geraten Sie automatisch in den Kreis der Verdächtigen. Ist ja wohl klar“, behauptete Wolf.

„Ich kenne die Frau doch gar nicht“, versuchte Gaby Bahl-Berkau ihr Fell zu retten, „bis vorhin wusste ich noch nicht mal, wie sie heißt.“

„Das ist fürs Umbringen unerheblich“, schaltete sich jetzt Peter ein. „Vielleicht sollten wir sie lieber erst festnehmen, bis der Verbleib von Hilde Roggelmann geklärt ist.“

Er wedelte mit seinen Handschellen.

„Möglicherweise gesteht sie im Verhör, wo sie ihre Widersacherin hingebracht hat.“

„Meinen Sie das ernst?“, fragte Gaby Bahl-Berkau mit dünner Stimme.

„Nein, natürlich nicht“, sagte Wolf und lachte. „Jeder spielt mal mit dem Gedanken, einen anderen loswerden zu wollen, ohne es ernsthaft in Erwägung zu ziehen. Wir möchten Sie nur bitten, Augen und Ohren offen zu halten.

Falls Ihnen etwas Mysteriöses auffällt, melden Sie sich bitte bei uns."

„Und passen Sie schön auf, wenn Sie dort im Grüngürtel unterwegs sind. Man weiß ja nie, wer einem nach dem Leben trachtet", fügte Peter noch schmunzelnd hinzu. Für solche Späße war er zu haben und diese Gaby konnte es ab.

„Da ist mir jetzt aber ein Stein von der Seele gefallen", gab sie zu. „Wenn ich was mitkriege, melde ich mich."

Wolf nickte und verabschiedete sich. Allerdings nicht ohne Loui und Berti zu kraulen.

Peter ging schweigend neben ihm zum Wagen. Erst als sie im Inneren saßen, begann er zu reden.

„Was war denn das eben für eine Nummer?"

„Wieso, du hast doch schön mitgemacht", freute sich Wolf.

„Ich meine nicht die Sache mit der Fuß-Gaby, sondern deine Ansage an der Haustür meiner Schwiegeroma. Spinnst du jetzt? Ich hatte nur kurz Pause gemacht und eine Kleinigkeit gegessen. Das geht dich übrigens gar nichts an."

„Mistkerl!", war das einzige Wort, das Wolf dazu einfiel.

Im Schloss

Während sich Peter und Wolf mit dem Verschwinden einer alten Dame beschäftigten, begab sich Moni auf die Spuren des Schaumburg-Lippischen Fürstenhauses. Bei der Schlossführung hatte sie nur eine Sache wirklich fasziniert. Okay, ja, das Gebäude war beeindruckend mit seinen unterschiedlichen Prunksälen, allem voran natürlich der Festsaal, aber an die Orte, die sie nun besonders interessiert hätten, kam sie erst gar nicht. Keine Schlafräume, persönlichere Bereiche, Dachboden und Keller. Insgesamt ein eher unbefriedigendes Trotten in einer Herde von „Ohs" und „Ahs". Das mochte vielleicht für Leute von auswärts beeindruckend sein. Moni jedoch kannte das Schloss seit ihrer Kindheit und erinnerte sich, mit ihrem Vater, der im Heimatverein organisiert gewesen war, eine ganz andere Führung erlebt zu haben. Wenn sie sich nicht ganz irrte, war der damalige Fürst selbst derjenige gewesen, der sie durch die Räume geleitet hatte. Ihr fiel ein Gemälde vom Dachboden wieder ein, weil das Gesicht desjenigen ausgebrannt worden war.

Nach dem Ende der offiziellen Führung begab sich Moni noch einmal in die Schlosskapelle. Manche Dinge vergaß man einfach. Sie blickte auf die Kreuze im Marmorboden und dachte daran, dass unter jedem ein Herz begraben lag. Dass ihr das nicht wieder eingefallen war, als

Wolf von dem herausgeschnittenen Organ berichtet hatte! Dabei hatte sie das mit den Herzbestattungen eigentlich gewusst. Seinerzeit waren die Familienmitglieder derer zu Schaumburg-Lippe zwar in Stadthagen im Mausoleum begraben worden, aber ihre Herzen hatte man in besonderen Kapseln unter dem Marmorboden der Schlosskapelle bestattet. Man glaubte damals, die Seele existierte in diesem Organ und wollte sie so näher bei Gott wissen. Als Kennzeichnung waren kleine Metallkreuze in den Marmor eingearbeitet worden. Interessanterweise sahen sie nicht alle gleich aus. Manche verfügten nur über drei Äste. Ein Kreuz lag weit entfernt von den anderen am Rand des Fußbodens. Das alles musste sie unbedingt Wolf berichten, überlegte sie und ging in den Schlosshof, um ihn anzurufen. Aber sie bekam ihn nicht an die Strippe.

Über diese Juliane zu Schaumburg-Lippe hatte Moni bei der Führung wenig in Erfahrung bringen können. Nur, dass sie die Gründerin von Bad Eilsen gewesen war, sich für die Pockenschutzimpfung eingesetzt hatte und ein Techtelmechtel gehabt haben sollte. Letzteres schien das Interessanteste zu sein.

Wenn sie nun schon Wolf nicht erreichen konnte, war es das Beste, ins Niedersächsische Staatsarchiv zu gehen, um sich weitere Informationen über Juliane zu beschaffen.

Man half ihr gerne. In Nullkommanichts war Moni von zahlreichen Schriften und Büchern umgeben. Sie tauchte ab. Wolf war vergessen, die Gegenwart auch. Sie las und staunte. Zeitweise machte sie sich Notizen und lachte, als sie erfuhr, dass der Park dort an der „Großen Klus“ einmal „Julianenpark“ geheißen hatte. Das passte ja. Sie schien auf der richtigen Spur zu sein. Zwar verstand sie noch immer nicht, wie die Fürstin – wenn die Knochen denn tatsächlich zu ihr gehörten – aus dem Mausoleum im Schaumburger Wald nach Röcke gekommen sein sollte, aber das war jetzt nicht das Thema. Es galt, so viele Informationen wie möglich zu sammeln.

Die Stunden vergingen wie im Flug. Nach und nach ergab sich ein mehr als interessantes Bild der schillernden Fürstin. Gegen Nachmittag sah Moni voller Schreck auf ihre Uhr. Sie musste sich beeilen. Es war Zeit, mit Leo spazieren zu gehen. Aber die Informationen, die sie hatte, sprachen Bände. Wolf würde begeistert sein, hoffte sie.

Unwohl

Eine ganze Menge Arbeit hatte man Nadine und Niklas aufgehalst. Sie durften sich mit der Befragung von Nachbarn und Verwandten der beiden Vermissten beschäftigen und über deren Umfeld recherchieren. Aber das alles brachte die Kripo nicht weiter. Beide, sowohl Horst als auch Hilde, blieben verschollen und tauchten auch nicht in Teilen wieder auf – zunächst, wie sich herausstellen sollte, denn als Anke am frühen Abend nach Hause kam und einen Blick in die Diele des alten Bauernhauses warf, stellte sie erleichtert fest, dass dort kein einziges Paket lag. Sie atmete auf und schloss die Tür.

In ihrem Briefkasten am Eingang zur umgebauten Scheune waren nur Rechnungen. Anke nahm sie an sich und ging die Treppe hinauf bis zu ihrer Wohnung. Dort hielt sie die Luft an, denn ein kleines Päckchen, circa 30 x 20 Zentimeter, lag direkt vor ihrer Eingangstür. Es konnte nicht mit der Post gekommen sein. Kein Absender, kein Adressat. Dafür war eine rote Schleife darum herumgebunden. Anke zitterte. Sie war an sich wirklich hart im Nehmen und konnte mit bedrückenden Situationen umgehen, aber hier war jemand bis zu ihrer Wohnung vorgedrungen. Das gefiel ihr überhaupt nicht.

Plötzlich stutzte sie. Was, wenn es von Niklas war, der sie mit einer kleinen Freude überraschen wollte? Vielleicht sah sie schon Gespenster. Wenn sie es genau nahm, hatte dieses kleine Paket doch überhaupt nichts mit dem von der Post zugestellten gemein. Es war lediglich ein Geschenk. Sie nahm es hoch und schnupperte daran. Lavendel. Es duftete lieblich nach Lavendel. Etwas anderes roch sie nicht. Also gab es auch keinen Grund, es nicht auszupacken.

Vorsichtig zog sie die Schleife auf und hob den Deckel ab. Anke blickte auf ein Meer aus Blüten. Rosenblätter und Lavendel bedeckten, was sich darunter befand. Es war eingewickelt. In Alufolie und Plastik. Und schon während sie weiter zu dem Präsent durchdrang, erkannte sie den wohlbekannten Geruch. Angeekelt ließ sie das Objekt auf den Boden fallen und rief Wolf Hetzer an.

Der wollte sich gerade seinen Autoschlüssel schnappen, um nach Hause zu fahren. Es war mild draußen, die Sonne schien. Ein herrlicher Abend, um mit Moni und Leo in den Wald zu gehen und frische Luft zu tanken. Doch daraus wurde nichts. Als Wolf abhob, dachte er an Resultate aus der Rechtsmedizin und rechnete nicht im Traum damit, dass auch dieser Feierabend ganz anders verlaufen würde als geplant.

„Wolf", kam es gepresst aus der Muschel seines Smartphones. „Es ist wieder passiert. Diesmal direkt vor meiner Eingangstür. Könntet ihr bitte kommen?"

Wolf seufzte innerlich. Das war doch nicht möglich! „Wieder ein Karton?", fragte er.

„Ja."

„Was ist drin?"

„Keine Ahnung, ich habe mit dem Auspacken aufgehört, als ich das Formalin roch. Ihr könnt gerne selbst nachschauen", schlug Anke vor.

„Okay, nichts weiter anfassen, wir sind gleich da."

„Ja", sagte Anke und beeilte sich, die Tür aufzuschließen. Schnell den Staubsauger her und die Blüten aufgesaugt. Zum Schluss ließ sie das Schleifenband in ihrer Hosentasche verschwinden. Da lag es jetzt nackt, das Päckchen, nur als Karton und Inhalt.

Weil Peter schon nach Hause gefahren war, hatte Wolf kurzerhand seinen Sohn Niklas gebeten, ihn mit zu Anke zu begleiten. Der strahlte und handelte sich einen säuerlichen Blick von Nadine ein, die sich mit einem lauten Türknallen in den Feierabend verabschiedet hatte.

„Scheint mir, als ob du derzeit gute Karten bei den Frauen hättest", sagte er zu seinem Sprössling.

„Wieso?", fragte Niklas genervt. „Weil ich endlich mal eine feste Freundin habe?"

„Nicht nur das, du hast obendrein eine Verehrerin", antwortete Wolf schmunzelnd.

Niklas tippte sich an die Stirn.

„Wen meinst du da?", wollte er wissen.

„Na, wen schon, die Nadine. Das ist doch wohl klar wie Kloßbrühe. Bist du blind?"

Jetzt lachte Niklas.

„Die? Nee, auf gar keinen Fall. Da liegst du ja so was von daneben. Wir können uns gerade mal so ertragen. Dienstlich geht das, aber privat liefe da überhaupt nichts. Keiner von uns hätte überhaupt nur Lust, seine Freizeit mit dem anderen zu verbringen."

„Wenn du meinst", gab Wolf klein bei. Es hatte keinen Sinn, mit dem Filius zu streiten, wenn er von seiner Meinung überzeugt war oder zumindest glaubte, es besser zu wissen. Ihm selbst war es auch egal.

Plötzlich zuckte Niklas zusammen und ließ das Fenster ein Stück herunterfahren.

„Is was?", fragte Wolf besorgt.

„Mir ist ein bisschen übel", erklärte Niklas, „aber das geht gleich wieder weg. Hab ich ab und zu. Wahrscheinlich die Magensäure."

„Vielleicht gehst du mal zum Arzt?", schlug Wolf vor.

„Ich bin in den besten Händen", behauptete Niklas und sein Vater hielt lieber die Klappe. Es kam doch nichts dabei raus, wenn er ihm widersprach.

„Ob Nadja noch im Institut ist?", überlegte er stattdessen laut.

„Ich rufe sie an", sagte Niklas und fummelte auf seinem Smartphone herum.

„Nee, warte noch", bat Wolf. „Lass uns erst mal gucken, ob da wirklich ein Leichenteil drin ist, das zu einem Menschen gehört. Vielleicht ist es diesmal auch der Kopf einer Katze oder so. Wir würden Nadja umsonst aufscheuchen."

„Verstehe", antwortete Niklas, „wenn sie aber inzwischen nach Hause fährt, wäre das kontraproduktiv, wenn doch etwas Humanes drin ist. Ich würde vorschlagen, wir bitten sie, kurz im Institut zu warten, bis wir den Inhalt in Augenschein genommen haben."

„Du hast recht", stimmte Wolf zu und freute sich, dass sein Sohn mitdachte.

Kurze Zeit später wussten sie, dass Nadja noch in Vehlen war und dass es sich bei dem Präsent um den leicht deformierten Fuß einer älteren Dame handeln musste.

„Stand der Karton wieder einfach nur so vor deiner Tür?“, erkundigte sich Wolf bei Anke.

Sie nickte.

Niklas war reingegangen und hatte sich auf ihre Couch gelegt. Der Gestank des Formalins hatte seine Beschwerden keinesfalls besser gemacht. Jetzt war ihm richtig schlecht.

„Du bist kein Zufallsopfer“, sagte Wolf zu Anke, noch bevor die anderen eintrafen. „Gibt es da etwas, das du mir sagen solltest?“

Sie sah ihn verdutzt an. „Und was sollte das sein?“

„Könnte es sein, dass du einen Verehrer hast, von dem du nichts weißt oder einen, den du abgewimmelt hast und der dir imponieren oder dich in die Bredouille bringen will?“, wollte Wolf wissen. „War da nichts dabei? Keine Karte, keine Schokolade, nichts weiter? Blumen?“

Anke zuckte fast unmerklich zusammen, aber Wolf registrierte es.

„Nein, nichts weiter“, beteuerte sie.

„Okay, warten wir auf die anderen“, beschloss Wolf. „Ich gehe kurz runter, frische Luft schnappen.“

„Gut, dass ich dich hier draußen allein erwische“, sagte Nadja mit verschwörerischem Blick.

„Das klingt ja interessant“, freute sich Wolf, „hast du was für mich, das nicht jeder wissen darf?“

Nadja wackelte mit dem Kopf hin und her. Ihre Haare standen wie gewöhnlich strubbelig vom Kopf ab und bewegten sich keinen Millimeter. Wolf überlegte, ob sie Gel drin hatte.

„Ich hatte eine Untersuchung angestoßen, die – sagen wir mal – nicht ganz legal war", begann sie.

Wolf grinste. „Jetzt hast du meine ganze Aufmerksamkeit. Schieß los!"

„Manchmal ist es gut, wenn man DNA aufhebt", fuhr sie fort. „Tja, und wir haben im Archiv noch welche von zwei Personen aus dem Fürstenhaus Schaumburg-Lippe, eigentlich von dreien. Drei Generationen. Mehr musst du nicht wissen."

„Okay", staunte Wolf, „das ist abgefahren."

„Noch abgefahrener ist das Ergebnis beim Abgleich mit unseren historischen Knochen."

„Wahnsinn, du hast echt das eingelagerte Material mit dem Fund aus Röcke verglichen?"

Nadja nickte.

„Du wirst es nicht glauben. Sie sind alle verwandt", berichtete sie. „Prozentual abnehmende Übereinstimmung mit jeder Generation, aber mit dem ältesten Familienmitglied gibt es die größte Deckung. Wir haben es also hier mit einem Ahnen des Hauses Schaumburg-Lippe zu tun."

„Unglaublich! Kannst du denn noch mehr sagen?", wollte Wolf wissen.

„Nach meinen Berechnungen müssten zwischen der Frau, die du gefunden hast und dem ältesten Nachfahren aus meinen Proben fünf Generationen liegen. Damit müsstest du etwas anfangen können, wenn du einen

Stammbaum bekommen kannst", überlegte Nadja. „Den gibt es bestimmt sogar im Netz. Setz deinen Sohn darauf an!"

„Du, dem geht es im Moment überhaupt nicht so gut", klagte Wolf. „Er hat wohl Magenprobleme. Der Formalingestank hat ihm den Rest gegeben. Er liegt oben bei Anke auf dem Sofa."

„Gehört er da nicht sowieso hin?", fragte Nadja augenzwinkernd.

„Eben genau das weiß ich nicht so genau", gab Wolf zu.

„Schon klar, du bist der Vater", sagte Nadja und klopfte ihm auf die Schulter.

Mit Elan kam Seppi auf den Hof gefahren.

„Kein Wort zu niemandem", flüsterte Nadja noch, „mein Treiben war nicht astrein."

„Trotzdem danke", antwortete Wolf und drückte ihren Arm. „Mit dieser Information hast du uns sehr geholfen. Auch wenn wir sie offiziell nicht verwenden können, gibt es uns doch die Möglichkeit, in die richtige Richtung zu ermitteln."

„Wir ermitteln immer in die korrekte Richtung", sagte Seppi und schleppte seinen Koffer in Richtung Scheune. „Die Spuren und die Toten lügen nie. Hatte ich übrigens schon erwähnt, dass ich Blütenstaub von Rosen an der Plastikfolie des Arms gefunden habe? Wäre mir fast entgangen, weil es nur wenige Pollen waren. Minimal, aber vorhanden. Was sagt ihr dazu?"

„Der Mörder ist immer der Gärtner", entfuhr es Nadja, „ach, Entschuldigung, ist mir so rausgerutscht. Das war auch zu passend in diesem Moment."

Seppi schmunzelte. „Noch jemand eine Idee oder einen Kalauer? Ich sammele jedes Mal fünf Euro fürs Phrasenschwein."

„Die Folie könnte vorher für etwas anderes verwendet worden sein", schlug Wolf vor.

„Keineswegs, die war von außen so rein wie frisch von der Rolle. Ein bisschen Latexpuder von den Handschuhen, die der Täter getragen haben muss, aber sonst nichts – außer den Pollen einer roten Edelrose."

„Du kannst den Typ der Rose bestimmen?", fragte Nadja fasziniert.

„Aber sicher doch", erklärte Seppi. „Willst du ihren Namen wissen?"

Nadja schüttelte lächelnd den Kopf.

„Sie hat uns aber gesagt, es wäre nichts weiter im Karton gewesen", wunderte sich Wolf.

Seppi zuckte mit den Schultern. „Das ließe mehrere Rückschlüsse zu. Ich würde vorschlagen, dass wir es Anke gegenüber erst einmal nicht erwähnen. Sollte ich diesmal Ähnliches in der Kartonage oder auf der Folie vorfinden, können wir sie mit konkreteren Vorwürfen konfrontieren. Denn ich werde auch Proben vom Boden rund um den Karton nehmen."

„Einverstanden", sagte Wolf. „Dann lass uns mal hochgehen."

Hallux valgus

Er war nicht schön, der Fuß, der ihnen aus der Folie heraus ins Auge stach und wurde es auch nicht, nachdem Nadja ihn vollends ausgepackt hatte. Von solcherlei Dingen hätte Fuß-Gaby ein wahres Lied singen können. Was sie täglich zu sehen bekam, war auch nicht jedermanns Sache. Anke hatte sich genervt in ihre Wohnung zurückgezogen. Sie wollte außerdem nach Niklas sehen.

Zu dritt standen sie vor der Eingangstür. Seppi fotografierte das Exponat von allen Seiten, nahm dann einige Proben von der Umgebung und steckte den Karton in einen übergroßen Plastikbeutel. Der Fuß lag jetzt in einer sterilen Wanne der Rechtsmedizin.

„Ich darf mich verabschieden", sagte er mit einer Verbeugung. „Ruft mich gerne bei weiteren Fundstücken an. Da kommt bestimmt noch was."

Wolf winkte ab. Er konnte darauf verzichten und atmete tief durch, während Seppi die Treppe hinabpolterte. Unten hörte man eine Tür klappen.

„Nicht jede Säge eignet sich für so einen sauberen Schnitt", begann Nadja zu beschreiben. „Du kannst von oben gut die Tibia und, äh Schien- und Wadenbein sehen. Ich verwende mal die deutschen Begriffe." Sie nahm den Fuß in die Hand. „Schätzungsweise eher kleine Schuhgröße, so 37 oder 38, denke ich, wobei die Zehen gekrümmt sind. Zwei Hammerzehen und ein ausgeprägter Ballen, auch Hallux valgus genannt. Zwischen dem zweiten, dritten Zeh und vierten Zeh offene Stellen, Fußnagel des Großzehs gelb mit schwarzen Einschlüssen und verdickt. Das spricht für Tinea pedis, also Fußpilz und Nagelpilz, in Fachkreisen Onychomykose genannt." Sie drehte den Fuß um. „Hier haben wir noch ein paar Dornwarzen an der Laufsohle und ein Hühnerauge zwischen den Zehen vier und fünf sowie reichlich Hornhaut an der Ferse. Toll, alles vorhanden, fast wie aus dem Pathologie-Lehrbuch."

„Kombiniere ich richtig, dass der Fuß weiblich ist?", fragte Wolf.

„Ach ja", gab Nadja zu, „das habe ich vergessen zu erwähnen."

„Dann ist eins klar", fuhr Wolf fort, „zu unserem Männerarm gehört er nicht."

„Stimmt, wir müssen von zwei Amputierten oder Leichen ausgehen", bestätigte Nadja. „Zwei ältere Menschen. Zu möglichen Todesursachen kann ich leider überhaupt nichts sagen. Aber ich hoffe darauf, dass wir den DNA-Abgleich mit dem verschwundenen Herrn aus dem Klinikum heute noch bekommen. Seine Frau hatte uns Haare aus seiner Bürste zur Verfügung gestellt."

„Mir gehen so viele Fragen durch den Kopf", sagte Wolf. „Warum schickt man Anke die Gliedmaßen zu oder legt sie vor ihre Tür? Wo sind die Körper? Sie scheinen sich in Luft aufgelöst zu haben. Das gibt es doch nicht! Und warum verwendet jemand Formalin? Hat er etwa auch den Rest der Vermissten konserviert? Wo bewahrt er sie auf?"

Nadja legte ihre Hand auf Wolfs Schulter. „Ehrlich gesagt möchte ich nicht in deiner Haut stecken. Ich bringe jetzt den Fuß noch ins Institut und fahre dann zu Peter nach Hause. Alles Weitere morgen früh, ja?"

„Natürlich", antwortete Wolf. „Ich möchte auch nach Hause. Es ist gestern schon so spät gewesen. Außerdem bin ich neugierig. Moni hat für mich wegen der Knochen recherchiert. Sie wollte ins Schloss und ins Staatsarchiv. Mal sehen, was sie wegen Juliane zu Schaumburg-Lippe herausgefunden hat. Sie ist eigentlich die Einzige, die noch infrage kommt, vor allem, wenn man bedenkt, was dein heimlicher DNA-Abgleich ergeben hat."

„War das nicht diese schillernde Fürstin, die zum Teil allein regiert hat?", hakte Nadja nach.

„Das könnte sein", erwiderte Wolf. „Nachher weiß ich mehr."

„Schon spannend das Ganze, auch wenn es nicht mehr relevant ist, den Mörder zu finden. Wenigstens kann man der Frau im Nachhinein Gerechtigkeit widerfahren lassen. Mal sehen, was sie als Todesursachen haben durchgehen lassen. Arsen ließ sich seinerzeit nicht nachweisen", erklärte Nadja. „Niemand wird wissen, dass sie umgebracht worden ist und die Geschichtsbücher berichten das Falsche."

„Was meinst du, wie oft das so ist", gab Wolf zu bedenken, „es ist doch sogar heute noch Fakt, dass höchstens 50 Prozent aller Morde überhaupt entdeckt werden."

„Ja, ich weiß, eine irre hohe Dunkelziffer", seufzte Nadja, „aber immerhin arbeiten wir daran, einige Taten aufzuklären."

Wolf nickte. „Ich besorge dir morgen DNA von unserer vermissten Hilde Roggelmann“, versprach Wolf. „Ich habe nämlich den Verdacht, dass das ihr Fuß ist. Frag mich nicht wieso.“

„Wenn du's auch sagst, Wolf“, bedauerte Nadja. „Das ging mir nämlich auch schon durch den Kopf. Um die DNA brauchst du dich aber nicht zu kümmern, weil wir die Blutspur aus dem Gras gesichert haben.“

„Die könnte auch von klein Fritzchen stammen, der sich vorher am Papierkorb das Knie angehauen hat“, wandte Wolf ein. „Nein, ich brauche schon einwandfreies Referenzmaterial.“

„Okay, mach mal, aber du wirst sehen, dass ich recht habe“, erwiderte Nadja und knöpfte ihre Jacke zu. „Muss ich mich von den beiden da drin verabschieden?“

„Ach was, sieh zu, dass du loskommst“, sagte Wolf. „Peter wartet bestimmt schon auf dich.“

Wie ein Reh, und damit ganz anders als Seppi, sprang die Rechtsmedizinerin leichtfüßig die Treppe hinab. Und das trotz ihrer enormen Größe von fast zwei Metern.

Wolf hingegen klopfte leise an der Wohnungstür. Er wollte nicht stören.

„Wir haben alles mitgenommen. Denk einfach nicht mehr daran“, sagte er, als Anke öffnete.

„Was war denn drin?“, wollte sie wissen.

„Ein betagter weiblicher Fuß“, antwortete Wolf knapp. „Wie geht es Niklas jetzt?“,

„Besser. Ich hab ihm ein Roggenkissen gemacht“, berichtete sie. „Du kannst ihn also wieder mitnehmen.“

Wolf sah sie erstaunt an. „Ach, ich dachte, er bleibt über Nacht bei dir."

Sie schüttelte den Kopf. „Unter der Woche nicht. Das ist mir zu stressig. Außerdem habe ich kein Auto. Er käme morgen früh gar nicht von hier weg, und Wechselklamotten hat er auch nicht da."

„Na, wenn das so ist", sagte Wolf diffus und wunderte sich. So etwas kannte er nicht. Was war denn das für eine Beziehung?

„Komm ruhig rein, du kannst ihn vom Sofa auflesen", schlug Anke vor.

Die Wohnung war spartanisch eingerichtet. In der Ecke standen noch drei Kartons.

„Hallo, Sportsfreund", begrüßte Wolf seinen Sohn, „ich bringe dich jetzt nach Hause, und wenn es morgen früh nicht besser ist, dann gehst du erst mal zum Arzt. Kapiert?"

„Ich bin doch keine Memme", maulte Niklas und setzte sich auf. Er schien schlechte Laune zu haben. „Und nun lass mich mal, ich komme gleich."

„Schon gut", sagte Wolf. „Ich warte im Wagen. Tschüss, Anke!"

Es dauerte ein Weilchen, bis Niklas leicht gekrümmt ins Auto stieg. Wolf sagte nichts, obwohl ihm einiges auf der Seele brannte. Auch sein Sohn verlor nicht ein einziges Wort. Die schweigsame Fahrt dauerte bis Müsingen an. Dann wurde Niklas renitent.

„WAS?", fragte er aufmüpfig. „Nun sag schon, was du denkst. Höre ich mir den Scheiß eben von dir auch noch an."

„Nö“, erwiderte Wolf, „nicht nötig, da du dasselbe zu fühlen scheinst. Ich denke also nicht im Traum daran. Jeder ist seines Glückes Schmied. Du bist erwachsen!“

„Ach ja, und da haben die Eltern keine Pflichten mehr?“, donnerte Niklas. „Da ignoriert man es, wenn es dem Sohn schlecht geht, weil er Probleme hat?“

„Falls du von meinem Sprössling sprichst …“, holte Wolf aus.

„Von wem denn sonst?“, brüllte Niklas an der Ampel bei Kaufland in Wolfs Ohr.

„Ja, dann rede doch endlich mit mir“, gab er in fast derselben Lautstärke zurück. Sein Geduldsfaden war bis zum Zerreißen gespannt.

„Ich verstehe sie einfach nicht“, sagte er mit tiefer Traurigkeit in der Stimme.

„Sprichst du von Anke?“, hakte Wolf vorsichtig nach.

Niklas sah ihn von der Seite an.

„Ist ja schon gut“, sprach Wolf weiter. „Ich habe auch schon gemerkt, dass sie sehr speziell ist. Wo drückt denn der Schuh?“

„Ach, ich weiß nicht, ob ich überhaupt mit dir darüber sprechen sollte.“

„Versuch's doch mal. Vielleicht verstehe ich dich besser, als du glaubst“, kam es von Wolf.

„Auf der einen Seite ist sie so anhänglich und dann tut sie wieder so, als ob ich in ihrem Leben zu viel wäre. Das kapiere ich nicht“, erzählte Niklas. „Wenn man doch jemanden liebt, will man immer mit ihm zusammen sein. Eben zum Beispiel. Ich hätte sie niemals nach Hause geschickt. Im Gegenteil, wenn es ihr nicht gut gegangen wäre, hätte ich mich gekümmert, sie umsorgt. Alles so was. Weißt du, was ich meine?“

„Glaub mir, ich weiß genau, was du meinst“, antwortete Wolf versöhnlich.

„So wie sie mit mir umgeht, komme ich mir ja vor wie ein Köter, den man nur ruft, wenn man ihn braucht. Ansonsten bleibt er im Zwinger oder an der Kette – bildlich gesprochen“, beschwerte sich Niklas.

„Ich schätze, du wirst dir das alles gut überlegen und deine Konsequenzen daraus ziehen.“ Wolf sah zu ihm rüber. Sie hatten vor seiner Wohnung im Höppenfeld angehalten.

Niklas bekam einen wehmütigen Blick. „Aber wenn wir zusammen sind, ist es wunderschön. Du kannst dir gar nicht vorstellen, wie schön. Alles andere hört auf zu existieren. Nichts ist mehr wichtig, nur wir.“

Wolf legte seine Hand auf Niklas' Schulter. „Die Liebe ist für jedes Paar ein großes, grenzenloses Land voller Schönheit und Geborgenheit unter einer geeisten Kristallhalbkugel. Dort sind sie nur für sich. Für einen Außenstehenden ist es unmöglich hineinzublicken. Ich kann dir also keinen Tipp geben, wie du die Situation verstehen oder besser mit ihr umgehen könntest, nur einen Rat und auch der ist subjektiv: Liebe sollte einem nur guttun und keine Schmerzen bereiten. Ich spreche hier nicht von Meinungsverschiedenheiten oder so etwas, sondern von dem innersten Empfinden, das immer weiß, dass es geliebt wird und dies nie infrage stellen muss.“

„Vielleicht ist sie noch nicht so weit, weil wir erst kurz zusammen sind“, sagte Niklas grübelnd und Wolf wusste, dass er ihn nicht verstanden hatte.

Tausend Dinge hätte er seinem Sohn gern mit auf den Weg in die Nacht gegeben, aber es machte keinen Sinn. Niklas musste sein eigenes Leben leben, eigene Erfahrungen machen, so wie jeder Mensch. Nicht einmal er als Vater konnte ihn vor etwas bewahren, das ihm Schaden zufügen würde. Diese Anke war nichts für ihn, doch sollte er das laut sagen? Wahrscheinlich war sie sich selbst genug und niemals in der Lage, eine feste Beziehung zu pflegen. Er kannte solche egozentrischen Frauen, um die sich deren eigene Welt drehte und in deren Umlaufbahn man für eine Weile geraten konnte, bis man aufgrund schnell nachlassender Anziehungskraft wieder ins All geschleudert wurde und nicht wusste, wohin es einen trieb. Zugegebenerweise war Anke eine Schönheit, zumindest äußerlich.

„Es wird sich alles finden", sagte Wolf zum Abschied, „und wenn du reden möchtest ..."

„Ach, ist schon gut", beschwichtigte Niklas, „ich wäre halt gerne dort geblieben."

„Denkst du, deine Bauchschmerzen könnten etwas mit deiner Beziehung zu Anke zu tun haben?"

„Auf keinen Fall", erwiderte Niklas entschieden. „Ich bin doch kein Psycho. Vielleicht vertrage ich irgendetwas nicht. Wird sich schon noch rausstellen. Mach dir man keine Sorgen. Morgen bin ich wieder fit. Zum Frühstück ein paar ordentliche Haferflocken und ab geht die Post."

„Na gut, dann schlaf mal schön und nimm dir vielleicht 'ne Wärmflasche mit ins Bett", schlug Wolf vor.

„Eine mit Ohren wäre mir lieber", sagte Niklas zum Abschied und stieg aus.

Wolf winkte noch und war froh, dass es endlich nach Hause ging. Er war müde, einfach kaputt. Überall Baustellen und keine Lösung in Sicht.

Juliane

Als Wolf in seiner Einfahrt in Todenmann anhielt, sah er kurz auf sein Smartphone und stellte fest, dass Moni schon neunmal angerufen hatte. Sofort hatte er ein schlechtes Gewissen. Er hätte sie informieren müssen, dass er später kommen würde.

Zu seiner Erleichterung schien sie nicht sauer zu sein, denn sie stand freudestrahlend in der Tür, während Leo um ihn herumsprang.

Das war einer der Momente, in dem es ihm warm ins Herz schoss. Es war ein Wunder, ein riesengroßes Geschenk, dass sie ihn so liebte wie er sie. Jeder von ihnen hatte seine Heimat im Herzen des anderen gefunden, wo er geborgen und unangreifbar von außen existieren konnte. Wie gerne hätte er sich das für seinen Sohn auch gewünscht.

„Ich hab was Tolles rausgefunden", rief sie ihm schon zu, noch bevor er an der Tür war.

„Jetzt lass mich erst mal reinkommen", sagte er und schmunzelte, denn Leo saß vor ihm und wartete auf sein Hasenbrot.

„Wegen Juliane, mein Schatz", erzählte sie ihm, als er im Haus war.

„Das ist ja super", antwortete Wolf, „wir glauben nämlich, dass sie es sein könnte."

„Ja, das denke ich auch", kam es von Moni. „Ich habe Nudelsalat mit Trüffelöl gemacht."

„Den mit Hühnchen und Stangensellerie?", erkundigte sich Wolf.

Moni nickte.

„Wunderbar", freute sich Wolf. „Dann schlage ich vor, ich ziehe mich kurz um, du machst einen Grauburgunder auf und anschließend erzählst du mir, was du herausgefunden hast. Einverstanden?"

„So machen wir das", stimmte Moni zu. „Mit Leo war ich übrigens schon draußen. Gut, dass ich ihn an der Leine hatte." Sie lachte. „Der Osterhase saß genau vor seiner Nase und hoppelte dann auch noch den Weg entlang."

„Man kann ihm einfach noch nicht trauen, unserem Jungspund", sagte Wolf scherzhaft und ging die Treppe hinauf.

Zehn Minuten später war gemütliche Eintracht eingekehrt. Max und Moritz, die Ragdollkatzen, lagen wie immer schlafend auf der Chaiselongue und hatten sich so ausgebreitet, dass niemand dort mehr Platz gehabt hätte. Wolf und Moni saßen am Esstisch der alten Kate. Zu ihren Füßen lag wie immer der „kleine" Leo, der mittlerweile eine Schulterhöhe von 62 Zentimetern hatte und bequem auf den Tisch gucken konnte. Aber er liebte es, genau so zwischen seinen Menschen zu liegen, dass er beide berührte. Feierabend, das Rudel war komplett.

„Nun schieß mal los", bat Wolf, „ich bin neugierig."

„Zuerst habe ich die Schlossführung mitgemacht. Das war noch nicht so ergiebig, bis auf eine interessante Geschichte. Wusstest du, dass man die Herzen der Grafen und Fürsten unter dem Marmorboden der Schlosskapelle begraben hat?“

Bei Wolf fügten sich im Kopf Puzzleteile zusammen. „Man hat den Menschen die Herzen herausgenommen?“

„Ja, irgendwie gruselig, oder?“

„Nur von den Familienmitgliedern des Hauses Schaumburg-Lippe?“, erkundigte sich Wolf.

„Na ja, Angeheiratete natürlich ebenfalls“, erklärte Moni. „Juliane war vorher doch auch eine von Hessen-Philippsthal.“

„Du bist dir sicher, dass ihr Herz dort ebenfalls begraben liegt?“

„Todsicher!“, behauptete Moni. „Sie war wohl beim Volk sehr beliebt und regierte das kleine Schaumburg-Lippe nach dem Tod ihres Mannes mit Weitsicht und Humanität. Etwas delikat war nur ihre Liaison mit dem Oberforstmeister und Hofmeister Clemens August von Kaas.“

Wolf zog die Augenbrauen hoch. „Ach ja, interessant. Hatte sie den Geliebten denn schon während ihrer Ehe oder erst danach?“

„Das ist eine gute Frage“, erwiderte Moni, „Fakt ist nämlich, dass von ihr und über sie kaum etwas Persönliches erhalten geblieben ist. Im Hausarchiv soll es wohl noch Fragmente geben. Da klemme ich mich noch dahinter. Ich weiß nur, dass sie mit diesem Clemens nach dem Tod ihres Ehemanns mindestens zwei, wahrscheinlich aber drei weitere Kinder bekommen hat, mehr oder weniger heimlich, versteht sich. Sie war deswegen zeitweise im Ausland, damit die Schwangerschaften in Bückeburg nicht auffielen. Ob einer oder mehrere der ehelich geborenen

Nachkommen auch schon aus dem Verhältnis stammten, wäre natürlich im Dunklen geblieben. Ich glaube es aber eigentlich nicht, weil ich sie für eine ehrliche und loyale Frau halte."

„Das wird sich heute auch nicht mehr herausfinden lassen, ob die Schaumburg-Lippische Erbfolge an sich korrekt ist. Ehrlich gesagt, interessiert das auch niemanden mehr", vermutete Wolf. „Was denkst du, wie viele Kuckuckskinder es damals gegeben hat? Warum glaubst du, sind adlige Damen zur Kur gefahren? Auf diese Weise konnte auch ein zeugungsunfähiger Schlossherr zu Nachwuchs kommen und seine Linie fortsetzen."

„Da wirst du recht haben", stimmte Moni zu. „Aber stell dir mal vor, wie schwierig das gewesen sein muss, parallel zwei Leben zu führen – eins mit den drei ehelichen Kindern auf Schloss Bückeburg und ein heimliches mit ihrem Geliebten und den zwei weiteren gemeinsamen Kindern. Das waren übrigens Jungs. Über das dritte habe ich nichts weiter gefunden. Möglicherweise ist es sehr früh verstorben. Es wird aber von dessen Existenz berichtet. Einer der beiden Jungen, die 1790 und 1791 in Paris geboren worden sind, ist in den südamerikanischen Befreiungskriegen gefallen."

„Also für mich wäre so ein Doppelleben mit zwei Familien nichts", gab Wolf zu. „Da bist du doch ständig hin- und hergerissen. Vor allem, wenn es eine von beiden aus Schicklichkeitsgründen überhaupt nicht geben dürfte. Wie hat sie das bloß alles hinbekommen? Auch aus diesem Grund halte ich sie für eine wirklich unglaubliche Frau."

„Das war sie wirklich“, bestätigte Moni, „sie war auch fortschrittlich für ihre Zeit und innovativ. Ihren Sohn Georg Wilhelm ließ sie als eines der ersten adligen Kinder gegen Kuhpocken impfen, las ich. Und das war zu diesem Zeitpunkt noch ein großes Wagnis, aber die Angst vor Pocken war riesengroß. Ob und wie sehr sie sich um ihre kleineren, unehelichen Kinder gekümmert hat, weiß ich nicht. Doch man bekommt schon ein relativ klares Bild von der Fürstin Juliane, wenn man aus unterschiedlichen Quellen über sie liest. Sie war eine hochanständige adlige Dame, kein Flittchen. Die Witwenschaft ließ ihr eben den Freiraum, ein geheimes Verhältnis zu leben. Mit ihren Kindern Karoline, Georg und Wilhelmine pflegte sie das freundschaftliche ‚Du‘. Das war im 18. Jahrhundert weiß Gott nicht gang und gäbe. Normalerweise blieb man in diesen Kreisen beim Sie und sprach französisch. Sie aber sprach mit den Kleinen deutsch. Die Beziehung war auch wohl sehr eng, denn es wird berichtet, dass der frühe und plötzliche Tod der Mutter ein Schock für ihre Kinder war. Ich kann mir nicht vorstellen, dass sie einen Unterschied zwischen ihren leiblichen Nachkommen gemacht hat, egal, wer der Vater war, zumal die letzten drei aus Liebe entstanden sein dürften.“

„Kannst du mal versuchen herauszufinden, ob es irgendeine Beziehung zu dem Bereich dort in Röcke gegeben hat?“, bat Wolf. „Mir fehlt da einfach der Zusammenhang. Wie können Julianes Knochen auf einer Insel in einem See sein, wenn ihr Körper im Schaumburger Wald in einem Mausoleum liegen soll und ihr Herz in der Bückeburger Schlosskapelle? Das ist doch unsinnig.

Vielleicht ist es auch eine ihrer Töchter, die wir gefunden haben."

„Passt das denn zeitlich überhaupt?", hakte Moni nach. „Warte mal, ich gucke in meine Notizen." Sie durchblätterte die letzten Seiten ihres Blocks. „Nee, die sind erst Mitte des 19. Jahrhunderts gestorben. So ungenau wird doch die Altersbestimmung nicht gewesen sein."

„Keineswegs, also bleibt nur Juliane als mögliche Tote", seufzte Wolf. „Wir wissen inzwischen, dass sie an einer Arsenvergiftung gestorben ist. Hatte ich dir davon eigentlich schon berichtet?"

„Nein, ach, du meine Güte", kam es betroffen von Moni. „Die arme Frau. Und die armen Kinder. Die letzten beiden waren da noch keine zehn Jahre alt."

„Und der übrig gebliebene Geliebte, der sich nun um zwei Halbwaisen kümmern musste", fügte Wolf noch hinzu.

„Vielleicht hat man sie überhaupt nur wegen dieser unschicklichen Liaison umgebracht", vermutete Moni.

„Keine Ahnung. Irgendjemandem wird sie ein Dorn im Auge gewesen sein. Das steht auf jeden Fall fest", sagte Wolf.

„Was für eine traurige Geschichte", erwiderte Moni. „Mal sehen, was ich noch herausfinden kann. Aber jetzt erzähl mal, was dich heute Abend aufgehalten hat. Gab es Neuigkeiten in eurem Fall mit dem Hund oder dem Arm?"

Wolf sah sie bedauernd an. „Leider nein. Darüber wissen wir nichts weiter. Es hat auch keinen Leichenfund gegeben. Wir vermuten, dass der Arm von unserem Vermissten aus dem Klinikum stammt. Die Untersuchung läuft noch. Aber was noch viel schlimmer ist, ist die Tatsache, dass die Dame, der der Hund gehört, ebenfalls verschwunden ist. Und stell dir vor: Eben hat unsere neue Rechtsmedizinerin Anke den Fuß einer älteren Frau vor ihrer Wohnungstür gefunden. Es wäre doch ein Wahnsinn, wenn das nicht alles zusammengehört."

„Auweia", stöhnte Moni, „da scheint ja noch einiges auf dich zuzukommen ..."

Fuss und Blut

Mit ihrer Vermutung sollte Moni recht haben. Nadja war mit dem Fuß in die Rechtsmedizin zurückgefahren. Eine genauere Untersuchung des Körperteils wollte sie an diesem Abend zwar nicht mehr vornehmem, aber etwas bohrte in ihr. Wenn die Blutgruppe des Flecks am Papierkorb mit der des Fußes übereinstimmte, wäre die Wahrscheinlichkeit größer, dass es sich bei dem Präsent vor Ankes Tür um ein Stück von Hilde Roggelmann handelte. Das in den Boden gelaufene Blut hatte man bereits klassifiziert. B positiv war immerhin keine so häufige Blutgruppe. Nur neun Prozent aller Deutschen hatten sie.

Es dauerte nicht lange, da wusste Nadja, dass die Eigentümerin des Fußes ebenfalls B hatte, Rhesus positiv war und dass auch die getesteten Untergruppen übereinstimmten. Mit großer Wahrscheinlichkeit gehörte das Präparat also der alten Dame mit Hund, die verschwunden war. Es musste schon mit dem Teufel zugehen, wenn sie sich irrte. Der DNA-Abgleich würde Gewissheit bringen, dauerte aber eben seine Zeit. Wertvolle Zeit, wenn es darum ging, eine Vermisste zu finden, die in Not oder Gefahr war. Bei Hilde Roggelmann musste man eher davon ausgehen, dass sie nicht mehr am Leben sein konnte. Es sei denn, der Stumpf am Bein war fachmännisch versorgt worden. Dieser Hoffnungsschimmer blieb, und so wie die

Rechtsmedizinerin Wolf Hetzer kannte, würde er die Seniorin nicht aufgeben, bevor er schwarz auf weiß wusste, dass sie verstorben war.

Hätte man den Fuß nicht konserviert, wäre es einfacher gewesen, das herauszufinden. Nadja glaubte nicht, dass sie noch erkennen konnte, ob die Amputation an einem Lebenden oder Toten erfolgt war, nachdem der abgetrennte Körperteil in Formalin eingelegt worden war. Zudem konnte es sein, dass zuerst die Abnahme des Fußes erfolgt war, bevor man sie umgebracht hatte. Alles in allem eine sehr unbefriedigende Situation und eine, über die Wolf sofort in Kenntnis gesetzt werden musste.

Nadja wählte seine Nummer. Sie erreichte ihn zu Hause.

„Wolf", begann sie, „entschuldige, wenn ich noch einmal störe. Ich wollte dir auch nur eine kurze Info geben. Unser Fuß könnte tatsächlich von Hilde Roggelmann stammen. Die Blutgruppen stimmen überein, aber wir wissen deshalb immer noch nicht, ob sie tot oder lebendig ist."

„Was denkst du denn?", erkundigte sich Wolf.

„Meiner Meinung nach sind beide Personen tot", antwortete Nadja mit gedämpfter Stimme. „Da müsste doch schon einer eine Art Operationsraum haben und chirurgische Fachkenntnisse. Einen Anästhesisten bräuchte man ebenfalls. Es würde schwierig sein, die Blutungen aus den Arterien zu stoppen, wenn man alleine tätig ist. Gut, mit einem Beißholz, einem Schlauch oder Gurt zum Abbinden und etwas Nahtmaterial könnte ein Schlächter auch vorgehen. Dem widerspricht aber die saubere Arbeit am Fundstück. Ich will jetzt nicht sagen, dass hier ein Arzt am Werk war, aber durchaus jemand, der sich mit Körpern auskennt, beispielsweise ein Metzger oder ein Präparator."

„Danke für deine Einschätzung", sagte Wolf, „wir suchen trotzdem weiter. Es läuft eine Fahndung nach den beiden Vermissten."

„Herumlaufen werden die aber wohl kaum", gab Nadja zu bedenken. „Selbst wenn sie das überlebt hätten, wären ihre Körper schwer geschwächt. Man müsste sie also verstecken."

„Von einem geheimen Ort können wir so oder so ausgehen", antwortete Wolf, „oder denkst du nicht?"

„Doch", seufzte sie, „aber den zu finden wird schwer sein. Viele Spuren haben wir bisher nicht, rechtsmedizinisch gesehen."

„Das geht uns nicht anders", verriet Wolf. „Die Befragungen und Überprüfungen haben uns nicht weitergebracht. Wir wissen weder warum Leichenteile verschickt werden noch wieso ausgerechnet Anke sie erhält und ob sie Auffälligkeiten aufweisen."

„Der Arm schon mal nicht" erinnerte Nadja, „und zu dem Fuß kann ich euch morgen mehr sagen."

In Wolfs Leitung klopfte es an.

„Warte mal bitte eben, Nadja, Seppi meldet sich gerade", bat Wolf.

„Mach eine Dreierkonferenz, ich bin neugierig", sagte Nadja. „Wenn er jetzt um diese Uhrzeit noch anruft, dann hat er was."

„Ja, hallo, Seppi, hier ist Wolf", meldete sich Hetzer. „Nadja ist auch noch mit in der Leitung."

„Ah, schön, dann kann ich euch beiden gleich erzählen, dass ich wieder Rosenpollen in dem Karton gefunden habe, aber nicht nur das. Diesmal hat der Absender auch etwas Lavendel dazugegeben“, berichtete Seppi von der Spurensicherung. „Die Frage ist nur, warum er es dann wieder herausgenommen hat oder ob er irgendwie im Blumenhandel arbeitet, dass die Pollen auf diese Weise ihren Weg in die Schachteln gefunden haben. Auf jeden Fall könnte hier eine Verbindung sein.“

„Möglicherweise bekommt er die Kartons aus einer Gärtnerei“, überlegte Wolf.

„Männer!“, stöhnte Nadja in ihr Smartphone. „Glaubt ihr das wirklich? Meine Meinung ist eine ganz andere. Da schickt jemand Anke Präsente, schön eingelegte, sterile Körperteile, die er gut verpackt und obendrauf drapiert er Blumen für sie. So wird es sein. Darauf würde ich meinen Allerwertesten verwetten.“

„Dass es etwas mit deiner neuen Mitarbeiterin zu tun hat, ist uns wohl allen klar, aber bisher dachte ich, es gäbe eher eine Verbindung zur ihrer Tätigkeit als Rechtsmedizinerin“, erklärte Wolf. „Wenn du recht hast, Nadja, müssten wir davon ausgehen, dass es sich um etwas Persönliches handelt.“

„Eure Baustelle“, erwiderte Seppi, „da bin ich raus. Ich finde die Spuren und werte sie aus, ihr kombiniert oder rätselt. Schönen Abend noch! Höchste Zeit, Feierabend zu machen.“

Gedanken

Nadja und Wolf verabschiedeten sich vom Chef der Spurensicherung, sprachen aber weiter am Telefon miteinander.

„Denkst du, sie hat noch einen anderen Verehrer außer Niklas?“, erkundigte sich Wolf.

„Es würde mich wundern, wenn es nicht so wäre“, konterte Nadja. „Sieh sie dir doch an. Man muss neidlos anerkennen, dass sie eine Schönheit ist. Dazu durch das leicht orientalische Aussehen noch ein bisschen mysteriös, mit einer unnahbaren Ausstrahlung. Wie gemacht, um Männer anzulocken, finde ich. Weißt du, so einer wie mir pfeift keiner nach“, lachte sie. „Und das ist auch gut so.“

„Nun hör aber auf“, ärgerte sich Wolf, „du weißt ganz genau, dass du auch eine hübsche Frau bist.“

„Okay, vielleicht nicht unattraktiv in dem Sinne“, gab sie zu, „aber es sieht kaum einer. Die meisten Männer sind viel kleiner als ich und haben wahrscheinlich Angst.“

„Darüber brauchst du dir zum Glück überhaupt keine Gedanken zu machen, denn du hast ja wohl einen tollen Kerl abgekriegt“, frotzelte Wolf, „wenn man von seiner Fettleber und seinem Hang zu Junk-Food absieht. Aber jetzt noch mal zurück zu den Körperteilen. Was könnte jemand mit so einem Geschenk aussagen oder bezwecken wollen?“

„Gute Frage“, entgegnete Nadja und schmunzelte insgeheim, „das ist fast so, als ob du einem Bäcker Brötchen schenkst. Also, ich beschäftige mich den ganzen Tag mit was Totem. Da ist es mir ganz recht, wenn ich zum Feierabend mal was Lebendiges unter die Finger kriege.“

„Ihr Mediziner seid schon alle etwas speziell“, merkte Wolf an. „Wahrscheinlich bekommt man diesen makabren Humor mit der Muttermilch eingesogen. Könnte es sein, dass der Schenkende davon überzeugt ist, dass Anke noch üben muss?“

„Kaum“, antwortete Nadja. „Ich habe selten jemanden mit so einer Leichtigkeit und so viel Fingerspitzengefühl sezieren sehen. Man könnte sogar vermuten, dass sie überhaupt kein Licht braucht und sozusagen wie im Schlaf agiert.“

„Ja, aber dann entgeht ihr doch unter Umständen was“, wandte Wolf ein. „Ums genaue Beobachten geht es doch.“

„Natürlich, Wolf, du hast mich falsch verstanden“, sagte sie. „Ich sprach von den Routinehandgriffen.“

„Gut, das ist es also nicht“, überlegte Wolf weiter. „Wie wäre es, wenn sie ein Faible für Leichenteile hätte, wenn ihre Tätigkeit also nicht nur Beruf, sondern eine Berufung wäre?“

„Das glaubst du doch selbst nicht, Wolf“, wunderte sich Nadja. „Dann müsste sie sich nämlich entweder Teile unserer Toten aus der rechtsmedizinischen Abteilung abschneiden, was dem Bestatter auffallen würde oder selbst Leute heimlich ermorden und aufbewahren. Völlig utopisch, wie ich finde. Darüber hinaus: Warum nimmt sie dann nicht von dem einen Mann, den sie schon hat, auch noch den Fuß? Nein, nein, nein, das ist vollkommen schief."

„Okay", kam es von Wolf etwas resigniert, „vielleicht könntest du Peter beim Abendessen einweihen? Ich hoffe darauf, dass euch noch bessere Ideen kommen als mir. Wir werden auch darüber sprechen. Moni sitzt hier neben mir und hat alles mitgehört."

„Das mache ich sowieso", versprach Nadja. „Ich weiß nicht, wie es dir geht, aber so einen verworrenen Fall hatten wir noch nie."

Moni stupste Wolf an und zeigte auf ihre Aufzeichnungen.

„Ach halt. Moment, warte, leg noch nicht auf", bat Wolf. „Du hast recht mit dem, was du sagst. Ich kann mir auf die ganze Geschichte überhaupt keinen Reim machen. Es kommt mir so vor, als ob eine Decke über all dem liegt. Und wir können nicht druntergucken. Aber jetzt noch was anderes zu unserem historischen Fall. Moni konnte aufklären, was es mit dem entfernten Herzen auf sich hat."

„Wirklich? Das ist ja interessant", fand Nadja.

„Leider ist es für uns nicht sonderlich spektakulär", gab Wolf zu. „Hast du schon mal von Herzbestattungen gehört? Mit so etwas scheinen wir es hier zu tun zu haben."

„Wurde so etwas hier in unserer Gegend auch praktiziert?", wunderte sich Nadja. „Klar kenne ich das von den Habsburgern zum Beispiel. Da ist noch 2011 eine Herzbestattung bei Otto, dem Sohn des letzten österreichischen Kaisers, vorgenommen worden. Er selbst liegt in der Kapuzinergruft in Wien, sein Herz aber in einem ungarischen Kloster."

„Wie passend, wenn man an die k und k Doppelmonarchie denkt", rief Moni dazwischen.

„Gut, das erklärt natürlich, wieso jemand das Brustbein eröffnet hat und das Herz fehlte. Ich hatte mir schon finstere Geschichten ausgemalt. Aber dann dürfen wir davon ausgehen, dass die Dame erst nach dem Tod ihres Herzens beraubt wurde. Und auch das nur, um es andernorts zu bestatten. Oft hat man die restlichen Organe auch entfernt und getrennt beerdigt. Das verzögerte den Verfall und könnte einer der Gründe sein, warum überhaupt noch etwas von ihr übrig ist."

„Dank deiner Information und der Ergebnisse der C14-Methode denken wir, dass unsere Tote Juliane zu Schaumburg-Lippe ist. Zeitlich passt niemand anders. Moni hat auch herausgefunden, dass Julianes Herz tatsächlich in der Schlosskapelle in Bückeburg liegt."

„Au fein", freute sich Nadja, „dann bringt mir doch die Kapsel, in der das Organ begraben worden ist. Vielleicht sind noch Zellen oder DNA-Spuren von Juliane darin enthalten. Dann können wir einen direkten Abgleich machen."

Moni ging näher an den Hörer ran. „Das könnte schwierig werden", gab sie zu bedenken. „Ich habe die Erlaubnis von Durchlaucht, ab morgen im Hausarchiv weiterzusuchen. Er hat mich allerdings gebeten, ihn und seine Familie da rauszuhalten. Soll heißen: In der Vergangenheit darf ich nachforschen, die Gegenwart soll aber unangetastet bleiben. Daran möchte ich mich halten."

„Tust du doch", wandte Nadja ein. „Du sollst nur die Erlaubnis einholen, dass wir das Herz exhumieren dürfen."

„Nun ja, darum werde ich mich lieber von offizieller Seite her kümmern", schlug Wolf vor. „Immerhin könnte doch ein Interesse daran bestehen, die Gebeine einer seiner bekannten Ahnen würdig bestattet zu wissen. Die Frage ist nur, ob wir dazu tatsächlich das Herz von Juliane benötigen? Ich stelle mir vor, dass es auch andere Möglichkeiten gibt, dies zu beweisen."

„Sicher, wenn mir Fürst Alexander eine Speichelprobe gibt, könnte ich mein heimliches Ergebnis zumindest ihm bekannt geben. Aber sonst haben wir nichts, denn ohne die teilweise DNA-Übereinstimmung hätten wir nur das Alter der Toten und deren ungefähres Sterbejahr. Da könnte es jeder sein", gab Nadja zu bedenken.

„Ich hätte noch eine weitere, dezentere Idee", sagte Wolf. „Ihr wisst doch, dass Juliane neben ihrer Mutter im Schaumburger Wald begraben liegen soll, in diesem Mausoleum. Hat sie dort in dem Sarkophag jemals gelegen, könnten noch Spuren vorhanden sein. Aber auch wenn er leer ist, spricht das Bände. Dann hätten wir immer noch die Möglichkeit, einen Abgleich mit ihrer Mutter vorzunehmen."

„Keine schlechte Idee", freute sich Nadja. „Üblicherweise hat man in der Tat Bleisärge in diese Sandstein- oder Marmorsärge gelegt."

„Dann müsste der Sarkophag im Mausoleum doch leer sein", überlegte Moni.

„Das kann ich mir nicht vorstellen", wandte Wolf ein. „Es hätte jemand bemerkt. Selbst wenn dort in die Grabstätte heimlich eingebrochen worden wäre ..."

„Eben", nahm Nadja den Faden auf. „Mit einem Schlüssel oder Dietrich könnte eine Handvoll Männer dort eingedrungen sein, den schweren Steindeckel gehoben und den Bleisarg davongetragen haben."

„Glaube ich nicht", kam es von Wolf. „Einer quatscht immer und wenn es posthum im Nachhinein ist. Seinerzeit galt es mit Sicherheit als schwere Sünde, die Totenruhe zu stören."

„Tut man doch nicht, wenn da noch ein weiterer Sarg drin war", wandte Nadja ein. „Dann hat man sie noch nicht mal gesehen."

„Gut, lassen wir die Theorie so stehen", schlug Wolf vor. „Ich werde Fürst Alexander verschiedene Vorschläge zur Abklärung der Identität seiner bekannten und populären Ahnfrau machen, da Nadja keinen Zweifel an dieser Tatsache hat. Es könnte doch auch ein Interesse daran bestehen, das Ganze publik zu machen, um mehr Aufmerksamkeit und Besucher zu bekommen."

„Mit den Gebeinen einer armen Ermordeten?", hakte Moni ungläubig nach.

„Und wenn wir uns selbst in das Mausoleum schleichen?", flüsterte Nadja in den Hörer. „Wenn ich mich nicht irre, ist die Tür kaum gesichert. Es dürfte ein Leichtes sein, wenn Peter, Niklas und du mit anpacken."

„Das habe ich jetzt nicht gehört", sagte Wolf. „Aber lass uns morgen darüber sprechen. Wir kommen jetzt sowieso nicht weiter. Ich bin auch müde. Entschuldigung."

„Nein, kein Problem", erwiderte Nadja, „das ist doch verständlich. Mein kleiner Brummbär wartet bestimmt auch schon auf mich. Es macht dauernd Pling in meinem Smartphone. Also, gute Nacht, ihr beiden."

„Ebenfalls", antwortete Wolf und legte auf.

„Wir sollten den offiziellen Weg wählen“, bohrte Moni nach und Wolf nickte nur. Er war zu kaputt für Diskussionen.

Ein paar Tage später

Es herrschte dicke Luft im Kommissariat. Die gesamte Mannschaft hatte so viele Befragungen vorgenommen, war unzähligen Spuren gefolgt und hatte letztlich überhaupt nichts erreicht. Horst und Hilde blieben verschwunden. Weitere Teile von ihnen tauchten nicht auf. Es gab einfach keine Anhaltspunkte, keinen Hebel, wo man ermittlungstechnisch ansetzen konnte. Auch ein Gespräch mit Anke Seiler hatte nichts gebracht, wobei Nadine der festen Überzeugung war, dass die Tussi log.

„Ich wette, die hat die Blumen aus den Kartons rausgeschmissen, bevor sie dich angerufen hat, Wolf", mutmaßte sie bei einer gemeinsamen Runde im Besprechungsraum.

„Das ist eine schwere Unterstellung", sagte Niklas zornig, „die du nicht beweisen kannst."

„Was wissen wir denn überhaupt von unserer schönen Frau Doktor?", erkundigte sich Nadine. „Hat irgendjemand von euch einen Einblick in ihre Vergangenheit bekommen? Du vielleicht, Niklas?" Sie sah ihn bohrend an.

„Nur, dass ihr Bruder wohl tot ist", erwiderte Niklas.

„Und wo lebte sie vorher? Gibt es keine Verbindungen mehr zu damals?" Nadine gab keine Ruhe.

„Da müssten wir Nadja fragen", schlug Peter vor. „Als ihre Vorgesetzte wird sie Zeugnisse gesehen haben."

Nadine winkte ab. „Drucke ich dir mit deinem Namen und den besten Noten. Schon bist du Arzt. Die Fachrichtung kannst du dir aussuchen."

Niklas lief hochrot an. Er musste sich zurückhalten.

„Es kann in der Tat nicht schaden, sich etwas mehr mit Anke auseinanderzusetzen, zumal der Täter sie als Ziel für seine Zusendungen ausgesucht hat", überlegte Wolf.

„Wenn wir es denn immer mit demselben Absender zu tun haben", wandte Niklas etwas schnippisch ein.

„Das zweifelst du an?", fragte Wolf erstaunt.

„Nicht wirklich", gab Niklas kleinlaut zu.

„Ich glaube, ich ziehe dich von dem Fall ab, jetzt, da Anke doch mehr in den Fokus rückt", erklärte Wolf. „Es ist unumgänglich, sich mit ihr und ihrer Vergangenheit auseinanderzusetzen. Vielleicht liegt dort der Schlüssel zur Lösung des Falls."

Peter stand breitbeinig vor dem Kühlschrank. Es sah so aus, als ob er ihn bewachte. Dabei waren da weder Frikadellen noch Schnitzel drin, lediglich kalte Getränke und etwas Süßkram, falls die Besprechungen sich hinzogen.

„Hat eigentlich einer von euch Armleuchtern schon mal daran gedacht, Cleopatra zu fragen, ob ihr anderweitig in früherer Zeit Leichenteile zugeschickt worden sind? Ein schnuckeliger Torso vielleicht oder ein Bein?", wollte er wissen. „Nur so eine Idee. Fehlt ja noch in der Sammlung."

„Du glaubst, da will jemand einen neuen Menschen zusammenpuzzeln? Aus Einzelteilen? Igitt, wie widerwärtig und meiner Meinung nach völlig unsinnig", fand Nadine.

„Da hätte man doch lieber was Junges, Attraktives genommen."

Niklas sah sie abschätzig an. „Was hast du für eine fiese Fantasie? Ich glaube eher, Peter denkt darüber nach, ob die Pakete tatsächlich Präsente waren und ob sie diesen Verehrer schon länger hat."

Peter hob den Daumen zur Bestätigung hoch. „Einmal Spinner, immer Spinner. Und wie durchgeknallte Fans neigen allzu fixierte Verehrer dazu, ihrer Angebeteten nachzureisen."

„Guter Einwand, Peter", sagte Wolf. „Wir werden sie noch mal zum Gespräch bitten."

„Ich kann sie doch nebenbei fragen", schlug Niklas vor, „dann ist es weniger offiziell. Vielleicht erzählt sie mir im Vertrauen mehr."

„Eben", widersprach Nadine, „im Vertrauen. Was glaubst du, was sie mit dir macht, wenn sie erfährt, dass du intime Informationen weitergibst? Aber mir soll's letztlich egal sein."

Wolf schlug mit der Faust auf den Tisch. „In diesem Fall gibt es kein Nebenher und kein Palaver unter dem Deckmäntelchen des Vertrauens. Ich weiß, dass du es gut meinst und ihr was ersparen willst, weil du darauf vertraust, dass sie die Wahrheit sagt. Du bist davon überzeugt, dass sie längst erwähnt hätte, wenn solche Dinge schon einmal in der Vergangenheit vorgekommen wären. Stimmt's?"

Niklas nickte.

„Danke für deine ehrliche Antwort, aber damit bist du raus, was Anke angeht. Echt Scheiße! Gerade jetzt, wo

Detlef ausfällt, können wir dich nur bedingt einsetzen", ärgerte sich Wolf.

„Zieh ihn ganz ab", schlug Peter vor. „Er kann ja nichts für seine Gefühle, aber wenn privat was durchsickert, wäre das scheiße. Wir wissen zu wenig über die Seiler. Lass ihn die Sache mit der alten Toten weiterbearbeiten. Sicher ist sicher!"

„Gut, dann fährst du mit Nadine, Peter", beschloss Wolf. „Ich bleibe jederzeit einsatzbereit und unterstütze Niklas."

„Fragt mich hier eigentlich auch einer?", brauste Wolfs Sohn auf. „Wisst ihr was, ihr könnt mich mal! Wenn ihr mich nicht braucht und aufs Abstellgleis schiebt, nehme ich Resturlaub. Kümmert euch selbst um eure morschen Knochen. Schönen Tag noch!" Bei den letzten Worten ergriff er seine Jacke und rauschte durch die Tür.

„Oh je, der ist angepisst", sagte Nadine.

„Bestimmt", erwiderte Peter grinsend, „wär ich auch. Geht aber nicht anders."

„Ich spreche nachher noch einmal in Ruhe mit ihm", nahm Wolf sich vor, „und ihr solltet der Rechtsmedizin einen Besuch abstatten. Im Moment interessiert mich nichts dringender als ein mögliches Präsent aus der Vergangenheit."

Peter nahm sich noch einen Schokoriegel und eine Cola aus dem Kühlschrank, bevor er Nadine zum Wagen folgte.

„Unter uns gesagt halte ich von dieser Anke gar nichts", verriet Nadine, als sie losgefahren waren.

„Bisschen zickig", bestätigte Peter. „Keine Ahnung, wie sie im Privatleben ist."

„Ich kann mir nicht vorstellen, dass sie da zahmer ist", erwiderte Nadine und zog die Stirn kraus. „Das könnte uns jetzt wieder Niklas am besten sagen, aber es ist die Frage, ob er's täte. Wenn man verliebt ist, ist es mit der Objektivität nicht sehr weit her."

„Du scheinst da einschlägige Erfahrungen zu haben", vermutete Peter. „Ich hatte den Eindruck, du würdest lieber selbst an unserem Youngster rumknabbern, anstatt Frau Doktor das Feld zu überlassen. Aber vielleicht irre ich mich ja."

„Kein Kommentar", sagte Nadine und buffte Peter in die Seite.

Der lachte. „Ey, das ist Körperverletzung. Der Fahrer darf nicht misshandelt werden." Er sah kurz zu ihr rüber. „Ist also was Wahres dran, dachte ich es mir doch. Tut mir echt leid für dich, aber du wirst keine Chance haben, gegen Nofretete anzustinken."

„Abwarten", antwortete Nadine, „hinten ist die Ente fett. Wenn er erst begriffen hat, dass die nur mit ihm spielt, ist er ruckzuck kuriert."

„Das glaubst auch nur du", erwiderte Peter und parkte hinter den Räumen der gerichtsmedizinischen Abteilung. „Männer können ganz schön doof sein. Keine Blitzmerker, verstehst du?"

Nadine seufzte und klingelte an der Tür. „Wir werden ja sehen. Jetzt ist er sowieso erst mal angepisst."

Mit Verwunderung in den Augen öffnete Nadja und ließ sie herein.

„Das ist aber eine schöne Überraschung", sagte sie und küsste Peter auf die Nasenspitze.

„Für dich vielleicht", entgegnete Peter, „aber eventuell nicht für deine Kollegin. Wir haben noch eine brisante Frage an sie, bei der ich ihr gerne ins Gesicht schauen würde. Könntest du dich vielleicht dezent irgendwo anders aufhalten? Es wäre sinnvoll, sie allein damit zu konfrontieren."

„Ui, das klingt aber spannend", fand Nadja. „Okay, dann verdrücke ich mich mal. Natürlich nur, wenn du mir hinterher alles brühwarm erzählst."

„Mal sehen", sagte Peter und zwinkerte ihr zu, „wenn du schön brav und mir zu Willen bist."

Nadja streckte ihm die Zunge raus und verschwand. Kurze Zeit später betraten Peter und Nadine den Sektionsraum. Doktor Anke Seiler war mit einem älteren Herrn beschäftigt, dessen Brustkorb aufgeklappt vor ihnen lag.

„Ah, die Kripo", stellte Anke gelangweilt fest. „Gibt es was Neues?" Nicht, dass es sie wirklich interessiert hätte.

Peter wurde ernst. „Das kann man wohl sagen. Wir haben überall Blütenpollen an den Folien und in den Kartons gefunden. Rose in dem einen, im anderen zusätzlich Lavendel. Na, klingelt da was?" Er übertrieb ein bisschen.

„Was und vor allem wo sollte es klingeln?", hakte sie nach, um Zeit zu gewinnen. Sie musste nachdenken.

„In deinem Hirn?", schlug Peter vor. „Du kannst dich nicht vielleicht vage erinnern, dass da in den Kartons auch Blumen waren?"

„Ach so, das Unkraut", versuchte sie abzuwiegeln, „klar, das habe ich entsorgt. Ich mag kein Grünzeug. Jedenfalls nicht in der Vase."

„Und du hast es nicht für wichtig gehalten, das zu erwähnen?“, fragte Nadine verwundert. „Dieser Umstand gibt der ganzen Angelegenheit einen anderen Tenor.“

„Tenor oder Sopran ist mir egal“, donnerte Peter los, „aber kapierst du nicht, was das bedeutet?“

„Doch“, erwiderte Anke, „jemand wollte Leichenteile von Flora und Fauna loswerden.“

„Kapiert sie's wirklich nicht oder verarscht sie uns?“, flüsterte Nadine Peter zu.

„Letzteres“, zischte er und wandte sich an Anke. „Ich weiß nicht, was ich davon halten soll, dass du diese Information absichtlich verschwiegen hast, obwohl du wusstest, dass sie für uns wichtig war.“

„Ich hielt sie eben für nicht so entscheidend“, gab Anke zu. „Sorry, jetzt komm mal wieder runter. Wird das hier ein Verhör oder was? ICH bin das Opfer. MIR schickt man so einen Scheiß zu. Schon vergessen?“

Peter ignorierte ihr Gezeter. „Hast du uns vielleicht noch etwas nicht gesagt, weil du es für irrelevant gehalten hast? War ein Schriftstück in einem oder beiden Paketen enthalten?“

„Nein“, sagte sie kurz angebunden und fügte schnippisch „auch kein Backrezept“ hinzu.

Nadine verdrehte die Augen. Sie hatte langsam die Schnauze voll von der arroganten Kuh. „Schade eigentlich“, gab sie zurück. „Und wahrscheinlich hast du auch noch niemals vorher solche Geschenke wie diese bekommen?“

„Ich habe immer sofort angerufen“, entrüstete sich Anke.

„Das beantwortet unsere Frage nicht", hakte Peter nach. „Hat es jemals früher hier oder an einem anderen Ort Zusendungen von Leichenteilen gegeben, die an dich adressiert oder nachweislich für dich bestimmt waren?" Er beobachtete sie genau.

„Pakete mit humanen Fragmenten oder Körperteilen habe ich vorher noch nie bekommen", versicherte sie und sah ihm direkt in die Augen. Ihr Blick war kalt.

Nadine gruselte es. Diese Frau war schlau und nicht zu unterschätzen. Sie log nicht einmal. Während Peter schon beidrehen wollte, um sich mit einem kurzen Gruß zu verabschieden, fixierte die Kommissarin ihr Gegenüber.

„Und von Tieren?", wollte sie mit unscheinbarer Stimme wissen.

Peter hielt inne. Dass er daran nicht gedacht hatte.

„Was ist das für eine Frage?", versuchte sich Anke aus der Affäre zu ziehen.

„Eine, die du jetzt sofort beantworten wirst", kam es unmissverständlich von Peter.

„Mal eine Amsel oder ein Karnickellauf", gab Anke zu, „aber das war woanders und ist schon ein Weilchen her. Was soll das hiermit zu tun haben?"

„Waren auch Blumen dabei", erkundigte sich Nadine.

„Nicht wirklich", erklärte Anke jetzt zahmer. „Zumindest nicht, wenn man Löwenzahn oder Vogelbeeren dafür hält."

Peter brummte genervt. „Entschuldige bitte, aber du bist doch eine intelligente Frau. Du hast studiert und dich weitergebildet. Es fällt mir außerordentlich schwer zu glauben, dass sich dir der Zusammenhang nicht erschließt. Du kannst uns natürlich in dem Glauben lassen, dass du ein bisschen minderbemittelt bist. Deine Entscheidung. Aber wenn ich dich jemals wieder ernst nehmen soll, dann erzählst du uns lieber die ganze Geschichte."

„Oder besser noch", schlug Nadine vor, „du kommst mit aufs Präsidium, dann nehmen wir gleich deine Aussage zu Protokoll. Das wäre auch insofern sinnvoll, weil Wolf dann mit zuhören könnte."

Anke überlegte kurz und rang sich zu einer Entscheidung durch. „Also gut", sagte sie. „Es muss mich nur jemand wieder hierher zurückbringen."

„Das sollte kein Problem sein", versprach Nadine. Sie hätte zu gerne sofort weitergebohrt, aber nun mussten sie sich gedulden, bis sie in Bückeburg waren.

Auch Nadja brannte vor Neugierde, während sie die Papiere unterschrieb und zwei Leichname an den Bestatter übergab. Netter Kerl, schien noch nicht lange hier zu sein. Sie hatte ihn erst ein paar Mal gesehen. Nadja atmete tief durch. Jetzt hieß es, so zu tun, als hätte sie nichts mitbekommen, wenn sie Anke gegenübertrat, aber ihre Kollegin war wie vom Erdboden verschwunden.

VERHÖR ODER BEFRAGUNG?

Wolf wunderte sich nicht schlecht, als seine Kollegen mit der Rechtsmedizinerin Anke Seiler in der Tür standen. Er bat sie in den Besprechungsraum.

„Ich nehme mal an, es gibt Neuigkeiten?", fragte Wolf gespannt.

„Wie man's nimmt", stichelte Nadine, „ein wenig angestaubt sind sie schon, aber immerhin für uns neu, wenn auch nicht unerwartet."

„Du sprichst in Rätseln, Nadine", sagte Wolf, „bitte klärt mich auf."

Er sah Peter an.

„Deine Ideen, nun mach mal du", kam es mit einem Augenzwinkern von Peter.

„Dann fange ich von vorne an", beschloss Nadine. „Wie wir vermutet haben, sind tatsächlich Blumen in den Kartons gewesen. Anke hatte es nicht als wichtig empfunden, uns das mitzuteilen."

„Moment", hakte Wolf nach, „wenn es nicht wichtig war, warum hat sie sie dann aus den Kartons entfernt?" Er sah Anke an. „Welche Rückschlüsse sollten wir nicht ziehen?"

„Ach, nun hängt das mal nicht so wahnsinnig hoch auf", bat Anke. „Für euch waren doch eher die Leichenteile interessant."

„Nein, nein“, erwiderte Wolf, „die Zugabe von Blumen macht das Präsent persönlicher. Im Grunde macht es das Ganze erst zu einem Geschenk. Hätten nur der Arm oder der Fuß in den Kartons gelegen, wären durchaus auch andere Interpretationen möglich. Der Absender hätte jemanden ärgern, schocken oder beleidigen wollen können. Durch die Rosen und den Lavendel scheint es eher wie eine freundlich gemeinte Gabe. Und ich vermute, dass dir das sehr wohl bewusst war, Anke, weswegen du das Beiwerk auch weggeworfen hast.“

Die Rechtsmedizinerin zuckte mit den Schultern. „Wenn du meinst. Ein Arm ohne Blumen könnte ebenfalls als Geschenk gemeint sein.“

„Weswegen wir eigentlich hier sind“, erklärte Nadine, „ist der Umstand, dass es bereits zuvor andere eklige Sendungen in der Vergangenheit gab, die an Anke adressiert waren. Zwar war der Inhalt nicht menschlichen Ursprungs, aber trotzdem tot. Man hat ihr Tiere geschickt und übrigens auch Pflanzen beigefügt.“

Wolf war geschockt. „Und das hast du uns ebenfalls verschwiegen, Anke?“

„Was heißt hier verschwiegen? Bin ich auskunftspflichtig über meine Vergangenheit?“

„Wenn sie die aktuellen Fälle berührt schon“, schaltete sich Peter ein.

„Schau, Anke“, versuchte Wolf zu vermitteln, „natürlich achten wir deine Privatsphäre, und ehrlich gesagt interessiert mich vielleicht persönlich, was für ein Mensch du sein könntest, da du mit meinem Sohn liiert bist, aber darum geht es hier nicht. Selbst nach den vagen Fragmenten, die du uns bisher erzählt hast, müssen wir doch davon ausgehen, dass es jemanden gibt – und das wahrscheinlich schon länger – der eine Obsession entwickelt hat, was deine Person angeht."

„Ihr seht eine Verbindung zwischen den toten Tieren und den menschlichen, in Formalin eingelegten Präparaten? Das scheint mir doch etwas sehr weit hergeholt zu sein", erwiderte Anke. „Ich halte das für unwahrscheinlich. Dann müsstet ihr den Spinner aus Berlin auch mit ins Kalkül ziehen, der mir vor Jahren Käfer in Kirschblüten oder Schmetterlinge und Raupen auf Klee serviert hat."

„Möglicherweise", bestätigte Wolf.

Anke seufzte. „Da werde ich euch trotzdem nicht weiterhelfen können, selbst, wenn ich es wollte, denn ich kenne meine heimlichen Verehrer nicht. Warum sollte mir einer auch aus Berlin nach Diepholz und jetzt hierher nachgereist sein, um mich mit Absonderlichkeiten zu beschenken und sich nie persönlich zu offenbaren?"

„Du glaubst gar nicht, wie verrückt manche Menschen ticken", antwortete Peter, „obwohl du die Resultate bestimmt schon auf dem Tisch hattest."

„Tu mir und dir selbst einen Gefallen", bat Wolf, „und lass Nadine gleich die ganzen Begebenheiten aufnehmen, die irgendwie in diese Richtung gehen."

„Ja, gut, mache ich, wenn ihr das wirklich für entscheidend haltet", versprach Anke.

„Und noch etwas", fiel Wolf ein, „halte dich von dir unbekannten Männern fern. Es ist auch nicht gut, wenn du spät am Abend im Dunklen durch das Feld nach Hause gehst."

Anke schmunzelte. „Jetzt wirst du aber sentimental, Wolf. Ich kann schon auf mich selbst aufpassen.“

Oder lass meinen Sohn das übernehmen, wäre Wolf fast herausgerutscht, aber er ließ es lieber sein.

„Okay, wie du denkst“, beendete Wolf die Befragung. „Bist du mit den beiden mitgefahren?“

„Ja, sie haben versprochen, mich zurückzubringen. Hoffentlich vermisst Nadja mich nicht“, sagte Anke etwas in Unruhe. „In der Eile habe ich ihr gar nicht mehr Bescheid gesagt.“

Wolf nickte. „Nadine, bringst du unsere Rechtsmedizinerin wieder nach Vehlen? Und, Peter, du funkst bitte kurz Nadja an.“

„Ich schick ihr ’ne WhatsApp“, antwortete Peter und hielt den Damen die Tür auf. „Mit der stimmt doch was nicht“, sagte er kurze Zeit später, als die beiden aus dem Raum waren.

„Komisch ist sie auf jeden Fall“, gab Wolf zu. „Was wird das noch werden mit Niklas?“

„Keine Ahnung“, erwiderte Peter, „aber auf jeden Fall nix Gutes, fürchte ich. Er wird Rotz und Wasser heulen, wenn sie ihn irgendwann fallen lässt. Du weißt es, und ich weiß es, und was noch schlimmer ist, keiner von uns kann es ihm ersparen.“

„Wohl wahr“, stimmte Wolf zu, „da mussten wir alle durch, auf die eine oder andere Art und Weise.“

„Ich hatte ja noch einen ganz verrückten Gedanken“, gestand Peter, „aber dann glaubst du, ich wäre plemplem.“

„Das stelle ich sowieso nicht infrage, also schieß los!“, bat Wolf.

Peter legte den Kopf schief und sah seinen Kollegen eindringlich an. „Besonders perfide wäre es, wenn sie selbst dahintersteckte. Morden, zerteilen, in Formalin einlegen – alles ihr Metier. Der Rest ist Pipikram."

„Glaubst du das wirklich ernsthaft?", fragte Wolf verblüfft.

„Nein", antwortete Peter, „aber wenn du drüber nachdenkst, wäre es eine schlüssige Möglichkeit. Sollten wir sie, nur weil wir Anke halbwegs zu kennen glauben, außer Acht lassen?"

„Puh", sagte Wolf und begann zu schwitzen, „dann müssten wir die SpuSi in die Rechtsmedizin schicken."

„Völlig sinnlos", erwiderte Peter, „denn wegen der Leichenteile sind dort auf jeden Fall Zellen der Verschwundenen vorhanden. Man müsste schon nach speziellen suchen, aber falls sie ihre Finger im Spiel hat, wird sie penibel gesäubert haben. Vergiss es also."

„Ja, davon können wir ausgehen", bestätigte Wolf. „Kein schöner Gedanke."

„Ist schon weit hergeholt", versuchte Peter seinen Freund zu beruhigen. „Nur für den Hinterkopf."

Wolf nickte. „Jetzt möchte ich eigentlich nur noch eins: Auf mein Sofa. Ich glaube, ich komme so langsam in die Jahre. Meine Energie geht flöten."

„Schieb ab, Alter, ich halte die Stellung", sicherte ihm Peter zu. „Ist sowieso bald Feierabend."

Ein bisschen Ruhe

So ein Spaziergang am frühen Abend bei untergehender Sonne hatte Wolf gutgetan. Gemeinsam mit Leo und Moni war er im Wald unterwegs gewesen. Der Duft von Bäumen und Boden war wie ein Geschenk. Ganz tief hatte er die frische Luft in seine Lungen gesogen. Nach und nach war er zur Ruhe gekommen. Moni hatte Verständnis dafür, dass er nicht über die Arbeit reden wollte. Manchmal war es auch gut zu schweigen, wenn zwei Menschen sich grün waren. Dann störte die Stille nicht.

Kurz bevor sie zu Hause waren, schien Wolf in die Realität zurückzukehren. Er warf Leo mehrfach ein Stöckchen, das der junge Rüde anschließend stolz in sein Körbchen trug. Sie hatten schon unzählige aus dem Wald mitgebracht. Als sie es sich mit den beiden Katern und einem Glas Wein auf der Chaiselongue gemütlich gemacht hatten, konnte Moni ihre Neuigkeiten nicht mehr zurückhalten.

„So, nun habe ich noch einiges über die beiden unehelichen Söhne von Juliane zu Schaumburg-Lippe herausgefunden. Es gab auch eine Tochter“, berichtete Moni. „Hast du Lust mir zuzuhören oder wollen wir das lieber verschieben?“

„Nein, ich bin doch neugierig, was du herausgefunden hast“, erwiderte Wolf. „Bitte erzähl mir alles.“

„Also gut. Der erste Sohn des illegitimen Paares hieß Clemens Anton von Althaus, geboren im Januar 1790, der zweite August Heinrich Jakob, geboren im Juli 1791, beide in Paris. Eine Tochter der beiden ist bereits 1788 dort auf die Welt gekommen. Die Brüder sind wohl später in gewisser Weise legitimiert worden und haben den Freiherrentitel erhalten. Was aus dem Mädchen geworden ist, weiß ich nicht."

„Und wieso von Althaus und nicht von Kaas?", wunderte sich Wolf. „Warum hießen sie nicht nach dem Vater?"

„Das geht wohl auf die Vorfahren des Vaters zurück, die aus der Gegend von Münster stammen. Damit habe ich mich aber nicht weiter beschäftigt", erklärte Moni. „Es waren für ihn ja auch uneheliche Nachkommen. Keine Federn, mit denen man sich schmücken wollte. Bastarde, du weißt schon. So nannte man sie damals."

„Lange kann sie aber nicht um ihren Philipp Ernst getrauert haben, wenn das erste Kind schon ein Jahr nach seinem Tod auf die Welt gekommen ist", mutmaßte Wolf nachdenklich.

„Keine Haarspaltereien bitte", schlug Moni vor. „Juliane hatte Stil. Wir haben da keine genauen Daten über das kleine Mädchen, aber Julianes Gatte, der Fürst, ist im Februar 1787 verstorben. Bis Ende 1788 wären das 22 Monate. Damit hätte sie sogar das Trauerjahr einhalten können."

„Gut, jetzt lassen wir das mal beiseite. Im Grunde interessieren die außerehelichen Kinder auch nur am Rande. Sie waren weder erb- noch erbfolgeberechtigt. Diese heimliche Liaison, von der sowieso viele wussten, war mit

Sicherheit ein Schandfleck, zumindest in den Augen gewisser Leute am Hof", überlegte Wolf laut.

„Siehst du, und da kommen meine weiteren Recherchen ins Spiel", berichtete Moni. „Glaub mir, du wirst staunen, was ich noch herausgefunden habe. Rate, wo sich die Fürstin oft aufhielt."

„Auf Schloss Hagenburg am Steinhuder Meer, hörte ich mal", antwortete Wolf. „Soweit ich mich richtig erinnere, hat sie das umgestaltet."

„Mag sein", erwiderte Moni, „aber das war nicht ihr einziges Bauprojekt. Und da war sie währenddessen auch nicht. Im Jahr 1794 ließ Juliane an der Klus, dem damaligen Grenzübergang in das preußische Fürstbistum Minden, ein Jagdschloss mit einem englischen Park errichten. Lokalpoeten jener Zeit schwärmten davon und fühlten sich literarisch beflügelt. Das ist dort, wo du im Winter spazieren gegangen bist. Die Inseln waren einmal mit zarten Bäumen und Blumen bewachsen. Man konnte es sich dort gemütlich machen. Tische und Bänke sollen dort gestanden haben. Mithilfe von Brücken konnte man wohl hinübergehen. Das Gewässer wird übrigens ‚Julianenteich' genannt. Na, klingelt da was bei dir?"

„Und wie", freute sich Wolf. „Das Puzzle fügt sich zusammen."

„Eben! Das ‚Lustschlösschen', das als Sommerresidenz gedacht war, hatte 15 Zimmer und einen wundervollen Saal im Rokokostil. Hotel und Gastwirtschaft von heute sind dir ja sicherlich bekannt. Nun will man mit der Restaurierung des Parks neue Einnahmequellen erschließen und vielleicht an die alte Zeit anknüpfen", berichtete Moni.

„Mir hat es dort besser gefallen, als alles so schön verwildert war. Das hatte viel mehr Atmosphäre und Flair", trauerte Wolf dem alten Zustand nach.

„Bestimmt", gab Moni zu, „aber ich könnte mir vorstellen, dass es Juliane ein Dorn im Auge gewesen wäre. So hatte sie es sich nicht vorgestellt. Aber wie kam sie nun als Tote dorthin auf die Insel?"

„Das ist wirklich eine sehr gute Frage." Wolf rieb sich das Kinn. „Vorher hätte ich aber gerne geklärt, wer ihr nach dem Leben getrachtet hat."

„Beim Volk war sie sehr beliebt. Den meisten der einfachen Bevölkerung dürfte auch das Verhältnis mit diesem von Kaas verborgen geblieben sein. Wenn sie während der Schwangerschaften immer im Ausland war, wahrscheinlich sogar auch etlichen am Hof. Ob man wohl Angst hatte, dass sie ihren Geliebten doch noch zum Mann nahm?"

„Ich weiß überhaupt nicht, ob das möglich gewesen wäre", überlegte Wolf laut, „da nicht standesgemäß, und ob sie es überhaupt gewollt hätte."

„Manchmal reicht es ja, wenn eine Befürchtung im Raum steht", erwiderte Moni.

„Aber ich gebe dir recht, wenn du damit sagen willst, dass der Mörder aus ihrer näheren Umgebung gestammt haben muss, denn so dicht kam kaum jemand an sie ran. Ich bin auch davon überzeugt, dass ihr das Arsen mit der Nahrung verabreicht worden ist. Wenn sie zu diesem Zeitpunkt sowieso schon durch eine schwere Erkältung geschwächt war, so wie es berichtet wird, hatte das Gift leichtes Spiel", vermutete Wolf.

„Na ja", gab Moni noch zu bedenken, „wenn du in zehn Jahren sieben Kinder austrägst, dann schwächt das den Körper mit Sicherheit ebenfalls."

„Inzwischen waren aber wieder acht Jahre vergangen", wandte Wolf ein. „Konnte sie sich da nicht erholt haben?"

„Ich weiß es nicht, aber ich kann mir ehrlich gesagt nicht vorstellen, wie das hätte gehen sollen", sagte Moni. „Sie war dauernd im In- und Ausland unterwegs, soll sich selbst viel um ihre Kinder gekümmert haben, hatte mit Regierungsgeschäften genug zu tun und hat sich auch sonst in vielerlei Hinsicht engagiert. Es soll sogar ein Ballhaus gegeben haben, in dem sie selbst als Schauspielerin aufgetreten ist. Ich vermute mal, sie hat ihren Körper – wahrscheinlich unwissentlich – bis aufs Letzte ausgereizt und den Bogen sozusagen überspannt. Viren oder Bakterien und zeitgleich das Gift haben ihr den Rest gegeben. Aber ich habe hier noch etwas sehr Interessantes für dich auf dem Smartphone. Vielleicht hilft dir das weiter. Ich habe Fotos der wenigen handschriftlichen Dokumente, die noch von Juliane erhalten sind, gemacht. Das meiste ist wohl aus Schicklichkeitsgründen vernichtet worden. Aber diese Tagebuchbriefe, die einen Einblick in die letzten Tage von Julianes Leben gewähren, gibt es auch nur deswegen noch, weil sie an einen Geistlichen in der Schweiz geschickt worden waren und dessen Nachfahren sie aufbewahrt hatten. Sie sind erst seit dem vorigen Jahrhundert im Besitz des Archivs. Die Fürstin klagt darin unter anderem über ihre dahinschwindende Gesundheit, hörte ich. Ich habe bisher nur mal stichprobenartig in der Mitte reingelesen."

Wolf nahm seine Moni in den Arm und küsste sie. „Das sagst du mir erst jetzt? Ja, das ist doch der Wahnsinn. Wir müssen diese Dokumente unbedingt Nadja zeigen. Vielleicht kann sie damit etwas anfangen. Möglicherweise geben die Beschreibungen des Gesundheitszustands einen ungefähren Einblick, was damals passiert ist. Bitte schick mir das mal rüber! Per Mail, wenn möglich. Ich leite es umgehend an Nadja weiter."

Moni freute sich, dass Wolf mit einem Mal so aus dem Häuschen war. Mittlerweile hatte diese alte Geschichte sie selbst ebenfalls in den Bann gezogen. Wenn es nun noch möglich sein würde, rechtsmedizinische Schlüsse aus den Worten der verstorbenen Fürstin Juliane zu ziehen, dann wäre das eine Sensation.

Die Tagebuchbriefe von Juliane

Der nächste Tag war angebrochen. Zunächst hatte Wolf die Briefe von Juliane sofort lesen wollen, aber als er sich in die Aufnahmen vertiefen wollte, die Moni gemacht hatte, resignierte er nach kurzer Zeit. Die Handschrift war nicht leicht zu entziffern, das Ganze ohnehin auf dem MacBook zu klein. Es machte keinen Sinn. Er musste abwarten, bis er im Büro war.

Jemand anders aber hatte sie sich bereits vorgenommen, ebenfalls von Neugier geplagt, die nicht nur historischen, sondern auch medizinischen Ursprungs war. Gegen zehn klingelte Hetzers Smartphone.

„Wolf, du glaubst nicht, was ich für eine Entdeckung gemacht habe", rief Nadja fast in die Muschel, als sie Wolf endlich am Apparat hatte. „Habt ihr selbst überhaupt mal in diese Dokumente reingesehen?"

Wolf stöhnte laut. „Ehrlich gesagt nein, obwohl es mich wirklich interessiert, aber die Ereignisse überschlagen sich momentan. Und da wirst du zugeben müssen, dass die aktuellen einfach vorgehen. Wir haben immer noch keine Leichen gefunden."

„Das verstehe ich ja", erwiderte Nadja, „aber das hier ist trotzdem eine Sensation, wenn auch eine, bei der wir uns überlegen sollten, inwieweit wir sie publik machen sollten. Ich könnte mir vorstellen, dass das Haus Schaumburg-Lippe nicht an einer Veröffentlichung dieser alten Vermutungen interessiert ist, vor allem, da sie nach unseren Untersuchungen zu Fakten geworden sind."

„Momentan verstehe ich nur Bahnhof", gab Wolf zu. „Von welchen Vermutungen sprichst du jetzt? Wir wissen doch, dass sie mit Arsen vergiftet worden ist."

„Ja, und eben genau das hat Julianes Leibarzt damals auch schon vermutet", berichtete Nadja. „Gut, er konnte es nicht beweisen, weil das damals noch nicht möglich war, und vermutlich hätte er sich das auch nicht getraut. Diesen Tagebuchbriefen, die Moni da im Archiv ausgegraben hat, sind sowohl Zeilen von Doktor Bernhard Christoph Faust als auch von Julianes Geliebtem beigefügt worden. Du weißt schon, Clemens August von Kaas. All das hatte man seinerzeit an einen Schweizer Geistlichen namens Lavater geschickt, mit dem Juliane in regem Austausch stand, und der allerdings schon knapp ein Jahr nach der Fürstin einer Schussverletzung erlag. Dessen Schwiegersohn Georg Gessner brachte Anfang des 19. Jahrhunderts eine dreibändige Biografie über Lavater heraus. Ich nehme an, er war es auch, der Julianes Leibarzt die Konversation zurückgesandt hat. Wenn du den Inhalt gelesen hast, ahnst du, dass er es kaum an die Nachfahren der Fürstin geschickt hätte. Das ist Zündstoff pur. Im Prinzip sogar heute noch, denn einige Details der Historie müssten umgeschrieben werden. Ich möchte, dass du das liest, auch wenn du wenig Zeit hast. Es ist wichtig. Das mit der Herzbestattung erschließt sich daraus auch noch einmal schriftlich. Du hattest es mir ja schon am Telefon mitgeteilt."

„Okay.“ Wolf wunderte sich ein bisschen über Nadjas Enthusiasmus. „Wenn es dir so wichtig ist, dann beschäftige ich mich heute noch damit.“

„Ich sende dir die Mail mit den Dateien eben rüber, dann brauchst du nicht danach zu suchen“, versprach Nadja. „Auch das kostet Zeit, stimmt’s? Außerdem habe ich sie bildlich etwas aufgewertet. Es sollte also jetzt leichter sein, sie zu lesen. Das hat dir doch bestimmt zu schaffen gemacht.“

„Wohl wahr“, bestätigte Wolf. „Moni ist jetzt übrigens mit der Bestattung von Juliane beschäftigt. Wir wissen ja immer noch nicht, wie ihre sterblichen Überreste auf die Insel gekommen sein können.“

„Dabei kann ich dir leider auch nicht helfen, aber so wie ich Moni kenne, wird sie nicht lockerlassen, bis sie zumindest eine Ahnung hat“, war Nadja sicher. „Wolf, ich muss weitermachen. Der Bestatter kommt gleich!“, verabschiedete sie sich.

Wolf fand, dass es ein guter Moment war, um eine Pause zu machen. Mit seinen aktuellen Morden kam er einfach nicht weiter. Pling, tönte es aus dem Rechner. Nadjas Mail war angekommen. Aus seiner Edelstahldose holte er ein Brot heraus, das Moni ihm gestrichen hatte. Lecker Rotschimmelkäse gab es heute. Dazu passte doch perfekt ein altes Schriftstück. Wolf lehnte sich zurück und las.

Enthüllungen

Brief von Doktor Bernhard Christoph Faust, Bückeburg, an den Geistlichen Johann Caspar Lavater, Zürich
11. November 1799

Hochverehrter Pastor Lavater,
anbei sende ich Ihnen ein brisantes Dokument, welches nicht in die Hände mancher Menschen gelangen sollte. Es ist von Vorteil, wenn es schleunigst unsere Residenzstadt, ja ganz Schaumburg-Lippe und am liebsten die Teutschen Lande verließe. Ich gebe es daher dem Musikus mit, den Juliane Euch zur Genesung nach Zürich sendet. Er wird alsbald aufbrechen.

Bitte haltet diese Zeilen unter Verschluss. Wiewohl der Inhalt – würde er denn öffentlich – für einigen Tumult sorgen würde, so habe ich dennoch ebenso andere gewichtige Gründe, dem Wunsche unserer verblichenen Landesherrin nachzukommen und Ihnen dieses Erbe zuzusenden. Ja, Sie lesen es richtig. Wir haben auf schmerzliche Weise ihren Tod zu beklagen.

Schon vor einigen Monaten keimte ein schrecklicher Verdacht in mir, dass es Kräfte im Schlosse geben könnte, die es durchaus als vorteilhaft empfänden, wenn Juliane zu Schaumburg-Lippe nicht länger regierte. Einesteils ihres bestimmenden Wesens und des Einflusses wegen, den sie in starkem Maße auf ihren unmündigen Sohn Georg ausübte, andererseits ihrer inakzeptablen Liaison wegen, die sie noch immer und bis zum Tode mit dem Oberforstmeister Clemens August von Kaas verband. Es wurde gar befürchtet, sie könne zum katholischen Glauben konvertieren und eine morganatische Ehe mit von Kaas eingehen. Diese Stimmen wurden immer lauter. Sie schwärten in meinen Ohren, während ich unsere Fürstin mit wachen Augen beobachtete und eine stetige Verschlechterung ihres Gesundheitszustandes dokumentieren musste.

Beim Aderlass musste ich konstatieren, dass ihr das Blut viel zu dick aus den Adern rann. Ihr Haupthaar wurde nicht nur aufgrund des fortgeschrittenen Alters lichter, es zeigten sich auch bräunliche Flecken auf ihrer sonst so schneeweißen Haut.

Ebenso klagte sie des Öfteren über diffuse Schmerzen in ihrem Leib, die mit Benommenheit und Schlafstörungen einhergingen. Manchmal neigte sie gar zur Schwermütigkeit … Als ihre Hände und Füße von Zeit zu Zeit die Tricolore zeigten, ja gänzlich blau, dann weiß wie Leichenteile und später rote Farbe annahmen, sah ich meinen Verdacht durchaus als begründet an. Da sie jedoch dieselben Speisen zu sich nahm wie ihre Kinder, die sich nach wie vor bester Gesundheit erfreuen, ahnte ich lange nicht, wie eine möglicherweise giftige Substanz in ihren Körper gelangt sein könnte.

Erst später erfuhr ich, dass sie des Nächtens noch eine Milch mit Honig zu sich nahm, in der beispielsweise ein geschmackloses Mittel durchaus enthalten gewesen sein könnte …

Herbsttage, Tagebuchbriefe von Juliane zu Schaumburg-Lippe an Johann Caspar Lavater
Freitag, 25. Oktober 1799

Verehrter Herr Lavater, lieber Freund,
der Tag war kühl und kaum für einen Spaziergang geeignet. Allein die Sehnsucht nach frischer Luft – vor allem wegen meines schmerzenden Kopfes – zog uns ins Freie. Als meine Töchter und mein Sohn mit mir durch den Park wandelten, ereilten uns die Tropfen, noch bevor wir das Schloss wieder erreichten. Vielleicht wäre es besser gewesen, wir hätten in der Orangerie Zuflucht gesucht oder im Ballhaus. Nun denn, wir waren ganz vom schnellen Gang erhitzt und mussten unsere Kleider wechseln, die obendrein der Herbstregen verdorben hatte.

Meine Mutter hätte den Kopf geschüttelt über so viel Unvernunft, aber die schlechte Witterung hatte uns seit Tagen in den Mauern gefangen gehalten. Dabei hatte Dr. Faust uns dazu angehalten, dass wir uns in frischer Luft reichlich bewegen sollten. Und als sich vorhin kurz die Sonne zeigte, wies ich die jungen Damen und ihren Bruder an, sich umgehend mit einem wärmenden Überwurf zum Tor zu begeben. Wir hatten soeben nach den letzten Rosen Ausschau gehalten, als bleiern von Westen eine neue Wolkenwand herantrieb.

Eilig traten wir den Rückzug an, wie Soldaten, die vor dem übermächtigen Feind Reißaus nehmen. Der Schirm, den ich mehr aus modischen Gründen bei mir trug, hätte wohl der Sonne getrotzt, aber nicht dem Inferno, das sich entlud, als wir die Schlossbrücke passierten.

Später übte ich noch ein wenig auf dem Pianoforte, das ich näher zum Feuer schieben ließ, weil es mich immer noch fröstelte. Auch jetzt hat Petrus noch kein Einsehen gehabt, verehrter Freund.

Während ich Ihnen schreibe, pfeift der Sturm sein Lied durch die Fenster im Trommelwirbel der Tropfen. Ich begleite ihn und denke voller Wehmut an die Stunden zurück, in denen mich Bach so trefflich auf dem Instrument forderte.

Sonnabend, 26. Oktober 1799

Verehrter Herr Lavater,
heute ist mir nicht wohl. Das Schlucken ist beschwerlich, es schmerzt ungemein und ein inneres Feuer will mich verbrennen.

Mir scheint, die Witterung und das Spazieren in derselben haben ihre Wirkung hinterlassen. Seit Kurzem fühle ich auch ein böses Reißen in den Knochen, als ob diese von jemandem grob behandelt worden wären.

Es ist so schade. Wie lange habe ich an der Rolle geübt, die ich heute am Abend spielen wollte, aber ich bin nicht in der Lage, vor die Menschen zu treten.

Meine Stimme ist ohnehin nur ein Krächzen und kann wohl niemandem gefallen. So lasse ich anderen den Vortritt. Fast hätte ich geschrieben:

Passen Sie auf sich auf, dass Sie nicht so leichtsinnig wie ich der Jahreszeit zu trotzen versuchen. Aber Sie hüten wohl nach Ihrer schweren Verletzung noch immer das Bett.

Ich wünsche Ihnen baldige Genesung.

Sonntag, 27. Oktober 1799

Heute habe ich mein Frühstück im Zimmer eingenommen. Mehr als ein paar Löffelchen Haferbrei wollte mein Körper nicht zu sich nehmen. Jeder Bissen blieb mir im Halse stecken, der – vollkommen wund – alles ablehnt, was ihn passieren will. Aber ich will nicht jeden Tag klagen.

Meine Töchter Wilhelmine und Karoline haben später bei mir gesessen und an ihren Wappen gestickt. Die Kleinere hat geschickte Finger, aber sie ist ein wenig schwermütig. Wilma gehen die Stiche schwer von der Hand. Dafür fühlt sie sich schon jetzt dem Tanz und dem Rollenspiel sehr verbunden. Sie sind so sehr verschieden, meine Mädchen, aber beide blieben, bis das Tageslicht keine Handarbeiten mehr zuließ.

Später hat Georg mir bei Kerzenschein noch ein wenig vorgelesen, aber ich konnte nicht richtig folgen und war alsbald eingeschlafen. Als ich aufwachte, stand bereits der Mond am Firmament, der nur noch eine ganz schmale Sichel zeigt. Jetzt schreibe ich Ihnen schnell ein paar Zeilen, verehrter Freund, bevor ich wieder zu Bett gehe. Ich hörte, dass Sie ebenfalls mit großen Schmerzen an Ihre Liegestatt gefesselt sind. Warum hat der Schuss des Feindes Sie nur nicht verfehlt? Sie wollten doch nur den Verletzten helfen. Meine Gedanken sind bei Ihnen. Hoffentlich haben Sie es warm. Dort in Zürich sind Sie ganz anderen Temperaturen zu dieser Jahreszeit ausgesetzt. Bei mir ist es eisig kalt im Zimmer, obwohl ein munteres Feuer im Kamin brennt. Ach, würde doch nur ein bisschen von dessen Lebendigkeit und Wärme auf mich abfärben.

Montag, 28. Oktober 1799

Verehrter Freund,
nun werde ich doch Dr. Faust rufen lassen müssen. Die Schwäche, die mit der körperlichen Unpässlichkeit einhergeht, hält mich gefangen. Ich fühle mich unwohl und wage es nicht, unter Menschen zu gehen. Faust wacht schon längere Zeit mit Argusaugen über mein Wohlbefinden.

Auch Clemens ist in großer Sorge. Ich hatte ihm eine kurze Botschaft zustellen lassen. So war er vorhin unter einem Vorwand bei mir. Ich habe ihm gesagt, dass er nach dem zehnten Glockenschlag wieder zu mir kommen soll. Es tut mir gut, den Geliebten um mich zu wissen, auch wenn es im Schloss nur heimlich und in der Dunkelheit sein darf. Es ist ein Labsal für mich, wenn er mir von unseren beiden Söhnen erzählt, die den Wald vor allem deswegen lieben, weil er ihnen eine Kulisse für ihre Räuberspiele bietet. So haben sie etwas von beiden Eltern. Die Liebe zur Natur und zum Theaterspiel. Clemens und August sind noch so jung. Ich wünschte, ich könnte viel mehr Zeit mit ihnen verbringen. Ach, verehrter Freund, Sie müssen mich für selbstsüchtig halten. Bestimmt gibt es vieles, auf dass Sie verzichten müssen und ich klage Ihnen mein Leid. Bitte verzeihen Sie mir.

Dienstag, 29. Oktober

Verehrter Herr Lavater,
Dr. Faust hat gesagt, dass ich erst einmal der Ruhe bedarf und viel liegen soll. Eine heimtückische Brustschwäche hält mich in ihrem Griff. Die Kehle scheint nun besser, aber ich

kämpfe mit Kopfschmerzen und Fieber. Nur durch den Mund bekomme ich etwas Luft. Faust lässt mehrmals am Tag die Fenster weit aufreißen. Der Herbst dringt dann noch dichter ins Zimmer und erinnert mich an meine eigene Vergänglichkeit. Hoffentlich heilt Ihre Verletzung bald, die Sie aus der Flinte des Feindes davongetragen haben.

Denken Sie nur, morgen kommt der Lautenspieler zu mir, der mir bereits in Frankreich aufgespielt hat. Ich glaube mich zu erinnern, dass auch Sie seine Kunst einmal in der Schweiz vernommen haben – vielleicht war es auch am Rhein oder in Bremen an der Weser. Sie erzählten bei unserem letzten Besuch davon. Sein Name ist Franco del Campo. Der Klang seiner Laute ist so einzigartig wie sein Spiel auf dem alten Instrument.

Er hatte sich vor meiner Krankheit angesagt. Mein Plan war es, ihn zu einem Duett mit dem Pianoforte zu verleiten. Nun hoffe ich auf den Balsam seiner Musik und will dabei ganz brav in den Kissen bleiben. Vielleicht haben Sie auch jemanden, der Ihnen aufspielen kann und damit Ihre Genesung fördert. Ansonsten schicke ich Franco alsbald zu Ihnen nach Zürich.

Mittwoch, 30. Oktober 1799

Verehrter Freund,
noch immer bin ich vollkommen verzaubert. Gerade erst ist er fort. Irgendetwas Besonderes ist an diesem Musikus, der so eindringliche, überirdische Töne den Saiten zu entlocken vermag. Ich fühlte mich alsbald gänzlich entrückt – den Kissen, dem Bett, dem Zimmer, ja dem ganzen Schloss – in

Sphären, die ohne Zeit und Raum sind. Und siehe da, nichts plagte mich länger. Für einen Moment war ich frei von dem bösen Fieber und dem Druck in meiner Brust.

Jetzt jedoch kehren die Schatten zurück, doch ich wollte es nicht verabsäumen, Ihnen von dem wunderbaren Nachmittag zu berichten und Sie meiner besten Wünsche zu versichern. Sie mögen mir verzeihen, dass ich aufgrund meines Befindens etwas eigennützig handle, denn ich habe Musikus gebeten, noch eine Weile hier am Hof zu bleiben, bis ich genesen bin. Dafür mag er in ein paar Tagen die Zeilen, die ich für Sie geschrieben habe, an sich nehmen und gen Süden wandern. Bitte betrachten Sie seinen Besuch als mein von Herzen kommendes Geschenk.

Donnerstag, 31. Oktober 1799

Der heutige Tag muss manchem Katholiken quer im Magen liegen, lieber Lavater, ist er doch der Tag der Reformation, die die Papsttreuen niemals gewollt haben. Mehr denn je hielten sie an ihrem katholischen Glauben fest, hörte ich, den wir hier schon seit Ottos Zeiten am Hof nicht mehr praktizieren. Zudem schimpfen sie auf die Andersgläubigen.

Doch ich bin zu schwach, um die Menschen wegen ihrer geringen Weitsicht in diesen Dingen zu schelten. Sie können doch meinethalben an ihrem Marienkult und an der Beichte festhalten.

Wenn ich mich recht erinnere, stehen auch Sie der Mutter Gottes nahe, obwohl Sie ein reformierter Geistlicher sind. Mich betrübt es nicht, wenn Menschen anderen Glaubens sind als wir. Selbst die Juden, die ich vor einiger Zeit hier ansiedeln ließ, mögen mit ihren religiösen Gewohnheiten glücklich werden.

Freitag, 1. November 1799

Jetzt ist es richtig Herbst geworden, verehrter, ferner Freund. Der Wind schüttelt die Bäume so, wie mich das Fieber zittern lässt. Die Blätter, die er hereinweht, zeigen alle Farben der Künstlerpalette und tragen doch ein Grau in sich. Sie werden denken, ich sei ein wenig trübsinnig und bestimmt haben Sie recht. Doch ich mache mir langsam Sorgen. Die hohen Temperaturen wollen nur zeitweise und niemals gänzlich von mir weichen, am Tag bisweilen für ein, zwei Stunden, um des Abends umso heftiger zurückzukehren. Auch fühle ich vermehrt, dass die Luftnot mir nur kurze Sequenzen am Sekretär gestattet.

Soeben bin ich aus einem tiefen Schlummer erwacht. Der Albdruck lastet noch jetzt auf mir. Mir träumte, dass ich in einem Keller mit bleichen Gestalten gefangen war. Sie hatten kein Antlitz, nur knochendürre Hände – und griffen nach mir. Ich muss wohl ohne Ton geschrien haben, denn niemand war bei mir, als ich im Halbdunkel erwachte und immer noch vor Angst keuchte.

Das Kissen werde ich neu beziehen lassen müssen. Es ist klamm und überzogen mit meinen Haaren. Ohne Perücke werde ich mich alsbald niemandem mehr zeigen können. Der Nachtmahr, der mir mit seinem bösen Traum wie ein Mahlstein auf der Brust gelegen hat, hat mir das Atmen schwer gemacht.

Ich habe Angst.

Vielleicht habe ich zu sehr daran gedacht, dass heute und morgen vielerorts der Heiligen und Toten gedacht wird. Sicher leuchten bei Ihnen in der Schweiz die Gräber um diese Uhrzeit schon, lieber Freund, und ich frage mich, ob mir die Traumbilder zu sagen versuchten, dass ich mich auch auf mein eigenes Sterben besinnen sollte. Nun, ich hoffe doch, dies möge noch in weiter Ferne liegen, auch wenn die vergangene Woche mich hohlwangig und schmal gemacht hat.

Sonnabend, 2. November 1799

Verehrter Freund,
gestern Abend hat sich Clemens mit den beiden Jungen ins Schloss gewagt. Ich wollte sie so gerne sehen. „Tante Juliane" riefen sie schon an der Tür und stürmten auf mich zu. Das schmerzt und macht froh zugleich. Es fiel den Lausbuben schwer, an meinem Bett still zu sitzen und alsbald schlichen sie sich zum Piano, um dem Instrument grausliche Töne abzutrotzen, die zu meinem Albtraum eine würdige Untermalung gewesen wären.

Ist es nicht wunderbar, dass die beiden zwar vornehm, aber doch naturverbunden und ohne belastende Pflichten aufwachsen können?

Mein Georg ist schon viel zu früh zum Manne geworden – er hat es werden müssen, wo doch sein Vater ihm nicht lange geblieben war. Nur eine vage Erinnerung hat er noch. Und obwohl Wallmoden-Gimborn und ich uns redlich mühten, ihn die Bürde der Regentschaft nicht zu früh spüren zu lassen, blieb er doch von manchem nicht verschont. Verzeihen Sie, wenn ich mich heute kürzer fas-

se. Der Besuch der Jungen war wunderbar erheiternd und zugleich anstrengend.

Sonntag, 3. November 1799

Heute fühle ich mich ein wenig besser. Das Fieber hat mich aus seinen Fängen gleiten lassen. Endlich, verehrter Freund, denn ich erkenne mich kaum im Bild, das mir der Spiegel zeigt. Eine bleiche, fleckige und ausgezehrte Frau sieht mir da aus meinen Augen entgegen, die zudem noch in tiefen Höhlen liegen.

Wenn nur der Husten nicht wäre und die Atemnot, dann könnte ich wieder fröhlich durch den Tag wandeln und vielleicht sogar den letzten Blüten im Park Lebewohl sagen für dieses Jahr. Nur bei bestem Wetter und Sonnenschein, seien Sie gewiss. Ich sehe Ihren warnenden Finger wohl, verehrter Lavater. Sie werden Bedenken haben, dass mich der Übermut zu unklugen Taten verleiten könnte, aber Sie sollten mich besser kennen.

Montag, 4. November 1799

Ach, lieber Freund, ein schweres, neues Fieber hält mich wieder im Bett gefangen. Ich war so guten Mutes, der Brustkrankheit entronnen zu sein, doch jetzt sind der Schmerz und das Frösteln zurückgekehrt. Wie alte Bekannte haben sie mich mit Beschlag belegt und wollen nicht weichen. Ich habe mir ein Tableau an mein Lager kommen lassen.

An meinem Schreibpult mag ich nicht sitzen, aus Angst, die Schwäche könne mich übermannen. Im Nebenzimmer werden jetzt Quartette aufgeführt, um meine Genesung durch den Zauber der Musik herbeizuführen. Das ist gewiss eine Bereicherung meiner Stunden, die immer länger zu werden scheinen. Doch auch Franco, dessen Lautenspiel ich für die Besserung meines Zustandes verantwortlich gemacht hatte, konnte mir heute keine Erleichterung bringen.

Dienstag, 5. November 1799

Bitte trösten Sie mich, lieber Freund. Die Brust tut so erbärmlich weh. In meinem Inneren rasselt es, als beherbergte ich dort ein altes Kettenhemd. Die Hustenanfälle machen den Schmerz unerträglich. Am liebsten möchte ich meinem Körper entfliehen.

Mittwoch, 6. November 1799

Vielleicht ist es heute das letzte Mal, dass ich Ihnen schreibe, bis es mir wieder besser geht, werter Freund. Manchmal bin ich wie von Sinnen. Alles fällt mir so schwer. Das Luftholen, das Husten, ja selbst die Augen wollen nicht aufbleiben. Hinter den Lidern scheint es ohnehin heller zu sein.

Fast gelingt es mir nicht, den Stift zu halten und die Buchstaben zu erkennen, um Ihnen diese wenigen Zeilen zu widmen. Hören Sie auch bisweilen kosmische Klänge auf Ihrer Liegestatt? Ein ganzes Orchester spielt in mir, auf meinen schmerzenden Knochen.

Aber meine Kinder tanzen dazu einen Reigen. Sehen Sie nur, da ist sogar die kleine Eleonore – alle sechs fassen sich an den Hän …

Donnerstag, 7. November 1799

Sehr verehrter Pastor Lavater,
Sie werden verzeihen, wenn ich die Korrespondenz heute in Julianes Namen fortführe. Sie werden sich an mich erinnern. Wir haben uns einmal kennengelernt, als ich mit meiner geliebten Juliane bei Ihnen in der Schweiz war. Die Tagebuchbriefe, die sie Franco mit auf den Weg zu geben beabsichtigt, habe ich zunächst an mich genommen. Der Inhalt ist in Teilen brisant und sollte nicht in manche Hände fallen. Heute schreibe ich Ihnen an ihrer statt. Meine Nachrichten allerdings sind schmerzlich. Seit gestern Abend hat die Fürstin ihr Bewusstsein verloren. Wir müssen das Schlimmste befürchten.

Clemens August v. Kaas, fürstlicher Oberforstmeister, Kammerherr und Hofmarschall

Freitag, 8. November 1799

Verehrter Pastor,
sie lassen mich kaum noch zu ihr. Heute Abend gelang es mir, mich in ihr Schlafgemach zu stehlen. Glücklicherweise ist die Zofe eingeweiht, die der Fürstin sehr zugetan ist, weswegen sie mich zu später Stunde heimlich hineinließ.

Welch erschütterndes Bild musste ich da aufnehmen. Ganz klein und verloren lag sie da in ihren Kissen, die sich in der Farbe kaum mehr von ihrem Antlitz unterschieden. Ihr Odem ging flach und gequält. Die Liebste so leiden zu sehen, ist der größte Schmerz, den ich je fühlte. Ich fürch-

te, Doktor Faust wird nichts mehr ausrichten können. Der Geist verwirrt sich, weil sie nichts mehr zu sich nimmt.

Sie ist dem Tod schon näher als dem Leben. Vielleicht habe ich heute zum letzten Mal ihre glühenden Wangen gestreichelt …

Sonnabend, 9. November 1799

Juliane ist tot! Bei Gott, wie konnte dies geschehen! Meine wunderbare Liebste, mein Herz, unser aller Fürstin lebt nicht mehr. Sie, die alles Schöngeistige, alles Leben, alle Freude in sich vereinte und weitergab, hat mich und uns alle verlassen. Sie mögen in Ihrem Glauben Trost finden und sich mit dem Allerhöchsten aussöhnen. Hochverehrter Herr Pastor, das gelingt mir nicht. Dieser Tod kam vor der Zeit. Sie stand noch in der Blüte ihrer Jahre. Was bleibt dem Heimlichen, mit dem niemand trauert? Nur der Schmerz der Sehnsucht, die Erinnerungen, aber auch ihr größtes Geschenk an mich – zwei Paar Kinderaugen, die den ihren so sehr gleichen.

C. A. v. Kaas

Brief von Dr. Bernhard Christoph Faust, Bückeburg, an den Geistlichen Johann Caspar Lavater, Zürich – Fortsetzung …

11. November 1799

In ihren letzten vierzehn Tagen litt Ihre tapfere Freundin Juliane an einer schweren Brustkrankheit, die durchaus in das Bild einer Vergiftung mit Arsenum passen könnte. Nun denn, es ist ein Verdacht und überdies nicht nachzuweisen. Bitte verwahren Sie diese letzten Worte unserer Fürstin und die des ihr in innigster Weise zugetanen Liebsten im Geheimen.

Fürstin Juliane hatte bestimmt, dass ihr Herz im marmornen Boden der Schlosskapelle zu bestatten sein möge, damit sie näher bei Gott und ihren Kindern – und auch bei Clemens – sein könne. Ihr gefiel diese Mode der Herzbestattungen, die neuerdings auch in unserer Gegend Einzug gehalten hat.

Sie können sich gewiss vorstellen, wie schwer es mir gefallen ist, den Leichnam unserer Landesfürstin zu öffnen und ihr das Herz zu entnehmen.

In gewisser Weise fand ich hierbei meinen Verdacht bestätigt. Das Blut rann ihr immer noch viel zu dick durch die Adern, es hatten sich gar schon Ablagerungen an den Gefäßwänden gebildet, die alsbald ebenso zum Tode hätten führen können. Auch wies die Lunge gewebliche Veränderungen schädlicher Natur auf.

Gleichwohl bleibt es mein Verdacht, den ich mich hüte, hier bei Hofe in irgendeiner Weise zu äußern. Vielleicht kommt der Tag, an dem er sich beweisen lässt. Ihnen wünsche ich, dass Sie sich rasch von der Schussverletzung erholen mögen, die Ihnen seit den frühen Herbsttagen zu schaffen macht.

Leben Sie wohl, verehrter Herr Pastor, und hüten Sie unser Geheimnis gut.

Doktor Bernhard Christoph Faust

Wolf atmete tief durch. Das war wirklich unglaublich. Und er verstand jetzt auch, was Nadja damit gemeint hatte, die Familie Schaumburg-Lippe könnte nicht begeistert sein.

Er konnte sich doch schlecht dort bei Fürst Alexander melden und sagen: Durchlaucht, wir haben die Knochen Ihrer Ur-Ur-Ur-Ur-Ur-Großmutter Juliane gefunden. Sie lagen nicht da, wo sie sein sollten. Außerdem ist sie vergiftet worden. Diesen Verdacht aufgrund historischer Schriften können wir anhand der rechtsmedizinischen Untersuchung beweisen. Wollen Sie sie wiederhaben, damit sie zurück in ihr Mausoleum kommt oder sollen wir sie heimlich anonym bestatten, damit nichts von all dem nach außen dringt?

Brisanter Zündstoff war das, fand Wolf, auch nach dieser langen Zeit noch. Über Juliane war immer viel berichtet worden. Man hatte sie zur Skandalnudel gemacht, ihre Innovationen gewürdigt oder sie glorifiziert. Neuerdings versuchte man, der Realität nahe zu kommen. Die Wahrheit war vermutlich ganz einfach. Sie war ein Mensch gewesen. Eine für ihre Zeit weitsichtige Frau mit Gefühl, der die hohe Stellung und die Witwenschaft gewisse Freiheiten ermöglicht hatten.

Wie also an die Sache herangehen?, dachte Wolf bei sich und war froh, als plötzlich sein Telefon klingelte. Es war Moni. Sie rief sonst eigentlich nie an.

„Hallo, Wolf, ich hoffe, ich störe jetzt nicht?", fragte sie vorsichtig.

„Ich musste sowieso erst gerade was verdauen", erklärte Wolf. „Erzähle ich dir später. Was gibt es Wichtiges?"

„Es geht noch einmal um Juliane“, sagte Moni. „Wir hatten doch über ihre Bestattung und das Mausoleum gesprochen.“

„Ja, hast du noch etwas herausfinden können?“

„Kuriose Dinge“, erwiderte sie. „Stell dir mal vor: Da ist doch Julianes Mutter schon 1795 verstorben und sie selbst 1799, aber das Mausoleum im Schaumburger Wald ist erst 1802 fertig geworden. Ich frage mich, wo die Toten die ganze Zeit über geblieben sind.“

„Krass“, antwortete Wolf, „das wird ja immer besser.“

„Natürlich habe ich versucht, das herauszukriegen, aber offiziell gibt es dazu keine Unterlagen“, berichtete Moni. „Man stelle sich mal vor, was das heißt. Die Verwesung, der Gestank, die Flüssigkeiten. Man munkelt, wurde mir hinter vorgehaltener Hand erzählt, dass die Verblichenen in Bleisärgen im Keller des Schlosses gestanden haben sollen.“

„Klingt plausibel“, sagte Wolf. „Damit hätten wir auch eine Erklärung, wie der Raub von Julianes Leiche vonstatten gegangen sein könnte. Aber wozu stahl man sie und warum begrub man sie dann auf der Insel?“

„Vielleicht wollte man ihren Körper auch nur in Sicherheit bringen oder es hatte romantische Gründe“, überlegte Moni laut.

„Letztlich ist es auch egal“, wandte Wolf ein. „Auf jeden Fall bestand bis 1802 die Möglichkeit dazu.“

„Ja, und wahrscheinlich ein weiteres Mal im Jahr 1814, denn da wurde das aufgrund von Baumängeln schon marode Mausoleum niedergelegt und auf einem dreistufigen Sockel wieder neu errichtet. Da werden sie die

Sarkophage doch auch nicht einfach so im Wald stehen lassen haben."

„Mit Sicherheit nicht", stimmte Wolf zu. „Aber weißt du, worüber ich nachdenke? Wer auch immer Julianes sterbliche Überreste mitgenommen hat, musste doch den Bleisarg dort lassen. Sonst hätte man Verdacht geschöpft. Ich glaube nicht, dass sie diese Metallkiste bei Grablegung noch einmal geöffnet hätten, weder beim ersten noch beim zweiten Mal."

„Also muss ein weiterer Bleisarg angefertigt worden sein", mutmaßte Moni. „Entweder ein identischer oder man hat sie umgebettet."

„Das wüssten wir, wenn wir ins Mausoleum kämen und den Steindeckel heben würden", erinnerte Wolf noch einmal.

„Mir scheint, du glaubst, an diesem Umstand führt kein Weg vorbei", sagte Moni betroffen. „Wenn du mich fragst, geht das aber nur mit Genehmigung des Fürsten. Vielleicht lässt er sich auf eine Inaugenscheinnahme ein. Einen Blick in beide Sarkophage zum Beispiel. In den von Mutter Ulrike, um die Identität von Juliane zu bestätigen und in ihren eigenen, um sich den Bleisarg sowie dessen Inhalt anzusehen. Das Ganze hochoffiziell mit Rechtsmedizin, aber diskret ohne Mitwisser, schlage ich vor."

„Leer kann er nicht sein", sprach Wolf weiter, „das wäre aufgefallen. Aber Juliane herausheben und jemand anderes hineinlegen. Das erscheint mir doch irgendwie zu weit hergeholt. Da macht es doch wesentlich mehr Sinn, ein Duplikat anhand der Entwürfe für den ersten Sarg anfertigen zu lassen und einfach die Metallschreine auszutauschen."

„Was würdet ihr wohl darin finden? Ein weiteres Mordopfer?", fragte Moni sorgenvoll.

„Ausschließen möchte ich im Moment gar nichts", antwortete Wolf.

„Und was macht ihr, wenn Fürst Alexander nicht zustimmt?", erkundigte sich Moni. „Die arme Frau muss doch endlich ihre letzte Ruhe finden."

„Ehrlich gesagt weiß ich überhaupt nicht, wie wir hier vorgehen sollen", gab Wolf zu. „Die Angelegenheit ist höchst sensibel. Es hat einen unangenehmen Beigeschmack, plötzlich einen Nachfahren mit Mord, falscher Bestattung und Umbettung zu konfrontieren. Vor allem in den Kreisen. Und: Du kannst machen, was du willst, es dringt immer was nach außen. Ich könnte mir vorstellen, dass Durchlaucht darauf verzichten kann, auf diese Weise ins Rampenlicht zu geraten. Selbst, wenn er persönlich überhaupt nichts damit zu tun hat."

„Damit könntest du recht haben", bestätigte Moni Wolfs Vermutung. „Also hängt ihr wieder in der Luft."

„Leider", seufzte Wolf. „Vielleicht muss ich doch auf Nadjas Idee zurückgreifen und heimlich mit einer Abordnung in den Wald schleichen, um Proben zu nehmen."

„So weit kommt es noch", sagte Moni und lachte, weil sie ihn nicht ernst nahm.

Sie sollte ihn besser kennen.

Vater und Sohn

Von dem Zerwürfnis hatte Wolf seiner Moni nichts erzählt. Das war eine Angelegenheit zwischen Vater und Sohn, die er lieber eher als später aus der Welt schaffen wollte. Natürlich war er im Recht. Das wusste er. Niklas war befangen und darüber hinaus in dieser ersten Verliebtheitsphase viel zu dicht dran am Geschehen. Aber trotzdem fühlte er sich schlecht. Dem Jungen ging es nicht gut, weder gesundheitlich noch in der Beziehung zu Anke. Das war offensichtlich. Vielleicht bedingte auch das eine das andere.

Draußen war es längst dunkel geworden. Der Mond schien hell zum Fenster herein und spielte mit Monis Haaren, die wie silberne Seidenfäden glänzten. Ein Zauber breitete sich aus. In Wellen erfasste er ihn. Es war das Geheimnis der Stille, in der man etwas Berührendes genießen konnte, das nur einem selbst gehörte.

Das Bild ihres friedlich schlafenden Gesichts unter dem Feenhaar prägte sich in Wolfs Gedächtnis ein. Er hatte selten etwas Schöneres gesehen. Dieses Glücksgefühl, Teil von etwas so Wunderbarem zu sein, nahm er mit in die Nacht.

Doch die Dämonen des Unerledigten quälten ihn gegen halb drei. Wieder und wieder wälzte er sich im Bett hin und her, bis er schließlich um fünf aufstand und sich fühlte, als hätte ihm jemand mit dem Hammer auf den Kopf geschlagen. Nichtsdestotrotz oder auch gerade deswegen nahm er sich vor, schon am Vormittag seinen Sohn aufzusuchen. Urlaub hin oder her. Natürlich konnte sich Niklas welchen nehmen. Es waren sogar noch Resttage aus dem alten Jahr vorhanden, aber den Zwist wollte Wolf ausgeräumt wissen. Disharmonie nagte an ihm wie eine Ratte an einem Verwundeten.

Um halb neun fuhr Wolf zunächst ins Büro. Wenn er seinen Sprössling jetzt aus dem Schlaf klingelte, waren die Voraussetzungen für ein klärendes Gespräch ungünstig. Also fasste er sich um zehn Uhr ein Herz und fuhr ins Höppenfeld. Er hatte sich verschätzt. Übernächtigt und vollkommen verpennt öffnete Niklas ihm wortlos die Tür, wo er ihn stehen ließ, um sich schnellstmöglich wieder in die Horizontale zu begeben.

„Was willst du?“, fragte er vom Sofa aus.

Wolf nahm gegenüber Platz.

„Unseren Streit ausräumen“, erklärte Wolf.

Niklas winkte ab. „Du bist der Chef, hast eine Ansage gemacht und ich kusche. Wolltest du doch.“

„Darum geht es nicht. Das weißt du genau“, erinnerte Wolf ihn. „Zum jetzigen Zeitpunkt wissen wir nicht, wie deine Freundin in den Fall verwickelt ist. Dich davon abzuziehen diente vor allem deinem Schutz.“

„Pffff“, machte Niklas, „ich bin schon groß und weiß, was ich tue. Manchmal denke ich, dass es ein Fehler ist, dass wir zusammenarbeiten. Vielleicht ist jetzt der Moment gekommen, wieder getrennte Wege zu gehen.“

Ein tiefer Stich bohrte sich in Wolfs Brust und verursachte einen Schmerz, der nur nach innen schrie.

„Lass uns doch bitte ruhig und sachlich über die Angelegenheit reden", bat er.

„Da gibt's nichts zu quatschen", wehrte Niklas ab. „Ich habe mir 14 Tage Urlaub genommen und fahre an die See. Allein, falls es dich interessiert. Ich will nachdenken – über mich, über Anke und meine Zukunft. Bis dahin werdet ihr Anke wohl aus dem Kreis der Verdächtigen eliminiert haben oder ich habe mich gegen eine Beziehung mit ihr entschieden."

„Wer sagt denn, dass wir sie im Fokus haben?", erkundigte sich Wolf.

Niklas warf ihm einen mitleidigen Blick zu. „Ich bin vieles, aber nicht blöd."

„Das hat auch niemand behauptet", erwiderte Wolf. „Ich hatte so gehofft, bei dir auf etwas Verständnis für meine Entscheidung zu stoßen, aber ich spüre, dass du einfach zu verletzt bist. Das wollte ich nicht. Es tut mir leid."

„Das muss es nicht", sagte Niklas etwas zahmer, „bestimmt tut mir die Seeluft gut, und vielleicht erholt sich dann auch mein Verdauungstrakt. War alles ein bisschen viel im Moment. Da ist Abstand am besten. Ich packe nur eben ein paar Sachen und mein Spezial-Müsli ein, dann düse ich los. Mach dir keine Gedanken." Er grinste und setzte sich auf. „Ich weiß nicht, was mich mehr ankotzt: dass du mich rausgeschmissen hast oder dass du damit recht hattest."

„Komm her, Großer", bat Wolf und stand auf.

„Eigentlich wollte ich uns jetzt einen Kaffee machen", entgegnete Niklas, „aber ich spüre, dass du auf dem Sprung bist."

Vater und Sohn umarmten sich.

„Grüß mir deinen Freund Eike und seine Tante, diese Oma Pusch", sagte Wolf zum Abschied.

„Okay, ich melde mich gelegentlich. Du musst nicht hinter mir her telefonieren", bestimmte Niklas.

„Schon kapiert", erwiderte Wolf. Damit konnte er leben, nur mit Unfrieden nicht.

Ein gewagtes Unterfangen

Die Tage gingen ins Land. Weder Horst Lauterbach noch Hilde Roggelmann tauchten wieder auf. Es war wie verhext. Aber inzwischen stand eindeutig fest, dass die Körperteile zu den beiden Vermissten gehörten. Während Horsts Frau diese Neuigkeit eher gelassen hinnahm und sich insgeheim freute, kein Geld für seine Beerdigung ausgeben zu müssen und weiter seine Rente zu kassieren, waren Hildes Kinder völlig verzweifelt. Auch wenn es wahrscheinlich war, dass beide einem Mord zum Opfer gefallen waren, ließ sich das nicht eindeutig beweisen. Also konnte keiner für tot erklärt werden. Das Prozedere würde sich zehn Jahre lang hinziehen. Ein Schock für Hildes Erben, die sich den Einzug in deren Immobilie schon viel eher vorgestellt hatten. Darüber hinaus war nun auch der kleine Kläffer in ihren Besitz übergegangen. Ein keifendes, völlig unerzogenes Biest, das einen in die Waden kniff, wann immer man ihm den Rücken zukehrte. Doch Maxi ins Tierheim zu bringen, brachten sie dennoch nicht übers Herz.

Im Institut war eine eigentümliche Stimmung eingekehrt. Leises Misstrauen hatte sich breitgemacht und fraß sich in die Gedanken wie eine schwärende Wunde ins gesunde Fleisch. Vielleicht wäre das anders gewesen, wenn sich Anke auskunftsfreudiger und kooperativer gezeigt hätte.

Auch auf alte Akten konnten sie nicht zurückgreifen, da keine Anzeigen vorlagen. Anke Seiler hatte die Insekten und Tiere, die ihr zugesandt worden waren, grundsätzlich im Biomüll entsorgt. Dass eines davon ebenfalls mit Formaldehyd getränkt worden war, hatte sie vorsorglich verschwiegen. Sie hasste es bis aufs Blut, wenn jemand in ihrer Vergangenheit herumstocherte.

Aufgrund der allgemeinen Situation hielt man Anke aus einigen Dingen lieber heraus. Tagelang hatte Wolf damit gehadert, sich ans Schloss zu wenden und sein Begehren vorzutragen. Und jedes Mal, wenn er tagsüber einen gangbaren Weg gefunden zu haben glaubte, wie er Fürst Alexander in Sachen Juliane ansprechen konnte, machten ihm seine nächtlichen Bedenken das Vorhaben zunichte. Es half nichts, die Angelegenheit war zu brisant, der Wirbel, den das Ganze zur Folge haben würde, vollkommen unerwünscht – Plan B musste her. Wolf griff Nadjas Idee auf und spielte sie des Nachts durch. Dann lud er Nadine, Peter und Nadja zum Abendessen ein, was nicht ganz uneigennützig war, denn Moni und seine Kollegen mussten von dem Vorhaben überzeugt werden. Dabei half eine selbst gemachte Bolognese-Soße, die drei Stunden lang in seiner Küchenmaschine geköchelt hatte und einem schon köstlich in die Nase stieg, wenn man die alte Kate betrat. Dazu servierte er Spaghetti aus Kamutkorn und einen Primitivo. Man hatte schon ein paar Gläschen intus und war wohlig faul genährt, als Wolf mit dem rausrückte, was er vorhatte. Dabei schlief Leo unter dem Tisch und wärmte Monis Füße. Ein idealer Zeitpunkt also.

Listig lenkte er das Gespräch auf die Geschichte mit den alten Knochen und legte detailliert klar, wo sein Problem lag, wobei er etwas sentimental wurde – der Frauen wegen, um sie leichter für sein Vorhaben gewinnen zu können.

„Wir können doch nicht verantworten, dass die Fürstin anonym begraben wird, nur weil wir ihre Identität der Schicklichkeit halber nicht als eindeutig bewiesen vorweisen können", begann Wolf. „Sie selbst hatte seinerzeit bestimmt, in dem Mausoleum im Wald begraben zu werden. Das muss man doch respektieren."

„Auch nach über 200 Jahren noch?", fragte Peter sarkastisch. „Da hat sich der Inselgräber aber auch nicht dran gehalten. Ist es nicht egal, wo der Rest von ihr verrottet? Ich hörte, das Herz liegt sowieso in der Schlosskapelle."

„Peter!", schimpfte Nadja. „Das war einmal ein Mensch, vergiss das nicht."

„Aber irgendwann ist es auch mal gut", erwiderte er. „Auf den Friedhöfen ist schon eher Schluss. 30 oder 40 Jahre kannst du da zu Erde werden, und wenn trotzdem noch was von dir übrig bleibt, kommt es auf den Müll oder wird wieder mit untergebuddelt. In Amerika kannst du dich jetzt sogar innerhalb von 30 Tagen kompostieren lassen. Allerdings wirst du dann teure Erde, 5.500 Euro der Sack."

„Wir haben es hier aber mit keiner Normalsterblichen zu tun", wandte Nadine ein. „Wir sprechen immerhin von einem Vorfahren des Fürsten."

„Ja und? Ist das wohl scheißegal, ob die Knochen adelig sind?", ärgerte sich Peter. „Die Monarchie ist abgeschafft, hochherrschaftliche Titel sind Schall und Rauch. Was wollt ihr mir erzählen? Dass die was Besonderes ist, weil ihre Familie ein Schloss besitzt? Hört bloß auf!"

„Nein, ich sehe es rein menschlich", versuchte Wolf die Kuh vom Eis zu kriegen. „Es geht eher darum, jemandem seinen letzten Wunsch zu erfüllen."

„Dann sprich doch mit Durchlaucht", schlug Peter mit leicht spöttischem Unterton vor. „Hol dir den Schlüssel von dem alten Grabgemäuer im Wald und bring sie dorthin."

„Super Idee, Peter, Nadja hatte die übrigens auch schon", erklärte er, „und ich würde mich freuen, wenn du uns dabei helfen könntest. Aber auf einen Schlüssel werden wir leider verzichten müssen."

„Wieso?", wollte Peter wissen.

„Weil ich den Fürsten nicht einweihen werde", erklärte Wolf. „Das würde ihn in eine schwierige Situation bringen. Und niemanden interessiert noch ein alter Giftmord, auch wenn er nicht verjährt. Wir rücken einfach alles gerade. Menschlich wie historisch. Und zwar so, wie es ohnehin hätte sein sollen. Dadurch entsteht niemandem ein Schaden."

Moni zog die Stirn kraus. „Und wie stellst du dir das vor?"

„Man kommt mit dem Auto gut dorthin", berichtete Wolf. „Wir alle fahren zusammen mit dem Insel-Bleisarg samt Knochen in den Wald, öffnen das Mausoleum und die Sarkophage, entnehmen Proben von beiden Frauen, stellen dann Julianes Identität eindeutig fest, indem Nadja kurz nach Vehlen fährt und beerdigen die Fürstin dann in ihrem eigenen Steinmonument. Das war die Kurzform. Wer ist dabei?“

Peter lachte. „Du hast doch den Schuss nicht gehört. So ein krimineller Vorschlag aus deinem Mund? Es geschehen noch Zeichen und Wunder. Dass ich das noch erlebe. Klar mache ich mit. Dann sind wir die Alte und den Fall endlich los.“

„Wird denn niemand nach den Knochen fragen?“, erkundigte sich Nadine.

„Wenn wir niemandem sagen, um wen es sich da wirklich gehandelt hat“, erwiderte Nadja. „Wen sollte es interessieren?“

„Und wenn man uns erwischt?“, wollte die junge Kollegin wissen. Sie wollte Karriere machen.

„Ja und?“, sagte Peter. „Was ist das schon? Störung der Totenruhe, Hausfriedensbruch. Mehr nicht. Allerdings könnten wir uns schon vorher etwas einfallen lassen, wieso wir dort ermitteln. Man muss nur vorbereitet sein.“

„Ich glaube nicht, dass da in der Nacht wer im Wald lauert und uns aufspürt“, bemerkte Wolf.

„Jäger sind manchmal früh unterwegs“, wandte Moni ein.

„Wir nehmen euren Leo mit“, schlug Peter vor, „der kriegt das rechtzeitig mit, und wir können abhauen.“

„Wenn das man gut geht. Oft kommt es anders, als man denkt“, orakelte Nadine.

Kein Präsent

Als Anke Seiler an diesem Abend nach Hause kam, war sie froh, dass kein Geschenk auf sie wartete. Entweder hatte ihr Verehrer die Lust verloren oder ihm war etwas anderes dazwischengekommen.

Sie atmete auf, hängte ihre Jacke an die Garderobe und beschloss, eine Kleinigkeit zu essen, bevor sie sich an ihre Tierpräparate machte, die – jedes für sich – sauber in Formaldehyd eingelagert in Kunststoffkisten lagen oder in Vitrinen standen. Letztere hatte sie aus Schulen aufgekauft, die sich aus Sicherheitsgründen von ihren Präparaten trennen wollten. Bei ihr waren sie gut aufgehoben. Dass das ein seltsames Hobby war, wusste sie selbst. Das brauchte ihr niemand zu erzählen. Kaum einer ihrer Verwandten und Freunde verstand es. Also vermied sie es inzwischen lieber, irgendjemandem davon zu berichten.

Es war die Neugier, die sie zu diesen Studien antrieb. Vom Körper der Menschen wusste sie viel, beinahe alles, konnte sie behaupten, aber der Drang, ihr Wissen zu erweitern, ließ sie an Tieren der unterschiedlichsten Spezies forschen. Bücher zu lesen, war die eine Sache, was man jedoch mit den Händen berührte und im Original sah, prägte sich deutlicher ins Gedächtnis ein.

Heute sezierte sie eine bedauernswerte Katze, die einem Autofahrer zum Opfer gefallen war. Sie musste sofort tot gewesen sein, denn ihr Schädel war zertrümmert, was das Fell zunächst vor Ankes Augen verborgen hatte. Dafür war ihr Körper vollkommen intakt. Die Rechtsmedizinerin konnte sich nicht sattsehen an dem Wunderwerk, das die Natur da geschaffen hatte. Vorsichtig testete sie die enorme Beweglichkeit der Wirbelsäule und schwärmte insgeheim von der Konstruktion der Pfoten. Kein Mensch hätte sich so etwas ausdenken können, nur die Evolution.

Plötzlich musste sie an Kai denken. Er hatte auch so eine getigerte Katze besessen. Vier Monate inniger und heißer Liebe hatte sie mit diesem Mann verbunden, bis er krank geworden und ein paar Tage nach seiner Lilly gestorben war, die Anke während seines Krankenhausaufenthaltes in ihre Obhut genommen hatte. Noch immer war es ihr nicht möglich, Kai zu vergessen. Wenn eine Liebschaft nicht durch Streitigkeiten oder Auseinanderleben endete, sondern durch den Tod, dann war das Ende ein von beiden nicht gewollter Schlussstrich unter eine Beziehung und einen gemeinsamen Lebensabschnitt. Anke vermutete, dass sie sich auch deshalb nicht hundertprozentig auf Niklas einlassen konnte. Es tat einfach noch zu weh, denn die Liebe, die man für einen Menschen empfand, starb nicht mit, wenn er auf diese Weise von einem ging. Sie war verwundet, musste heilen, bevor sie in der Lage war, an einem neuen Ort heimisch zu werden.

Das war eines von Ankes Problemen, aber dass sie nun auch noch ins Visier der Ermittler geriet, weil sie unverlangte Sendungen erhielt, quälte sie zusätzlich. Der Grund, warum sie so ungern mit ihrer Vergangenheit konfrontiert werden wollte, lag eben in den schmerzhaften Erinnerungen, die mit dieser Zeit verbunden waren. Mit ihrem Umzug nach Vehlen hatte sie das alles endlich hinter sich lassen wollen. Jetzt kam es wieder hoch und zeigte sein grässliches Gesicht mit den spitzen Zähnen.

Planungen

Die aktuellen Ermittlungen steckten in einer Sackgasse. Umso mehr reifte in Wolf das Verlangen, die Angelegenheit mit Juliane „in Ordnung" zu bringen. Dabei stritten zwei Seelen in seiner Brust. Die eine wollte den Giftmord, das schändliche Verbrechen an der Fürstin öffentlich machen, die andere wollte ihr einfach nur Ruhe gönnen. Ihr Körper war nicht da, wo er sein sollte. Wer ihn verschleppt hatte, würde wahrscheinlich niemals herauskommen. Was für ein Trauerspiel! Hatte man sie als Beweismittel entfernt und vor den Augen der Nachwelt verborgen? Er überlegte. Dann wäre es nicht nötig gewesen, einen weiteren verzierten Bleisarg für sie zu beschaffen. Jede andere Kiste, in der sie möglichst schnell verrottete, hätte man vorgezogen. Wolf fand, dass dieser Umstand und der Begräbnisort auf der Insel eher für etwas anderes standen. Dies diskutierte man bei der Einstandsfeier von Nadine in der Maschstraße, zu der Moni, Nadja, Peter und Wolf eingeladen waren, nicht jedoch Anke. Und zwar aus demselben Grund, warum sie gerne Niklas dabeigehabt hätte, aber der war wohl verreist. Sie hatte ihn nicht erreichen können. Das warme Gefühl, das sie für Wolfs Sohn empfand, bedingte ein vollkommen unterkühltes zu Anke.

„Ich könnte mir vorstellen", sagte Nadine mit einem Stechen in der Magengegend, „dass ihr Geliebter Clemens sie umgebettet hat. Ich wette, dass der im Steinsarkophag liegende Bleisarg mit dem identisch ist, den wir gefunden haben."

„Wie kommst du darauf?", fragte Wolf interessiert.

„Na, ist doch ganz einfach", erklärte Nadine. „Es merkt niemand, wenn du den zweiten ein bisschen auf alt trimmst. Der Austausch ist leichter."

„Klingt stimmig", kam es von Nadja. „Dieser von Kaas war ja Hofmarschall und hatte damit weitgreifende Befugnisse oder Einsichten in die ganzen Geschehnisse rund ums Schloss und die Familie von Juliane."

„Die wird er aber nicht mehr lange gehabt haben, denke ich", erwiderte Peter, „oder zumindest nicht mehr in der umfangreichen Form."

„Warum glaubst du das?", erkundigte sich Moni.

„Na ja, wer die Fürstin umgebracht hat, wird ihn nicht länger in Amt und Würden gewusst haben wollen", antwortete Peter.

Moni nickte „Soweit ich das mitbekommen habe, war der Einfluss von Julianes Geliebten sowieso größer, als es manchem lieb war."

„Wenn ihr recht habt, frage ich mich, wann er den Austausch vorgenommen hat", gab Nadja zu bedenken. „Ob er sie wohl noch mal angesehen hat?"

Nadine schauderte es. Sie hatte eine blühende Fantasie und sah sofort Knochen mit Hautfetzen unter einem grässlichen Totenschädel vor sich. „Nein! Niemals!", war sie sich sicher. „Er wird sie so in Erinnerung behalten haben."

„Kinners", lachte Peter, „ihr wisst doch nicht einmal, ob es so gewesen ist."

„Aber wenn sie da in der Klus doch glücklich waren", wandte Moni ein. „Ich denke da an romantische Momente im Park. Vielleicht wollte er sie deshalb dort bei sich haben."

Peter verdrehte die Augen.

„Sag jetzt nichts Falsches", drohte Wolf spielerisch. „Erstens wissen wir es nicht und werden es mit an Sicherheit grenzender Wahrscheinlichkeit auch nicht herausfinden, und zweitens habe ich mir in den letzten Tagen Gedanken darüber gemacht, warum sich ein Mann 33 Jahre nach dem Tod seiner Geliebten im selben Wald begraben lässt."

„Besser noch", ergänzte Moni, „er wollte seine letzte Ruhestätte direkt in ihrer Nähe. Das hat man aus Schicklichkeitsgründen aber nicht zugelassen. Ich finde, das ist Liebe über den Tod hinaus."

„Mann", rief Peter und raufte sich die Haare. „Nee, das ist nun wirklich bekloppt. Über drei Jahrzehnte! Konnte er denn keine andere Frau finden?"

„Hat er ja", erklärte Moni. „1804 hat er Magdalena Elisabeth Habicht geheiratet. Sie war 21 Jahre jünger als er."

„Nix mit ‚von Soundso'?", wunderte sich Nadine.

„Augenscheinlich nicht. Ich finde das auch ein bisschen komisch. Normalerweise hat man doch in adligen Kreisen untereinander geheiratet", stimmte Nadja zu.

„Vielleicht haftete ihm immer noch der Nimbus des heimlichen Lovers an", schlug Peter vor. „Da konnte er nicht mehr so wählerisch sein. Oder es fiel ihm trotz der überschäumenden Liebe zu Juliane schwer, seine Schlange im Zaum zu halten."

„Beides möglich", gab Wolf zu. „Auch wieder so ein Ding, das wir nicht rauskriegen werden."

„Falls es ein Fehltritt gewesen ist, wird er nicht unangenehm gewesen sein", schmunzelte Moni. „Die beiden bekamen immerhin fünf gemeinsame Kinder."

Nadine runzelte die Stirn. „Ich wäre total sauer. Stellt euch mal vor: Da bist du 28 Jahre mit einem Typen verheiratet, schenkst dem fünf Kinder und der will immer noch neben der Tussi beerdigt werden, die er vor dir gehabt hat. Wisst ihr was? Den hätte ich sonst wo verscharren lassen."

„Hat sie ja vielleicht auch", nickte Peter. „Zumindest nicht da, wo er hinwollte. Mir tut er allerdings leid."

„Also, das verstehe ich jetzt wirklich nicht. Warum?", erkundigte sich Nadja.

„Könnte es sein, dass ihr ein bisschen unsensibel seid?", fragte Peter.

Nadja lachte. „Das aus deinem Munde."

„Stellt euch vor, der von Kaas hatte einfach männliche Bedürfnisse und ist dann mangels guter Verhütungsmethoden an Magdalena hängen geblieben", vermutete Peter. „Er konnte doch nichts dafür, dass seine große Liebe schon so früh gestorben worden ist." Er grinste wegen seiner tollen Formulierung. „Sonst wäre er immer bei Juliane geblieben. So wollte er wenigstens im Tod mit ihr verbunden sein."

„Alles Blödsinn", wandte Wolf ein, „wenn ihr mit euren Vermutungen von vorher recht habt. Es macht überhaupt keinen Sinn, die Angebetete auf die Insel im Julianenpark zu bringen, dort heimlich zu vergraben, um sich dann zu wünschen, in der Nähe ihres Mausoleums begraben zu werden."

„Da hast du recht, Wolf", schaltete sich Moni ein.

„Vielleicht hat er es aber auch anders, quasi neutraler formuliert und gegenüber Vertrauten verlauten lassen, er möchte in Julianes Nähe im Schaumburger Wald begraben werden."

„Möglich wäre das", bestätigte Wolf, „denn das Gebiet bei der Klus gehörte früher ebenso zum alten, historischen Dülwald wie der Schaumburger Wald. Keine Ahnung, ob das 1832 auch noch der Fall war, als der Oberforstmeister von Kaas gestorben ist."

„Er könnte bei seinem Ableben auch Dokumente hinterlassen haben, die über den Verbleib von Julianes Leichnam Auskunft geben, sodass man sie umgebettet hätte", hatte Nadine noch als Idee parat. „Ihr wisst schon, wegen seiner Hoffnung, dass ihr Schicksal aufgeklärt werden könnte, weil die Vermutung des Giftmordes schon im Raum stand. Wenn dann da etwas schiefgegangen ist, weiß der Teufel warum, hat das natürlich nicht geklappt."

„Wir können hier noch stundenlang weiterdiskutieren oder auch philosophieren", stöhnte Wolf, „aber das bringt uns nicht weiter. Ich wäre dafür, dass wir unsere nächtliche Aktion planen. Selbstverständlich nur, wenn ihr damit einverstanden seid. Wisst ihr, es geht doch hier nicht mehr darum, einen Verantwortlichen für das alte Verbrechen zu finden. Es brächte auch der Geschichte des Schaumburger Landes nur eine weitere schillernde Episode. Darauf kann verzichtet werden. Sicher, man würde die Fürstin bedauern, denn sie hätte ja noch lange leben können, aber das ist nun nicht mehr zu ändern. Egal ob schwere Erkältung, Grippe oder Mord – mit Julianes Tod war ihre Geschichte zu Ende."

„Na ja, für uns augenscheinlich nicht", wandte Peter ein. „Und denkt an den Zeitungsartikel aus dem Winter: Unheimlicher Knochenfund/Baustopp am Julianenpark. Da wird die Öffentlichkeit wissen wollen, was daraus geworden ist."

„Das ist doch simpel", erwiderte Nadja. „Ein Hund natürlich. Ein großer Hund war da drin. Försters bester Freund. Der Krambambuli von Hermann Löns sozusagen. Und damit hätten wir noch nicht mal gelogen. Es war zwar nur ein kleiner Fiffi mit im Sarg, aber danach wird man nicht fragen."

„Du willst bei der Sache tatsächlich mitmachen?", fragte Peter erstaunt.

„Ja klar", bestätigte Nadja. „Mir erscheint es ein bisschen wie eine Wiedergutmachung, ein Geraderücken von etwas schrecklich Schiefem. Am liebsten würde ich den von Kaas auch noch ausbuddeln und zu ihr dazulegen, aber der wird mit dem Waldboden, in dem er liegt, mit Sicherheit schon verschmolzen sein."

„Nee, was bist du schräg drauf", schüttelte Peter den Kopf.

„Bist du nicht mit dabei?", fragte Wolf voller Sorge. Er konnte nicht auf ihn verzichten. Wer sollte denn den Steindeckel anheben?

„Klar bin ich dabei, aber von euch hätte ich das nicht erwartet", erklärte Peter. „Ich finde diese krassen, halb legalen Aktionen super. Voll nach meinem Geschmack. Ich überlege sogar, ob wir da nicht einen Mord vertuschen. Das wär doch mal was für die Titelseite!"

„Sehr witzig", sagte Wolf. „Und ich dachte schon ..."

„Nee, dachtest du nicht", antwortete Peter, „weil du hoffentlich nicht vergessen hast, dass ich dein Partner, Kumpel und Freund bin. Ich wüsste außerdem nicht, wohin wir mit den alten Knochen sollten. Auf diese Weise hat es direkt einen romantischen Anstrich."

„Ich bin auf jeden Fall auch mit dabei", erklärte Nadine. „Das ist doch spannend."

„Und wir werden dich auch nicht hängen lassen", versprach Nadja. „Stimmt's, Moni?"

Wolf Hetzers Verlobte nickte. „Wenn auch mit reichlich Bauchkneifen."

„Bedenkt nur bitte bei eurer Planung, dass ich ungefähr acht Stunden für den DNA-Test brauche", berichtete Nadja. „Schneller geht's wirklich nicht. Das ist schon die Turbomethode. Daher schlafe ich vor, komme dann mit euch in den Wald, um die Proben zu nehmen und fahre anschließend ins Labor nach Vehlen."

„Acht Stunden ist scheiße", sagte Peter. „Was sollen wir in der Zeit machen? Nach Hause fahren und die Särge offen stehen lassen? Ich wuchte die Deckel nicht dauernd hoch und runter."

„Wir könnten ein Zeltlager aufschlagen und Würstchen grillen", schlug Nadine nicht ganz ernst gemeint vor.

„Da bin ich dabei", freute sich Peter, „also bei den Würstchen, beim Zelten eher nicht."

„Wieso denn nicht?", hakte Wolf nach. „Das ist doch eine supergute Idee. Wenn wir da dauernd durch den

Wald düsen, fallen wir nur auf. Mit einem Wurfzelt und ein paar Schlafsäcken überbrücken wir die Zeit."

„Du bist plemplem, Alter", stöhnte Peter. „Ich hau mich auf den Autositz oder willst du die Karren wegbeamen?"

„Das halte ich für eine angenehmere Schlafmöglichkeit, und sicherer ist sie auch", schaltete Moni sich ein. „Aufs Grillen würde ich lieber verzichten, aber ein paar Wiener und Frikadellen könnten wir einpacken."

„Hört sich an wie ein Familienausflug", witzelte Nadine.

„Ein bisschen ist es das ja auch", sagte Wolf und zwinkerte ihr zu. „Nur Niklas fehlt."

„Und wie", antwortete sie. „So, jetzt lasst uns aber erst mal was essen. Die Details können wir danach besprechen. Auf leeren Magen plant es sich schlecht."

Wie recht sie hatte!

Nächtliches Unterfangen

Ein paar Tage gingen ins Land. Jeder der Beteiligten bekam seine Aufgabe. Man hatte sich für eine Nacht von Sonntag auf Montag entschieden, da man sie für die ruhigste von allen hielt.

Anfangs war es fraglich gewesen, ob man sich dem Mausoleum lieber von Meinser Kämpen aus nähern sollte oder von der Kreuzung kurz vor der Ortschaft Cammer. Entfernungstechnisch nahm es sich nicht viel, letzteres konnte vielleicht vom Ausgangspunkt her als weniger auffällig bezeichnet werden, da keine Häuser in der Nähe standen.

Es war schon ein merkwürdiger Konvoi, der sich an einem Sonntagabend Anfang April kurz nach 20 Uhr in Richtung Schaumburger Wald aufmachte. Wolf hatte den Bleisarg gut verpackt in seinen Kombi geladen. Er fuhr mit Moni voran. Ihm folgte Peter mit seiner nicht mehr ganz taufrischen Limousine, die allerdings innen sehr bequem war, wenn man darin ein Nickerchen machen wollte. Hinter Nadja und ihm rutschte Nadine auf dem Sitz herum. Sie war aufgeregt.

Der erste Teil des Weges war auch hinter der Absperrschranke noch asphaltiert. Sie konnten froh sein, dass man sie nachts nicht herunterließ, aber wer sollte sich schon die Mühe machen und den Wärter spielen.

Viertel vor acht war die Sonne untergegangen, mittlerweile konnte man kaum mehr die Hand vor Augen sehen. Nachdem Wolf und Peter in den Wald eingebogen waren, löschten sie das Licht an ihren Autos und fuhren im Schritttempo weiter. Zur Sicherheit hatten sie das Fenster der Fahrer- und Beifahrerseite geöffnet, um die Geräusche von draußen mitzubekommen. Manchmal waren Jäger oder Förster auch nachts im Wald unterwegs. Für den Fall, dass ihnen jemand in die Quere kam, hatten sie sich auch schon eine Geschichte zurechtgelegt. Immerhin suchten sie nach zwei vermissten Personen und konnten einem Hinweis auf der Spur sein.

Im Schleichtempo bewegten sich die Wagen voran. Außer unheimlichen Nachtgeräuschen war nichts zu hören. Ab und an knackte einmal ein Zweig, ein Käuzchen rief und es raschelte gelegentlich am Wegesrand.

„Wir stören die Tiere hier", flüsterte Moni Wolf zu.

„Ich fahre schon so vorsichtig wie möglich", wisperte er zurück. „Wir sind auch gleich da."

Kurze Zeit später bog Wolf nach links in einen Schotterweg ab und schloss sein Fenster. Jetzt war sowieso nichts mehr zu hören.

„Mach deins auch zu", bat er seine Verlobte. „Gleich sind wir am Ziel. Da vorne parken wir."

Peter hielt mit etwas Abstand hinter ihm und stieg aus.

„Wo isses denn?", fragte er. „Sieht mir hier nicht nach Mausoleum aus."

„Dort, ein Stück in den Wald rein", erklärte Wolf.

Mittlerweile waren auch die drei Frauen ausgestiegen.

Es war kühl und unheimlich. Wer jemals im Dunklen nachts allein im Wald unterwegs gewesen war, wusste, dass selbst hartgesottene Kerle weiche Knie bekommen konnten.

Nadja, Moni und Nadine lauschten und blieben lieber dicht beisammen. Hatte da nicht was geraschelt? Ein leises Quieken?

„Maus", sagte Peter lapidar, „bin ihr wohl auf den Schwanz getreten."

Nadine schüttelte sich. Auf kleine Nagetiere konnte sie gut verzichten.

„Ich denke, wir bleiben immer alle zusammen. Keine Einzelaktionen", schlug Wolf vor.

Heftiges Nicken von Seiten der Frauen konnte man erahnen.

„Folgt mir am besten. Wir inspizieren erst einmal die Tür", fügte er noch hinzu.

Bis zu Julianes Mausoleum, das so viele Jahrzehnte ohne Juliane so geheißen hatte, waren es einige Meter quer durch den Wald. Im Gänsemarsch folgten sie alle Wolf, der ein Nachtsichtgerät trug.

„Sieht so aus, als ob wir durch eine alte Allee auf ein kleines Gebäude zugehen", flüsterte Nadja, als der Himmel kurz aufriss.

„Echt gruselig", zischte Nadine, „wenn man bedenkt, dass da auf jeden Fall eine Leiche drin liegt. Aber auch so. Was ist denn hier nun besonders? Wie kann man sich wünschen, an so einem Ort begraben zu werden?"

„Ein heimlicher Geliebter könnte unerkannt trauern", überlegte Moni leise.

„Es sei denn, er wüsste schon, dass sie woanders ist", wandte Nadja ein.

„Warum flüstert ihr eigentlich?", fragte Peter viel zu laut. „Hier ist doch keiner."

„Woher willst du das denn wissen?", erkundigte sich Nadja.

Das Team stieg die Sandsteinstufen hoch. Kurze Zeit später war Wolf mit dem Schloss beschäftigt.

„Habe ich noch nie begriffen, wann immer ich hier war, wie man dieses Monument nur mit einer Kette und einem simplen Vorhängeschloss sichern kann", seufzte er.

„Vielleicht, weil da drin einfach nix zu holen ist", erwiderte Peter. „Außer man ist ein bisschen bekloppt und nimmt sich eine Leiche mit nach Hause."

„Wir wollen keine mitnehmen", sagte Nadja und stupste ihn an, „sondern eine unterbringen."

„Und was machen wir, wenn da trotz allem ein anderer Toter drin liegt? Hä? Wohin dann mit dem? Verbrennen? Offenes Feuer im Wald? Vergraben wie schändliche Mörder?"

„Beruhige dich, Peter", bat Wolf, „alles nach und nach. Jetzt gucken wir gleich erst mal, aber nur, wenn ich dieses verdammte Schloss aufkriege."

„Lass mal Papi ran", sagte Peter und schob ihn zur Seite. „Du hältst die Taschenlampe!"

Dann zog Peter einen Bund mit mehreren Dietrichen aus seiner Hosentasche und machte sich ans Werk. Keine fünf Minuten später stand die Flügeltür des Gemäuers offen. Wolf leuchtete hinein. Alle staunten. Der Innenraum war mit verblassten Malereien verziert. Vor ihnen erhoben sich zwei massive Steinsarkophage. Es war von außen nicht möglich, in das Gebäude hineinzuschauen. Zwar gab es ein Belüftungsfenster auf der Rückseite, aber es war engmaschig vergittert und hielt neugierigen Blicken stand.

„Ihh“, schimpfte Peter, „hier stinkt es aber doch ganz schön modrig.“

„Liegt ja auch mitten im feuchten Wald“, antwortete Wolf, „und das kleine Fensterchen da hinten wird nicht viel Luft hereinlassen.“

„Jetzt erklärt es sich auch, warum das erste Mausoleum ohne die massiven Sandsteinstufen so rasch zerfallen ist“, sagte Moni. „Die Feuchtigkeit wird die Wände hochgekrochen sein.“

„Glaubt ihr wirklich, dass wir die schweren Deckel überhaupt hochkriegen?“, wollte Nadine wissen.

„Wenn nicht, sind wir umsonst hier, und wenn ihr euch nicht beeilt auch“, erwiderte Nadja. „Ich hoffe, ihr denkt noch dran, dass ich etliche Stunden für die Analyse brauche. Nach Vehlen hinfahren muss ich auch noch.“

„Na dann“, seufzte Peter. „Dann wollen wir mal unser Glück versuchen. Alle ran an den Sarg. Wir fangen mit dem linken an und machen es wie folgt: Vorsichtig probieren, ob der Deckel sich bewegen lässt. Wenn ja, schieben wir ihn langsam nach links, bis er fast mittig liegt und halten ihn fest. Wolf guckt dann, ob man an den Inhalt so rankommt.“

„Wer liegt denn wo?“, erkundigte sich Nadja und sah Moni an.

„Das habe ich leider nicht herauskriegen können“, erwiderte sie.

„Okay, dann ist es auch egal, wo wir anfangen. Sonst hätte ich nämlich vorgeschlagen, wir nehmen kurz die Probe von Ulrike und schieben gleich wieder zu“, sagte Nadja und gab jedem einen Mundschutz gegen die Schimmelsporen. „Bei Juliane wissen wir nämlich überhaupt nicht, was wir da vorfinden, beziehungsweise, was uns erwartet.“

„Also, alle auf die rechte Seite des Sargs und nach links schieben. Achtung, auf drei geht's los!“, bestimmte Peter.

Es ging leichter, als sie gedacht hatten. Der Stein lag locker obenauf und knirschte, als sie ihn mit vereinten Kräften zur Seite schoben.

„Halt jetzt“, stoppte Peter plötzlich. „Ich gehe auf die andere Seite, damit er nicht absaust. Ihr macht dann langsam weiter. Wolf, kannst du schon was sehen?“

Hetzer hatte sich eine Stirnlampe aufgesetzt.

„Hoffentlich sieht uns keiner wegen des Lichts“, befürchtete Moni.

„Ach Quatsch“, erwiderte Wolf. „Ich kann auf einen Bleisarg gucken. Er ist verschlossen, aber nur mit einem Splint verriegelt. Warte, ich versuche, die Kiste zu öffnen.“

„Handschuhe nicht vergessen“, warnte Nadja, die jetzt auf der anderen Seite stand.

„Hab ich längst an“, antwortete Wolf und hob den Metalldeckel an. Dann stutzte er.

„Was ist?“, fragte Nadine neugierig.

„Krass“, sagte Wolf und griff hinein, um etwas aus der Kiste herauszuholen.

„Du willst doch jetzt nicht etwa ...“, begann Moni und staunte, als sie sah, was Wolf da in der Hand hatte.

„Ein Geweih?", fragte Peter verblüfft.

„Um es genau zu sagen sogar mehrere", schmunzelte Wolf. „Und ich glaube nicht, dass unsere Juliane solche Hörner hatte."

„Mehr nicht?", erkundigte sich Nadja verdutzt.

„Nur ein paar Lumpen", berichtete Wolf, nachdem er noch einmal genau nachgesehen hatte.

„Okay, dann muss der Deckel von diesem Sarkophag ganz runter, damit wir den Inhalt austauschen können", bestimmte Peter. „Wolf, da müssen wir zu viert ran. Das Ding ist mit Sicherheit sauschwer. Wir kippen im Zeitlupentempo und lassen ihn hochkant runter."

„Heißt das nicht querkant?", wollte Wolf mit einem Augenzwinkern wissen.

„Pack lieber an, du Klugscheißer", schimpfte Peter. „Nadja und Nadine, ihr kommt jeweils zu einem von uns. Moni bleibt außen vor."

Es war auch zu viert ein schwieriges Unterfangen, zumal jeder daran dachte, dass der Deckel auch wieder an seinen angestammten Platz gehievt werden musste.

Peter rieb sich die Hände, als der erste Part erledigt war.

„Könnten wir vielleicht jetzt erst den anderen Sarg öffnen?", bat Nadja. „Ich brauche Ulrikes DNA und will dann sofort los. Muss ich auch ganz im Dunklen durch den Wald fahren? Ich bin doch so nachtblind."

„Mach Standlicht an", riet ihr Peter, „und bitte niemals die Tür auf. Egal, was passiert." Er strich ihr über das wirre Haar. „Okay, Leute, dann widmen wir uns mal Ulrike."

„Ich hoffe nicht, dass da auch nur Jagdtrophäen begraben liegen", sagte Moni. „Irgendwie finde ich das ganz schön makaber. Man vermutet hier Mutter und Tochter in stiller Eintracht, und dann ruht die Verblichene jahrzehntelang, ach, was sage ich, fast 200 Jahre neben Geweihen."

„Leer konnten sie den Bleisarg natürlich nicht lassen. Das wäre aufgefallen. Ein Ersatz musste her. Wir können froh sein, dass wir nicht auf eine Leiche gestoßen sind. Einen Menschen, der nur als Platzhalter ermordet oder eine Tote, die heimlich entwendet worden ist. Da sind mir die Köpfe von Böcken schon lieber", erklärte Wolf.

Mittlerweile war es kurz nach 21 Uhr. Gemeinsam war es ihnen gelungen, auch die Steinplatte von Ulrikes Sarkophag zu schieben. Wolf leuchtete in den Bleisarg und machte ein ratloses Gesicht.

„Viel ist hier aber nicht mehr", stöhnte er und kramte in der Kiste. Dann zog er etwas Kugelartiges hervor und hielt es hoch.

„Wunderbar", rief Nadja entzückt, „ein Femurkopf! Damit kann ich was anfangen."

„Ein bitte was?", hakte Peter nach. „Erst ein Hirschkopf, das verstehe ich noch, und jetzt ein Femurkopf? Was zum Teufel ist das?"

„Damit sitzt der Oberschenkelknochen in der Hüftpfanne", erklärte Nadja. „Wird heute gerne mal in Metall ausgetauscht, aber hier können wir darauf vertrauen, dass wir es mit echtem Knochengewebe zu tun haben. Warte kurz, Wolf, ich raspele mir was ab."

„Mensch, nun mach hier keinen Hermann und nimm das ganze Ding mit", stöhnte Peter laut. „Sie braucht es echt nicht mehr."

Nadja sah in die Runde. Alle nickten. Wolf steckte das Knochenfragment in seine Jackentasche und schloss den Bleisarg. Mit vereinten Kräften verschlossen sie Ulrikes Sarkophag. Anschließend übergab Wolf Nadja den Knochen.

„Gut, dadurch sparen wir auch Zeit. Im Labor kann ich anders arbeiten", sagte sie. „So, dann ist mein Part hier erledigt. Soll ich eben noch bei dem anderen Deckel helfen?"

„Nein, nein", erwiderte Moni lächelnd, „fahr du nur schnell los. Ich bin kein Hänfling, auch wenn ihr das denkt. Wahrscheinlich ist keiner von euch so gut trainiert wie ich."

Wolf hielt ihr den Autoschlüssel hin.

„Scheiße", entfuhr es ihm plötzlich, „wir müssen doch die Fürstin noch aus dem Wagen holen. Komm, Peter, gib Gummi!"

Die Kommissare begleiteten Nadja zu Wolfs 3er Touring, öffneten den Kofferraum und hoben den Bleisarg heraus, der dem anderen im Sarkophag bis aufs Haar glich. Dann verabschiedeten sie sich von der Rechtsmedizinerin und trugen Juliane endgültig zu ihrer letzten Ruhestätte. Aber es gab noch viel zu tun und vor allem abzuwarten, ob sich das Ergebnis tatsächlich bestätigte.

Von Herzen

Mitten in der Nacht war Anke Seiler aufgewacht. Das passierte ihr sonst selten. Es mochte an den leicht salzigen Weinblättern gelegen haben, die sie zu ihren Oliven gegessen hatte. Oder daran, dass sie sich wunderte, weil sich Niklas an diesem Tag überhaupt noch nicht gemeldet hatte. Nicht, dass sie ihn nicht verstehen konnte. Ihr Verhalten neulich Abend war egoistisch gewesen. Es ärgerte sie. Noch war sie selbst nicht mit sich im Reinen. Aber ob das als Entschuldigung gelten konnte? Jetzt war es langsam an der Zeit, nach vorn zu sehen.

Sie fluchte, weil sie vergessen hatte, sich Wasser ans Bett zu stellen. Jetzt musste sie aufstehen und in die Küche gehen. Nach einem Umweg über das Bad schlurfte sie halb wach zu ihrem Kühlschrank und öffnete ihn. Aus der Tür nahm sie Wasserflasche, goss sich ein Glas ein und trank es leer. Dann stellte sie sie wieder zurück. Gerade wollte sie den Kühlschrank wieder schließen, als ihr eine mittelgroße Box im oberen Fach auffiel, die sie garantiert nicht hineingestellt hatte. Von Niklas konnte sie nicht mehr sein. Dann hätte sie sie längst gesehen. Einen Schlüssel hatten weder er noch sonst jemand. Niemand kam hier rein in ihre vier Wände. Wieso also konnte etwas in ihren Kühlschrank gelangt sein, das sie nicht hineingestellt hatte? Und vor allem, was war da in der Box drin?

Auch wenn sie sowieso wusste, dass sie alles – ganz egal, ob da Kuchen oder Grillfleisch zum Vorschein käme – wegwerfen würde, ahnte sie doch, dass dort kein Nahrungsmittel lagerte. Der Größe nach konnte es kein Kopf sein, eher eine Hand oder eine Brust. Beim Öffnen der Dose fragte sie sich, ob weitere Stücke von Horst Lauterbach und Hilde Roggelmann auftauchen würden, denn seit den Abendstunden hatte sie die Gewissheit, dass Arm und Fuß zu den beiden gehörten. Das hieß jedoch nicht, dass sie verstorben waren.

Vorsichtig hob sie den Deckel hoch und erstarrte. Vor ihr lag ein frisches, sauber entnommenes Herz. In jedem der durchtrennten größeren Gefäße war von oben eine rote Rose in die Ader eingeführt worden. Überall im Karton, auf dem Organ und den Rosen fand sich getrocknetes Blut. Beinahe hätte Anke die Plastikbox fallen lassen. Im letzten Moment rettete sie sich in Richtung Tisch, schob die Kiste von sich und schaffte es gerade noch, sich an einem Stuhl festzuhalten, bevor sie langsam zu Boden glitt. Schon auf den ersten Blick hatte sie gesehen, dass das kein betagtes Herz war, sondern das eines jungen, sportlichen Menschen. Also gab es ein drittes Opfer, vermutete sie, denn sie glaubte nicht an ein Überleben der beiden verschwundenen Personen.

Plötzlich durchzog sie ein tiefer Schmerz. Es stach ihr in Magen und Herz. Sie konnte es gar nicht genau lokalisieren. Ein wehes, ungutes Gefühl lähmender Traurigkeit. Sie glaubte zu ahnen, wessen Herz da vor ihr lag. Jetzt war es wieder passiert, wenn auch anders. Warum hatte sie die Zeichen nicht erkannt? Vorher keine Zusammenhänge gewittert? Mühsam kroch sie zum Klo und spie die Weinblätter aus. Dabei weinte sie bitterlich. Schlimmer noch als der Verlust eines guten Freundes wäre die Erkenntnis, dass sie doch mehr für Niklas empfunden haben musste, als sie sich selbst eingestehen wollte und dass sie seinen Tod durch Ignoranz und Selbstsucht mit zu verantworten hatte. Aber bestimmt irrte sie sich. In der Nacht kamen einem die schlimmsten Gedanken. Sie war unsicher und fühlte sich plötzlich ganz klein.

Unmöglich konnte sie Wolf oder einen seiner Kollegen anrufen. Auch Nadja Serafin war keine Option, da sie Peters Frau war. Immerhin vermutete Anke nur, dass es sich um Niklas' Herz handeln könnte. Warum also gleich die Pferde scheu machen? Schon nach dem Fuß hatte sie sich geschworen, weitere Zusendungen dieser Art einfach zu entsorgen. Man sah sie sowieso schon schräg von der Seite an, als ob sie dafür verantwortlich war. Dieses Feuer wollte sie nicht noch nähren. Umso schlimmer, wenn es nun eventuell um den Sohn des Hauptkommissars ging, mit dem sie liiert gewesen war, denn eines war bei der Entnahme eines Herzens zumindest klar: Derjenige konnte nicht überlebt haben.

Sie schleppte sich zum Sofa und schrie mehrmals laut in ihr Kissen. Die Schatten der Angst wurden größer. Es konnte nicht sein, dass Niklas tot war! Oder doch? Niemals, nein niemals konnte sie Wolf das antun, dass er es auf diese Weise erfahren würde. Einen Vater rufen, damit er ermittelte und schließlich herausfand, dass es das Herz seines eigenen Sohnes war, das dessen Geliebte in ihrem Kühlschrank entdeckt hatte. Darüber hinaus würde der Verdacht sofort auf sie fallen. Aber sie selbst musste Gewissheit haben. Erst dann konnte sie entscheiden, was weiter zu tun war.

Mittlerweile war es halb vier. Es kostete Anke eine unsägliche Mühe, sich anzuziehen. Sie hatte das Gefühl, gar nicht mehr sie selbst zu sein, die da agierte. Wie eine Marionette führte sie Tätigkeiten aus, als ob sie an Fäden dirigiert wurde.

Nachdem sie in den Mantel geschlüpft war, nahm sie sich ein Röhrchen mit Schraubverschluss und einen kleinen Spatel. Mit einem langen Wattetupfer erreichte sie die linke Herzkammer und tupfte Fragmente des geronnenen Blutes ab. Anschließend schob sie ihn in den Probenbehälter und brach das lange Ende ab. Das Herz stellte sie in den Kühlschrank zurück. Über dessen Verbleib würde sie sich später Gedanken machen. Dann schnappte sie sich eine Taschenlampe und machte sich auf den Weg in Richtung Klinikum.

Der Weg dorthin war nicht weit. Anke ging etwas mehr als zehn Minuten durch die Felder und stutzte bereits, als sie näher kam. In den Räumen der Rechtsmedizin brannte Licht. Erst da wurde ihr so richtig bewusst, dass sich ein fremder Mensch in ihren eigenen Räumlichkeiten befunden haben musste. Was für ein ungutes Gefühl. Keine weitere Nacht würde sie dort verbringen, ohne dass zuvor die Schlösser ausgetauscht wurden.

Jetzt interessierte sie aber, wer sich dort mitten in der Nacht im Institut aufhielt. Oder hatte sie vorhin vergessen, das Licht auszuschalten?

Als sie auf den Parkplatz einbog, blieb sie wie angewurzelt stehen. In einer Art Schockstarre, denn ausgerechnet Wolf Hetzers Wagen stand dort vor der Tür der Rechtsmedizin. Was hatte der da zu suchen? Und das auch noch um diese Uhrzeit?

Nein, dachte sie plötzlich und strauchelte wieder. Gerade so eben konnte sie sich noch an der Wand abstützen. Sie würden doch nicht Niklas' Leiche gefunden haben?

Im Mausoleum

Nachdem Peter die Kiste mit den Hirschgeweihen in seinem Kofferraum verstaut hatte, ging er wieder ins Mausoleum zurück.

Gemeinsam hoben Wolf und er den Bleisarg mit Julianes sterblichen Überresten in den Sarkophag. Es war schon irgendwie ein feierlicher Moment.

„Will denn niemand etwas sagen?“, fragte Moni.

„Ene mene Miste, es rappelt in der Kiste“, begann Peter wenig pietätvoll.

Wolf gab ihm einen Stoß in die Seite.

„Aua“, meckerte der. „Jetzt stellt euch mal nicht so an. Die Knochen sind schon seit fast 220 Jahren tot. Und da wollt ihr jetzt noch ein Buhei drum machen? Ich glaube es nicht.“

„Es war doch trotzdem mal ein Mensch mit Sehnsüchten und Gefühlen“, wandte Moni ein. „Ich freue mich für sie, dass sie nun dort angekommen ist, wo sie sein wollte.“

„Vielleicht ist sie im Nachhinein viel lieber auf der Insel gewesen“, konterte Peter, „und wir haben sie da weggeholt.“

„Alles Spekulation“, sagte Wolf. „Wer will ein paar Worte sagen?“

„Ich“, bat Nadine und sorgte damit für einiges Erstaunen. „Aber auf meine Art. Nicht mit so einem religiösen Schnickschnack.“

„Einverstanden“, erwiderte Wolf.

„Ist mir sowieso lieber“, antwortete Peter.

Moni nickte.

Nadine stellte sich aufrecht an die Stirnseite des Sargs und legte los. „Liebe Fürstin Juliane oder auch Durchlaucht. Wir wissen, dass Sie ermordet worden sind und können den Schuldigen leider nicht mehr verantwortlich machen. Aber wir haben dafür gesorgt, dass Sie nun dort bestattet werden, wo Sie es verfügt hatten. Ihr Geliebter liegt gar nicht so weit von hier entfernt. Wir wünschen Ihnen eine angenehme, ewige Ruhe in der Nähe Ihrer Mutter.“

Peter konnte sich das Lachen kaum verkneifen. „Nimm mal den Schmalztopf unter dem Sarg weg“, flüsterte er Wolf zu. „Ich könnte jetzt einen Schnaps vertragen.“

„Haben wir nicht“, sagte Wolf, „aber ich schlage vor, dass wir uns ins Auto setzen und eine Kleinigkeit essen. Den Deckel sollten wir erst wieder auflegen, wenn der Sachverhalt eindeutig geklärt ist.“

„Und wenn sie's nun doch nicht ist?“, hakte Moni besorgt nach.

„Diese Bedenken haben wir nicht“, antwortete Wolf. „Wir sind uns aus mehreren Gründen ziemlich sicher. Ich möchte es nur schwarz auf weiß beweisen können – für alle Fälle.“

Mittlerweile war jedem von ihnen eiskalt. Die Feuchtigkeit der Nacht trug zusätzlich dazu bei, dass man das Gefühl hatte, gleich zu erfrieren. Erst nach einer Mitternachtsmahlzeit wurde ihnen wärmer. Moni verteilte Decken und kuschelte sich ein. Mehr schlecht als recht dösten sie in Peters altem Mercedes, bis endlich Nadjas SMS mit dem Ergebnis ankam:

Ihr könnt die Mission beenden. Die Frau von der Insel ist definitiv die Tochter der Ulrike aus dem rechten Sarkophag.

Wolf atmete auf.

„Wenn sie also hier in Bückeburg nicht noch weitere Töchter wohnen hatte, dann war's das", freute sich Peter. „Zum Glück hat diese unsägliche Geschichte jetzt ein Ende. Kommt, wir machen den Deckel drauf und uns vom Acker." Er grinste wegen des Wortspiels.

„Ulrike hatte aber zehn Kinder", meldete sich Moni zu Wort.

Peters Gesichtszüge entgleisten. Wolf jedoch atmete auf. Er konnte den anderen nicht erklären, dass dies nur das letzte Teil im Puzzle gewesen war, weil er Nadja nicht in die Pfanne hauen wollte. Von ihr wusste er schließlich, dass diese Ermordete ebenfalls mit Fürst Alexander verwandt war. Damit gab es überhaupt keinen Zweifel mehr.

„Aber macht euch keine Sorgen", fuhr Moni fort, „außer Juliane waren es nur zwei weitere Mädchen und die sind in dem Jahr gestorben, in dem sie geboren worden sind. Also haben wir es hier tatsächlich mit der verblichenen, bekannten Fürstin zu tun."

„Na, das beruhigt mich", stöhnte Peter.

Gemeinsam gingen sie wieder ins Mausoleum. Sie schafften es gerade so eben mit vier Mann, den schweren Sargdeckel insoweit anzuheben, dass er nach rechts auf den Sarkophag geschoben werden konnte. Dabei ächzten sie nicht schlecht. Jeder machte in Gedanken drei Kreuze, als das Unterfangen beendet war. Nadine wollte gerade die Tür des Grabmals öffnen, als sie ein lautes Grunzen hörte. Geistesgegenwärtig stellte sie den Fuß vor die beiden Flügel.

„Was ist denn?", fragte Wolf besorgt. Er hatte nichts gehört.

„Ich glaube, da draußen sind Wildschweine", flüsterte Nadine.

„Ach, Mist, ich habe die Dose mit den Frikadellen offen stehen lassen", ärgerte sich Peter. „Und da ist vielleicht auch noch der Brotkorb. Mein Magen knurrt."

Nadine tippte sich an die Stirn. „Du hast Sorgen. Sei froh, wenn das keine Bache mit Jungen ist, sonst bist du nämlich selbst bald Hackfleisch."

Vorsichtig schaute Wolf durch einen Spalt in der Tür. Die Nacht war nicht mehr ganz so dunkel, aber es dämmerte auch noch nicht.

„Ich sehe drei Schweine", wisperte er. „Wir können da nicht raus."

„Wenn wir Leo dabeihätten, wäre uns das erspart geblieben", kam es leise von Moni. „Er hätte uns schon viel früher gewarnt, dann wäre es vielleicht möglich gewesen, ins Auto zu flüchten. Vielleicht hätte das Schwarzwild auch vor ihm Reißaus genommen."

„Oder ihn aufgespießt", fürchtete Wolf.

„Ich weiß die Lösung", zischte Peter, „lasst mich mal machen." Er zog sein Smartphone aus der Tasche und rief Nadja an. „Hallo, mein Schatz, Treffpunkt ist jetzt nicht mehr Todenmann", sagte er so leise er konnte.

„Wieso?", erkundigte sich Nadja verblüfft.

„Wir haben hier ein Problem“, teilte Peter seiner Frau mit. „Wildschweine belagern das Mausoleum, aber keine Angst. Wir sind noch da drin. Sie haben sich wohl von unserer Brotzeit bedient. Du machst jetzt bitte Folgendes: Hast du noch die Schreckschusspistole in deiner Schublade?“

„Ja, klar. Ich wollte gerade in den Kombi steigen“, antwortete Nadja, „und du meinst, das bringt es?“

„Davon kannst du ausgehen“, bestätigte Peter. „Geh noch mal rein, pack sie ein, und dann kommst du hierher. Ich will aus verständlichen Gründen nicht mit der Dienstwaffe herumballern. Sobald du in Sichtweite des Mausoleums bist, gibst du aus dem Fensterschlitz einen Schuss ab. Durch den Krach sollten sie abhauen. Und wir dann auch schnell, falls jemand was gehört hat. Aber bitte, du bleibst in jedem Fall im Wagen und hältst die Tür geschlossen. Wir sind wenigstens bewaffnet. Ein Schwein will ich nämlich nur abknallen, wenn es sich nicht vermeiden lässt. Das wirft sonst lästige Fragen auf.“

„Soll ich vorher bei Wolf vorbeifahren und Leo mitbringen?“, erkundigte sich Nadja besorgt.

„Bloß nicht. Den empfinden sie womöglich als Bedrohung und greifen sofort an“, erklärte Peter.

„Verstanden“, erwiderte Nadja. „Macht euch keine Sorgen, ich bin bald da. Zur Sicherheit nehme ich meine Arzttasche mit.“

„Kann nicht schaden“, sagte Peter und verabschiedete sich.

„Ich hab mal gehört, dass sich Schwarzwild normalerweise von Menschen fernhält“, berichtete Moni, „vor allem, wenn sie Stimmen hören.“

„Das ist gut möglich", entgegnete Wolf, „aber es gibt eben Ausnahmen, und das können wir aus unserer Situation heraus nicht abschätzen. Wenn es Bachen mit Jungen sind zum Beispiel oder sie sich über etwas zu essen hermachen." Er sah Peter mit einem bohrenden Blick an.

„Was?", wies der jede Schuld von sich. „Wer rechnet denn damit, dass die sich an meine restlichen Buletten ranmachen? Mit denen würde ich eigentlich ganz gerne ein ernstes Wörtchen reden. Unverschämtes Viehzeug!"

„Dann tu's doch", schlug Nadine vor, „vielleicht haben sie vor dir Schiss oder wenigstens Respekt."

„Nur falls er singen sollte", sagte Wolf und schmunzelte. „Da würde jeder das Weite suchen, wenn er könnte. Aber das lass mal lieber, solange wir hier gefangen sind." Peter grinste. Nur wenige wussten, dass er gerne Schlager oder Opernarien unter der Dusche sang. Nicht schön vielleicht, aber laut! Nun gut, wenn das helfen konnte, würde er sich jetzt outen.

„O sole mio", posaunte er aus voller Kehle, wobei ihm das Gewölbe des Mausoleums einen perfekten Schallkörper offerierte. Der Wald bebte. Bäume wichen zur Seite, als würde ein Sturm durch sie fegen.

Nadine, Moni und Wolf hielten sich die Ohren zu und hofften, dass es bald vorbei war und dass es etwas bringen würde.

Wie vom Donner gerührt, hörten die Schweine auf, auch noch die Plastikbox zu fressen, in der die Frikadellen gelegen hatten und galoppierten davon.

„Soll ich weitersingen?", erkundigte sich Peter frech grinsend, „oder habt ihr genug?"

„Danke, danke", antwortete Wolf, „lass mich erst nachsehen, ob die Schweine bessere Nerven haben als wir."

Mittlerweile dämmerte es. Wolf spähte – nix mehr zu sehen.

„Ich glaube, sie sind weg", sagte er erleichtert.

„Kein Wunder", fügte Nadine hinzu und rieb sich die Ohren. „Ich wette, die werden hier auch nie wieder herkommen nach diesem Horrortrip."

„Wir bleiben trotzdem alle dicht zusammen, wenn wir zum Auto gehen, kapiert?", wollte Wolf wissen. „Wir schleichen ganz langsam. Dann schnell die Wagentüren auf und rein. Anschließend informieren wir Nadja, damit sie umkehren kann."

„Wir dürfen nicht vergessen, die Flügeltür wieder abzuschließen", erinnerte Moni ihre Mitstreiter.

„Wo sie recht hat, hat sie recht", stimmte Peter zu. „Ich mache das. Ihr bleibt so lange direkt am Gebäude stehen. Sicher ist sicher."

Kurze Zeit später klickte das Schloss zwischen den Kettengliedern.

„Geht hinter mir zum Auto", befahl Peter, der seine Dienstwaffe entsichert in der Hand hielt.

Aber die Schweine hatten tatsächlich das Weite gesucht. Moni hob die Plastikdose vom Boden auf, bevor sie einstieg. Von ihr war nicht viel übrig geblieben.

Nadja fuhr bereits auf die Kreuzung am Schaumburger Wald zu, als sie die Nachricht vom glücklichen Ausgang des nächtlichen Ausflugs hörte. Das beruhigte sie ungemein. Sie beschloss dort zu wenden und auf die drei zu warten, damit sie die Wagen tauschen konnten. Ehrlich gesagt war sie mittlerweile vollkommen fertig und wollte nur noch schlafen. Sie hatte kein Nickerchen machen können wie die anderen. Außerdem steckte ihr die merkwürdige Begegnung noch in den Knochen, die sie vergangene Nacht im Institut gehabt hatte. Darüber hätte sie eigentlich sofort sprechen wollen, aber etwas hielt sie zurück. Sie musste erst selbst darüber nachdenken, ob sie sich einen Reim darauf machen konnte.

Dienstalltag

Während die Rechtsmedizinerin mit Moni in dem alten Mercedes in Richtung Kleinenbremen unterwegs war, um sie vorher nach Todenmann zu bringen, fuhren Wolf, Peter und Nadine in die Ulmenallee. Dienst war Dienst, ohne Ausnahme. Im Heck des Wagens lag die mit Geweihen gefüllte Bleikiste unter der Abdeckung. Noch hatte Wolf keinen Plan, wie er die entsorgen sollte. Zum Bauhof konnte er das giftige Metall schlecht bringen, vor allem nicht in dieser Form, eher schon, wenn er es mit dem Vorschlaghammer platt machte und in eine handliche Form faltete, was wegen der Weichheit des Materials durchaus möglich war. Vielleicht hatte sein Sohn eine Idee oder konnte ihm bei der Beseitigung helfen.

Sicher war Niklas längst oben an der Küste in Margens, wo er ein Haus besaß, das ihm seine Mutter vererbt hatte. Wolf versuchte, ihn auf dem Handy zu erreichen. Es klingelte ins Leere, bis irgendwann die Mobilbox ansprang. Notgedrungen sprach Wolf seine Nachricht auf Band und bat um Rückruf. Dann widmete er sich den Akten Lauterbach und Roggelmann auf seinem Tisch. Konnte es angehen, dass ein Mann ohne Arm und eine Frau ohne Fuß da draußen existierten und diese schweren Amputationen überlebten? Wie wäre eine medizinische Versorgung oder Nachsorge gewährleistet? Hatte man beide ins Ausland verschleppt, um sich auch an den inneren Organen zu bedienen? Damit konnte man im Darknet oder auf dem Schwarzmarkt viel Geld machen. Warum dann aber diese privaten Zusendungen von Körperteilen an die Rechtsmedizinerin Anke Seiler? Das passte doch alles nicht zusammen. Immerhin war er froh, dass sie inzwischen wussten, wer zu den Funden gehörte. Was hatte sie mit den Menschen zu tun? Bisher hatten sie keine Verbindung gefunden. Vielleicht gab es auch keine, und der Zusammenhang war ein anderer. Die Blumen, die den Paketen beigefügt waren, machten sie für Wolf zu Präsenten. Da wollte jemand einer Gerichtsmedizinerin formalingetränkte Körperteile zum Geschenk machen. Doch geschah das rein aus einer gemeinsamen Vorliebe zum Wunderwerk der Natur oder war es ein Hilferuf nach Aufklärung eines Verbrechens, das unerkannt geblieben war? Vor seinem geistigen Auge sah er zwei Schwerversehrte auf deren letzter Reise in Richtung Osten. Damit wäre eines klar: Sie würden die beiden Menschen niemals wiederfinden. Weniger glaubte er an die Möglichkeit, Horst Lauterbach und Hilde Roggelmann hätte jemand auf dem Gewissen, was der Absender der Pakete durch eine Untersuchung des Gewebes zu beweisen gedachte. Dann hätte sich Wolf eher vorstellen können, dass man Fuß und Arm posthum auf dem Totenbett entfernt hätte, aber vielleicht war das ja auch so. Nur sie wussten es nicht. Wolf raufte sich die Haare. So einen zähen Fall hatte er lange nicht gehabt.

Stunden gingen ins Land. Wieder und wieder hatte sich Wolf mit den Kollegen besprochen. Ja, sogar der Chef der Operativen Fallanalyse war mit keiner brandneuen Idee um die Ecke gekommen. Wolf ärgerte sich, weil er fühlte, dass sie bei der Aufklärung dieser Verbrechen kläglich versagen würden. Keine Leichen, keine Gewissheit, dass die Vermissten überhaupt tot waren, keine Ahnung, wo sie sich befinden konnten. Eine rundherum beschissene Situation. Doch es sollte alles noch schlimmer kommen.

Im Institut

Anke Seiler war am Morgen froh gewesen, dass ihre Kollegin und Vorgesetzte nicht im Institut war. Das hatte Nadja in der Nacht schon angedeutet. Wer konnte schon rund um die Uhr arbeiten? Irgendwann musste auch der belastbarste Mensch ein paar Stunden Schlaf einlegen. Dass sie sich dort überhaupt getroffen hatten, war beiden nicht recht gewesen. Jede spürte das genau in dem Moment, als sie aufeinandertrafen. Das Gespräch war mühsam und angestrengt, trotz seiner Kürze. Höflich, aber reserviert. Jeder war mit sich selbst beschäftigt. Ein gewisses Maß an Schuldgefühlen war nicht dazu geeignet, locker über Alltägliches zu plaudern. Man ging sich lieber aus dem Weg und zog sich so schnell wie möglich zurück.

Obwohl Anke sich wunderte, was Nadja so spät noch zu arbeiten hatte, interessierte sie nicht wirklich dafür. Das mochte etwas mit einem Fall zu tun haben oder eben auch nicht.

Doch sie selbst war hier neu. Sie konnte es sich nicht leisten, irgendwelche Untersuchungen in Angriff zu nehmen, solange sich Nadja hier aufhielt. Sonst war sie schneller wieder weg, als sie angefangen hatte. Und so langsam begann es ihr in Schaumburg zu gefallen, was unter anderem daran liegen mochte, dass sie mehr an Niklas dachte, als sie sich eingestehen wollte. Der allerdings war immer noch nicht zu erreichen. Dabei hatte sie ihm, entgegen ihrer Gewohnheit, schon zweimal auf den AB gesprochen. Merkwürdig, dass er sich immer noch nicht gemeldet hatte. Das ungute Gefühl beschlich sie erneut.

Sie riss sich zusammen. Höchste Zeit, jetzt endlich Klarheit zu bekommen und die Untersuchung in Angriff zu nehmen. Das Blut im Probenröhrchen lag noch in ihrer verschlossenen Schreibtischschublade. Anke hatte so getan, als sei noch Schriftkram zu erledigen. Nun holte sie es heraus und startete die komplexe Aufschlüsselung des DNA-Profils, bevor sie mit dem regulären Tagesablauf begann. Mittags würde der Bestatter kommen. Bis dahin hatte sie eine bedauernswerte Frau zu untersuchen, um festzustellen, ob sie von eigener Hand gestorben war oder ob jemand nachgeholfen hatte. Anke selbst war hin- und hergerissen zwischen der Sorge um Niklas und ihren Gefühlen, die sie gar nicht haben wollte. Nein, nein, ihre Fantasie spielte ihr Streiche. Wahrscheinlich war Wolfs Sohn einfach an die Küste gefahren, so wie Nadja es ihr erzählt hatte und blieb eine Zeit lang unerreichbar.

Kein Schlaf

Zu Hause fand Nadja trotz ihrer Müdigkeit keinen richtigen Schlaf. Vielleicht lag es daran, dass draußen bereits die Sonne schien. Aber auch etwas anderes hielt sie wach. Es war merkwürdig gewesen, dass Anke plötzlich mitten in der Nacht in der Rechtsmedizin aufgetaucht war. Gut, dass sie selbst zu dieser ungewöhnlichen Zeit dort gearbeitet hatte, ging niemanden etwas an. Nadja musste sich für nichts rechtfertigen. Sie war die Chefin, aber es war ihr trotzdem unangenehm gewesen, dort angetroffen zu werden, weil sie einen DNA-Abgleich vorgenommen hatte, der – nun sagen wir mal – als nicht ganz regelkonform zu bezeichnen war.

Aber was hatte diese Anke da zu suchen? Okay, vielleicht war ihre Mitarbeiterin auch einfach nicht in der Lage gewesen, schlafen zu können oder sie war so verrückt wie sie selbst, was ihren Arbeitseifer anging. Nadja hatte kein Recht, etwas Irreguläres zu vermuten, etwas Heimliches, das hinter ihrem Rücken vorging. Nichtsdestotrotz war sie mit einem komischen Gefühl vom Parkplatz gefahren.

Jetzt lag sie wach und grübelte über Gründe, sich nachts im gerichtsmedizinischen Institut aufzuhalten, wenn man nichts tat, was man verbergen oder zumindest verschleiern wollte und kein aktueller Fall vorlag. So ganz traute sie ihrer Mitarbeiterin in persönlichen Dingen nicht mehr über den Weg, nachdem diese die Blumen in den Paketen mit den Körperteilen verschwiegen hatte. Zwar konnte sie die Gründe dafür nachvollziehen, aber das war weit entfernt davon, sie deshalb auch zu verstehen.

Hier ging es um ein Verbrechen, das dringend aufgeklärt werden musste, da die Personen, denen man das angetan hatte, immer noch verschwunden waren.

Über Peter hatte sie mitbekommen, welche Hebel im Hintergrund in Bewegung gesetzt worden waren. Fahndungsaufrufe in Zeitung und Fernsehen, mehrfacher Einsatz von Hundestaffeln in verschiedenen Gebieten Schaumburgs, in denen sich die Vermissten jemals aufgehalten hatten, wobei Hilde Roggelmann aufgrund der Fußamputation nicht einmal mehr selbst hätte laufen können. Da man überhaupt nichts über ihren und Horst Lauterbachs Verbleib wusste, waren außerdem Leichenspürhunde eingesetzt worden. Sogar umliegende Seen, die Weser und den Mittellandkanal hatte man abgesucht.

Seitdem Nadja neulich einen Bericht über Suchhunde in der Mediathek gesehen hatte, war sie noch faszinierter von diesen Tieren. Caniden konnten die DNA von Menschen mittels ihrer Nase erkennen. Sie selbst war immer der Meinung gewesen, die Vierbeiner wären nur auf den Geruch von Dingen und Personen spezialisiert. Aber weit gefehlt! Man hatte das getestet, indem man das Taschentuch eines Gesuchten verbrannt hatte und anschließend dem Tier zu riechen gab. Der Duft des Menschen war fort, aber der Hund war immer noch in der Lage gewesen, ihn zu finden. Schade, dass Menschen nicht auch über solche Fähigkeiten verfügten. Sie hatte acht Stunden gebraucht, um einen DNA-Abgleich vorzunehmen. Es wäre interessant zu wissen, ob Hunde auch Verwandte bei Menschen erkennen konnten, Personen mit ähnlicher DNA. Aber das führte jetzt zu weit. Sie sollte schlafen, überlegte sie. Doch genau dann, wenn man sich so etwas besonders intensiv vornahm, gelang es am allerwenigsten.

Also weitergedacht, beschloss sie. Zurück zu Anke. Was wusste sie über die Frau? Sie hatte ein eher unnahbares Wesen, hohe, fachliche Kompetenz, begann sie im Geiste aufzuzählen. Der Wechsel nach Schaumburg war aufgrund eines Verlustes innerhalb der Familie oder des engeren Freundeskreis geschehen. Sie wusste es nicht mehr so ganz genau. Anke hatte etwas angedeutet, doch so richtig konkret war sie nie geworden.

Plötzlich schlich sich ein böser Gedanke in Nadjas Gehirn. So ein kleines, fieses Teufelchen, das ihr suggerierte, es könnte auch ganz anders gewesen sein. Was, wenn die neue Rechtsmedizinerin da auch nicht die Wahrheit gesagt hatte und ihre Gründe, die Stellung zu wechseln, höchst eigennützige gewesen waren? Vielleicht sollte man Anke wegen der dubiosen Verbindung zum Fall genauer unter die Lupe nehmen, überlegte sie. Schaden konnte es nicht. Außerdem wären Peter und Wolf in der Lage, diskret vorzugehen.

Sobald sie sich aufgerafft hatte aus dem Bett aufzustehen, wollte sie auf der Dienststelle anrufen. Vielleicht würde es Freunde oder Bekannte geben, die etwas über Anke zu berichten hatten. Am liebsten hätte Nadja auch Niklas ausgequetscht. Von ihnen allen kannte er seine Nofretete am besten. Was würden ehemalige Kollegen über sie sagen oder Vorgesetzte? Es müsste alles beleuchtet werden, dachte Nadja, während ihre Lider nun doch unmerklich schwerer wurden und sie in einen tiefen Schlaf fiel.

Datenbank

So schön sie konnte, nähte Anke den Y-Schnitt unter dem Hals der jungen Frau wieder zu. Sie war hübsch, wohlgeformt und noch am Anfang ihres Lebens gewesen. Was brachte so jemanden dazu, sich mit Tabletten zu vergiften? Sicher, medizinisch ließ sich das mit Depressionen oder einer posttraumatischen Belastungsstörung erklären. Das wusste sie wohl, aber sie konnte diese Verschwendung von Leben nicht begreifen. Wie oft hatte sie in ihrer klinischen Zeit neben einem Patienten gestanden, der dringend ein passendes Organ benötigt hätte? Und hier warf eine Frau sich selbst und damit auch ihre wertvollen Inhalte weg. Ein Suizid hatte so wenig Sinn, fand sie, und dachte über lebenserhaltende Sterbehilfe für Selbstmörder nach, die durch eine Weiterverwendung der Organe erfolgen konnte. Vom Wortspiel her ein Anachronismus, aber in Wahrheit war es eine logische Konsequenz. Aus einem einzigen Körper könnte damit eine Vielzahl an Leben gerettet oder verbessert werden. Ja, das war ihre Meinung, aber die behielt sie lieber für sich. Gerade beim Thema Organspende waren die meisten Menschen höchst sensibel.

Sie sah auf die Uhr und atmete auf. Gerade rechtzeitig geschafft. In zehn Minuten würde der Bestatter kommen. Anke deckte das Tuch über die Tote und warf schnell einen Blick ins Labor. Noch kein Ergebnis, stellte sie fest, aber in ihr nagte der Keim der Unruhe. Sie war froh, dass es an der Tür klingelte.

Anke nickte dem Herrn in Schwarz freundlich zu. Bestatter waren auch als Menschen eine Spezies für sich. Von ihnen ging immer etwas Würdevolles, Bedächtiges aus. Niemals machten sie schnelle, hektische Schritte oder Bewegungen. Sie sprachen ungefähr so wie Pastoren, melodisch, behutsam und nie, ohne ihr Gegenüber aus den Augen zu lassen. Blitzschnelle Interaktion war ihr Geheimnis. Das Sicheinstellen auf jegliche Situation oder Regung des Gesprächspartners. Besonders gute Exemplare verfügten sogar über die Eigenschaft der Voraussicht. Sie wussten, wann ein spontaner Gefühlsausbruch zu erwarten war und hatten für diesen Fall immer schon ein gebügeltes Stofftaschentuch in der Hand, damit auch die erste Träne bereits aufgefangen werden konnte. Bestatter wurde man nicht von Beruf, sondern aus Berufung. Wenn die genetische Veranlagung nicht in einem schlummerte, blieb man höchstens ein Angestellter im Beerdigungsinstitut.

Anke, die mit Empathie wenig anfangen konnte, hielt sich darum gerne zurück, wenn die „Krähen" kamen, wie sie die Zunft leicht scherzhaft nannte und überließ ihren Kollegen das Feld. Heute war das nicht möglich. Der Bestatter stellte sich ihr als Andreas Kunze vor und hielt ihr die Hand hin. Eigentlich war Anke das schon zu viel. „Wir kennen uns noch gar nicht", sagte Kunze freundlich. „Ich habe Sie bisher nur von Ferne gesehen."

So hätte es auch bleiben können, dachte Anke und schüttelte seine Hand, ohne ihn anzusehen.

„Sie kommen wegen Frau …“, Anke musterte das Schild am Zeh der Toten, „… Riensche?“

Kunze nickte. „Eine arme, bedauernswerte Seele, die nun hoffentlich einen besseren Ort gefunden hat.“

„Wenn Sie das Dahinmodern in feuchter Erde als besser bezeichnen. Oder wird sie verbrannt?“ Zum ersten Mal sah sie ihm in die Augen. Komisch, er kam ihr irgendwie bekannt vor. Wahrscheinlich so ein Allerweltsgesicht, von denen es unzählige gab.

„Sie glauben nicht an göttliche Fügung oder das Schicksal an sich?“, erkundigte sich Kunze nachsichtig lächelnd. In seiner Stimme hätte man baden können, wenn man dafür empfänglich war. Ihr nahm es fast den Atem. Er versuchte in sie einzudringen.

„Nein, ich glaube an die Wissenschaft und das, was ich sehe“, erwiderte Anke. „Die Seele, falls wir denn eine haben, stirbt mit dem Körper. Reine Chemie. Gerade Sie sollten wissen, dass der Zersetzungsprozess sofort nach dem Tod beginnt. Wir nennen es Autolyse.“

„Es bleibt also gar nichts von uns übrig?“, bohrte Kunze nach. „Was für eine traurige Vorstellung.“

„Doch, wenn wir Organspender sind, dann leben Teile von uns in anderen weiter, aber auch das ist natürlich zeitlich begrenzt“, konterte Anke.

Kunze winkte seinem Mitarbeiter, der an der Tür stehen geblieben war. Gemeinsam hoben sie die zierliche Frau vom Seziertisch in den Transportsarg und verriegelten ihn.

„Wir bringen die Verblichene eben zum Wagen. Sie können den Rest schon ausfüllen und unterschreiben“, bat

Kunze mit eindringlichem Blick. „Ich hole die Unterlagen gleich ab."

Anke wollte protestieren. Sie wollte nicht mit ihm allein sein. Er hätte doch alles sofort mitnehmen können, wenn er einen Moment gewartet hätte. Sie stöhnte. Bestimmt war das Untersuchungsergebnis längst einzusehen.

Als Kunze wiederkam, hatte sich Ankes Laune nicht gerade verbessert. Sie hasste es zu warten.

„Bitte sehr, Ihre Unterlagen", sagte sie ein wenig zu schroff.

Kunze ignorierte das und sah ihr direkt in die Augen. Im selben Moment fühlte sich Anke innerlich nackt. Sie wandte sich ab. Er war ihr zu nahe gekommen.

„Was den Körper angeht, gebe ich Ihnen recht", spielte er auf ihre Aussage von vorhin an. „Aber was ist mit der Liebe? Stirbt sie auch mit dem Tod?"

Unglaublich, dachte Anke. Da fragte sie dieses merkwürdige, schwarze Männlein nach der Liebe. Wahrscheinlich hatte Kunze noch nie eine Frau gehabt.

Sie lächelte ebenso undefinierbar wie er und antwortete. „Natürlich nicht. So einen richtig guten Fick behält man gerne in Erinnerung! Schönen Tag noch. Verzeihen Sie, aber ich habe zu arbeiten." Mit diesen Worten drehte sie sich um und ließ den Mann stehen.

Andreas Kunze schüttelte den Kopf. Diese Frau war in der Tat noch bedauernswerter als seine Leiche.

Schmunzelnd ging die Rechtsmedizinerin ins Labor. Mit so einer Antwort hatte der komische Kauz bestimmt nicht gerechnet. Aber kurze Zeit später hatte Anke den Bestatter schon wieder vergessen. In einem Wortgefecht zu siegen war gut, doch die Realität wartete. Ja, sie wartete mit einem unfassbaren Ergebnis, das Ankes Welt für einen Moment aus den Angeln hob. Ihre schlimmste Befürchtung war eingetreten. Das Blut aus der Herzkammer gehörte tatsächlich Niklas. Sie musste sich am Tisch festhalten. Und es gab noch eine zweite DNA. Wahrscheinlich die seines Mörders. Taifune tobten in Ankes Innerem. Sie hatte das Gefühl zu zerplatzen. Keinen klaren Gedanken konnte sie fassen. Doch der Horror hatte gerade erst begonnen. Das Herz ihres Freundes lag in ihrem Kühlschrank und klagte ihre Seele an.

Spätnachmittag

So langsam wurde Wolf unruhig und ärgerlich zugleich. Er wusste nicht, welche seiner Gefühlsregungen die Oberhand in diesem Wettstreit gewinnen würde. Sein Sohn Niklas stellte sich tot. Er ging nicht ans Handy, er rief nicht zurück. Achtmal hatte Wolf ihm schon auf die Mailbox gesprochen. Pustekuchen! Keine Reaktion. Es war ja schön, dass er augenscheinlich nach Margens in sein Haus gefahren war, um ein paar Tage Urlaub zu machen oder Abstand zu gewinnen, aber das berechtigte ihn doch nicht zum völligen Abtauchen. Dachte der Blödian denn nicht darüber nach, dass er sich Sorgen machte?

Das Klingeln seines Smartphones riss Wolf aus seinen Grübeleien. Etwas atemlos meldete sich Nadja.

„Guten Morgen, Wolf, äh, vielmehr guten Tag. Bin gerade erst aufgewacht", berichtete Nadja.

„Nach der langen Nacht ist das kein Wunder", erwiderte Wolf. „Im Gegensatz zu uns konntest du nicht mal dösen."

„Würdest du denn ein Nickerchen auf hartem Stahl machen, dort, wo sonst Leichen liegen?", erkundigte sie sich.

„Nicht wirklich", gab Wolf zu.

„Aber der Grund, warum man mich aufgeweckt hat, ist im wahrsten Sinne des Wortes wunderbar: Detlef ist wieder aus dem Koma aufgewacht und ansprechbar! Ist das nicht klasse? Man hat mich eben aus dem Klinikum angerufen."

„Ein Glück!", sagte Wolf und atmete auf. Ein Problem weniger, dachte er erleichtert.

„Weswegen ich noch anrufe", begann Nadja vorsichtig. „Also, ich habe mir den Kopf zermartert, was das mit diesen Präsenten auf sich haben könnte. Vielleicht ist das alles nur Fake, und Anke schickt sich die Sachen selbst zu oder legt sie vor ihre eigene Tür. Das könnte doch auch erklären, warum Seppi überhaupt keine weiteren Spuren gefunden hat. Außer den Pollen, meine ich. Sie weiß halt, wie's geht."

„Puh", stöhnte Wolf, „das ist aber eine sehr gewagte These. Quasi eine doppelte Verschleierung. Sich selbst menschliche Präparate mit Rosen und Lavendel geschmückt zuzusenden, dann aber die Blumen wieder herauszunehmen, bevor die Ermittler das Paket in die Hand bekommen. Ist das nicht zu sehr um die Ecke gedacht? Was hätte Anke denn mit dem Rest der Körper tun sollen? Die lösen sich doch nicht in Luft auf."

„Das wäre doch wirklich eine Frage wert, denkst du nicht, Wolf?", wollte Nadja wissen. „Wenn wir sie direkt mit dieser Idee konfrontieren, können wir ihre Reaktion beobachten."

Wolf überlegte. „Ich weiß nicht so recht. Da würde doch jeder sauer werden, wenn man ihm so etwas zutraut. Was für einen Grund sollte sie haben, sich selbst Füße und Arme zuzusenden?" Er konnte sich mit dem Gedanken irgendwie nicht anfreunden. Schließlich sprach Nadja von der Freundin seines Sohnes.

„Vielleicht, weil sie noch ein viel größeres Verbrechen plant?", überlegte die Rechtsmedizinerin laut. „Sie könnte herausfinden wollen, ob sie mit den ersten beiden Taten durchkommt, indem sie den Verdacht auf den großen, mysteriösen Unbekannten lenkt."

„Du scheinst sie nicht zu mögen", antwortete Wolf, „wenn du ihr das zutraust."

„Was heißt schon mögen?", fragte Nadja. „Ja, sie ist fachlich kompetent, aber ansonsten ein Eigenbrötler, ein Sonderling. Hat Niklas dir nie von ihr erzählt?"

„Wenig", gab Wolf zu, „vielleicht, weil ich von Anfang an hab durchblicken lassen, dass die Frau 'ne Nummer zu groß für ihn ist. Die ist doch meinem kleinen, unerfahrenen Niklas in jeder Hinsicht haushoch überlegen."

Nadja lachte. „Da spricht der besorgte Vater. Glaube mir, dein Niklas steht selbst schon fest im Leben. Aber sag mal, willst du gar nicht wissen, wieso ich überhaupt auf diese für dich absurde Idee gekommen bin?"

„Ach", sagte Wolf verwundert und wurde hellhörig, „es gibt dafür einen Grund?"

„Ja, Niklas hat mir von Ankes Hobby erzählt, als wir die Gelegenheit hatten, mal alleine zu plaudern. Er wollte wissen, was ich davon halte, weil er dachte, ich wäre die Einzige, die das beurteilen könnte", erklärte Nadja.

„Jetzt bin ich aber gespannt. Raus damit!", bat Wolf.

„Nun, sie interessiert sich neben der Humanmedizin auch sehr für die Tiermedizin und überlegt sogar, später dieses Fachgebiet noch zu studieren", erzählte Nadja. „Bis dahin begnügt sie sich damit, Kadaver unterschiedlicher Spezies aufzulesen und zu untersuchen."

„Unfassbar“, entfuhr es Wolf. „Und wo macht sie das? Ich dachte, sie fährt hobbymäßig als Notfallmedizinerin im Rettungswagen.“

„Auch“, bestätigte Nadja, „aber in ihrer übrigen Zeit forscht sie an Vögeln, Reptilien oder Kleintieren. Darum hat sie auch so wenig für Niklas übrig.“

„Ich weiß gar nicht, was ich dazu sagen soll“, gab Wolf zu. „Das ist schon sehr speziell. Aber wo macht sie das? Sie muss doch extra ein Labor gemietet haben. Und das hätte doch längst einer von uns mitgekriegt.“

„Tja, ich schätze, dass sie diesen Spleen nicht an die große Glocke hängen will“, erwiderte Nadja. „Wenn ich Niklas richtig verstanden habe, dann hat sie Räumlichkeiten in dem alten Bauernhaus dazugemietet. Du weißt schon, dort, wo der Arm aufgetaucht ist.“

„Interessant“, antwortete Wolf. „Wie und wo bewahrt sie diese Tierleichen denn auf?“

„Ohne Formalin wird sie nicht auskommen, wenn es das ist, was du meinst“, erwiderte die Rechtsmedizinerin. „Kühlschränke und -truhen werden auch im Einsatz sein, vermute ich.“

„Und da bist du auf keinen Zusammenhang gekommen?“, raufte sich Wolf im Geiste die Haare.

„Nein, dafür gab es doch keinen Grund“, erklärte Nadja. „Sowohl Niklas als auch ich sahen in ihr das Opfer, nicht die Täterin. Erst heute Morgen, als ich nicht einschlafen konnte, schossen mir diese Gedanken durchs Hirn. Vielleicht ist es auch völliger Mumpitz meines kranken Hirns. Ich wollte diese Überlegungen aber mit dir teilen und hören, was du dazu sagst. Was wissen wir schon über

Anke? Nur das, was sie uns hat glauben machen wollen. Sie könnte auch jemand ganz anderer sein."

Wolf seufzte. „Mensch, du hast mich jetzt echt ins Grübeln gebracht. Wenn ich Niklas nur dazu befragen könnte, aber der ist so was von abgetaucht. Der geht weder an sein Handy noch liest er seine Mails. Wahrscheinlich ist er doch sauer auf mich. Aber ich werde jetzt eins machen: Ich bespreche mich eben mit Peter und Nadine. Dann stimmen wir ab. Falls wir ihre Räume inspizieren wollen, müssen wir gleich Nägel mit Köpfen machen und mit einem Durchsuchungsbeschluss anrücken. Sonst lässt uns Anke niemals in ihre heiligen Hallen."

„Wir müssen auch vermeiden, dass sie Lunte riecht", überlegte Nadja. „Bei mir hat die Gedankenspirale übrigens erst eingesetzt, als ich sie heute Nacht im Institut gesehen habe. Weiß der Teufel, was sie dort gewollt hat. Angeblich Schriftkram erledigen, weil sie kein Auge zubekam, aber das glaube ich ihr nicht. Sie wirkte schuldbewusst."

„Nadja", sagte Wolf vorwurfsvoll, „diese Information hättest du mir als Erstes geben sollen. Vergiss das Dreiergespräch. Ich rufe sofort den Staatsanwalt an, der die Kukla vertritt. Der Gerichtsbeschluss kann dann hierher gefaxt und parallel auf mein Smartphone gemailt werden."

„Willst du wirklich das offizielle Papier abwarten?" Nadja sah auf die Uhr. „Jetzt wäre noch ein günstiger Zeitpunkt, unbehelligt von Anke in Wohnung und Bauernhaus zu gelangen. Sie ist noch im Institut. Wie war das noch mit der Gefahr im Verzug? Vielleicht liegen dort

Hilde Roggelmann und Horst Lauterbach auf Eis oder in Formalin."

„Na, du hast Nerven", erwiderte Wolf. „Du bist ja schlimmer als Peter."

„Ich muss schließlich mit ihm leben", erklärte Nadja. „Da muss man mit allen Wassern gewaschen sein. Also ran an die Buletten!"

Hausdurchsuchung

Es war nicht gerade das, was sich Seppi und sein Team an diesem Feierabend ausgesucht hätten, aber keiner murrte, als plötzlich noch eine Hausdurchsuchung in Vehlen auf die Tagesordnung gesetzt wurde. Das lag unter anderem daran, dass Ort und Anlass spektakulär waren. Die eigene Rechtsmedizinerin unter die Lupe zu nehmen, kam nicht allzu oft vor.

Seppi allerdings, der schon lange in seinem Bereich tätig war, konnte kaum noch etwas schocken. Es gab einfach nichts, was es nicht gab. Wer wusste das besser als er? Die Sache mit Arm und Fuß hatte er von Anfang an komisch gefunden, und seitdem er das mit den Blütenpollen wusste, erst recht. Zumindest da hatte diese Anke Seiler gelogen. Warum sollte sie also nicht mit mehr als dieser Information hinter dem Berg halten? Aber egal, was es sein mochte, Seppi würde es mit seinem Team herausfinden.

Auf dem Grundstück „Zum Felde 1" trennten sich die Spurensicherer in zwei Gruppen. Eine nahm sich die Wohnung vor, die andere das alte Bauernhaus, in dem Anke ihr ungewöhnliches Hobby betreiben sollte. Seppi teilte die Beamten ein und nahm sich vor, beide Suchtrupps wechselweise zu unterstützen.

Hinter der Diele lagen die Räume von Ankes Labor.

„Ach, du meine Güte", entfuhr es Seppi, „was für eine Ausrüstung!"

Neben einem alten Behandlungstisch für Tierärzte stand eine OP-Lampe zum Rollen, die noch nicht allzu viele Jahre auf dem Buckel hatte. Daneben zwei kleinere Instrumententische, auf denen penibel aufgereiht lag, was zum Sezieren gebraucht wurde. Ein kleines Rollschränkchen mit grünen Schlitztüchern, Nierenschalen, Nahtmaterial und Gefäßen stand an der Wand.

„Alles sauber und ordentlich", sagte Markus, ein Mitarbeiter von Seppi bewundernd.

Im zweiten Raum gab es fast nur Regale, in denen Glasgefäße und Plastikboxen gestapelt waren. Dazu große Kanister mit Formaldehyd. Ein Blick durch die halb durchsichtigen Deckel der Behälter erklärte warum. In ihnen befanden sich Tiere ganz unterschiedlicher Art. Seppi notierte Wellensittiche, Mäuse, Meerschweinchen, Ratten in der einen Etage. Darunter sichtete er eine Bergagame, verschiedene Molche und Eidechsen sowie eine Kreuzotter. Weiter hinten kamen sie zu Kaninchen, einem echten Feldhasen und mehreren Katzen. Das letzte Regal war Hunden vorbehalten, wobei es eher kleinere Exemplare waren.

„Ganz schön abgefahren", meinte Markus, der die einzelnen Spezies für Seppi ansagte, damit er sie notieren konnte. „Wo sie die wohl alle herhat? Hoffentlich Unfallopfer oder Ähnliches."

„Darüber möchte ich heute Abend nicht nachdenken", gab Seppi zu. Ihm war nichts Menschliches fremd, wenn es jedoch um hilflose Tiere ging, war sein Nervenkostüm dünner.

Doch es blieb keine Zeit weiter darüber nachzudenken, denn Seppis Smartphone klingelte und Heike aus dem „Team Wohnung" war dran. Sie klang verstört.

„Ch…ef", stotterte sie, „kannst du bitte mal hochkommen?"

„Was Interessantes?", wollte Seppi wissen.

„Komm einfach!", bat Heike mit zitternder Stimme. „Musst du selber sehen."

Auf einiges war Seppi nach diesem Telefonat gefasst gewesen, aber nicht unbedingt darauf, ein relativ frisches Herz in einer Tupperdose im Kühlschrank zu finden.

„Wir brauchen Nadja, dringend", sagte er knapp und wählte die Nummer der Rechtsmedizinerin, die gerade unter der Dusche hervorgekommen war.

Im nächsten Moment bat er die Kommissare Hetzer und Kruse nach oben.

Wolf und Peter, die schon über das tiermedizinische Labor den Kopf geschüttelt hatten, staunten Bauklötze, als sie den unheimlichen Fund zu Gesicht bekamen.

„Das fasse ich nicht", staunte Peter, „ein menschliches Herz, dort, wo eigentlich Frikadellen oder Hähnchenschenkel liegen sollten. Oder ist das ein Schlachtrest vom Schwein, noch ganz frisch für Ankes Labor?"

Heike von der SpuSi wurde rot. Daran hatte sie überhaupt nicht gedacht. Klar konnte das Herz auch von einem größeren Tier stammen. So gut kannte sie sich in Anatomie nicht aus.

„Was denkt ihr, warum wir die Rechtsmedizin haben?", fragte Seppi mit einem Augenzwinkern. „Ich maße mir auch nicht an zu wissen, von welchem Säugetier dieses

Herz stammt. Fakt ist jedoch, es kommt nicht im Kühlschrank eines normalen Haushaltes vor, es sei denn, man steht auf Innereien und will es selbst essen oder man hat einen Hund."

Heike nickte erleichtert. „Mittlerweile transplantieren sie schon Herzen von Schweinen in Affen, also artübergreifend. Bestimmt kann man das mit bloßem Auge gar nicht erkennen, ob es von Mensch oder Tier stammt."

„Herzklappen von Schweinen gibt es schon länger beim Menschen", fügte Wolf hinzu. „Trotzdem hat man ein mulmiges Gefühl, wenn man das Organ hier herausgetrennt in einer Plastikdose liegen sieht. Mir geht es jedenfalls so."

„Mir nicht", erklärte Peter. „Ich finde nur, dass es Platz für was Richtiges wegnimmt, aber ist ja nicht mein Kühlschrank."

Jemand stapfte die Treppe hoch. Es war Anke. Schweißtropfen standen ihr auf der Stirn. Die Wut war ihr ins Gesicht geschrieben.

„Könnt ihr mir sagen, was ihr in meiner Wohnung macht?", erkundigte sich Anke mit bebender Stimme.

„Durchsuchungsbeschluss", sagte Wolf trocken.

„Und weswegen?"

Wolf antwortete nicht. „Kannst du uns vielleicht das hier erklären?" Er zeigte auf das Herz.

„Nein!", log sie. „Ich sehe es zum ersten Mal. Aber dann ist es ja gut, dass ihr da seid. Wo habt ihr es gefunden?"

Peter räusperte sich. „In deinem Kühlschrank. Komisch nicht? Und du bist dir sicher, dass du es nicht zufällig dort hineingelegt hast?"

„Todsicher“, erwiderte sie. „Ich bewahre doch kein menschliches Herz in meiner Küche auf. Da werden Lebensmittel verarbeitet.“

„Ach, du kannst auf den ersten Blick sehen, dass es human ist?“, erkundigte sich Wolf.

„Natürlich“, antwortete Anke. „Und ich weiß jetzt auch, dass noch jemand außer euch unbefugt in meiner Wohnung gewesen ist. Jemand, der …“ Sie hielt inne.

„Sprich ruhig weiter“, bat Wolf.

Anke schüttelte den Kopf.

Peter übersetzte. „Sie meint, dass das Herz ja irgendwoher stammen muss, ist sich aber unsicher, ob der Mensch schon tot war oder es dadurch geworden ist.“

„Das kann ich nur im Institut herausfinden“, sagte Anke.

„Ich glaube nicht, dass du das wirst“, rief Nadja von der Tür aus. Sie war eben angekommen. „Vorerst bist du von deinen Pflichten entbunden. Zumindest so lange, bis die Angelegenheit geklärt ist. Gib mir bitte deinen Institutsschlüssel.“

„Und wir würden dich bitten, mit uns auf die Dienststelle zu kommen. Wir haben da doch noch etliche Fragen an dich, wie du dir denken kannst“, fügte Wolf hinzu.

„Und danach?“, fragte Anke entrüstet. „Schickt ihr mich dann wieder in meine Wohnung zurück, damit dieser Irre, der ein Herz in meinen Kühlschrank gelegt hat, wiederkommen und mich massakrieren kann?“

„Wir können dir gerne eine Zelle anbieten“, schlug Peter sarkastisch vor, „oder du mietest dich in einem Hotel ein, bis dein Schloss ausgetauscht ist. Auf einen Schlüsseldienst solltest du lieber verzichten. Die nehmen es von den Lebendigen. Für die Kosten kannst du etliche Nächte im Hotel bleiben. Aber ich schätze, es wird doch eher die Zelle."

„Darf ich dann wenigstens noch ein paar Sachen packen?", wollte Anke wissen.

„Nur unter Aufsicht", schaltete sich Seppi ein. „Heike, bist du so freundlich, Frau Seiler zu begleiten?"

Wenige Minuten später stieg Anke Seiler in Wolfs Dienstwagen. Über ihrer Schulter trug sie eine kleine Reisetasche.

Nadja, die an und für sich nicht schon wieder eine Nachtschicht einlegen wollte, fuhr kurz ins Institut, um zu bestätigen, dass es sich bei der Gewebeprobe des Herzens tatsächlich um menschliche Zellen handelte. Ja, sie hatte recht gehabt. Dann wollte sie den Test zur Ermittlung des DNA-Profils anschieben und beschloss, anschließend nach Hause zu fahren. Das Ergebnis würde mit oder ohne ihr Beisein am nächsten Morgen vorliegen. Erst dann konnte sie sehen, ob ein Treffer beim Abgleich mit der Datenbank vorlag. Plötzlich stutzte sie. Jemand hatte tagsüber, als sie nicht im Institut gewesen war, ebenfalls eine Probe auf DNA überprüft. Das konnte nur Anke gewesen sein, mutmaßte Nadja und ahnte, dass es sich exakt um dieselbe Untersuchung handeln musste wie die, die sie gerade in Angriff nehmen wollte. Genervt stoppte sie ihr eigenes Vorhaben, weil sie sich erst Ankes Ergebnisse ansehen wollte, aber sie konnte nichts finden. Empört rief sie auf Wolfs Smartphone an, damit er wusste, dass diese Frau wieder gelogen hatte. Von dem Herzen in ihrem Kühlschrank musste sie sehr wohl gewusst haben.

Er meldete sich.

„Wolf, sag jetzt nichts", bat Nadja. „Nichts, was erkennen lässt, dass du mit mir sprichst. Geh am besten aus dem Raum raus."

Wolf entschuldigte sich und stand auf. Er verzog sich in Peters Büro.

„Du machst es aber spannend, Nadja. Was ist denn so dringend, dass ich meine Befragung unterbrechen muss?"

„Anke hat wieder gelogen", informierte ihn die Rechtsmedizinerin. „Schon heute Morgen hat sie ein DNA-Profil in Auftrag gegeben. Ich wette, dass sie das auch in der letzten Nacht tun wollte. Aber da bin ich ihr in die Quere gekommen. Sie muss also von dem Herzen gewusst haben. Möglicherweise ist ihr auch bereits bekannt, wem es gehört. Vielleicht hat sie sogar die Untersuchungsergebnisse manipuliert oder eliminiert. Ich habe jedenfalls nichts gefunden."

„Das wäre unglaublich", stöhnte Wolf. „Auf was soll man sich denn noch verlassen, wenn die ermittelnden Stellen nicht zusammenarbeiten?"

„Da kannst du dich doch bei mir nicht beschweren", hakte Nadja nach.

„Es geht überhaupt nicht um dich", antwortete Wolf. „Aber was sollen wir dieser Anke noch glauben, wenn sie uns wiederholt anlügt?"

„Gar nichts, bis wir sie durchschaut haben oder sie endlich die Karten auf den Tisch legt", schlug Nadja vor. „Sie kann erst mal unbezahlten Urlaub nehmen und an ihren

Viechern rumfummeln. Ich hab das tiermedizinische Labor beim Rausgehen kurz angeguckt. Also, ich bin ja auch bestimmt verrückt, aber das da schlägt alles. Und dann fährt sie noch auf dem Rettungswagen mit. Ich verstehe überhaupt nicht, was das für ein Mensch ist. Versprich mir, dass du heute Abend noch rausfindest, ob sie weiß, zu wem das Herz gehört. Dann bitte sofort eine Info an mich. Ich warte mit meiner Untersuchung so lange. Diese Tests sind nicht billig. Es wäre unsinnig, denselben zweimal zu machen."

„Das ist allerdings wahr", bestätigte Wolf. „Wir werden sie direkt damit konfrontieren. Ich halte dich auf dem Laufenden. Gib Peter bitte morgen die Personalmappe von Anke mit. Du kannst sie doch jetzt mit nach Hause nehmen. Nadine soll versuchen herauszufinden, warum sie Arbeitgeber und Ort gewechselt hat."

„Ich hoffe, das alles klärt sich bald auf", seufzte Nadja. „Eigentlich glaube ich nicht, dass sie ein so schlechter Mensch ist."

„Das wird sich in Kürze herausstellen. Aber jetzt muss ich zurück. Bis später, Nadja."

Beide legten auf.

Unruhe machte sich breit. Sie brodelte unter der Oberfläche, bereit zur Eruption.

Alte Bekanntschaften

Mit gemischten Gefühlen fuhr Nadja nach Hause. Auf dem Beifahrersitz lag Ankes Personalakte. Sie konnte es einfach nicht glauben, dass sie sich so in dieser Person getäuscht hatte. War ihre Menschenkenntnis denn so schlecht? Oder wurde sie alt und ungenau? Oder zu nachsichtig? Zu diffus? Es war müßig, darüber nachzugrübeln. Sie hatte die Auswahl sorgfältig und überlegt getroffen. Anke war ein Ass auf ihrem Gebiet. Sie verfügte über zahlreiche Extraqualifikationen. Manches hatte sie im Institut sogar schon unter Beweis gestellt. Insofern war die Überlegung ungerecht, ob sie auch bei ihren Zeugnissen und Beurteilungen gelogen, beziehungsweise gefälscht hatte.

Da Peter noch auf der Dienststelle in der Ulmenallee war, hatte sie genug Zeit, sich auch selbst noch einmal mit Ankes Personalakte zu beschäftigen.

Beim Blättern und einem guten Glas Rotwein fiel es ihr wieder ein: Anke Seiler war in Diepholz am gerichtsmedizinischen Institut gewesen. Das war ein Riesenvorteil, denn Nadja kannte Professor Henning Schwarze, der dort immer noch Chef war. Wahrscheinlich würde man ihn mit den Füßen voran raustragen müssen. Sie selbst hatte bei ihm hospitiert. Auch für Anke war er sicher ein guter Mentor gewesen.

Professor Schwarze war ein Workaholic und das würde sich bestimmt auch im zunehmenden Lebensalter nicht geändert haben. Solche Menschen mit viel Energie konnte man nicht bremsen. Man ließ sie besser machen.

Mit den Jahren hatte sich eine Art Freundschaft zwischen Nadja und ihm entwickelt. Bei schwierigen Fällen hatte sie bisweilen seine Meinung eingeholt. Jetzt erhoffte sie sich ein paar Informationen anderer Art. Sie sah auf die Uhr. Kurz nach acht. Da konnte sie es noch wagen, den alten Kauz anzurufen.

„Schwarze", krächzte er in die Muschel.

„Herr Professor", freute sich Nadja seine Stimme zu hören. „Hier ist Serafin, Nadja Serafin."

„Nadeschda", sang er fast, „das ist aber schön, dass Sie sich melden." Er kicherte. „Aber wenn Sie anrufen, dann bedeutet das eigentlich immer, dass Sie etwas von mir wollen, stimmt's?" Spontan hatte Nadja ein schlechtes Gewissen. Aber lügen lag ihr nicht.

„Da liegen Sie richtig, Herr Professor. Sie sind eben eine Koryphäe, wobei ich diesmal nichts Wissenschaftliches auf dem Herzen habe, sondern eher etwas Menschliches."

„Sie machen es aber spannend, Mädchen!", erwiderte er. „Wenn ich helfen kann, gerne. Immer raus mit der Sprache. Wo drückt denn der Schuh? Sind Sie unglücklich verliebt? Ich kann den Kerl so umbringen, dass niemand was merkt." Er lachte.

„Nein, nein, es geht nicht um mich, sondern um meine Mitarbeiterin", erklärte Nadja. „Sie haben auch schon mit ihr gearbeitet. Ich möchte wissen, ob Sie ihr einen oder mehrere Morde zutrauen würden."

Schwarze zögerte und vergaß das Siezen. „Du weißt es selbst genau, Mädchen. Jeder ist dazu in der Lage. Es kommt nur auf die Umstände an. Aber um wen handelt es sich?“

„Um Anke Seiler“, verriet Nadja.

„Ach Gott, die arme Seele“, seufzte Schwarze. „Könnte mir schon vorstellen, dass sie inzwischen verrückt geworden ist. Die Sache mit ihrem Bruder hat ihr ganz schön zugesetzt.“

„Was war denn mit dem Bruder?“, erkundigte sich Nadja.

„Ein Sportler war er. Ich glaube, er lief sogar Marathon. Mit einem Mal fiel er tot um und das war's dann. Anke war im Dschungel unterwegs, als das passierte. Sie forschte an Urwaldtieren. Man konnte sie nicht erreichen. Die Eltern haben den Bruder einäschern lassen, damit sie die Bestattung herauszögern konnten, bis Anke wieder zurück war. Aber sie muss völlig ausgerastet sein, als sie von der ganzen Sache erfuhr. Das haben wir sogar hier bei uns im Institut bemerkt. Gut, wir wollten Rücksicht nehmen und hielten uns zurück. Jeder Mensch trauert anders. Ich hörte allerdings, dass sie die Kripo ziemlich unter Beschuss genommen hat. Sie hielt den Tod ihres Bruders für Mord. Er war wohl kurz vor seinem Zusammenbruch noch beim Arzt zu einem Belastungs-EKG gewesen. Das hatte keine Auffälligkeiten gezeigt.“

„Kam sie nur deshalb auf ihre Mordtheorie?“, hakte Nadja nach, als der Professor Luft holte.

„Tut mir leid, das weiß ich nicht“, gab er zu. „Angehörige klammern sich manchmal an die merkwürdigsten

Vorstellungen, wenn sie es nicht wahrhaben wollen, dass ein geliebter Mensch umgekommen ist. Das hast du doch selbst schon erlebt, Mädchen."

„Und? Ist die Kripo der Theorie nachgegangen?", wollte Nadja wissen.

„Ich denke nicht", antwortete Schwarze. „Der junge Mann war bereits Staub und Asche. Da war nix mehr zu machen. Substanzen, die einen Herztod verursacht haben könnten, wären nicht mehr nachzuweisen gewesen. Man hätte seine Kohlenfragmente nur noch wie Kaffeesatz in einer Tasse lesen können."

„Und was hat sie dann gemacht? Hat sie sich mit der Situation irgendwann arrangiert?", fragte Nadja.

„Schwer zu sagen", sagte der Professor nach einem Moment des Überlegens, „so wie ich sie einschätze, niemals. Deswegen ist sie auch aus Diepholz weggegangen. In den Großstadtmoloch Berlin, aber immerhin in die Charité. Gut in ihrem Fachgebiet war sie ja. Man könnte sogar sagen hervorragend. Zwischenmenschlich war sie eher spröde, wenn du verstehst, was ich meine. Aber ruf doch vielleicht mal den Kommissar an, den sie dauernd drangsaliert hat. Möglicherweise kannst du von ihm noch mehr erfahren. Ach, mir fällt gerade noch ein, der Thomas Seiler war sogar ein Kollege von ihm. Wenn die also nur irgendein Verbrechen gewittert hätten, wären sie der Angelegenheit sofort nachgegangen."

„Ja, davon kann man ausgehen", bestätigte Nadja Schwarzes Vermutung. „Wie heißt denn der Beamte?"

„Frag mal nach Hauptkommissar Werner Pfeiffer und grüß ihn von mir, Mädchen. Schön, dass du mal wieder angerufen hast. Ich hoffe, du steckst bald wieder in der Klemme. So ein alter Knacker wie ich ist in seiner Freizeit zu viel alleine."

„Aber Sie sind doch meistens im Institut, Herr Professor", sagte Nadja und lachte.

„Meistens schon, aber leider nicht immer. Ich habe schon überlegt, mein Bett dort reinzustellen, aber mir ist kürzlich eine Katze zugelaufen. Stell dir vor, ein alter, ramponierter Kater, so wie ich einer bin. Den will sowieso keiner mehr haben, und ich bringe es nicht übers Herz, ihn im Stich zu lassen."

„Na, dann sind Sie ja doch nicht ganz alleine", verabschiedete sich Nadja beruhigt. „Schönen Abend noch, herzlichen Dank, und bis bald mal wieder."

Die Befragung

Wieder und wieder hatten Peter und Wolf die Ereignisse mit dem Arm und dem Fuß durchgekaut und Anke Fragen dazu gestellt. Sie blieb bei ihrer Behauptung, mit den Körperteilen nichts zu tun zu haben.

Als Peter sie auf ihr Hobby ansprach, wurde sie sauer. Es ginge niemanden etwas an, womit sie ihre Zeit verbrächte, warf sie ihm an den Kopf und wenn sie dazu 100 Mal Formalin verwenden würde. Ob sie auch ständig Menschen umbrächte, weil sie die Chance als Notärztin ausnutzen würde, wehrlose Opfer zu ermorden, fragte sie die Beamten.

„Nur weil ich die Möglichkeit dazu und das Wissen darüber habe, tue ich es doch nicht", sagte sie entrüstet.

„Du hast also das Herz, wie du sagtest, nie zuvor gesehen?", bohrte Wolf nach. „Es könnte nicht sein, dass du es schon entdeckt hattest und eine Untersuchung gestartet hast, um herauszufinden, zu wem es gehört?"

Anke fing wieder an zu schwitzen. Möge doch jemand das Damoklesschwert über ihr entfernen, wünschte sie sich insgeheim, aber sie war nicht dumm. Wenn Wolf so detailliert nach der Untersuchung fragte, waren zwei Dinge klar. Nadja hatte herausgefunden, was sie getan hatte, konnte sich aber das Ergebnis nicht ansehen, da sie es gelöscht hatte, als hätte es nie existiert, als sei die Untersuchung nicht bis zu Ende durchgelaufen. Das brachte ihr vor allem eins: Zeit! Anke entschloss sich, einen Teil zuzugeben.

„Okay, ja, ich hatte das Herz schon in der Nacht entdeckt, als ich mir etwas zu trinken holen wollte, und natürlich war es mein Bestreben zu wissen, von wem es stammte", erklärte sie. „Aber was hätte ich denn tun sollen? Wieder euch anrufen? Dann wäre genau das passiert, was wir jetzt haben. Ihr denkt, ich stecke hinter den ganzen präparierten Körperteilen. Nebenbei bemerkt war das Herz frisch. Keine Spur von Formaldehyd."

„Soll ich das toll finden?", erkundigte sich Peter. „Ich will sofort wissen, wer der arme Mensch ist, dem es jetzt fehlt."

Anke zuckte mit den Schultern.

„Wie? Noch kein Ergebnis?", fragte Peter ungläubig.

Sie schüttelte den Kopf. „Das dauert alles seine Zeit. Nadja wird euch informieren."

„Gut, dann machen wir jetzt erst mal eine Pause", beschloss Wolf. „Du müsstest aber bitte hierbleiben. Wir sind noch nicht fertig mit der Befragung."

Anke atmete auf, als die Beamten den Raum verlassen hatten. Ihr selbst ging es nicht gut. Es war nur eine Frage von Stunden, bis sie schwarz auf weiß vorliegen hatten, dass Niklas nicht mehr leben konnte. Für sie gab es jetzt nichts Wichtigeres zu tun, als zu überlegen, wer ihr das angetan haben konnte. Falls die Insekten und Tiere damit zusammenhingen, die sie in Diepholz und Berlin bekommen hatte, musste es jemand sein, der sie seitdem beobachtete und verfolgte, überlegte sie. Jemand, der so geschickt und heimlich vorging, dass sie es niemals bemerkt hatte. Auch eine Verbindung war ihr nicht aufgefallen. Hummeln und Käfer oder Schmetterlinge im Briefkasten waren etwas anderes gewesen als tote Mäuse oder Tauben auf ihrem Balkon in Berlin. Für Anke bestand da kein Zusammenhang. Natürlich konnte ihr der Arm auch aus der Hauptstadt geschickt worden sein, aber er stammte ja nun definitiv von Horst Lauterbach. Und das bedeutete also, dass ihr Peiniger ihr entweder gelegentliche Besuche abstattete oder dass er zwischenzeitlich hier nach Schaumburg übergesiedelt war. Was, wenn er ihr schon von Diepholz aus gefolgt war?, überlegte sie. Und plötzlich traf sie noch ein viel größerer Schock. Wie der Stich eines Schwertes zerteilte ein grausiger Gedanke ihre Eingeweide.

Falls derjenige, der hinter ihr her war, auch für Niklas' Tod verantwortlich war, hatte er dann auch ihren Bruder auf dem Gewissen? Oder Kai, der sie in Berlin nach dem Verlust aufgefangen und ihr neuen Lebensmut geschenkt hatte?

Niemand konnte sich vorstellen, was nun für eine Achterbahnfahrt in Ankes Gedanken begann. Aus allen Richtungen schossen Ideen, Befürchtungen, Schmerzen durch ihre Neuronen und verursachten einen kaum auszuhaltenden Kopfdruck. Eine Obsession! Es musste die krankhafte Wahnidee eines Einzelnen sein. Ein falsch verstandenes Gefühl von abnormer Liebe. Was, wenn es jemanden gab, der sie so zu lieben glaubte, dass er jeden ausschalten musste, der ebenfalls starke Gefühle für sie empfand? Dann waren Thomas, Kai und Niklas nur ihretwegen gestorben. Und so etwas passierte ihr, die immer anderen helfen wollte, etwas Gutes tun wollte, für andere da war … Wie konnte sie mit dieser Bürde weiterleben? Es fühlte sich so an, als hätte sie selbst getötet, als wäre sie für die Morde verantwortlich. Wenn sie nun dafür büßen würde, käme sie ins Gefängnis. Aber es hätte einen Vorteil: Es würde keine weiteren Morde geben, weil niemand sie mehr lieben könnte. Anke, die grausame Rechtsmedizinerin, die andere auf dem Gewissen hatte.

Ja, das war ein guter Plan. Sie würde die Schuld auf sich nehmen, ihren Anteil sühnen und weitere Taten verhindern.

Das Herz

Noch immer war Nadja im Institut. Sie hatte alles durchsucht und ärgerte sich. Das DNA-Profil der Probe war gelöscht worden. Auch das Untersuchungsmaterial selbst gab es nicht mehr. Es war wie vom Erdboden verschluckt. Anke hatte es verschwinden lassen. Also blieb Nadja keine andere Wahl, als eine neue Gewebeprobe aus dem Inneren der Herzwand zu entnehmen. Vorher reinigte und desinfizierte sie die Einstichstelle, um Fremd-DNA zu vermeiden. Wieder würde sie viele Stunden warten müssen, bis endlich das Ergebnis vorlag und man dem Toten einen Namen geben konnte. Doch auch das würde nur gelingen, wenn sich sein Name in der Datenbank befand. Es war zum Haare raufen. Als die Untersuchung lief, rief sie Wolf an. Sie hoffte, dass er noch mit Anke beschäftigt war.

„Sie hat alles gelöscht", schimpfte Nadja in den Hörer. „Wir müssen abwarten. Ich informiere euch dann. Aber hör mal, ich habe mit meinem alten Professor gesprochen und der hat mir interessante Dinge erzählt."

„Die da wären?", hakte Wolf nach und stellte auf laut.

„Anke ist aus Diepholz weg, weil ihr Bruder aus mysteriösen Gründen einem Herztod zum Opfer gefallen sein soll, obwohl er als kerngesund galt. Dieser Thomas Seiler war auch bei der Kripo. Du könntest seinen Vorgesetzten anrufen und dich informieren. Anke nervt ihn wohl heute noch, damit er die Angelegenheit als Mordfall untersucht."

„Okay, das ist mal eine seltsame Info", sagte Peter. „Bringt sie jetzt Leute um, weil man den Tod ihres Bruders nicht untersucht?"

„Wäre das nicht ein bisschen weit hergeholt?", fragte Wolf. „Ich könnte noch verstehen, dass sie den Täter ausschaltet, falls sie ihn kennt, aber wahllos älteren Leuten die Extremitäten abschneiden oder das Herz entfernen? Das passt doch überhaupt nicht." „Finde ich auch", antwortete Nadja. „Und dann habe ich noch bei der Charité angefragt, ob jemand weiß, weswegen Anke von dort fortgegangen ist. Glücklicherweise konnte mir jemand eine ehemalige Kollegin von Anke geben." Nadja seufzte. „Ihr werdet es nicht glauben. Sie hat Berlin verlassen, weil sich ihr Freund Kai das Leben genommen hat. Zumindest offiziell. Aber Anke hat wohl immer behauptet, dass er ihr das nicht angetan hätte, weil er sie niemals im Stich lassen wollte."

„Das ist in der Tat starker Tobak", gab Wolf zu. „So etwas kann einen schon aus der Bahn werfen. Insofern sind die Ortswechsel verständlich, nicht aber unsere ganzen mysteriösen Funde."

„Ich stimme euch zu, dass da was nicht stimmt", sagte Peter und lachte. „Blöd formuliert, ich weiß. Aber warum untersucht sie dann die DNA von diesem Herzen und verschleiert anschließend dessen Eigentümer? Wenn der Test keinen Namen ergeben hätte, wäre es nicht nötig gewesen, sein Ergebnis zu löschen."

„Morgen werden wir es wissen", versprach Nadja, „und ihr fragt sie mal nach Bruder und Freund."

„Ich bin gar nicht mehr so sicher, ob wir wissen wollen, wem das Herz gehört", erwiderte Wolf mit einem mulmigen Gefühl.

„Vielleicht sagt sie es uns doch noch", überlegte Peter.

„Dann möchte ich es sofort wissen", bat Nadja.

Wolf und Peter kehrten zurück und staunten. Sie fanden eine ganz andere Anke Seiler vor als die, die sie eben zurückgelassen hatten. Klein, verweint, fast demütig saß sie da und streckte ihnen ihre Arme hin.

„Bitte verhaftet mich. Ich bin für die Taten verantwortlich", sagte sie schluchzend. „Für alle, ausnahmslos."

„Nun mal langsam mit den jungen Pferden", begann Wolf und reichte ihr ein Taschentuch. So ein vollumfängliches Schuldeingeständnis war nun auch wieder zu viel, dachte er. „Jetzt beruhigst du dich, und dann erzählst du uns, was du damit meinst."

„Ich kann mich nie wieder beruhigen, Wolf", erwiderte Anke, „in meinem ganzen Leben nicht."

Peter wurde es zu bunt. „Jetzt reißt mir hier gleich der Geduldsfaden", schimpfte er. „Zuerst mit Untersuchungsergebnissen hinter dem Baum halten und dann einen auf Heulsuse machen. Ist das auch wieder eine Masche? Verdammt noch mal. Wenn du weißt, wessen Herz das ist, dann sag es uns endlich. Wir erfahren es sowieso spätestens morgen."

Nadja musste eine neue Probe entnommen haben, dachte Anke und litt mit Wolf. Nein, sie konnte es nicht sagen. Wenigstens ein paar Stunden sollte er noch glücklich sein. Sie selbst wusste am besten, dass das Leben nach so einem nahen Verlust nie mehr dasselbe sein würde.

„Ich möchte einen Anwalt. Ohne sage ich nichts mehr", rettete sie sich vor der Offenbarung.

Peter knallte seine Faust auf den Tisch und verließ den Raum. Er konnte Ankes Gegenwart einfach nicht mehr ertragen. Durch den Spiegel sah er von außen zu.

„Anke", sagte Wolf behutsam wie zu einer Kranken, „ich bitte dich. Du kannst es doch am besten verstehen. Da draußen gibt es Menschen, die mit einem Verlust fertig werden müssen. Haben sie kein Recht zu erfahren, was mit ihrem Angehörigen geschehen ist? Wenn du wirklich an den Taten beteiligt bist oder auch nur das Geringste weißt, dann hilf uns bitte."

„Ich kann nicht", flüstere Anke halb erstickt vor Tränen.

„Denk an deinen Bruder und deinen Freund Kai", versuchte Wolf es weiter so sanft wie möglich.

„Ich denke an nichts anderes mehr", kam es von Anke.

„Dann sag uns wenigstens, warum sie sterben mussten", bettelte Wolf, „und ob Hilde Roggelmann und Horst Lauterbach noch leben."

„Mein Gott, wenn ich das wüsste", schrie Anke plötzlich aus vollem Hals.

Jetzt hatte auch Wolf genug. Er klopfte an die Tür. Eine informierte Beamtin erschien.

„Abführen", sagte Wolf scharf, „und sorgen Sie dafür, dass Frau Seiler ihren Anwalt kontaktieren kann."

Peter kam wieder in den Verhörraum.

„Ich brauch jetzt ein Bier, aber sag's keinem", beschloss er und ging zum Kühlschrank.

„Seit wann hortest du hier Alkohol?“, erkundigte sich Wolf.

„Wollte ich eigentlich nachher mit nach Hause nehmen, aber mein Zuhause ist gerade hier“, erwiderte Peter und sah auf die Uhr.

„Gib mir auch eins“, bat Wolf.

Sie prosteten sich zu und tranken jeder einen Schluck aus der Flasche.

„So gerne ich das hätte, aber die war's nicht“, sagte Peter. „Keine Ahnung, ob die durchgeknallt ist oder was die da gefaselt hat von Schuld.“

„Ich weiß, was dich an dem Geständnis stört“, erwiderte Wolf. „Sie verhält sich wie ein Opfer, nicht wie ein Täter.“

„Das erklärt aber immer noch nicht ihre schwachsinnige Aktion mit der DNA-Untersuchung, deren Ergebnis sie nicht preisgeben will.“

„Vielleicht berührt es sie selbst zu sehr“, überlegte Wolf.

„Möglich. Sag mal, wo ist eigentlich Niklas?“, erkundigte sich Peter.

„An die Küste gefahren“, erklärte Wolf.

„Sicher?“, fragte Peter und bohrte damit einen Riesenstachel in den Leib seines Kollegen. „Schon mal irgendwas von ihm in den letzten Tagen gehört?“

„Nein“, gab Wolf zu und schauderte plötzlich. Dieser Kai war auch Ankes Freund gewesen.

„Ich mach dann mal lieber 'ne Standortabfrage für sein Smartphone, damit du ruhig schlafen kannst“, schlug Peter vor.

Aber Wolf hörte schon nicht mehr zu. In seinem Kopf war mit einem Mal alles ganz klar. Niklas war das nächste Opfer gewesen. Es war sein Herz, das er gesehen hatte. Niemandem sollte so etwas passieren. Der Blick auf das herausgetrennte Herz seines Kindes, das zu schlagen aufgehört hatte.

Mit rein mechanischem Tippen loggte er sich in das Bankkonto seines Sohnes ein. Den Zugang hatte ihm Niklas einmal gegeben. Das MacBook merkte sich das Passwort dazu, wenn man wollte. Wenn Niklas irgendwo existierte, würde er seine EC-Karte zum Einkaufen benutzt haben. Fehlanzeige! Seit Tagen keine Bewegungen mehr. Wolf sah auf den Wandkalender. Nach ihrem klärenden Gespräch nichts mehr. Die zweite Hiobsbotschaft kam von Peter, denn Niklas' Smartphone war zuletzt im Höppenfeld eingeloggt gewesen und sendete nun gar nicht mehr.

„Ich geh jetzt in den Keller und schüttele die Wahrheit aus dieser verdammten Tussi raus", brüllte Wolf, aber Peter hielt ihn am Arm fest.

„Du wirst nichts dergleichen tun", sagte er wie zu einem Kranken. „Ich habe eine bessere Idee. Vielleicht geht von Frau zu Frau was. Außerdem müsste ich dich jetzt von dem Fall abziehen, Wolf. Also sei friedlich und trink dein Bier aus. Nimm dir von mir aus noch eins. Ich rufe Nadja an. Sie soll mit Anke sprechen."

Peters Frau, die sowieso gerade das Institut verlassen wollte, um nach Hause zu fahren, hielt in der Ulmenallee. In ihrer Tasche hatte sie Diazepam für Wolf. Moni war von ihr schon auf der Fahrt angerufen worden. Sie wollte sich so schnell es ging nach Bückeburg aufmachen und auch Leo als Ablenkung mitbringen.

Man ließ Nadja zu Anke in die Zelle. Mit ihr sprach sie endlich unter Tränen das aus, was am besten ungesagt geblieben wäre.

Kurz vor halb elf war es für Wolf traurige Gewissheit. Sein Sohn war tot. Ab da erlebte er die Realität wie in Trance, noch bevor er Nadjas Tablette geschluckt hatte. Alles schien unwirklich, unwahr, nebulös wie unter einer Wasseroberfläche. Nur noch mit Kiemen atmete er jetzt, seine Schreie drangen nicht nach oben in die richtige Welt. Er war verdammt. Verdammt dazu, ein Vater zu sein, der seinen Sohn verloren hatte.

Nur mit gutem Zureden schluckte er das Valium und schluchzte noch mehr, als der Hund ihn abschleckte und Moni seinen Kopf an ihre Brust hielt. Niemand sollte so etwas erfahren müssen. Eltern sollten ihre Kinder nicht überleben.

Auch Peter und Nadja standen unter Schock. Sie waren froh, dass Nadine noch vor dem Organfund in den Feierabend geschickt worden war. Jeder auf der Dienststelle wusste, dass ihr etwas an Niklas gelegen hatte, außer ihm selbst, aber auch das war jetzt nicht mehr wichtig.

Der Tag endete mit einem Inferno. Niemand wusste, wie er aus dieser Hölle wieder auftauchen sollte oder konnte.

In der Zelle

Auch Anke saß wie gelähmt auf der Plastikmatratze. Neben ihr ein Klo und ein Waschbecken aus Edelstahl. Das Einzige, was ihr an ihrem Zustand gefiel, war die Sicherheit. Niemand konnte hier eindringen. Sie bebte vor Angst, wenn sie an ihr Zuhause dachte, seitdem sie wusste, dass sich jemand Zutritt zu ihrer Wohnung verschafft hatte.

Jetzt war es heraus, dachte sie, Wolfs Leben zerstört. Und immer würde er sie dafür mit hasserfüllten Augen ansehen, auch wenn sie nur eine Liaison mit ihm gehabt hatte. Ob es einmal etwas Ernstes geworden wäre, wusste sie nicht. Sie war innerlich leer. Menschen, die sie liebte, waren ihr genommen worden, eben weil sie sie liebte. Jemand meinte, dass das nicht sein durfte. Drängte sich in ihr Leben, ohne gefragt zu haben. Ja, er bestimmte es sogar, indem er es veränderte, um seinen Vorteil daraus zu ziehen.

Es musste ihr doch verdammt noch mal gelingen, sich an jemanden zu erinnern, den sie an jedem Wohnort irgendwie getroffen haben musste. Es sei denn, er war ein Chamäleon, dem es gelang, sein Äußeres derart zu verändern, dass man glaubte, einen ganz anderen Menschen vor sich zu haben. Mit wem also war sie in Kontakt gekommen?, überlegte sie fieberhaft. Die Mitarbeiter im Institut konnte sie ausschließen. Sie waren zum größten

Teil weiblich oder schon lange hier beschäftigt. Es mochte natürlich irgendein Krankenhausangestellter sein. Da gab es etliche Möglichkeiten, aber derjenige musste auch anatomische Kenntnisse haben. Vielleicht ein Mann, der im OP arbeitete. Doch in welchen Räumlichkeiten würde er amputiert haben? Welche Möglichkeiten hätte er gehabt, um zu sezieren? Die Gliedmaßen waren nicht von Toten abgetrennt worden. So viel hatten sie herausgefunden. Möglich also, dass diese armen geschundenen Senioren noch lebten. Hatte ihr der Verrückte damit imponieren wollen?

Wer hatte in letzter Zeit mit ihr gesprochen oder telefoniert? Mit einem Mal fiel ihr das komische Gespräch mit dem Bestatter wieder ein und auch, dass sie meinte sich erinnern zu können, ihn schon einmal gesehen zu haben. War es da nicht um Liebe und Herzen gegangen? Natürlich! Und sie hat ihn mit ihrem Gefasel über einen guten Fick brüskiert.

Jetzt begann ihr Gehirn zu rattern. In einem Bestattungsinstitut hatte er alle Möglichkeiten zum Amputieren, zum Töten, zum Haltbarmachen, vor allem, wenn er der Pächter oder der Eigentümer war.

Anke klingelte Sturm.

Moni war längst mit Wolf nach Hause gefahren. Dort hatte sie ihm noch eine Tablette gegeben. Nun schlief er wenigstens.

Peter hatte Nadine zurückbeordert und wollte die Stellung halten, während Nadja auf einem Schreibtischstuhl eingeschlafen war. Ihr Kopf lag nach vorne übergebeugt auf der Tischplatte.

Man informierte ihn, dass die vorläufig festgenommene Anke Seiler eine Aussage machen wollte.

Peter stöhnte leise und nickte.

„Okay, bringt sie doch bitte jetzt sofort hoch in den Vernehmungsraum!“

Eigentlich fühlte er sich nicht mehr in der Lage, neue Lügen zu hören, aber vielleicht konnte sie Hinweise zum Verbleib von Niklas' Körper machen. Nadja hatte zwar berichtet, dass Anke beteuert hätte, nur im übertragenen Sinn für die Morde verantwortlich zu sein, aber mit der Wahrheit hatte sie es bisher nicht so genau genommen. Vielleicht erzählte sie jetzt auch eine ganz andere Geschichte.

Er holte Nadine und sich einen starken Kaffee. Dann betraten beide den Vernehmungsraum. Es lag so etwas wie Euphorie in Ankes Gesicht.

„Ich glaube, ich kenne den Mörder“, sagte sie aufgeregt, „und er hat alle fünf Verbrechen begangen. Den an meinem Bruder, den an Kai, die an den Senioren und …“ Die Worte blieben ihr in der Kehle stecken.

„Da bin ich aber jetzt mal gespannt“, sagte Peter und rutschte im Stuhl nach unten. „Schieß los mit deiner nächsten Räuberpistole. Wird wenigstens nicht langweilig heute Nacht.“

„Es ist der Bestatter. Frag Nadja, der ist komisch. Ich glaube, ich erinnere mich an ihn aus Berlin, aber da sah er ganz anders aus. Andere Haarfarbe, Bart, randlose Brille.“ Anke forschte in den Gesichtern der Kripobeamten, ob sie ihr glaubten.

„Name?“, fragte Peter.

„Andreas Kunze, hat er gesagt“, berichtete Anke. „Und beim letzten Mal haben wir ein komisches Gespräch geführt.“

„Inwiefern?“, erkundigte sich Peter.

„Genau weiß ich es nicht mehr, aber es ging darum, ob Liebe den Tod überdauert. Keine Ahnung, wie wir darauf gekommen sind. Vorher war es um die Unsterblichkeit der Seele gegangen. Ich hatte behauptet, dass mit dem Hirntod alles vorbei wäre. Gedanken, Wünsche, die Seele werden durch chemische Prozesse erzeugt. Mit dem Eintritt des Todes beginnt die Autolyse. Er war anderer Meinung.“

„Und du bist sicher, den Typen schon vorher in Berlin gesehen zu haben?“, hakte Nadine nach.

„Sicher nicht, aber ich meine, mich an ihn in veränderter Form zu erinnern, wobei es glaube ich eher seine Stimme war, die ihn verraten hat“, erklärte Anke.

„Gut, ich will jetzt auf diese vage Vermutung hin nachts keine Pferde scheu machen“, sagte Peter, „aber morgen werden wir uns den Herrn mal genauer ansehen.“

„Glaubt mir, es passt alles“, insistierte Anke. „In seinem Institut hat er doch freie Hand zu agieren. Niemand würde etwas merken.“

Peter nickte. „Da hast du sicherlich recht, aber alles Weitere morgen. Wir werden jetzt nach Hause gehen. Ehrlich gesagt reicht es mir für heute. Und jetzt noch ein Wort in eigener Sache. Ich kann verstehen, dass du mit der Nachricht von Niklas' Tod nicht rausrücken wolltest. Das war trotzdem scheiße von dir. Es hinauszuzögern und das Überbringen der schlechten Botschaft anderen überlassen zu wollen, zeugt von keinem guten Charakter. Und immerhin war Niklas dein Freund."

„Entschuldigung", erwiderte Anke. „Ich konnte Wolf diesen Dolchstoß einfach nicht zumuten."

„So oder so, es war nicht zu verhindern. Gute Nacht, soweit das hier oder in dieser Situation überhaupt möglich ist."

Peter grüßte kurz, dann verließ er mit Nadine den Raum. Höchste Zeit, in die Waagerechte zu kommen, auch wenn an Schlaf wahrscheinlich nicht zu denken war.

Das Leben geht weiter

Es war immer so. Die Erde drehte sich, das Leben ging weiter, auch wenn Einzelne das Gefühl hatten, die Zeit wäre stehen geblieben.

Zu Hause herumzuvegetieren war für Wolf keine Option. Da wäre er durchgedreht. Es musste etwas zu tun haben, auch wenn Peter ihn bat, im Büro zu bleiben.

Gemeinsam mit Nadine fuhr Peter ins Bestattungsinstitut von Andreas Kunze. Sie hatten sich telefonisch angekündigt, um in einem aktuellen Fall ein paar Fragen zu stellen. So wenigstens hatten sie argumentiert.

Der Inhaber erwartete sie an seinem Schreibtisch und bat die Beamten, Platz zu nehmen.

„Was kann ich denn für Sie tun?", fragte er. „Einen Kaffee?"

„Nein, danke", lehnte Peter ab, „ich denke, wir brauchen nicht lange. Haben Sie jemals in Diepholz oder Berlin gelebt?"

Diese Frage kam so direkt und unvermittelt, dass der Bestatter blass wurde.

„Wie kommen Sie denn darauf?", fragte er empört.

„Ganz einfach, weil es hier keinen Andreas Kunze gibt", sagte Peter triumphierend. Er hatte seine Hausaufgaben gemacht und schon morgens vorab im Büro recherchiert. Auch ihm hatte die Angelegenheit keine Ruhe gelassen.

„Jedenfalls keinen, der noch lebt“, fügte er lächelnd hinzu.

„Ich verbitte mir …“, begann Kunze.

„… solche Anschuldigungen?“, fuhr Peter fort und zog einen Hefter aus seiner Jackentasche. „Sehen Sie, das ist der echte Andreas Kunze, aber der ist schon seit drei Jahren tot.“

Das Foto hatte eine frappierende Ähnlichkeit mit dem Mann, der vor ihnen saß.

„Voll krass“, sagte Nadine, die vollkommen überrascht war.

„Leugnen ist zwecklos. Ich habe bereits den Zahnstatus vom Zahnarzt des toten Kunze angefordert. Wie hießen Sie denn in Diepholz und Berlin?“, fragte Peter. „Ach, aber eigentlich ist mir das auch egal. Mich interessiert viel mehr, wo sie die Leichen versteckt haben. Sind die noch hier in Ihrem Institut?“

„Was erlauben Sie sich? Sie belästigen hier einen unbescholtenen Bürger“, beschwerte sich Kunze.

„Dann zeigen Sie uns doch mal Ihre Räumlichkeiten, Herr KUNZE.“ Peter betonte den Nachnamen absichtlich.

Der Bestatter schüttelte den Kopf. „Da drin sind Menschen, die immer noch ein Recht auf ihre Privatsphäre haben.“

„Ich komme Ihnen gleich mit einem Durchsuchungsbeschluss, wenn Sie weiterhin so uneinsichtig sind“, drohte Peter.

Andreas Kunze war sichtlich in der Bredouille. Er schien fieberhaft nachzudenken.

„Also gut, kommen Sie", sagte er schließlich. „Schocken wird Sie ja kaum etwas. Wir haben einen Unfalltoten, den wir noch herrichten müssen."

„Der interessiert mich nicht", erwiderte Peter. „Wir möchten nur mal intensiv in alle Winkel und Ecken gucken."

Peter und Nadine folgten dem Bestatter in die einzelnen Räume. Auf einem Seziertisch lag in der Tat die nicht besonders ansehnliche Leiche eines – ja man konnte gar nicht erkennen, was es war – Todesopfers. Regale mit Perücken, Schminkutensilien und Kleidung sowie Kissen und Deckchen aller Art standen an der Wand.

„Was ist da drin?", erkundigte sich Peter und zeigte auf eine Stahltür.

„Unsere Kühlkammern", berichtete Kunze. „Möchten Sie einen Blick hineinwerfen?"

„Natürlich", antwortete Peter und Kunze schloss die Tür auf. Vorsichtig spähte er hinein.

„Sie können die Kammern ruhig auch öffnen. Ich muss nur eben einen Schluck trinken." Der Bestatter hatte sich Wasser in ein großes Glas eingegossen und leerte es mit einem Zug.

„Falls Sie übrigens auf der Suche nach Vermissten sind", sagte Kunze mit sarkastischem Unterton, „muss ich Sie leider enttäuschen, weil Sie sie dort nicht finden werden." Er lachte irre und hustete dann.

„Scheiße", rief Nadine, denn ein stechender Geruch breitete sich im Raum aus, „das war gar kein Wasser, das war Formalin."

„Ruf die Rettung an", befahl Peter.

Kunze war unterdessen zu Boden gegangen. Er rang nach Luft und hatte Schweißausbrüche. Sein Puls raste.

„Raus mit der Sprache, du Mistkerl, wie auch immer du wirklich heißt. Wo sind die, denen du die Gliedmaßen bei lebendigem Leib abgetrennt hast?" Peter schüttelte ihn.

„Verrate ich nicht", röchelte Kunze, „nur so viel: In einen Sarg passen immer auch zwei, wenn die Toten nicht zu dick sind." Er bekam kaum noch Luft. Seine Lippen, sein Gesicht begannen sich bläulich zu verfärben.

„Sag wenigstens, wo der Sohn von meinem Kollegen Hetzer liegt", forderte Peter.

„Mein Kopf, mein Kopf, solche Schmerzen", japste der Bestatter jetzt nach Luft und zuckte unkontrolliert.

„Wo hast du Niklas beerdigt? Komm, erleichtere dein Gewissen!" Peter stützte den Sterbenden und setzte ihn auf, damit er sprechen konnte.

„Kei…ne Liebe!" Nur mühsam kamen die letzten Worte aus seinem Mund. Es war ein Lied. Schmerzverzerrt sang er: „Häschen in der Grube saß und schlief …" Dann nur noch ein Gurgeln und Exitus.

Peter und Nadine sahen sich ratlos an.

Der Anruf

Während sich Andreas Kunze mit einem Glas 40-prozentigen Formalins umbrachte, klingelte bei Wolf im Büro das Telefon. Es war Nadja. Sie schien verwirrt.

„Hallo Wolf", sagte sie, „mit dir hätte ich jetzt nicht gerechnet. Wäre es nicht besser, du …"

„Nein", antwortete er, „wäre es nicht, aber Danke."

„Du", begann sie zaghaft, „sind Peter oder Nadine da?"

„Die sind bei diesem Bestatter. Peter hat dir doch bestimmt von Ankes nächtlichem Einfall erzählt", erwiderte er. „Kann ich dir nicht weiterhelfen?"

Nadja zögerte. „Schon, aber ich will dir keine unnötigen Hoffnungen machen."

„Inwiefern?", fragte Wolf. „Die Worte Hoffnung und Zuversicht habe ich aus meinem Wortschatz gestrichen."

„Na, weil das Herz definitiv nicht von Niklas stammt, Wolf. Eindeutig", erklärte Nadja. „Ich weiß nicht, wie Anke darauf gekommen ist. Also muss ich sie fragen. Du solltest sie irgendwie ans Telefon bekommen. Es ist wichtig."

„Was bedeutet das?", fragte Wolf verdattert. Er begriff gar nichts.

„Es ist das Herz eines anderen jungen Mannes, der nicht in der Datenbank ist", berichtete Nadja.

„Nicht Niklas' Herz?", stammelte Wolf. „Aber dann könnte es doch sein, dass er noch lebt."

„Das wissen wir nicht, Wolf, aber wir werden es herausfinden“, versprach Nadja. „Am besten, ich komme vorbei. Dann kann ich selbst mit Anke sprechen, oder wir setzen uns alle zusammen in den Besprechungsraum. Wir müssen unsere Kräfte bündeln.“

Eine Stunde später saßen Wolf, Peter, Nadja, Nadine und Anke am großen Tisch. In der Luft hing der Duft von Erleichterung und wollte sich ausbreiten. Peter ergriff das Wort.

„So, ich habe bis jetzt gewartet, weil ich wollte, dass alle dabei sind. Mein Dank geht erst einmal an Anke, die uns den entsprechenden Hinweis gegeben hat. Der Täter war tatsächlich der Bestatter Andreas Kunze, wobei das nicht sein richtiger Name ist. Der echte Kunze ist vor drei Jahren verstorben. Unser Mörder hat sich eben vor unseren Augen mit Formalin vergiftet.“

„Ihh“, sagte Nadja, „also das ist kein schöner Tod. Die inneren Organe werden nicht mehr richtig mit Blut versorgt, in der Lunge kommt es zu vermehrter Wasseransammlung. Schließlich erstickt man.“

„Das könnt ihr euch gerne noch in Ruhe von innen angucken“, schlug Peter vor, „denn den werdet ihr mit Sicherheit auf euren Sektionstisch bekommen. Wir müssen schließlich noch herausfinden, wer er wirklich war. Ich nehme doch an, dass Anke wieder mit von der Partie ist?“

„Selbstverständlich“, bestätigte Nadja. „Ich habe nur eine Bitte.“

Anke sah sie an.

„Immer ehrlich bleiben, auch wenn's unangenehm ist", bat sie. „Ich weiß, dass du eine schlimme Zeit hinter dir hast. Lass uns also ein richtiges Team werden, wo einer hinter dem anderen steht und das geht nur mit absolutem Vertrauen."

„Sehr gerne", sagte Anke, „und herzlichen Dank für diese zweite Chance."

Peter lächelte süffisant. „Ey, du hast echt viel Mist gemacht, aber immerhin den Fall gelöst. Jetzt aber zu Kunzes letzten Worten. In Verbindung damit, dass das Herz – wie ich soeben erfahren habe – zum Glück nicht von Niklas stammt, wie können wir die Worte verstehen? Er sagte zuletzt: *Keine Liebe* und *Häschen in der Grube saß und schlief.*"

„Also darauf kann ich mir echt keinen Reim machen", gab Nadja zu.

Es klopfte an der Tür zum Besprechungsraum. Moni stand mit Leo davor. Die Sorge um Wolf hatte sie in die Ulmenallee getrieben.

„Moni, stell dir vor, es ist nicht Niklas' Herz", rief Wolf ihr zu. Vor lauter Aufregung hatte er vergessen, sie anzurufen. „Komm, setz dich zu uns. Wir knabbern gerade an einem schwierigen Problem. Es handelt sich um die letzten Worte des Mörders."

Wolf machte Peter ein Zeichen, denn er war selbst nicht dabei gewesen.

„Moin, Moni, also zuerst sagte er *Keine Liebe*, dann war Pause und plötzlich begann er dieses Kinderlied zu singen. Du wirst es kennen. *Häschen in der Grube* …" Peter ließ das Singen lieber nach den vier Worten sein.

„Komisch“, fand auch Moni. „Vielleicht wird es klarer, wenn wir das Lied vervollständigen. *Häschen in der Grube saß und schlief, saß und schlief. Armes Häschen bist du krank, dass du nicht mehr hüpfen kannst? Häschen hüpf, Häschen hüpf!*“, sang sie deutlich melodischer als Peter. „Also auf die Sache mit der Liebe kann ich mir keinen Reim machen, aber wenn man über das Lied genau nachdenkt, könnte man vermuten, dass Niklas irgendwo verletzt liegt. Vielleicht tatsächlich in einer Grube.“

„Keine schlechte Idee“, freute sich Peter und hoffte, dass ihm kein Körperteil fehlte, „dann sollte es jetzt nichts Wichtigeres geben, als ihn zu suchen.“

„Falls er noch lebt“, sagte Wolf besorgt. „Möglicherweise ist er versehrt oder krank oder beides. Wer weiß, wie lange er durchhalten kann, selbst wenn er jetzt noch leben sollte.“

„Na, dann werden wir jetzt mal alle Hebel in Bewegung setzen und sämtliche Kräfte alarmieren“, schlug Peter vor. „Jeder denkt mit, jeder hilft mit, und darüber hinaus hilft nur …“

„Beten?“, fragte Moni erstaunt.

„Nein“, sagte Peter lächelnd. „Es sei denn, es nützt euch was. Ich meinte Optimismus! An das Positive zu glauben setzt mehr Energien frei. Und natürlich ein Berg Frikadellen oder Hähnchenschenkel als Kraftnahrung!“

Unter der Frankenburg

Noch immer war Wolf nicht nach Hause gekommen. Moni rechnete auch nicht mit ihm. Er war auf der Suche nach seinem Sohn. Sie hütete Hund und Katzen. Das war eine klare und vernünftige Arbeitsteilung. Darüber hinaus war sie, wann immer er es brauchte, sein Ruhepol, seine Oase. Ein zauberhafter Ort, an dem er auftanken konnte.

Nun war es schon fast dunkel.

Sie klebte einen Zettel an die Haustür mit einem Herzen drauf und der Information, dass sich noch etwas Leckeres im Kühlschrank befinden würde, falls er Hunger hätte.

Leo schlief längst tief und fest. Er war nur noch zu einer Regung bereit: Seinem Frauchen nach oben zu folgen und sich neben dem Bett mit einem wohligen Grunzen ins Körbchen zu legen.

Auch wenn noch nicht klar war, ob Niklas gesund und munter gefunden werden konnte, waren zwei Dinge wieder eingezogen unter der Frankenburg: Hoffnung und Zuversicht. Die Liebe wohnte dort sowieso!

DANKSAGUNG

Mein besonderer Dank gilt meinem lieben Freund, dem Fallanalytiker des LKA Niedersachsen Carsten Schütte, der sein waches Auge beim Lesen von SchattenSchuld nicht nur auf die ermittlungstechnischen Belange gelegt hat. Wir haben immer viel Spaß zusammen, wenn wir über die Fälle diskutieren. Inzwischen ist er selbst Krimiautor, worüber ich mich sehr freue. Er hat „Im Fokus“ und „Der Pelikan“ bei CW Niemeyer veröffentlicht.

Wie in jedem SchattenKrimi liest auch meine literarisch begeisterte Freundin Sabine Semrau das Manuskript schon während der Entstehung mit und überrascht mich mit ihren Vermutungen, wie es denn weitergehen könnte. Oft bringt mich das zum Schmunzeln und meist ändere ich dann meine Pläne, wenn sie zu durchschaubar sind.

Ein herzliches Dankeschön möchte ich auch dem Team von den CW Niemeyer Buchverlagen, Hameln, sagen. Bis so ein Krimi druckfrisch vor einem liegt, bedarf es vieler hilfreicher, guter Geister. Brigitte Pacholeck, Sarah Fischer, Rebecca Frankowitz unterstützen mich hervorragend, jeder in seinem Bereich. Mit Carsten Riethmüller verbindet mich wohl eine kreative Symbiose. Seine Cover sind wie ein vielschichtiger Spiegel des Geschriebenen.

Auch die anderen Autoren meines Verlages möchte ich an dieser Stelle dankend erwähnen. Mit vielen hat sich ein liebes, interaktives Miteinander entwickelt, das zu gemeinsamen Lesungen, aber auch zu tollen Events rund um die Buchmessen in Frankfurt und Leipzig geführt hat. Mit Micha Krämer (Westerwald-Krimis) verbindet mich mittlerweile eine herzlich-heitere Freundschaft.

Von Herzen danke ich außerdem den Menschen an meiner Seite, die mich unterstützen, mich zum Schreiben ermuntern und meine Bücher verschenken. Hier möchte ich vor allem meinen Ehemann, meine Familie und meine Freunde nennen.

Unseren vierbeinigen Begleiter, der uns sehr ans Herz gewachsen ist, möchte ich nicht unerwähnt lassen. Leo, im Buch Wolf Hetzers neuer vierbeiniger Gefährte, verschafft meinem Mann und mir den nötigen Ausgleich zur sitzenden Tätigkeit und darüber hinaus viel frische Luft. Auch auf Lesungen begleitet uns unser Literaturhund immer. Möge ihm ein langes Hundeleben an unserer Seite beschert sein.

Stellvertretend für viele tolle Buchhandlungen möchte ich drei besondere dankend erwähnen, die mich unterstützen und mit denen mich schöne Erinnerungen verbinden: Die „Hofbuchhandlung Frommhold“ von Thilo Fuhrmann, die Buchhandlung „Scheck“ der Familie Lorenzen (beide in Bückeburg) und die Deisterbuchhandlung von Lars Pascha (Rodenberg).

Zuletzt danke ich den wunderbaren Fans deutschlandweit in den Buchhandlungen, Krimiforen und sozialen Netzwerken, die mich täglich unterstützen und meine Bücher weiterempfehlen! Ich hoffe, wir sehen uns auch diesmal wieder auf den Buchmessen, denn was wären die SchattenKrimis ohne euch …?

Ja, und wer da mal Mäuschen sein möchte, was sich in meinen Gedanken im Hintergrund so alles abspielt, der besucht mich auf einer meiner Lesungen, denn dort erzähle ich auch, was nicht in den Büchern steht.

Bleibt also neugierig und lasst euch auch weiterhin in das Reich der Fantasie entführen! Es gibt doch nichts Schöneres, als in einem Buch zu versinken ...

Im Verlag CW Niemeyer bereits erschienen ...

Fiete Hansen wird tot in seinem Gewächshaus unter den Radieschen gefunden. Bestattet in einem Friesennerz! Und als ob das nicht schon schlimm genug wäre, entdeckt Oma Pusch am Strand von Neuharlingersiel ein paar Gummistiefel, die mit den Sohlen aus dem Wasser ragen. Der Tote steckt kopfüber im Watt. Auch er trägt einen Friesennerz. Die Botschaft des Mörders? Oma Pusch ist alarmiert. Mit ihrer Freundin Rita kommt sie einer unglaublichen Geschichte auf die Spur. Der Täter wähnt sich bis zuletzt in Sicherheit – ein Trugschluss ...

Nané Lénard. FriesenNerz
320 Seiten. Paperback. ISBN 978-3-8271-9441-1
E-Book 978-3-8271-9692-7 (Pdf)
978-3-8271-9892-1 (Epub)

Im Verlag CW Niemeyer bereits erschienen ...

Während einer Hochzeit im Pelikan-Viertel Hannovers wird eine Braut entführt. Es ist jedoch kein harmloser Streich der Hochzeitsgesellschaft. Weitere Frauen verschwinden. Wurden sie entführt? Im LKA Niedersachsen bildet sich die Sonderkommission „Pelikan". Das Team der Operativen Fallanalyse wird in die Ermittlungen einbezogen, obwohl es weder einen Tatort noch eine Leiche gibt. Auf welcher Basis können sie ein Täterprofil erstellen?

Carsten Schütte. Der Pelikan – Ein Profiler-Thriller
384 Seiten. Klappenbroschur. ISBN 978-3-8271-9506-7
E-Book 978-3-8271-8563-1 (Pdf)
978-3-8271-8362-0 (Epub)

#niemeyerbuch

Jetzt kein Buch mehr verpassen